REVANCHE

kristin harte

REVANCHE

kristin harte

Prolog

Im Westen der Vereinigten Staaten hatte ein Käfer eine Plage in die Wälder gebracht. Dieser Käfer hinterlässt einen Pilz, der Kiefern abtötet und einen unverwechselbaren rauchig-blauen Fleck auf dem Holz hinterlässt. Manche sehen das als hässlich an, aber es gibt Zeiten in unserem Leben, in denen wir das Negative nehmen und es in etwas Positives verwandeln müssen.

Willkommen in Justice, Colorado, wo ein Kleinstadtsägewerk genau das getan hat.

Kapitel

1

Alder

„Es ist noch nie etwas Gutes dabei herausgekommen, wenn einer meiner Männer in mein Büro gestürmt kam. Schon gar nicht, wenn er das Gespräch mit der Erkenntnis begann, dass wir ein Problem haben.

„Wir haben ein Problem, Boss."

Nicht gut. Wäre ich nicht ohnehin schon in einer schlechten Stimmung gewesen, hätten diese Worte dafür gesorgt. „Was ist denn jetzt schon wieder?"

„Motorradgang auf dem Widows Ridge." Camden Reese – geboren und aufgewachsen in Justice, Freund meiner jüngsten Brüder und ehemaliger Marine-Sergeant - begann eine Rede darüber, wie sein Team auf dem Hansen-Grundstück auf mehrere Motorradfahrer traf. Wir hatten vor kurzem einen Vertrag mit Miss Hansen unterzeichnet, achtzig Hektar toter Ponderosa-Kiefern auf diesem Hügel zu ernten, also war alles, was uns in die Quere kam, definitiv ein Problem. Ein großes Problem.

Als Camden die Einzelheiten der Auseinandersetzung schilderte, überprüfte ich die Satellitenbilder des Gebiets auf meinem Schreibtisch, machte mir Notizen und markierte die entsprechenden Orte. Ein Stern bei dem Haus im Westen, in dem die ältere Miss Hansen noch wohnte, ein weiterer im Osten auf dem Fleckchen Erde, wo ein einsamer Wohnwagen stand. Bei ihnen handelte es sich um die einzigen beiden Wohngebäude auf der langen, unwegsamen Strecke, die zu einem Abgrund an der äußersten Westseite führte.

Dieses felsige Stück Land befand sich außerhalb der Stadtgrenzen, so dass Dinge wie die Straßeninstandhaltung in Vergessenheit gerieten, es sei denn, die beiden Bewohner machten mich darauf aufmerksam. Kein Biker würde ohne guten Grund absichtlich eine so zerrüttete Schotterstraße entlangfahren – denn das wäre für dessen Motorrad und Gesicht, falls er jemandem folgte, alles andere als angenehm.

„Er hat versucht, Finn bloßzustellen, aber dem habe ich gleich Abhilfe geschaffen", sagte Camden und sicherte sich damit meine ganze Aufmerksamkeit für den Augenblick.

„Was zum Teufel hat Finn bei einem Job gemacht?" Abgesehen von ein paar gelegentlichen Projekten arbeitete mein Bruder nicht für mich, und ich wusste mit Sicherheit, dass er nicht für den Hansen-Job eingeteilt worden war.

„Er war mit mir gefahren, um nach Miss Hansen zu sehen. Wir kamen aber nie dort an, weil wir auf dem Weg nach oben auf die Biker trafen. Ein Typ erzählte irgendeinen Scheiß über Finns Drogentage, und dass sie ihn drüben im Strip Club von Rock Falls vermissen."

Mein Gott. „Hast du einen Namen?"

„Auf dem Aufnäher seiner Weste stand Spark."

„Spark." Ich lehnte mich zurück und balancierte meinen Stuhl auf zwei Beinen. „Im Sinne von Elektrizität?"

Camden blinzelte, ein überhebliches Lächeln breitete sich auf seinem Gesicht aus. „Ja, genau. Ich habe den Namen des anderen Typen nicht gesehen."

„Also kennt Spark Finn seit... zehn, zwölf Jahren?" Aus der Zeit *davor*, wie wir es nannten. Vor dem Gefängnis und der Genesung. Bevor er clean wurde. „Kam er dir bekannt vor?"

Cam schüttelte den Kopf. „Hab ihn noch nie gesehen."

Das erregte meine Aufmerksamkeit. Justice war eine kleine Stadt, die zwischen zwei etwas größeren Städten mitten im Nirgendwo lag. Die Leute kamen nicht zufällig hierher – sondern nur aus einem bestimmten Grund.

Und wenn dieser *Grund* Finn Kennard hieß, musste man sich um Spark und seinen Freund kümmern, und zwar schnell. „Wie ging mein Bruder mit der Begegnung um?"

„Finn hat den Schwachsinn von Spark ignoriert. Ich war weniger zurückhaltend."

Das überrascht nicht. Cam hatte schon immer ein gewisses Temperament. „Wenn der Sheriff noch einmal wegen dir gerufen wird..."

Camden winkte ab. „Ich trat ihm die Beine unter den Füssen weg und beförderte ihn auf den Boden. Hat nicht mal einen Kratzer hinterlassen, glaube ich. Aber ich habe meinen Standpunkt klargemacht."

„Und was für ein Standpunkt war das?" Nicht, dass ich fragen müsste.

„Dass Kennard Mills das Holz auf dieser Seite des Hügels erntet, und dass der Club dort oben nichts zu suchen hat. Sie fuhren wieder los, nachdem Spark sich aus dem Dreck erhoben hatte, aber der andere sagte etwas von größeren Fischen. Camden runzelte die Stirn. „Den anderen Typen kannte ich."

„Einheimisch?" Ich konnte mir nicht vorstellen, dass irgendjemand in Justice mit einem MC zu schaffen hätte, aber vielleicht hatte ich jemanden übersehen. Über dreihundert Leute waren eine Menge, die man im Auge behalten musste.

„Nein. Er kam eines Abends in die Raststätte, als Leah und ich dort zu Abend gegessen haben." Er stieß einen Atemzug aus und verlagerte sein Gewicht. Eine fast unbewusste Geste, aber eine, die auffiel. Normalerweise fast bis zum Umfallen zuversichtlich, wirkte

Cam plötzlich nervös, was bedeutete, dass mir nicht gefallen würde, was er zu sagen hatte.

„Ja?", drängte ich und fragte mich, wie ein Abend mit seiner Frau mich verärgern könnte.

„Leah bemerkte, dass etwas nicht stimmte, als sie auf die Toilette ging, und kam zurück, um mir Bescheid zu sagen. Das Arschloch hatte Shye in einem hinteren Flur in die Enge getrieben und ließ sie nicht vorbei."

Das Knacken des Bleistifts, den ich in her Hand hielt, hätte genauso gut ein Schuss sein können. „Und du hast ihn gehen lassen?"

„Leah und Shye waren da. Es ging nicht anders."

Ich stellte mir vor, wie die perfekte kleine Shye - mindestens zehn Jahre jünger als ich und so verdammt süß, dass man jedes Mal einen Zuckerschock bekam, wenn sie lächelte -, dabei zusah, wie ich irgendeinem Arschloch die Scheiße aus dem Leib prügelte, dieser Gedanke war so unangenehm, wie ein Gedanke nur sein konnte. Ich hätte wahrscheinlich das Gleiche getan wie Camden - den Kerl mit einer Verwarnung laufen lassen, wäre ich dabei gewesen. Ich hätte es zwar nicht getan, aber ich hätte es gewollt. Weil ich sie *wollte*, und der Gedanke, dass Shye sich vor mir fürchten könnte, drehte mir den Magen um.

Ich seufzte, rieb mir die Stirn und ließ mich tiefer in meinen Stuhl sinken, bevor ich dessen vordere Beine wieder auf den Boden stellte. Ich musste aufhören, an Shye Anderson zu denken. Eine Unmöglichkeit in letzter Zeit, was direkt mit dem Grund zusammenhing, warum ich den ganzen Tag so schlecht gelaunt war.

„In Ordnung. Also fuhren sie davon, nachdem du Spark niedergeschlagen hast. Irgendwelche Anzeichen dafür, dass sie dich weiter belästigen oder wegen Finn zurückkommen würden?"

Er zuckte die Achseln. „Nicht wirklich, aber bei solchen Typen weiß man nie."

Gesetzlos, Clanartig, arrogant. Ja. Bei denen wusste man wirklich nie. „Hast du das Club-Logo erkannt?"

„Eindeutig die Soul Suckers."

Natürlich. Ich hatte gehört, dass sie nicht allzu weit westlich der Bezirksgrenze ein Clubhaus gebaut haben. Ich hätte vermutlich nicht weiter darüber nachgedacht, wenn ich ihre Motorräder auf dem Highway durch die Stadt oder in Richtung des neuen Restaurants auf der Main Street gesehen hätte. Aber nach diesem Vorfall schon.

„Vielleicht ist es an der Zeit, dem Club klarzumachen, was sie tun können und was nicht, wenn sie durch Justice fahren. Ich werde mit Deacon sprechen, mal sehen, ob er jemanden kennt. Fahr zurück auf den Hügel und lass das Grundstück des Hansen-Geländes ausarbeiten, damit wir anfangen können Bäume zu markieren. Dies könnte unsere letzte große Ernte vor dem Regen sein, und ich möchte das Sommerwetter nutzen, solange wir es haben."

„Wir kriegen das schon hin."

„Gut. Und wenn du Bishop im Sägewerk siehst, soll er mich anrufen."

Camden nickte, ging dann ohne ein weiteres Wort davon und ließ mich über diesem neuen Durcheinander schmoren.

In letzter Zeit schien es so, als wäre das verdammte Durcheinander allgegenwärtig.

Ich sah mir meine Satellitenbilder noch einmal an und verfolgte Straßen und Holzfällerpfade, die ich schon mein ganzes Leben lang kannte. Mehrere Hektar Kiefernwald von Widows Ridge starrten mich an, eine braun und grün gesprenkelte Landschaft. Die Hälfte der Bäume war tot oder lag im Sterben, ein Zeichen des Borkenkäferbefalls, der meinen verstorbenen Vater fast in den Ruin getrieben und Kennard Mills zerstört hatte. Aber der Befall, der uns beinahe ruiniert hätte, versagte und überschwemmte uns stattdessen mit einer Flut von Arbeit und Geld. Die Dürren hatten das Sägewerk nicht zum Stillstand gebracht, der Zusammenbruch der Industrie auch nicht, und die Käferplage, die welche die Wälder um uns herum tötete, war eigentlich vielmehr ein Segen gewesen. Jeder in Justice hatte die Bonuszahlungen genossen, die unser Umsatz monatlich mit sich brachte, und keine verdammten *Motorradfahrer* würden uns diesen Lauf vermasseln. Ich hatte eine Stadt zu beschäftigen.

Aber Justice, Colorado war für mich mehr als nur eine Stadt - es war meine Verantwortung. Es war der Ort, an dem meine Vorfahren unsere Wurzeln geschlagen hatten. Wo sie sich über die Jahre um jeden einzelnen Einwohner gekümmert und den Familien Zeit gegeben hatten, ihrerseits gute, starke Wurzeln zu schlagen. Die Kennard-Männer hatten Justice fast zwei Jahrhunderte lang wie ein Heimatort geführt, wobei das Sägewerk als zentrales Geschäft alles andere angetrieben hatte, und ich würde dem Vermächtnis gerecht werden, das mir als ältester lebender Kennard hinterlassen wurde. Das bedeutete, dafür zu sorgen, dass die Menschen Arbeit, Nahrung und ein Dach über dem Kopf hatten - und dass sie sich sicher fühlten.

Ein weiteres Arttribut, das uns die Biker nicht nehmen würden, auch wenn es so schien, als hätten sie genau das im Sinn.

Ein nerviges roboterhaftes Lied unterbrach meine Gedanken. Die Worte „Bishop Kennard" - der Name meines engsten Bruders, der zufällig auch mein Vizepräsident für Verkauf und Marketing war - blinkte auf dem Bildschirm meines Telefons auf. Ich wischte meinen Finger über das Display, um den Anruf entgegenzunehmen, und hielt das Telefon an mein Ohr.

„Bishop."

„Camden sagte, du wolltest mich sprechen", sagte er, ohne sich um eine Begrüßung zu kümmern.

„Wir haben Probleme auf Widows Ridge."

„Habe ich gehört. Alles in Ordnung mit Finn?" Denn als zweitältester Kennard-Bruder wäre die Familie das erste, woran Bishop denken würde. So sollte es auch sein.

„Camden glaubt es. Lass uns heute Abend in der Bar vorbeischauen und sichergehen. Und du musst mit Miss Hansen sprechen - stell sicher, dass es ihr da draußen gut geht."

„Klingt gut. Ich rufe an, sobald wir aufgelegt haben. Sonst noch etwas?"

„Verkaufe verdammtes Holz, Bishop."

„Schon dabei, Chef. Um sechs Uhr bin ich einsatzbereit."

Ich warf das Telefon auf meinen Schreibtisch zurück, und mein Blick wanderte wieder zu den Karten. Tatsächlich zu einem ganz bestimmten Fleck und nicht dem Haus von Miss Hansen. Ich fuhr mit dem Finger über die Ostseite des Hügels und umkreiste den kleinen Wohnwagen, der auf einem kargen, flachen Felsen stand. Er befand sich technisch gesehen außerhalb meines Schutzgebietes, aber Shye Anderson lebte in diesem Wohnwagen. Ein neues Mädchen in der Stadt, erst vor drei Jahren in die Gegend gezogen, Kellnerin in der Raststätte in Rock Falls und die einzige Frau, die ich je getroffen hatte, die mich gleichzeitig vor Frustration und Verlangen in den Wahnsinn trieb.

Seit ich Shye zum ersten Mal traf, war ich mir ihr äußerst bewusst gewesen. In Wirklichkeit konnte man es wohl als ein wenig besessen bezeichnen. Das Mädchen zog mich in ihren Bann, stahl mit ihrem süßen kleinen Lächeln meine ganze Aufmerksamkeit und ließ mich seitdem nie mehr los. Es trug der Sache nichts ab, dass sie wie ein verdammter Engel aussah - langes blondes Haar und große dunkle Augen, ein winzig kleiner Körper, den ich mehr als alles andere unter meinen Fingern spüren wollte. Sie war zuckersüß, aber sie machte ihrem Namen alle Ehre. Sie errötete und stotterte, wenn ich in der Nähe war, wich meinen Augen aus, wenn ich versuchte, ihren Blick einzufangen. Wenn ich sie zu sehr drängte, lief sie weg, also hielt ich mich zurück. Ich stellte mich zur Verfügung, wartete aber darauf, dass sie von selbst zu mir kam.

So kam es, dass ich an fünf Abenden in der Woche in der Raststätte aß – zu jeder von Shyes Schichten. Ich musste mein Training steigern, um von dem fettigen Essen nicht zuzunehmen, aber dieses Lächeln jeden Abend zu sehen, war es wert. Mit dem Kaffee zurechtzukommen, war schon etwas schwieriger. Es war mir unbegreiflich, wie ein Restaurant - vor allem ein Raststätten Restaurant - so schlechten Kaffee servieren konnte. Ich trank Tasse um Tasse von dem schlechten Gebräu, damit sie öfter an meinen Tisch kam, um mir Nachschub einzuschenken. Ohne den Kaffee hatte ich nicht viel Zeit mit Shye, und darunter litt ich.

Und wenn ich selbst arbeitete? Dann schickte ich meine Jungs zu ihr. Shye hatte keine Familie in Justice, also stellte ich sicher, dass jeder verstand, dass man sie wie eine Kennard zu behandeln hatte. Meine Männer dazu zu bringen, sie als mir zugehörig zu sehen, hielt sie in ihrer Nähe wachsam. Zum Teufel, ich bezahlte Bishop dafür, dass er dort zu Mittag aß und sie im Auge behielt, und jedes Mitglied meines Teams ging mindestens einmal am Tag dorthin, falls ich die Stadt verlassen musste. Sie verspotteten mich schonungslos, weil ich ihr nachlief wie ein Hund, aber es war mir scheißegal. Ich musste wissen, dass sie in Sicherheit war und dass es ihr gut ging. Dass sie alles hatte, was sie brauchte... auch wenn sie noch nicht bereit war, freiwillig etwas von mir anzunehmen. Wir würden es schaffen. Drei Jahre lang hatte ich darauf gewartet, dass sie zu mir kommt, und eines Tages würde sie das. Eines Tages. Ich musste mir einfach den richtigen Plan ausdenken.

Während ich über honigblondes Haar und zuckersüßes Lächeln nachdachte und wie oft ich die Ausrede der Arbeit auf dem Bergkamm nutzen konnte, um bei ihr vorbeizuschauen, klingelte mein Telefon wieder – dieses Mal war es Camden.

Ich nahm den Anruf entgegen und drückte den Knopf für die Freisprecheinrichtung. „Wenn du mir jetzt sagst, dass es noch ein Problem gibt, werfe ich eine Granate in deinen Wagen.“

„Also soll ich dir nicht sagen, dass wir auf dem Berg einen Brand haben?“

Verdammte Scheiße. Die Schwierigkeit bei der Ernte des bläulich gefärbten Holzes, das die Borkenkäfer hinterlassen hatten, bestand darin, dass die Bäume sich mehrere Jahre lang erholen mussten, bevor sie geerntet werden konnten. Aber tote Bäume bedeuteten trockene Bäume, und mit den Dürreperioden der letzten Jahre und den milden Wintern, die wir hatten, brachte das Probleme. Große, trockene, zunderartige Probleme. Ein einziger Blitz konnte ein

Inferno entfachen, während ein Waldbrand die ganze verdammte Stadt zerstören konnte.

Und anscheinend hatten wir es jetzt mit einem zu tun.

„Wo?" Ich schnappte mir meine Schlüssel und drückte den Alarmknopf, um das Team auf mich aufmerksam zu machen.

„Osthang. Neben dem Hansen-Grundstück."

Ich stolperte ein paar Schritte weit, dann beschleunigte ich mein Tempo. „Das ist direkt bei Shyes Wohnwagen."

Im Hintergrund dröhnte ein Motor. „Ich bin schon unterwegs. Zwei Minuten noch."

In zwei Minuten könnte sie verletzt sein. Oder sogar tot. Verdammte Scheiße, ich war zu weit weg. „Fahr schneller."

Ich legte auf und stürmte in das hinunter. Mein Team stand stramm und sah mich erwartungsvoll an, bereit, den Brand zu bekämpfen, von dem wir wussten, dass er alles, was wir hier aufgebaut hatten, ruinieren könnte.

„Brand östlich des Standortes Hansen. Lasst uns zwei Wasserwagen auf die Ostseite des Hügels bringen und einen auf die Westseite, um sicher zu sein." Ich traf die Augen von Gage Shepherd, ehemaliger Navy SEAL wie Bishop und derzeitiger Schwermaschineningenieur bei Kennard Mills. „Es ist bei Shyes Wohnwagen."

Ohne ein weiteres Wort zu sagen, begann Gage, dem Team Befehle zu erteilen. Er verstand den Ernst der Lage aus jeder Perspektive - den Verlust unseres Produkts, das Zerstörungspotenzial in der Stadt und die Möglichkeit, dass die Frau, die ich im Auge hatte, in Gefahr sein könnte. Er würde alle Hebel in Bewegung setzen.

Als Gage die Wasserwagen mit Sauerstoffflaschen und medizinischer Ausrüstung belud – wobei sich mir abermals der Magen umdrehte -, trottete sein Hund Rex hinter ihm her und sah aus, als wäre er unterwegs zu einer Spritztour statt einem Einsatz im Feuer. Es wäre allerdings nicht das erste Mal, dass er bei einem Feuer vor Ort war. Gage geht ohne Rex nirgendwohin.

Während Gage sicherstellte, dass das Team wusste, was zu tun war, sprintete ich zu meinem Lastwagen. Mein Herz hämmerte, als ich den Motor startete, mit quietschenden Reifen aus meinem Parkplatz schoss und auf den Kamm zusteuerte, wo der Rauch den Himmel über der Baumgrenze schwarz zu färben begann. Scheiße, wenn Shye da oben war, wenn sie verletzt war...

Ich konnte meinen Gedanken nicht zu Ende führen, denn mein Telefon klingelte genau in dem Moment, als ich auf die Autobahn Richtung Hügel abbog. Wieder Camden.

„Sag mir etwas Gutes."

„Sie ist nicht da", sagte Camden, der leicht außer Atem klang. „Aber ihr Wohnwagen steht in Flammen."

„Die Wasserwagen sind unterwegs."

„Ich glaube nicht, dass sie ihr helfen können, um ehrlich zu sein, aber für die Baumgrenze brauchen wir sie. Es ist so trocken hier oben, dass ein einziger Funke den ganzen Berg lichterloh in Brand setzen könnte."

Das bestätigt meine vorherigen Gedanken. *Scheiße!* Ich riss das Lenkrad zur Seite und bog scharf auf die Straße ab, die mich zu Shyes Wagen bringen würde, dann überblickte ich all die toten braunen Kiefern am Hang, als ich über den zerfurchten, kiesigen Weg durch den Wald dahinschoß. „Gage ließ das Team direkt hinter mir ausrücken. Sie sind wahrscheinlich noch etwa vier Minuten entfernt."

„Soll ich die Feuerwehr in Rock Falls anrufen?"

Das würde zu diesem Zeitpunkt nichts nützen – aus diesem Grund hatte Kennard Mills so viele Wassertransporter losgeschickt. „Sinnlos, aber den Sheriff solltest du besser rufen."

„Dieses nutzlose Stück Scheiße? Wozu?"

Nutzlos war nicht der Begriff, den ich verwenden würde - korrupt klang besser für den County-Sheriff, mit dem wir es zu tun hatten. Ich hatte jedoch keine Zeit, Camden zu korrigieren. „Er wird einen Wutanfall bekommen, wenn wir ihn nicht informieren. Wie ich ihn kenne, wird er sowieso nicht kommen, um zu ermitteln. Ruf ihn einfach an."

„Ja, verstanden... warte kurz." Im Hintergrund schrien Stimmen, und das Geräusch von einem sich offensichtlich schnell bewegenden Camden erzeugte ein statisches Geräusch in der Leitung.

„Cam?"

„Wir haben ein Problem."

Als ich diesen Satz hörte und dabei wusste, dass es um den Wohnwagen meines Mädchens ging, wollte ich meinen Frust in das Universum hinausbrüllen. „Was für ein verdammtes Problem?"

„Da sind Motorradspuren in der Erde um ihr Grundstück. Jede Menge davon."

Wut, wie ich sie noch nie zuvor gespürt habe, baut sich in meiner Brust auf. „Ruf den Sheriff an und sag es ihm - wenn irgendjemand einen Soul Sucker in Justice sieht, will ich es sofort wissen."

Ich legte auf und warf mein Telefon auf die Sitzbank, bevor ich die Rückwärtskurve viel schneller nahm, als ich es hätte tun sollen. Nicht, dass die Sorge, die in meinem Bauch brannte, etwas mit mir zu tun hätte - Shye war der Grund für diesen Schmerz.

Shye mochte es nicht wissen, aber sie gehörte mir. Ich würde alles tun, was nötig war, um sie zu beschützen.

Und wenn dieser Motorradclub mein Mädchen bedroht hatte?

Ich würde sie ausweiden und ihre Überreste den Raubtieren überlassen.

Kapitel

2

Shye

An manchen Tagen kam man von seinen Besorgungen nach Hause zu einem ruhigen Wohnzimmer, einem überteuerten Tiefkühlgericht und dem Plan, schlechtes Reality-Fernsehen zu schauen, bis es Zeit war, zur Abendschicht aufzubrechen. An anderen Tagen brannte der Wohnwagen, in dem man lebte. Vielleicht stieß man sogar nur noch auf seine verkohlten Überreste. Auf Überreste, die noch schwarz qualmten, was darauf hindeutete, dass der Brand heiß genug gewesen war, um Metall zu schmelzen und Leben zu zerstören - nicht, dass meins nicht schon ein- oder zweimal durch die Mangel gedreht worden wäre.

Heute sollte die erste Art von Tag sein - ein fauler, leichter und ganz normaler Mittwoch in Justice - aber stattdessen wurde er zur zweiten Version, sobald ich die Bergstraße nach Hause hinaufgefahren war. Mein Wohnwagen - der billige, einteilige Wohnwagen, den ich seit fast drei Jahren von meinem Stiefbruder gemietet hatte - war komplett abgebrannt. Aber, wenn ich ehrlich bin, ist er nicht *einfach nur* abgebrannt. Das Feuer hat meine beschissene kleine Wohnung verschlungen. Es war ein Wunder, dass nicht der ganze Wald mit ihm in Flammen aufgegangen ist, wo der Hügel doch so trocken war. Aber als ich die Szene der Zerstörung vor mir sah, wurde mir klar, dass es weniger ein Wunder war, sondern eher ein gut ausgebildetes, engagiertes Team von Holzfällern, die den Boden bewässerten und das Feuer daran hinderten, sich auszubreiten.

Ich hielt am Ende meines Schotterwegs an, sprang aus meinem Auto und raste an den Kennard-Mills-Fahrzeugen vorbei, bevor ich die Stelle umkreiste, an der mein Wohnwagen gestanden hatte. Es konnte nicht gut sein, dass das örtliche Sägewerksteam vor der Feuerwehr bei mir eingetroffen war. Da wir als Stadt in Justice keine eigenen örtlichen Ersthelfer hatten und uns auf andere Städte oder den Landkreis verlassen mussten, hätte mich diese Verzögerung natürlich nicht überraschen dürfen. Verärgert konnte ich natürlich sein. Aber überrascht nicht. So war es eben, das Leben mitten im Nirgendwo. Justice, Colorado. Einwohnerzahl 348.

Vielleicht 347 nach diesem Brand. Wo sollte ich jetzt wohnen? Ich müsste meinen Stiefbruder anrufen und ihm sagen, was passiert war, aber diese Idee ließ einen Schauer über meinen Rücken gleiten. Mein Chef würde mich wahrscheinlich für ein paar Wochen unterbringen, während ich mich neu arrangierte, aber das bedeutete, dass ich in den benachbarten Landkreis ziehen müsste. Und daran hatte ich keinerlei Interesse. Es stimmt, Justice war winzig klein und lag völlig abseits, aber ich liebte diese Stadt. Mir gefiel auch die Tatsache, dass die Familie Kennard - der das Sägewerk gehörte und in der fast alle Einwohner von Justice arbeiteten - den Ort wie einen Militärstützpunkt behandelte. Viele Regeln, viele große, stämmige Männer in Flanell, die mich auf Schritt und Tritt im Auge behielten, viele Menschen, die sich gegenseitig beschützten. Es verging kein Tag, ohne einen Mitarbeiter von Kennard Mills zu treffen. Ich würde dieses Gefühl der Sicherheit vermissen, wenn ich gehen würde.

Der Rauch wehte im Wind, brannte mir in den Augen und trocknete meinen Mund aus, als sich meine Gedanken auf das konzentrierten, was ich bereits verloren hatte, statt auf das, was ich vielleicht verlieren würde, wenn ich ginge. *Nämlich alles.* Ich hatte alles verloren, was ich nicht in der Hand hielt oder am Leibe trug. Von meinen Möbeln bis zu meiner Zahnbürste... alles weg. Wie konnte das *passieren*?

Ich hatte nicht bemerkt, wie ich auf die schwelenden Überreste meines Lebens zu gestolpert war, ich war zu sehr in meinen Gedanken über Kleider und Betten und die nagelneuen Handtücher verloren, die ich noch nicht einmal benutzt hatte, um zu merken, dass ich mich vorwärtsbewegte. Und doch tat ich genau das - ich bewegte mich näher an das heiße, qualmende Chaos, dessen giftige Dämpfe ich einatmete. Doch bevor ich einen Fuß auf das tote Gras meines Vorgartens - wie ich ihn früher im Scherz genannt hatte - setzte, schlangen sich zwei starke Arme um mich. Sie zogen mich von meinen Füßen und gegen eine Brust, die so groß und fest war, dass es nur wenige Männer gab, denen sie gehören konnte. Und es gab nur einen Mann, von dem ich mir gleichzeitig wünschte und befürchtete, dass er es war.

„Geh nicht näher ran, Liebes. Es gibt nichts, was du jetzt noch retten kannst."

Die Furcht siegte. Diese Stimme, dieser Geruch... Ich kannte sie. Alder Kennard - Besitzer von Kennard Mills, der größte, härteste Mann, den ich je gesehen hatte, und der Star in jeder meiner Fantasien in den letzten drei Jahren – hielt mich in seinen Armen. Er hob mich hoch, trug mich, als würde ich nichts wiegen, und ließ meinen ganzen Körper mit seinem verschmelzen, als er mich fest an sich drückte.

Wie oft hatte ich genau davon geträumt? Davon, dass er mich in die Arme nimmt und davonträgt? Dass er mich in Sicherheit bringt, dass er mich Liebling nennt. Vielleicht ging er mit jeder Frau in Justice so um - es war mir egal. Solange er mich weiterhin berührte, seinen Daumen an meiner Schulter rieb und diese harten, starken Muskeln gegen mich presste.

Ich zitterte, Wärme sammelte sich zwischen meinen Beinen und meine Brustwarzen verhärteten sich unter meinem dünnen T-Shirt. Während mein Wohnwagen bis auf die letzten Reste abbrannte.

Schlechtes Timing, Shye.

Widerwillig wand ich mich aus Alders Griff, bis meine Füße wieder auf festem Boden standen. Ich musste es tun, denn ich musste bei klarem Verstand bleiben. Und weil die Vorstellung, dass Alder mehr als nur ein besorgter, schützender Nachbar sein könnte, ein Hirngespinst war. Solche Gedanken konnte ich mir nicht erlauben. Zwar schien er mich nur widerwillig loszulassen, aber das war wohl ein Teil seiner beschützerischen Natur. Der Mann sorgte sich um seine Stadt und ihre Einwohner. Er hätte genauso gut der Bürgermeister, der Polizeichef und die Feuerwehr sein können, alles in einem großen, gutaussehenden Paket. Dass er mich nicht lebendig verbrennen sehen wollte, hatte nichts mit mir zu tun, so sehr ich mir das auch wünschte.

Als ich mich umdrehte, begegnete ich diesen stahlblauen Augen, die meine Seele jedes Mal zu durchbohren schienen, wenn er in meine Richtung blickte. Und so oft, wie ich ihn anstarrte, sah ich auch, dass er meine Blicke häufig erwiderte. Ich war schlecht im Verstecken von Blicken.

„Was ist passiert?", fragte ich und kämpfte darum, mich nicht in seinem Bann zu verlieren.

Alder schien gerade den Arm nach mir ausstrecken zu wollen, hielt sich dann aber zurück, bevor er mich berührt hatte. Ein Schatten huschte über sein Gesicht. „Camden rief mich im Büro an, weil er Rauch vom Hügel kommen sah. Als wir hier ankamen, brannte der Wohnwagen bereits. Wir benachrichtigten den Sheriff, aber..."

„Wie lange?"

Ich brauchte ihm die Frage nicht zu erläutern. Jeder Bürger von Justice hätte sie verstanden. „Ich schätze, eine Viertelstunde, bis Camden den Rauch sehen konnte. Es ist ungefähr eine Stunde her, dass wir den Sheriff gerufen haben."

Das bedeutete, dass meine Wohnung zu diesem Zeitpunkt

wahrscheinlich schon über zwei Stunden lang gebrannt hatte, ungefähr so lange, wie ich weg gewesen war. Einhundertzwanzig Minuten für einen Wohnwagen voller beschissenem Schrott, der meinem beschissenen Leben entsprach und niederbrannte, bis überhaupt nichts mehr übrig war.

Wenn ich gedacht hätte, dass Tränen etwas Anderes bewirken könnten, als meinen Zustand noch zu verschlechtern, hätte ich geweint.

„Ich habe nicht gemerkt, dass ich so lange weg war", sagte ich mit schwacher Stimme.

Alder sah ungefähr so kränklich aus, wie ich mich fühlte. „Mein Gott, Shye – Ich habe mir Sorgen gemacht, als wir dich nicht finden konnten. Wo bist du gewesen?"

„Rock Falls. Ich habe Besorgungen gemacht." Die Realität meiner Situation schlug wie ein Hammer auf mich ein, und ich kippte fast um. „Alle meine Sachen. Mein ganzes Leben war da drin."

Eine finstere Miene störte die perfekte Rundung seines Mundes. „Wir können deine Sachen ersetzen."

Das war für Alder leicht zu sagen. Ihm hatte es nie an etwas gefehlt. Und mir? Mir fehlte es ständig an allem. Aber was konnte ich erwarten? Der Name Kennard bedeutete hier in der Gegend etwas.

Laut der Geschichte von Justice hatte die Familie Kennard dieses Land vor Jahrhunderten besiedelt und ein Sägewerk errichtet, um die reichlich vorhandenen Kiefern an den Hängen um uns herum zu verarbeiten. Sie hatten ein Vermögen damit verdient, bis der Holzmarkt zusammenbrach, dann hatte die Borkenkäferepidemie sie fast aus dem Geschäft geworfen. Fast - bis Alder von seiner Zeit in der Armee zurückgekehrt war und das Geschäft wieder in Gang brachte.

Aber eigentlich spielte es keine Rolle, wie er so wohlhabend geworden war. Er hatte Geld, und ich hatte nichts weiter als Schulden, von denen ich bezweifelte, dass ich sie jemals abbezahlen würde, einen Körper, den niemand anfassen wollte, wenn er sah, wie ruiniert er war, und einen Mietvertrag für einen Wohnwagen, der älter war als ich selbst und auf einem felsigen, scheußlichen Berghang stand. *Früher* hatte ich zumindest diesen Wohnwagen. Jetzt hatte ich nichts mehr. Außer den Narben und den Schulden, die sie mir beschert haben.

Ein riesiger Mann stürmte um einen der Trucks herum, und ich machte einen instinktiven Schritt zurück, woraufhin ich mit Alder zusammenstieß. Ich wäre begeistert gewesen von der Art, wie sich Alders Hand auf meine Hüfte legte, um mich zu stützen, wäre da nicht die Angst gewesen, die durch den Kopf jagte. Gage Shepherd - jeder bärtige, muskulöse Teil von ihm – brachte die Erde zum Beben, als er ging, seine Schritte waren schwer und deutlich. Seine Bewegungen waren hart. Dickes, wildes Haar, Augen, die zu dunkel waren, um echt zu wirken, und Tattoos, die seine Haut von den Handgelenken bis zum Hals und überall dazwischen bedeckten, vervollständigten das Bild des furchterregendsten Mannes, dem ich je begegnet war.

Gages Hund Rex folgte ihm wie immer auf Schritt und Tritt und hüpfte praktisch über den felsigen Boden. Die beiden gingen überall gemeinsam hin, anscheinend auch zu einem Großbrand. Rex sah aus wie ein Straßenköter von unbestimmter Abstammung, aber er begrüßte jeden Menschen mit einem fröhlichen Schwanzwedeln, sodass man Lust bekam, in die Hocke zu gehen und ihm den Bauch zu kraulen. Ganz im Gegensatz zu seinem immer grummelnden Besitzer.

Neben Alder schien Gage fast ein Mann normaler Größe zu sein, obwohl das eigentlich mehr über Alders Körperbau aussagte als über Gages. Beide waren groß, breit und stämmig - aber auch gegensätzlich. Gages dunkles Haar und Bart standen im Kontrast zu Alders hellem Schopf und sauber rasierten Gesicht. Die Unterschiede waren jedoch nicht nur ästhetischer Natur. Zwar schüchterte Alder durch seine Größe ein, aber er machte mir keine Angst wie Gage. Zumindest nicht in dem Sinne, dass er mich *verletzen würde*, sondern eher, dass *ich mich wahrscheinlich in ihn verlieben würde, wenn ich nur eine Sekunde lang nicht aufpasste.*

Gage war eine andere Geschichte. Der Mann sah geradezu tödlich aus, wie der leibhaftige Tod, der einen packen will, wenn man auch nur ein kleines bisschen aus der Reihe tanzt. Man spürte die Gefahr, die an seiner Haut klebte, wenn er vorbeiging, und man spürte das Raubtier in seinem Inneren. Gage erschreckte mich auf dieselbe Weise, wie es ein Hai tun würde, und aus demselben Grund. Mit ihm in der Nähe war ich nicht an der Spitze der Nahrungskette.

Gage machte sich nicht einmal die Mühe, einen Blick in meine Richtung zu werfen und konzentrierte sich stattdessen auf Alder. „Die Spuren im hinteren Bereich deuten auf Brandbeschleuniger hin.“

Alders Kiefer zuckte, seine Augen wurden hart. „Ein Brandstifter in Justice?“

„Wir finden heraus, wer das Feuer gelegt hat, und ich kümmere mich darum.“

Alder hielt Gages schwarzen Blick mit Leichtigkeit stand; offensichtlich fühlte er sich wohl mit der Bedrohung. „Camden sagte, er sei heute Morgen auf dieser Straße auf ein paar Typen getroffen. Mitglieder dieses Motorradclubs, Soul Suckers. Das wäre meine Vermutung.“

Mein Blut war noch nie so schnell so kalt geworden. Soul Suckers...der Motorradclub mit einem nagelneuen Clubhaus im nächsten Bezirk. Die Gruppe, die ich, wegen meines Stiefbruders, viel zu gut kannte. Der wie ein Vater für sie gewesen war. Bis zu diesem Zeitpunkt hatte ich angenommen, dass mein Wohnwagen wegen irgendeines elektrischen Problems abgebrannt war. Schon zehn Jahre vor meinem Einzug hätte man die Behausung als Müllkippe bezeichnet, also schien das eine logische Annahme zu sein. Aber Soul Suckers, die sich nicht lange vor dem Brand dort aufhielten? Das schien definitiv wie eine Warnung. Sogar eine Strafe. Etwas, das ich nur allzu gut kannte.

Zitternd entfernte ich mich einen Schritt von den beiden gigantischen Männern und schuf ein wenig Platz zwischen uns.

„Wie hat Camden sie gesehen, und das hier? Was hat er hier oben gemacht? Technisch gesehen gehört dieses Land nicht zu Justice."

Alder zog seine Stirn in Falten, als wolle er mir widersprechen. „Camden hat ein neues Holzlager an der Straße vorbereitet."

Das bedeutete, dass er in den Wäldern gewesen war, auf die ich eigentlich aufpassen sollte. Der Tag wurde immer schlimmer. „Neues Lager?"

„Miss Hansen verkaufte uns achtzig Hektar ihres Osthangs."

Höchstwahrscheinlich wegen der Bäume auf diesem isolierten, tief bewaldeten Grundstück. Die Toten - Kennards derzeitige Geldbringer. Unter Alders Anleitung nahm Kennard Mills das, was als wertlos hätte angesehen werden können, und machte etwas daraus, soweit ich es verstanden hatte. Alder sah in diesen toten Bäumen eine Chance.

Ich sah mehr Tod kommen, mehr Negativität. Wie die Tatsache, dass alle Wälder, die die Kennards abgeholzt hatten, eine große Waldbrandgefahr darstellten, weil die toten Bäume so trocken waren. Und die hässlichen braunen Kiefernnadeln auf dem, was ein grüner Hang hätte sein sollen. Aber das war alles kein Argument - ich hatte, wie immer, größere Sorgen.

„Wie lange kommt dein Team schon hier hoch?"

„Wir führen seit etwa einer Woche Vermessungen durch." Die Falten auf Alders Stirn wurden tiefer, und er schien nicht mehr besorgt, sondern fast kampfbereit zu sein. „Was ist los?"

Ich konnte das Kopfschütteln, mit dem ich ihn ansah, nicht kontrollieren. Ich konnte auch nicht verhindern, dass es sich zu einem Zittern ausbreitete, das meinen ganzen Körper durchzuckte. Irgendwie hatte ich es vermasselt. Völlig, absolut, unbestreitbar. Ich hatte nicht so gut aufgepasst, wie man es von mir erwartet hatte, sonst hätte ich gewusst, dass es sich bei dem Land um ein Erntegebiet handelte. Ich hätte das Kennard-Team in den Wäldern bemerkt. Ich hatte einen Job, nur eine einzige Aufgabe zu erledigen, damit sie mich in Ruhe lassen würden. Und so sehr ich die Arbeit hasste, die mir aufgetragen worden war - so sehr ich sie immer gehasst hatte - ich hatte versprochen, sie zu Ende zu bringen, um meine Schulden zu begleichen. Ich hatte nur sechs Monte der Strafe übrig und ich hatte versagt, ich musste den Preis dafür bezahlen. Wieder einmal.

„Shye?" Alder riss mich aus meinen Gedanken, indem er meinen Namen sagte, und erinnerte mich daran, dass ich eine Rolle zu spielen hatte. Es gab Lügen zu erzählen.

„Entschuldigung. Nur... hier gibt es nichts zu retten." Es gab nie etwas, nicht wirklich. Natürlich musste er das nicht wissen. „Ich sollte zu Deacon ins Motel gehen, bevor es zu spät ist. Ich muss heute Abend arbeiten."

Aber Alder war nicht dumm. „Dein Zuhause ist heute abgebrannt. Ich bin sicher, du kannst dir den Abend freinehmen, um dich um all diese Dinge zu kümmern."

„Ich habe keine Sachen mehr, und wenn ich etwas davon ersetzen will, muss ich arbeiten. Vielen Dank für deine Hilfe."

„Shye, warte." Alder packte mich am Arm und versuchte, mich am Gehen zu hindern. Aber dieser Griff, diese Forderung erinnerte mich an die Männer, die weder sanft noch lieb zu mir gewesen waren. An diejenigen, die mir wehgetan hatten. Diese Berührung warf mich an einen dunklen Ort, und etwas in mir zerbrach.

„Nein", schrie ich und riss meinen Arm los. „Lass mich gehen, Alder."

Er erstarrte. Ich habe nie etwas gesehen, das Alder Kennard schockiert hätte - ich habe ihn nie als etwas Anderes als zuversichtlich und selbstsicher erlebt. Jetzt sah er nach nichts von alledem mehr aus. Tatsächlich sah er fast verletzt aus.

„Okay, Liebes. Was immer du brauchst." Und damit ging er weg, auf das Feuer zu, mit Gage an seiner Seite.

Mit schmerzendem Herzen und Übelkeit im Magen drehte ich mich zu meinem Auto um. Ich musste einen Ort finden, an dem ich mich verkriechen, niederlassen und ruhig atmen konnte. Und es war nicht auf diesem verdammten Hügel vor meinem ausgebrannten Wohnwagen. Oder vor dem Sheriff, der in die Einfahrt rollte, als ich die Tür meines Autos erreichte. Zu spät. Immer zu spät, dieser Mann.

„Was ist hier los, Shye?" Groß, aber dünn, erhob sich Sheriff Baker aus seinem Streifenwagen, seine dunklen Stiefel knirschten auf dem Kies. Dieselbe Art Stiefel hatte der Polizist in der Nacht getragen, als er uns mitteilte, dass meine Mutter bei einer Schießerei in einem Strip-Club außerhalb von Boulder ums Leben gekommen war. Dieselben Stiefel, in denen fünf Monate später ein anderer Polizist ins Haus kam, der meinen Stiefbruder wegen Totschlags verhaftet hatte - eine Anklage, die später nach einer saftigen Zahlung durch die Soul Suckers fallen gelassen wurde. Dieselben Stiefel, die mich nach dem Unfall wachgerüttelt hatten, der das bisschen Normalität zerstört hatte, das ich zu diesem Zeitpunkt kannte.

Ich hasste diese Stiefel.

Ich weigerte mich, ihm in die Augen zu sehen, und eilte zu meinem Auto. „Meine Wohnung ist niedergebrannt. Wahrscheinlich ein elektrisches Problem - die Steckdose in der Küche neigte dazu, ein wenig zu funken, wenn man den Stecker nicht richtig eingesteckt hatte."

„Ein Elektrobrand. Ich bin sicher, die Versicherung wird das glauben." Als hätte ich eine Versicherung für diesen alten Schrotthaufen gehabt. „Sie verlassen uns also?"

Ich bezweifelte, dass er mit diesem „Verlassen" die Lichtung meinte, auf der wir standen. „Ich muss heute Abend arbeiten. Ich überlege mir morgen, wie ich mit dieser Situation umgehen werde."

Er starrte den Wohnwagen einen schier endlosen Augenblick lang an, bevor er seinen Kopf in meine Richtung drehte und meinem Blick mit seinen scharfsinnigen Augen begegnete. Suchend. Bewertend. „Na schön. Mehr können wir nicht tun, da das Feuer sich bereits selbst gelöscht hat." Aufgrund der langen Zeit, die er gebraucht hatte, um den Ort des Geschehens aufzusuchen, und der Tatsache, dass er allein gekommen war, also offensichtlich keine Unterstützung angefordert hatte, gebührte ihm kein Dank. „Ich werde Sie aufsuchen, wenn ich etwas brauche."

Daran hatte ich keinen Zweifel. Ich nickte, schlüpfte in mein Auto und knallte die Tür hinter mir zu. Meine Hand zitterte, als ich versuchte, den Schlüssel in die Zündung zu stecken, und meine Augen brannten, allerdings nicht vor Rauch oder vor Angst. Nein, ich weinte nicht, wenn ich Angst hatte - ich weinte, wenn ich wütend war. Und genau in diesem Moment war ich wütend auf mich selbst, weil ich es vermasselt hatte. Drei Jahre – dahin in einem einzigen Augenblick.

Aber es nützte nichts, sich Sorgen darüber zu machen, wie schlimm meine nächste Strafe sein würde. Ich musste mir eine sichere Bleibe suchen, einen Ort, an dem ich mich für ein paar Tage verstecken konnte.

Bevor ich jedoch gehen konnte, erregte Alder Kennard erneut meine Aufmerksamkeit. Ich starrte seine selbstbewusste Haltung an, die Art, wie sich seine Arme wölbten, als er sie vor seiner Brust verschränkte. Seinen wütenden, konzentrierten Gesichtsausdruck. Ich dachte, ich sei sicher hinter der Windschutzscheibe meines Autos, aber er drehte sich um, bevor ich wegsah, und erwischte mich dabei, wie ich ihn beobachtete.

Es schien, als starrte ich ihn immer an.

Alder hielt meinem Blick stand, die Brauen zu einem tiefen Stirnrunzeln gefurcht, das sein hübsches Gesicht trübte. Gage stand an seiner Seite, beugte sich zu ihm hinüber und flüsterte ihm etwas zu, aber Alder schien ihm kein bisschen Aufmerksamkeit zu schenken. Stattdessen ruhte sein Blick auf meinem. Bohrte sich direkt in meine Seele. Suchte nach etwas, von dem ich bereits wusste, dass ich es ihm nicht geben konnte. In einer anderen Welt, vielleicht in einem anderen Leben, hätte ich ihm alles gegeben. Alles – meinen Körper, meinen Geist, mein Herz. Aber in meiner jetzigen Situation war alles, was ich ihm zu geben hatte, Gefahr. Ich hatte Schulden bei einem Motorradclub, höchstwahrscheinlich bei demselben, der meinen Wohnwagen niedergebrannt hatte. Von dieser Bedrohung gab es kein Entkommen.

Also startete ich den Motor und fuhr davon, bevor ich

etwas Dummes tun konnte, wie zum Beispiel aus meinem Auto auszusteigen und ihn um Hilfe zu bitten.

Nicht einmal der große Alder Kennard konnte mich vor meinem Schicksal bewahren.

Drei Tage. Ich hatte Shye seit drei Tagen nicht mehr gesehen, was mich ärgerte. Diese Tatsache und die mangelnde Kontrolle über mein Temperament führten dazu, dass ich mich im Jury Room wiederfand, einer Bar und Motel am Rande der Stadt, das meinem besten Freund gehörte. Auch bekannt als der Mann, dem ich gerade ins Gesicht schlagen wollte.

„Sag es mir."

Deacon schüttelte den Kopf, seine Arme lagen abgestützt auf dem Bartresen zwischen uns. Unbeweglich. „Auf keinen Fall."

Ich lehnte mich über die Bar und sah ihm direkt in die Augen. Deacon war etwa zehn Zentimeter kleiner als ich, hatte aber mindestens dreißig Pfund mehr Muskelmasse. Mit seinem länglichen, unordentlichen dunklen Haar, den leuchtend grünen Augen und einem Lächeln für jedermann, passte der Mann genau in die Rolle des Kleinstadtkneipenbesitzers. Aber er hatte eine dunkle Seite, von der nicht viele Leute wussten. Eine, die ich aus erster Hand gesehen hatte, als ich mit ihm in einer Einheit der Green

Berets diente. Eine, bei der ich darauf achtete, niemals außerhalb der Spezialeinheit zu erwähnen.

Er war auch loyal wie der Tag lang war, nur nicht immer mir gegenüber.

„Welches Zimmer?", fragte ich, meine Stimme war wie Kies, sogar in meinen eigenen Ohren.

„Ich weiß nicht, welchen Teil von „auf keinen Fall" du nicht verstehst, aber lass es mich dir erklären. Ich werde dir nicht sagen, wo Shye ist."

„Verdammt, Deacon. Ich habe dich aus zu vielen Schießereien rausgeholt, um so mit mir umzugehen."

Das Grinsen meines besten Freundes verschwand aus seinem Gesicht, als er aufrecht hinter der Bar stand und sich weigerte, einen Rückzieher zu machen. Ich vertraute ihm mit meinem Leben - wir hatten Momente erlebt, in denen wir füreinander den Tod riskiert hatten - aber er war kein Schwächling. Vor allem nicht mir gegenüber. Und er war ein wenig besessen davon, mich daran zu erinnern, dass ich nicht für alles in der Stadt verantwortlich war.

„Ich weiß, wie sehr du das Mädchen magst, Mann", sagte er mit ruhiger, aber fester Stimme. „Aber das wiegt meine Verantwortung ihr gegenüber nicht auf. Sie will sich verstecken, und ich bin bereit, darauf zu wetten, dass sie das aus gutem Grund tut. Wenn es jemand anderes wäre, der nach ihr sucht, würdest du wollen, dass ich ihm sage, wo sie ist?"

Mit diesem Argument hatte der Scheißkerl mich schachmatt gesetzt und er wusste es, weshalb er es als Zustimmung akzeptierte, als ich mein Kinn leicht anhob.

„Hör zu", sagte er und entspannte sich leicht. „Ich weiß nicht, was mit ihr los ist, aber sie bat mich um Hilfe. Ich bin sicher, wenn sie bei klarem Verstand gewesen wäre - oder wenn ich sie gefragt hätte - hätte sie mir gesagt, dass du wissen darfst, wo ich sie versteckt habe. Aber das hat sie nicht, und ich werde ihr Vertrauen nicht brechen, nur, weil du scharf auf sie bist."

„Ich bin nicht scharf auf sie." Im besten Fall ein schwaches Argument, im schlimmsten Fall eine Lüge.

Allenfalls ein Einwand, den Deacon mir nicht eine Sekunde lang abkaufte. „Ich schaue nicht auf deinen Schwanz, Mann, aber ich kenne dich."

Ich seufzte, blickte um die schwach beleuchtete Bar herum und suchte nach etwas, irgendetwas, worauf ich mich konzentrieren konnte. Aber es gab nichts zu sehen, und nichts zu spüren als das Brennen in meinem Bauch. Sie brauchte mich, und ich kam nicht an sie heran. Aber Deacon schon - er war meine einzige Verbindung zu ihr.

„Geht es ihr gut?"

„Sie ist so gut aufgehoben, wie sie es bei mir sein kann." Sein Nicken hätte mich beruhigen sollen, tat es aber nicht. So gut aufgehoben, wie sie bei ihm sein konnte, war nicht vollständig bewacht, beobachtet und unmöglich zu erreichen - und das wussten wir beide. Obwohl wir nicht wussten, vor wem oder was sie sich verstecken wollte, konnten wir nicht viel tun. Nicht über das hinaus, was er bereits tat.

„Halte die Augen offen, verstanden? Ich habe Shye seit Tagen nicht mehr gesehen, und es sieht ihr nicht ähnlich, die Arbeit zu versäumen. Wenn sie Angst hat, will ich wissen, warum, damit ich das in Ordnung bringen kann."

„Aber du bist überhaupt nicht scharf auf sie", sagte Deacon, ein leichtes Lächeln flackerte in seinem Gesicht auf, seine Augen fixierten mich. „Nun, soweit ich weiß, geht sie heute Abend wieder zur Arbeit."

Das munterte mich auf. „Übliche Schicht?"

„Keine Ahnung. Aber sie erwähnte, dass sie heute Abend arbeitet, also nehme ich es an."

„Okay." Ich blickte auf die Uhr über dem Tresen, drehte mich dann auf dem Absatz um und ging auf die Tür zu. Sechs Stunden - ich musste noch sechs Stunden warten, um sie zu sehen. Aber wenn er sich irrte... „Hey, Deac?"

„Ja, ja, ja. Wenn sie nicht zur Arbeit geht, werde ich mit ihr reden. Sie fragen, ob sie etwas dagegen hat, dass du zu ihr kommst. Und jetzt verpiss dich aus meiner Bar, bevor die zahlenden Kunden auftauchen, du Schmarotzer."

Die Tatsache, dass er sich stets weigerte, mich für etwas bezahlen zu lassen, sei einmal dahingestellt. Um der alten Zeiten willen zeigte ich ihm auf dem Weg zur Tür den Vogel. Sein Lachen folgte mir auf den leeren Parkplatz; der Tag war zu jung für Barbesucher. Der Motel Parkplatz nebenan war ebenfalls leer. Shye musste ihr Auto versteckt haben. Schlau, aber frustrierend. Ich wollte wissen, wovor sie solche Angst hatte und wie sie mit dem Stress umging, ihr Zuhause verloren zu haben. Ich wollte sichergehen, dass sie alles hatte, was sie brauchte. Ich wollte ihr nicht wehtun - ich musste sehen, dass es ihr gut ging.

Sechs Stunden noch.

Ich ging zurück zum Sägewerk, meine Gedanken drehten sich im Kreis. Ich hasste es, Shye nicht zu sehen, nicht zu wissen, ob sie wirklich in Sicherheit war. Ich vertraute Deacon – das tat ich schon, seit wir beide die Green Berets der Spezialeinheit getragen hatten - aber er stand zwischen mir und meinem Mädchen. Das war schwer zu schlucken.

Zu sauer, um mich mit den Jungs im Sägewerk zu beschäftigen, stieg ich die Treppe zu meinem Büro mit Blick auf das Sägewerk hinauf und hockte mich hin. Telefonanrufe, E-Mails, sowohl geschäftlich als auch hinsichtlich der Soul Suckers. Ich schaltete meinen Computer ein und führte so viele Telefonate, wie ich konnte, damit ich nicht mehr an Shye denken musste.

Ein Ding der Unmöglichkeit.

Bishop erschien fünf Stunden nach meiner sechsstündigen Strafe und setzte sich auf den Stuhl auf der anderen Seite meines Schreibtisches. Wie üblich sah der Vizepräsident für Verkauf und Marketing von Kennard Mills scharf und großspurig aus, als wäre er im Begriff, sich mit wichtigen Leuten zu treffen. Was auch tatsächlich möglich war - ich achtete nicht sehr darauf, was er tat.

Wir verkauften eine Menge Holz, also wusste ich, dass er seinen Job gut machte. Vielleicht gab er auch einfach nur an. Bishop hatte eine Tendenz dazu - es lag an dem umfangreichen SEAL-Training, das in ihm verankert war.

„Der Arbeitstag ist vorbei, Bruder", sagte er und schenkte mir das Lächeln eines Verkäufers, das ihm allseits so viel Aufmerksamkeit bescherte. Aber nicht von mir.

Ich tippte weiter und antwortete auf eine E-Mail, um Informationen zu einem bestimmten Kundenbedarf zu erhalten. „Ich arbeite noch."

„Bis die Arbeit getan ist, oder bis es Zeit ist, zur Raststätte zu fahren, um Shye zu sehen?"

„Beides." Ich klickte auf „Senden", wandte mich schließlich vom Bildschirm ab und sah meinem Bruder in die Augen. „Wenn sie überhaupt da ist."

„Das ist sie."

Ein Schmerz, der wie Krallen in meine Brust fuhr, erhellte mein Inneres, gefolgt von der absoluten Gewissheit, dass die einzige Möglichkeit, ihn loszuwerden, darin bestand, zu ihr zu gehen.

Aber das würde ich niemals offen zeigen, nicht, wenn Bishop zusah. Also verankerte ich meinen Arsch in meinem Stuhl und lehnte mich zurück, als hätte ich alle Zeit der Welt, um mit ihm dumme Sprüche zu klopfen.

„Du hast sie gesehen?"

„Nein, aber ich habe Finn zu einem frühen Abendessen hingeschickt. Er liebt den Heidelbeerkuchen dort."

Natürlich tat er das. „Sein Suchtproblem scheint sich auf Zucker übertragen zu haben."

„Besser als die Alternative."

Das stimmte. Aber ich wollte nicht über Finn sprechen. „Haben wir schon eine Spur zu den Identitäten der örtlichen Soul Suckers?"

„Nicht wirklich. Niemand will gegen sie aussagen, aber wir werden weitersuchen."

„Ich will Namen, Adressen, Festnahmeprotokolle... Ich will jede Schwachstelle vom Präsidenten bis hin zum neuesten Rekruten."

„Ich verstehe nicht, warum wir nicht einfach in ihr Clubhaus gehen und alles in die Luft jagen."

Typische SEAL-gegen-Green-Beret-Mentalität. Er begab sich zuerst direkt in die Schlacht und setzte rohe Kraft ein, um mit dem Feind fertig zu werden. Ich hingegen plante, schmiedete Pläne und setzte Sabotage oder Täuschungsmanöver ein, um meine Missionen zu erfüllen. Und das war meine Mission, nicht seine.

„Ohne zu wissen, was auf uns zukommt, könnten wir in eine Schießerei geraten, oder vielleicht gehen sie in einem anderen unerwarteten Manöver gegen uns vor. Wenn wir genau wissen, womit wir es zu tun haben, können wir ihre Schwachstellen ausnutzen. Sie in die Knie zwingen, bevor wir sie ausschalten." Ich lehnte mich nach vorne und starrte in seine grauen Augen, um sicherzugehen, dass er meinen Standpunkt verstanden hatte. „Aber, wenn wir alle Informationen haben? Werden wir ihr verdammtes Clubhaus in die Luft jagen, darauf kannst du wetten."

Bishop nickte, sein Kiefer war angespannt, seine Augen hart. Angepisst, genau wie ich. „Wir sind dran."

Ja, das waren wir. Allerdings waren diese Arschlöcher schwieriger festzunageln als eine terroristische Sekte. Aber ich würde es schaffen. Shye brauchte mich, ob es ihr nun klar war oder nicht.

Da wir gerade davon sprechen...

„Bist du morgen im Büro?" Ich schaute noch einmal auf die Uhr, bevor ich aufstand. Eigentlich hatte ich erst in zwanzig Minuten gehen wollen, aber ich hatte genug gewartet.

Er sah mich an und schüttelte schnell den Kopf, während er mir zur Tür folgte. „Verkaufsgespräche. Warum? Brauchst du mich?"

„Nein, ich wollte nur sichergehen, dass ich deine hässliche Visage nicht sehen muss." Ich wich dem Schlag aus, den er mir verpassen wollte, und ging die Treppe hinunter.

„Hey, Alder?"

„Ja?"

Stirnrunzelnd blickte Bishop auf mich herab. „Sei vorsichtig, ja? Ich schlage mich nicht gern mit diesem Motorradclub-Schwachsinn herum. Diese Typen respektieren nicht die gleichen Dinge wie wir."

Ich nickte, etwas Finsteres pochte in meiner Brust. Etwas, das den Erinnerungen an Bombenanschläge und ausgebrannte Häuser voller toter Zivilisten zu nahekam, als dass ich es zum Leben erwecken konnte, also schob ich es beiseite und konzentrierte mich auf das, was getan werden musste. Auf die Gegenwart. „Du auch, Mann. Halte den Kreis klein."

„Immer."

Ein abschließendes Nicken mit dem Kinn und eine Handvoll Stufen brachten mich ins Erdgeschoss des Sägewerks und zur Tür. Arbeitsprobleme, Ärger in der Stadt und Soul Suckers-Scheiß konnten für den Moment vergessen werden. Es war Zeit, mein Mädchen zu sehen.

Kapitel 4

Shye

Frühstück und gebratene Steaks in einem Raststätten Restaurant zu servieren, war für mich keine traumhafte Weise, meinen Lebensunterhalt zu verdienen, aber ich hatte es mir so ausgesucht, als ich vor drei Jahren nach Justice gekommen war. Die Arbeitszeiten waren schrecklich, die Bezahlung praktisch nicht existent, und das Trinkgeld... Nun, es gab nur wenig davon. Aber der Job hielt mich auf Trab, lenkte mich von der Horrorgeschichte ab, zu der mein Leben wurde, und brachte mir gerade genug Geld ein, um unabhängig sein zu können. Außerdem konnte ich Alder Kennard sehen. Und zwar oft.

Höchstpersönlich spazierte er nach der Hälfte meiner Schicht herein, lange nach dem Ansturm auf das Abendessen, als ich leider die einzige Kellnerin im Restaurant war. Das machte nichts: Ich blieb trotzdem stehen und starrte ihn an. Wie könnte ich das nicht? Er bewegte sich mit einer Selbstsicherheit, die den meisten Frauen den Kopf verdrehte. Meiner hatte sich verdreht, seit wir uns das erste Mal hier in dieser Raststätte begegnet waren. Das war an meinem ersten Arbeitstag gewesen.

Verdammt, vielleicht bin ich wegen Alder in diesem Job geblieben. Würde ich je aufhören, würde ich ihn vielleicht überhaupt nicht mehr sehen.

Aber an jenem Abend - drei Tage nach dem Feuer, nachdem ich in das winzige Motel neben Deacons Bar gezogen war, und nachdem ich jede Sekunde des Tages mit Adrenalin vollgepumpt erwartet hatte, dass ein Soul Sucker auftauchen würde, um mich ins Clubhaus zu verschleppen – war ich zu müde, um mich mit der Schwärmerei zu beschäftigen, die seit dieser ersten Begegnung nie wieder verschwunden war. Zu erschöpft, um zu verbergen, wie sehr ich mich zu ihm hingezogen fühlte. Vielleicht wollte ich es nicht wirklich, aber ich musste mich von ihm fernhalten.

Etwas, das in Anbetracht meiner Position fast unmöglich war.

„Schön, dich zu sehen, Alder. Was kann ich dir bringen?" Ich stellte eine Tasse Kaffee zusammen mit einer vollen Kanne vor ihn hin, weil ich wusste, dass er wahrscheinlich alles trinken würde, bevor er wieder ging. Normalerweise verweilte ich immer einen Moment, wenn ich ihm nachschenkte, um jede Sekunde auszunutzen, die ich in seiner Gegenwart sein konnte. Aber heute Abend durfte das einfach nicht passieren.

Er beäugte die Kanne, als ob sie aufspringen und ihn beißen könnte. „Das Sunrise-Frühstück."

Ich nickte, drehte mich um und ging in die Küche. Flüchtete. Aber anscheinend wollte er mich nicht gehen lassen.

„Shye." Das Wort klang wie eine Forderung, und meine Nackenhaare stellten sich auf.

„Ja?"

„Willst du nicht fragen, wie ich meine Eier haben will?"

Rührei mit etwas Käse untermischt. Genauso, wie er sie seit unserem ersten Treffen immer bestellt. „Geregelt" und „gewohnheitsmäßig" beschrieb Alder bis ins kleinste Detail, und ich war immer davon ausgegangen, das käme von seinem militärischen Hintergrund. Aber vielleicht aß der Mann einfach gerne Eier mit Käse.

„Isst du sie jetzt auf einmal anders als während der letzten drei Jahre?"

Ein langsames Kopfschütteln, und seine Lippen verzogen sich zu einem kleinen Lächeln, das genauso gut ein Tritt in meinen Bauch hätte sein können. Mein Gott, der Mann sah so verdammt gut aus. Er musste etwa zehn Jahre älter sein als ich, aber das machte nichts. Jedes Mal, wenn er in meine Richtung blickte, bekam ich weiche Knie und ein nasses Höschen.

„Nein, Ma'am."

Und diese Stimme? Diese Manieren? Gefährlich für die Zurückhaltung eines Mädchens. Besonders für meine.

„Dann frage ich nicht, weil ich es bereits weiß." Ich eilte in die Küche und ignorierte, wie sein Lächeln sich in ein finsteres Gesicht verwandelte. Ich konnte in diesem Moment nicht mit ihm zusammen sein. Ich konnte nicht neben ihm stehen und so tun, als käme er aus einem anderen Grund als wegen des Essens in das Restaurant. Ich hatte nicht die Kraft, mit meiner Enttäuschung fertig zu werden, nachdem ich schon so viel verloren hatte.

Drei Tage der Hölle, in denen ich mich ganz und gar allein gefühlt habe, hatten etwas in mir zerbrochen. Mein Chef hatte mir eine Auszeit gegeben, damit ich mich einleben konnte, aber das war ein schlechter Plan gewesen. Ich zog es vor, zu arbeiten - um beschäftigt zu bleiben - und mich auf etwas Anderes zu konzentrieren. Ich hatte drei Tage damit verbracht, über die eine Sache nachzudenken, die ich vergessen wollte - das Wissen, dass mein Stiefbruder mich wahrscheinlich umbringen würde, wenn ich ihn das nächste Mal sähe.

Etwas, über das ich einfach keine Sekunde länger nachdenken konnte.

Also gab ich Alders Bestellung an die Küche weiter, wärmte die Kaffeetassen der wenigen Leute, die noch im Restaurant saßen, und vermied den Tisch in der Ecke, an dem Alder immer saß.

Bis ich es nicht mehr konnte.

„Das Sunrise-Frühstück." Ich stellte seinen Teller mit Eiern,

Kartoffelpuffern und Speck zuerst ab und legte den kleineren Teller mit dem Toast dann neben seine Tasse. „Brauchst du noch Kaffee?"

Er hob eine Augenbraue und wies mit dem Kinn auf die Kanne. „Ich glaube, für heute Abend hast du mich damit ausreichend versorgt."

Ja. Ja, das habe ich. „Wenn du sonst nichts mehr brauchst, dann..."

Aber Alders große, raue Hand, die über meine gleitet, brachte die Welt zum Stillstand, und alles andere um mich herum verschwand. Das war... neu.

„Alles in Ordnung, Shye?"

Besorgt. Er klang besorgt um mich, als ob ich ihm wirklich etwas bedeutete.

„Es geht mir gut." Selbst für meine eigenen Ohren klang ich nicht glaubwürdig. Und Alder schien es zu wissen.

„Ich habe mir Sorgen um dich gemacht. Du warst nicht bei der Arbeit."

Er hatte es bemerkt. Er bemerkte es immer, wenn ich eine Schicht versäumte; nicht, dass das oft vorkam. „Mein Chef gab mir ein paar Tage frei. Wegen des Brandes."

Seine Lippen spannten sich an, und er bekam wieder diese kleine Zuckung in seinem Kiefer, die ich immer mit meinem Finger wegstreicheln wollte. „Hast du dich im Deacons zurechtgefunden? Hast du eine Bleibe?"

Ich nickte, zu verblüfft, dass er in den letzten Tagen überhaupt an mich gedacht hatte, um zu antworten.

Er seufzte und drückte meine Hand, wobei er auf eigenartige Weise aussah, als habe er mit sich selbst zu kämpfen. „Gut. Das ist gut. Dort bist du in Sicherheit."

Als ob es einen sicheren Ort gäbe, wenn die Soul Suckers tatsächlich hinter mir her waren.

„Ich sollte wieder an die Arbeit gehen", flüsterte ich und löste meine Hand aus seinem Griff. Ich wünschte mir, das Kribbeln, das seine Berührung hinterließ, würde niemals enden und doch sofort aufhören. Warum ließ mich dieser Mann so verdammt viel fühlen, und warum konnte ich mich nicht dazu durchringen, zu akzeptieren, dass er niemals mir gehören würde?

Alder nickte nur und griff nach einer Gabel, bevor er sich wieder auf sein Essen konzentrierte, statt auf mich. Das gab mir eine Fluchtmöglichkeit. Eine, von der ich mir wünschte, sie nicht ergreifen zu müssen. Aber die Arbeit rief - die Gäste brauchten mehr Kaffee und Toast, mussten über die Tagesangebote informiert werden und mussten fragen, ob wir etwas von dem Heidelbeerkuchen hatten, für den wir so berühmt waren. Und ich musste mein Leben außerhalb dieser Traumwelt leben, in der Alder Kennard und ich mehr als nur Bekannte sein konnten. Und in der ich kein Spielball in den düsteren Spielen der Soul Suckers war.

Als im Restaurant Ruhe einkehrte und nur noch eine kleine Gruppe von High-School-Schülern Buffalo Wings aßen und Alder Kennard eine Tasse Kaffee trank, ging ich zum Aufräumen nach hinten. Der Koch und die Kellnerin für die Nachtschicht würden bald kommen, und dann konnte ich mich wieder in meinem Motel Zimmer verstecken. Eine komplette Schicht unter Menschen zu arbeiten - so offen und ungeschützt - hatte mich etwas zittrig und schwach gemacht. Zumindest bis Alder hereingekommen war. Irgendwie wusste ich, dass mir nichts passieren konnte, wenn er in meiner Nähe war. Das würde er nie zulassen. Ich wünschte, ich könnte den Trost, den er ausstrahlte, in Flaschen abfüllen und diese Essenz mitnehmen, so dass ich wenigstens ein bisschen Schlaf bekäme, anstatt mich die ganze Nacht herumzuwälzen.

Oder ihn in meinem Bett haben.

Das wird nie passieren.

Ich ging in die leere Küche und seufzte in die Stille. Der Koch war fast eine halbe Stunde zuvor in seine Pause gegangen und hatte mir gesagt, ich solle ihm Bescheid sagen, wenn Gäste kämen. Das war gut so - in der Tat, war das zu meinen Gunsten. Ich brauchte Zeit für mich allein, und bei der Arbeit war das in der Regel so gut wie unmöglich. Wir hatten die ganze Nacht über Gäste, aber der schlimmste Teil meiner Schicht war vorüber. Die wenigen Kunden, die ich vor Schichtende noch sehen würde, wären ein paar Lkw-Fahrer, Polizisten aus Rock Falls und die Familie, die auf dem Weg zu einem anderen Ziel einen Zwischenstopp machte.

Vielleicht war es an der Zeit für mich. das auch zu tun.

Ich hatte noch nie in Erwägung gezogen, davonzulaufen - nicht wirklich. Sicher, nachdem mein Vater gestorben war, hatte ich mich gefragt, ob es nicht einen besseren Ort für mich gäbe. Einen sichereren Ort. Aber ich hatte bereits einen Fehler gemacht, der mich in Teufels Küche gebracht hatte, hatte bereits eine Schuld, die ich selbst in so jungen Jahren nicht zurückzahlen konnte, und die Soul Suckers waren ein nationaler Club. Egal, wohin ich ginge, ich wusste, dass sie mich finden würden. Niemand, der Schulden bei ihnen hatte, konnte sich verstecken. Also hatten sie mich nach Justice beordert, um die Bergstraße nach jeglichen ungewöhnlichen Aktivitäten im Auge zu behalten. Ich hatte gearbeitet, um meine Schulden zu bezahlen.

Allerdings hatte ich spektakulär versagt. Und schließlich waren sie gekommen, um sicherzustellen, dass ich mir dessen bewusst war.

Ich hatte nur noch eine Handvoll Geschirr in die Maschine zu laden, als Alder durch die Schwingtür aus dem Gastraum kam. Er war so groß, so breit, dass er den ganzen Platz in der kleinen Küche einnahm. Und auch die ganze Luft. Ich musste mich daran erinnern, zu atmen, als er mir so nahe war. Außerdem musste ich mich zwingen, meinen Blick von seiner Gestalt abzuwenden. Die Welt war nur noch auf ihn und das steife Stirnrunzeln in seinem Gesicht beschränkt, wenn er in der Nähe war und mich mit seinen blauen Augen beobachtete. Mich musterten. Als *sähe* er mich wirklich.

Etwas, das ich nicht zulassen konnte.

Ich zwang mich, meinen Blick abzuwenden. „Was machst du hier hinten?"

„Deine anderen Gäste hielten es für eine lustige Idee, zu gehen, ohne zu bezahlen." Er legte einen kleinen Stapel Geldscheine auf den Tresen neben mir. „Ich habe sie vom Gegenteil überzeugt."

Und wenn das den Mann nicht verkörperte – kraftvoll und fordernd, aber aus den richtigen Gründen. Er kümmerte sich immer um seine Freunde und Nachbarn, immer achtsam, dass niemand über den Tisch gezogen würde. Manchmal wünschte ich mir, wir wären uns begegnet, bevor mein Leben aus den Fugen geriet. Manchmal, wenn die Realität mich einholte, dass er mich nie so sehen würde, wie mein Herz es brauchte, wünschte ich mir, ich hätte ihn nie kennengelernt.

Ich hob das Geld auf, winkte ihm damit zu und steckte es dann in die Tasche meines Uniformkleides. „Das ist ein bisschen mehr als die Rechnung."

Er zuckte die Achseln, lehnte sich mit der Hüfte gegen den Tresen und überkreuzte seine langen Beine. „Ich sorgte dafür, dass sie dir ein gutes Trinkgeld dafür gaben, sie die ganze Nacht ertragen zu haben."

Ich konnte mir ein Lächeln nicht verkneifen. „Du bist schrecklich."

„Bin ich das wirklich?"

Als ich aufblickte, waren seine Augen immer noch auf mich gerichtet. Immer noch starrte er mich an, als versuche er, etwas herauszufinden, etwas in mir zu sehen. Und verdammt, ich war zu müde, um mich noch länger zu verstecken.

„Nein", flüsterte ich und stellte das Wasser ab. „Du bist überhaupt nicht schrecklich."

Alder stieß sich von der Anrichte ab und näherte sich mir. Tatsächlich kam er mir sehr, sehr nahe. Aber er blieb nicht stehen, wie ich es erwartete - in einem respektablen, höflichen Abstand. Oh nein, er blieb nicht stehen. Nicht, bis er direkt vor mir stand und meine Augen mit seinem hungrigen Blick gefesselt hielt, sein Körper beugte sich mir entgegen. Bis wir uns fast... berührten.

Und dann berührte er mich.

Er strich mir eine Haarsträhne hinters Ohr und neigte mein Kinn nach oben. Er zwang mich, ihn anzusehen, nicht, dass ich wegschauen könnte, selbst wenn ich wollte. „Ich mache mir Sorgen um dich, Shye."

Meine Antwort kam automatisch, die Lüge kam mir mühelos von den Lippen. „Das ist nicht nötig."

„Ich glaube schon. Ich glaube, ich kann gar nichts dagegen tun."

Ich erschauderte, verzaubert von seiner Stimme, von seiner Mimik, davon, wie nah er bei mir steht. Der Mann zog mich vom ersten Moment an, in seinen Bann - seit jenem ersten Tag, an dem er eine Tasse Kaffee bestellt und mich angelächelt hatte. In gewisser Weise lag sein Zauber noch immer auf mir, und ich hatte es so satt, gegen mein Verlangen nach ihm anzukämpfen.

Ich holte tief Luft und schloss die Lücke zwischen uns. Ich griff nach seinen Armen und drückte meine Brust an seine starken Muskeln, von denen ich schon zu oft geträumt hatte, um sie zu zählen. Ich gab mich ihm hin und betete, dass ich es nicht bereuen würde. „Und was wirst du dagegen tun?"

Er antwortete mir nicht - das war auch nicht nötig. Denn er nahm mein Kinn in seine große raue Hand und strich mit dem Daumen über meine Lippen, während er seine blauen Augen auf meine gerichtet hielt. Er wartete. Er suchte nach etwas. Also gab ich ihm das Einzige, was ich ihm geben konnte - meine Zustimmung. In Form eines Kusses auf seinen vorüberstreichenden Daumen. Seine Reaktion kam sofort.

Mit leuchtenden Augen beugte er sich zu mir hinab, um meinen Mund zu erobern. Ich konnte das, was er tat, nicht als Kuss bezeichnen. Das Wort war nicht groß genug, um die Art und Weise zu beschreiben, wie sein ganzer Körper an der Handlung teilnahm oder wie er meine Lippen, meine Zunge, und meinen Mund beherrschte. Es war kein Kuss - es war eine Inanspruchnahme. Er *raubte* mich regelrecht *aus*. Eine Hand ruhte an meinem Gesicht, ein Arm legte sich um meine Taille und drückte mich an ihn, und er griff meinen Mund mit einer Intensität an, die mir den Atem raubte.

Keine sanften, keuschen Küsse, kein zurückhaltender Anfang, kein langsames Herantasten – ohne Hemmungen fiel er über mich her und machte sich mein leises Keuchen zunutze, um mit seiner Zunge tiefer in meinen Mund vorzudringen.

Ich hätte auf der Stelle mit seinem Geschmack auf der Zunge sterben können und hätte es nicht bereut.

Herzrasen, ein Kribbeln unter meiner Haut und das Bedürfnis, von diesem Mann berührt zu werden, ließen mich alle Stimmen ignorieren, die mir je gesagt hatten, dass es mit uns nie klappen könnte, und ich erwiderte seinen Kuss. Er stöhnte leise, als ich meine Finger in sein Haar grub und ihn näher an mich zog, seine Hände drückten mich fest genug, um Abdrücke zu hinterlassen. Gut, das wollte ich. Wollte sehen, wie er mich gehalten hatte. Ich musste daran erinnert werden, dass ich nur für einen kurzen Moment ihm gehört hatte. Vollständig.

Aber Alder gab sich anscheinend nicht mit Küssen zufrieden. Unsere Zungen verschlangen sich, und er drehte mich so um, dass ich mit dem Rücken zur Theke stand, dann griff er nach unten, um mich an den Oberschenkeln zu packen und hochzuziehen. Ich landete auf dem Edelstahl und meine Beine spreizten sich instinktiv, um dem Mann Platz zu geben, zwischen sie zu treten.

Als er das tat, spürte ich, wie hart er war.

„Gib mir die Erlaubnis", sagte er und knabberte an meinem Kinn. „Ich nehme nichts von dir, aber wenn du mich lässt... wenn du es willst..." Er stöhnte, seine Hüften zuckten gegen meine, fast als hätten sie einen eigenen Willen. „Gib mir die Erlaubnis, Liebes. Sag mir, dass ich dich spüren darf. Lass mich dich verwöhnen, damit ich sehen kann, wie du kommst."

Ich nickte, obwohl ich keine Ahnung hatte, was ich da tat, keine Ahnung, was genau er mir geben wollte. Meine Erfahrung mit Männern - die Wenige, die ich hatte – war immer in einem Zusammenhang mit Schmerz und Strafe gestanden. Nie hatte mich jemand so geküsst, wie Alder mich küsste, nie war es weitergegangen als ein einfaches Busengrabschen, das mehr wehtat als es mich erregte. Aber ich würde es versuchen, ich würde lernen. Für Alder würde ich diese ganze Sexgeschichte zum ersten Mal versuchen. Solange er mich so wollte, wie ich ihn wollte.

Ich klammerte mich an ihn und wimmerte vor Lust, als er sich wieder über mich hermachte, während er weiterhin meinen Mund in Besitz nahm. Sein hartes Glied stand eingekeilt zwischen uns, sein Verlangen war offensichtlich. Der starke Griff seiner Hände auf meinem Fleisch, die nicht enden wollenden Küsse, die meine Welt in ihrem Fundament erschütterten, die Art und Weise, wie sich sein Körper mit jedem Atemzug in meinen drückte, war Beweis genug - der Mann wollte mich, und ich empfand definitiv dasselbe.

Ich schämte mich nicht für meine Gier nach mehr und presste meine Hüften gegen ihn, während er mich näher an sich zog. Während er mich in seine Arme und seinen Duft hüllte und mich mit seinem Geschmack überwältigte. Mich einweichte - ich war klatschnass und übertrug das wahrscheinlich auf seine Jeans, aber es war mir egal. Er sollte wissen, wie sehr ich ihn wollte, wie sehr er mich fühlen ließ. Er sollte die Wahrheit erfahren - dass es keinen anderen Mann gab, den ich in all den Jahren, seit ich in Justice lebte, auch nur angesehen hatte. Sondern nur ihn.

Als er also eine Hand zwischen uns sinken ließ, mein Höschen zur Seite schob und nach meiner Klitoris tastete, spreizte ich meine Beine noch weiter. So hatte er Platz, um mich zu massieren und zu reiben. Um endlich genau zu spüren, wie nass er mich machte. Als er es fühlte, stöhnte er.

„So ist es gut, Shye. Scheiße, ich liebe es, wie sich dein kleiner Körper gegen meinen reibt. Und du bist so verdammt nass, Liebes. Und alles für mich, stimmt's? Ist diese Muschi nur für mich so nass?"

Ich nickte keuchend, als er knurrte und seinen Körper fester an mich drückte. Mein Gott, das musste ein Traum sein. Ein wunderbarer, herzzerreißender Traum, von dem ich mit einem nassen Pochen zwischen meinen Beinen erwachen würde. Einer, nach dem ich blindlings in meine Nachttischschublade greifen würde, um nach dem einzigen Spielzeug zu suchen, das ich besaß, und das mir half, meinen Höhepunkt zu erreichen, um die Frustration zu lindern. Jeden Moment würde ich wieder in die Realität zurückgeworfen werden und nur noch weinen wollen. Ich würde mein armseliges Gehirn verfluchen, weil es mit meinem Herzen spielt und mich über Dinge nachdenken lässt, die ich niemals haben kann.

Aber ich erwachte nicht aus einem heißen Traum. Stattdessen ließ ich meinen Kopf zurückfallen und stöhnte, als Alder seinen Angriff von meinen Lippen auf meinen Nacken verlegte. Er biss und saugte und leckte eine Spur hinunter zu meiner Schulter, während er weiterhin meine Klitoris massierte.

Der Tod. Das war der Tod und die Glückseligkeit und Himmel und Hölle in einem. Es war alles.

Und dann war es noch mehr.

Alder hob mich wieder an presste seine Lippen an meinen Hals und trug mich, als würde ich nichts wiegen. Dann lief er zum Büro des Managers - einem kleinen Raum im hinteren Teil der Küche. Der einzige Raum mit einer Tür und einem Mindestmaß an Privatsphäre. Als er drinnen war, setzte er mich auf den Schreibtisch und trat die Tür zu, bevor er meine Knie nach oben zog. Und nach außen.

„Alder", keuchte ich und fühlte mich entblößt. Fühlte mich erregt.

Er fuhr mit einer Hand meinen Oberschenkel hinauf, zog währenddessen den Rock meiner Uniform glatt und ließ seinen Finger über mein Höschen wandern. „So verdammt feucht für mich, Liebling. Ich kann dich nicht so liegen lassen, und ich will nicht, dass jemand reinkommt und dich so entblößt sieht." Er bückte sich, um mir einen Kuss zu geben und biss mir für alle Fälle in die Lippe, woraufhin ich zusammenzuckte. „Niemand sonst bekommt diese Muschi zu sehen, und erst recht nicht, wie ich dich kommen lasse. Dein Gesicht, diese süßen kleinen Geräusche, die du machst, gehören mir. Ganz allein mir."

Er zerrte mein Höschen wieder zur Seite und fuhr mit seinem Knöchel über meine Klitoris. Er schickte Schockwellen durch meine Beine, als er mich neckte. „Sag mir, dass das meins ist, Shye. Sag die Worte."

„Deins", keuchte ich, als er einen Finger in mich schob. Er spreizte mich auf. Die köstliche Mischung aus Vergnügen und Schmerz ließ mich um seine dicken Finger krampfen. „Alles deins."

„Gut. Dann nehme ich dein Angebot an, denn ich kann nicht mehr warten". Er fiel auf die Knie, hakte meine Beine über seine Schultern und brachte sein Gesicht nah heran. Zu nahe. Oh mein Gott, wollte er etwa...

Er leckte die gesamte Länge meines Schlitzes ab, bevor er seine Zunge in mich gleiten ließ, ohne mir einen Moment Zeit zu lassen, ihn abzulehnen. Ich wölbte mich und stöhnte, biss mir auf die Lippe, um nicht zu schreien. Meine Hände kratzten an den Kanten des Schreibtisches, während ich versuchte, etwas zu finden, an dem ich mich festhalten konnte. Etwas, das mich auf der Erde verankert hielt.

„Alder", schrie ich, als er sich nach oben bewegte, um an meiner Klitoris zu lecken. Meine Oberschenkel zitterten auf seinen Schultern, meine Erlösung war schon so nahe.

Zu viel. Zu schnell. So perfekt.

„Das ist eine süße Muschi, die du dahast, Shye", knurrte er gegen mein empfindliches Fleisch und spreizte mich mit seinen Daumen, damit ich seinen Atem spüren konnte. „Ich wusste immer, dass es so sein würde. Ich wusste, dass diese Muschi das süßeste Ding sein würde, das ich je auf der Zunge hatte."

Ich wölbte mich und schrie auf, als er meine Klitoris wiederfand, griff nach seinem Kopf und zog ihn schamlos in mich hinein. Und wie alles andere, kümmerte er sich mit seinem schmutzigen Maul nach Alder-Art um mich. Er war grob, stark und ließ mir keinen Moment Zeit, mich auf den Angriff einzulassen. Er besaß alles an mir mit seinen Lippen und seiner Zunge.

Und oh mein Gott, diese Zunge. Sie peitschte gegen meine Klitoris und leckte mich gelegentlich ab, um mich auf der Höhe zu halten. Ich krümmte mich, packte ihn an den Haaren und zog ihn näher an mich heran, ich rief seinen Namen - ich tat all die Dinge, über die ich im Laufe der Jahre gelesen hatte, all die Bewegungen, die ich für zu unecht oder zu wild hielt. Instinkt... Ich reagierte allein aus Instinkt, ich wollte mehr, ich brauchte ihn, damit er mich kommen ließ, ich sehnte mich danach. Ich verlangte es.

„So gut, so... Alder. Bitte."

„Scheiße, ja, Liebes. Gib mir all deine Süße. Du bist so nass, Baby, ich kann nicht aufhören, es aufzulecken."

Und als ob der Mann irgendwie meinen Körper studiert hätte, wusste Alder genau, was zu tun war. Die Finger tief in mir, die Lippen um meine Klitoris geschlungen, knurrte und grunzte er und saugte hart genug, um mich zum Schreien zu bringen. Um mich zum Wimmern und Zittern zu bringen.

Damit ich komme.

Er setzte seinen Angriff fort, als ich mich ergab, er zog jedes Quäntchen Vergnügen heraus, als ich mich der höchsten aller Höhen hingab. Er weigerte sich, seinen Platz zwischen meinen Beinen aufzugeben, bis ich ihn schließlich wegschieben musste, zu empfindlich, um ihn noch einmal lecken zu lassen. Er wich jedoch nicht weit zurück, legte seine Wange an meinen Oberschenkel und lief mit einem Finger an der Naht zwischen meinem Bein und meiner Muschi entlang.

„Endlich meins", flüsterte er, küsste mich sanft über meine Klitoris und zog mein Höschen wieder an seinen Platz. Er hatte es noch nicht einmal ausgezogen. Er hatte mich so stark kommen lassen, während er mich im Grunde vollständig bekleidet ließ - sollte der Mann mich jemals nackt bekommen, könnte er mich umbringen. Und ich würde glücklich in seinen Armen sterben.

„Deins", flüsterte ich, ich konnte nicht anders. Zu kaputt, um überhaupt an die Realität dieses Versprechens zu denken. Um zu verbergen, wie sehr ich glauben wollte, dass wir tatsächlich zusammen sein könnten.

Mit einem zufriedenen Seufzen bewegte sich Alder meinen

Körper hinauf, ließ seine Hände wandern, küsste mich über meine Uniform, bis er meinen Hals erreichte und seine Zähne in mein Fleisch schlagen konnte. Nicht hart, nicht schmerzhaft, sondern erzählend - der Mann wollte mich besitzen, und zum Glück wollte ich ihm gehören.

Als er sich bewegte, um Küsse entlang meines Ohrs zu verteilen, schlang ich meine Arme um ihn und hielt ihn fest. Ich zitterte immer noch. Ich brauche immer noch mehr.

„Du zitterst ja", sagte er und brachte seinen Mund zu meinem, um mir einen sanften Kuss zu geben. „Geht es dir gut, Liebes?"

Ich nickte und küsste ihn zurück. Ich bin noch nicht bereit, loszulassen. Ich rollte meine Hüften gegen die Stelle, an der er immer noch so hart war. „Was ist mit dir?"

Alder schüttelte nur den Kopf, ein kleines Lächeln auf den Lippen, als sie gegen meine streiften. „Es geht mir gut. Heute Abend geht es nicht um mich, Shye. Ich erwarte nichts von dir."

Die Realität holte mich blitzschnell wieder ein. Er hatte alles gegeben, aber von mir hatte er nichts bekommen. Das war eine Schuld. Wie konnte ich immer bei einem Mann in der Schuld stehen?

Ich stieß ihn zurück, setzte mich auf und runzelte die Stirn. „Aber du hast mir... das gegeben. Dafür solltest du etwas zurückbekommen."

„Shye, so funktioniert das nicht. Es ist kein Deal oder ein Spiel, bei dem wir die Punkte zählen. Alder kraulte meinem Nacken, seine Hände griffen nach meinen Hüften. „Dafür bin ich nicht hergekommen, aber wir werden das alles klären."

Dafür ist er nicht hergekommen. Er ist nicht meinetwegen gekommen.

„Oh." Ich zog mich zurück, plötzlich peinlich berührt. Ich war mir über nichts mehr sicher, außer dass Alder Kennard offenbar *nicht wegen mir* zum Truck Stop gekommen war, Ich stieß ihn zurück, rutschte auf meine Füße und rückte meine Uniform wieder an ihren Platz. „Warum bist du dann hier?"

Er kam näher, packte mich, bevor ich entkommen konnte, und weigerte sich, mich auch nur einen Zentimeter zwischen uns kommen zu lassen. Seine Hände waren so stark, als er mich festhielt. „Weil ich nicht wegbleiben kann."

Das klang für mich wie ein wahrgewordener Traum. Aber ich war nicht dieses Mädchen – ich bekam nicht das Märchen „Glücklich bis ans Ende ihrer Tage". Ich bekam den Jäger mit einer sadistischen statt einer süßen Seite, und meine sieben kleinen Helfer waren Dämonen statt Zwerge. Ich bekam den Mann, der mir den besten Orgasmus meines Lebens verschaffte und mir dann sagte, dass er gar nicht gekommen sei, um mich zu sehen.

„Alder"

Er drückte noch einen Kuss auf meine Lippen, noch einen süßen Geschmack, bevor er sich zurückzog, um mich anzustarren. „Ich habe mir Sorgen um dich gemacht. Camden geriet in diese Meinungsverschiedenheit mit einigen Bikern auf dem Hansen-Grundstück - nicht allzu weit von deinem Wohnwagen entfernt. Erinnerst du dich?" Er wartete darauf, dass ich nicke. „Am Tag des Feuers fanden wir Spuren auf deinem Grundstück."

Oh nein. Mein Magen verknotete sich, und ich ließ meinen Blick auf seine Schulter fallen. Ich konnte ihm dafür nicht in die Augen sehen, wollte weglaufen, wollte weggehen. Ich wollte so sehr, dass ich nicht schon wusste, was er sagen würde.

„Wir glauben, dass sie es waren, die deinen Wohnwagen angezündet haben."

Ich schloss die ganze Panik - den ganzen Schrecken, den diese Aussage in mir auslöste - fest ein, als ich zu ihm aufblickte. „Warum sollten Biker an mir interessiert sein?"

„Ich weiß es nicht." Alder seufzte, die Hände umfassten immer noch meine Hüften. Sein Körper lag immer noch so nah an meinem. „Aber es ist nicht sicher da draußen für dich, Shye. Selbst wenn die Versicherung deinen Wohnwagen ersetzt, diese Wälder sind gefährlich."

Er hatte keine Ahnung. „Das Leben ist gefährlich."

Ich löste mich von ihm und öffnete die Bürotür, weil ich Luft brauchte. Ich brauchte Platz. Wenn er noch nichts von meiner Verbindung zu den Soul Sucker wusste, würde er es bald tun. Er würde herausfinden, was für eine Lügnerin ich war, wie schwach und verzweifelt ich sein konnte, und dann würde er mich hassen. Das, was auch immer passiert war, war bereits vorbei. Er wusste es nur noch nicht.

Aber ich tat es. „Ich muss zurück an die Arbeit."

Alder packte meinen Arm und hielt mich auf, bevor ich überhaupt das Waschbecken erreichen konnte. „Shye, ich glaube..."

Die Tür zum Restaurant flog auf und knallte gegen die dahinterliegende Wand. Ich sprang auf, aber Alder hatte mich bereits hinter sich geschoben. Er stellte mich der Bedrohung. Er stand zwischen mir und... Gage.

„Wir haben ein Problem", sagte der große Mann, jeder Muskel in seinem Gesicht starr und verkrampft. „Noch ein Feuer."

Alder ließ seine Hand zu meiner Hüfte gleiten, zog mich an seinen Körper und hielt mich nah bei sich. Er hielt uns verbunden. „Wo?"

„Camdens Wohnung. Und er kann seine Frau nicht finden."

„Scheiße." Alder drehte sich um und packte mich um die Taille, beugte sich leicht vor und legte sein Gesicht direkt vor meins, während er seine Stimme senkte. „Wir werden unsere Sachen später fertigmachen, Liebes. Komm schon. Wir müssen da raus."

Erst als er seine Finger mit meinen verschränkte und zerrte, wurde mir bewusst, dass er diese Worte zu *mir* sagte und nicht zu Gage.

„Warte", sagte ich, als ich meine Füße aufsetzte und Alder zurückhielt. „Ich arbeite. Ich kann nicht gehen."

Alder runzelte die Stirn. „Deine Schicht endet in zwanzig Minuten. Jemand kann für dich einspringen."

„Ich kann nicht verschwinden. Das ist *Arbeit*."

„Shye, am Tag des Feuers gab es eine Auseinandersetzung mit einigen Motorradfahrern bei dir, und Camden war derjenige, der einen von ihnen angegriffen hat. Das könnte ein Vergeltungsschlag sein."

Oh Gott, nein. „Was hat er getan?"

„Lass uns gehen", rief Gage von der Tür zum Speisesaal aus und starrte mich an. „Unterwegs haben wir Zeit zum Reden."

Mein Kopfschütteln kam ohne Gedanken oder Absicht. „Alder, lass mich gehen. Ich muss meine Schicht beenden."

Dieser Kiefer-Tick erschien, sein ganzes Gesicht wurde steinern und seine Augen fixierten meine. Brennend, gefährlich. Gage mag ein Hai im Wasser gewesen sein, aber Alder war schlimmer. Man spürte die Bedrohung, als Gage vorbeiging; Alder verbarg es. Er verbarg diese Tödlichkeit nicht mehr.

„Nein." Er zog mich an seine Brust und beugte sich über mich. Dominierte mich. „Das letzte Mal, als ich dich gehen ließ, bist du für drei Tage verschwunden. Das kann ich nicht noch einmal tun, Shye. Ich kann nicht jede Minute damit verbringen, mir Sorgen zu machen, ob du in Sicherheit bist und das hast, was du brauchst. Ich werde mich um deinen Boss kümmern - er schuldet mir sowieso ein paar Gefallen - damit du dir keine Sorgen um deinen Job machen musst. Vertrau mir, Liebes. Ich will, dass du in Sicherheit bist, und das bedeutet, dass du mit mir kommen musst... sofort."

Nichts an dieser Situation hätte mich anmachen dürfen. Nichts, was Alder sagte, hätte meine Knie schwach werden lassen sollen, mich von innen wärmen und mich daran erinnern sollen, wie feucht mein Höschen bereits war. Aber irgendetwas in seinem Gesicht, in seinem harten Körper gegen meinen, in seinen Worten - irgendetwas ließ mein Verlangen nach ihm explodieren, und ich erwischte mich dabei, wie ich nickte. Ich konnte zu dem Mann nicht nein sagen.

Nicht, dass ich das wollte.

Ohne ein weiteres Wort zu sagen, schleifte mich Alder durch das Restaurant nach draußen, als die Panik, unter der ich seit dem Feuer gelitten hatte, etwas nachließ. Sicher - ich fühlte mich bei Alder sicher. Es ist Monate her, dass ich mich so gefühlt hatte, vielleicht sogar Jahre, aber die Realität meiner Vergangenheit ließ mich das nicht akzeptieren. Niemand war vor den Soul Suckers sicher.

Die Kennards waren gute Leute - auf ihre eigene Weise gesetzestreu. Wenn sie herausfanden, was vor sich ging, riefen sie wahrscheinlich den Sheriff zur Untersuchung herbei. Das bedeutete nicht Gerechtigkeit; es bedeutete ein mögliches Schmiergeld von den Soul Suckers, um eine Untersuchung und Verhaftungen zu vermeiden. Noch mehr Schulden auf meinen Schultern, weil ich einen Job bekommen hatte, und ich hatte darin versagt.

Das wäre allerdings keine einfache Bringschuld gegenüber den Soul Suckers. Nicht etwas so Billiges wie eine Beerdigung und ein paar Jahre Lebenshaltungskosten zum Abzahlen. Diesmal würden sie mir mit Sicherheit das Leben nehmen, weil ich sie um ein Geschäft gebracht habe.

Und wenn ich in der Nähe von Alder bliebe, würden sie auch seines nehmen.

Kapitel

5

Alder

Ob ich ein König oder ein Arschloch war, konnte ich nicht sagen. Ich hatte Shye Anderson geküsst und sie auf meiner Zunge kommen lassen. Endlich hatte ich das kleine Wimmern und Seufzen hören können, als ich sie befriedigt hatte. Hätte ich ihren kleinen Hintern nicht aus der Raststätte geschleppt und sie quasi gezwungen, mit mir zu kommen, wäre ich in viel besserer Stimmung.

Sie hatte zwar genickt, aber erst, nachdem ich sie gedrängt hatte. Ein Einverständnis unter Zwang war kein Einverständnis, und diese Tatsache fraß mich auf. Sie schien weder wütend noch verärgert zu sein. Tatsächlich hatte sie mich ihre Hand den ganzen Weg bis zu Cams Platz halten lassen, aber ich machte mir trotzdem Sorgen, dass ich eine Grenze überschritten hatte, die ich nicht hätte überschreiten sollen.

Wenn ich nicht in der Hölle feststecken würde, um einen Hausbrand zu bekämpfen, könnte ich vielleicht herausfinden, ob ich in ihrer Geschichte der Held oder der Bösewicht war.

„Wir brauchen mehr Wasser hier hinten!"

Ich schloss einen weiteren Schlauch an den Wasserwagen mit

meinem Familiennamen auf der Seite - den ich gekauft hatte, um die Stadt in Momenten wie diesen zu schützen - und wies einen meiner Männer an, sich um den größten Brandherd zu kümmern. Wir alle arbeiteten ununterbrochen, liefen und trugen Wasser, lenkten Schläuche, benutzten Äxte und Sägen, um heiße Stellen zu öffnen, damit wir versuchen konnten, den Schaden einzudämmen. Wir riskierten unser Leben, obwohl wir bereits wussten, dass dieses Feuer nicht zu löschen sein würde.

Wie beim Wohnwagen von Shye hatte jemand gewusst, was er tat. Justice hatte keine Feuerwehr ... zur Hölle, wir hatten nicht einmal Hydranten, außer ein paar entlang der Einkaufsstraße in der Stadt. Drei Geschäfte, ein Restaurant, das vor kurzem eröffnet worden war, eine Tankstelle, ein winziges Postamt und ein paar leerstehende Gebäude - es kamen nicht viele Steuereinnahmen herein, um Dinge wie Rettungskräfte zu bezahlen, also verzichteten wir darauf. Aber jemand hatte gewusst, dass Hilfe nur langsam oder gar nicht kommen würde, und sie hatten Brände gelegt, mit denen selbst mein Mitarbeiterteam und unsere Wasserfahrzeuge nicht fertig werden konnten.

Das Feuer hatte sich langsam und schwelend durch die Wohnung gebrannt, bis es eine neue Luftquelle fand. Eine Möglichkeit zu atmen. Sobald Feuer auf Sauerstoff traf? Ein Inferno. Alles Wasser der Welt könnte Camdens Haus nicht retten. Oder seine Frau, etwas, das ich für mich behielt, bis jemand bestätigen konnte, ob sie da drin war.

Zuerst Shye, jetzt Camden. Oder war das Ziel Leah gewesen? Ich musste es herausfinden, und zwar schnell, denn in meinem Truck saß ein Mädchen, von dem ich seit drei langen, einsamen Jahren ein wenig besessen war, und ich konnte nicht zulassen, dass ihr noch mehr zustieß.

Mein Vater hatte immer gesagt, die besten Dinge seien das Warten wert, und ich hatte das Gefühl, dass Shye das Beste für mich war. Aber ich hatte das Warten satt. Jemand, der ihr Haus abfackelte, hatte meinen Plan, es langsam angehen zu lassen, ihr Zeit zu geben, zu mir zu kommen, über den Haufen geworfen. Und jetzt? Nun... sie mag mich vielleicht dafür hassen, was ich vorhatte, aber ich hatte keine andere Wahl. Nicht nach den Bränden und vor allem nicht, nachdem ich endlich einen Geschmack von diesem verruchten kleinen Mund bekommen hatte. Und ihrer Muschi.

Ich konnte sie immer noch auf meinen Lippen schmecken, und ich wollte mehr. Ich wollte in diesen saftigen kleinen Himmel gleiten und meinen Samen tief einpflanzen. Wollte sehen, wie ich an ihren Oberschenkeln herunterlief, nachdem ich ihren Körper mit meinem erschöpft hatte. Ich hatte das Richtige getan - stillschweigend über sie zu wachen und mich praktisch im Schatten zu verstecken, während ich drei lange Jahre lang darauf wartete, dass sie auf mich reagierte. Aber das Mädchen war gut im Verstecken, wie ich heute Abend herausgefunden hatte. Sie hatte so stark reagiert, mit so viel Leidenschaft. Sie hatte mich gewollt, wie ich sie gewollt hatte, also war das Warten vorbei. Es war an der Zeit, direkter zu sein.

Bishop tauchte von der Seite des Hauses auf, sein hochgewachsener Körper für einen langen Moment im Schatten, bevor er sich mir in den Weg stellte und leise sprach, so dass ihn niemand hören konnte. „Es ist jetzt ein wenig kontrollierter. Sollen wir mit der Suche beginnen?"

Für Leah... die zu Hause und in dem Haus hätte sein sollen, das vor meinen Augen brannte. „Wenn man das sicher tun kann, ja. Aber ich will nicht, dass die Männer ihr Leben riskieren. Wenn sie da drin war..."

Ich brauchte meinen Satz nicht zu beenden. Er wusste es. Die ganze verdammte Gruppe wusste es. Wäre Leah da drin gewesen, hätte sie es nicht lebend rausgeschafft. Und das, ihr Tod, würde direkt auf meine Schultern fallen.

Ich habe die Verantwortung für unsere Stadt übernommen, weil 90% der dort lebenden Menschen entweder direkt für mich arbeiteten oder wegen meines Sägewerks dort waren. Justice, Colorado könnte genauso gut als Kennard-Eigentum bezeichnet worden sein. Ich sorgte dafür, dass meine Jungs auf den Straßen ihre Runden drehten und jede ungewöhnliche Aktivität im Auge behielten. Wir sammelten Betrunkene aus dem Jury Room ein und sprangen ein, um zu helfen, wenn jemand krank oder verletzt war und nicht arbeiten konnte. Wir betrieben auch unser eigenes Brandschutzteam, verteilten jedes Jahr zu Weihnachten Feuerlöscher und stellten sicher, dass die Leute wussten, wann sie die Batterien in ihren Rauchmeldern wechseln mussten. Ich hatte eine Handvoll Viertausend-Gallonen-Wasserlastwagen gekauft, um bei der Brandbekämpfung zu helfen, aber all das war nutzlos, wenn jemand absichtlich einen Brand wie den heutigen gelegt hatte. Wie der bei Shye zu Hause.

Meine Leute wurden angegriffen, und keine Menge an Notfallausrüstung konnte das verhindern.

Bishop verschwand auf der Rückseite des Hauses, als Gage neben mir auftauchte, sein Gesicht war emotionslos, aber seine Augen brannten vor Wut, wie ich sie noch nie zuvor gesehen hatte. Ich hatte ihn auch noch nie ohne Rex an seinen Fersen gesehen.

„Das kann nicht gut sein", sagte ich und sah mich nach dem Hund um.

„Er ist im Laster mit deinem Mädchen. Ich glaube, er könnte sie mehr mögen als mich." Gage drehte sich um, und ich folgte ihm und schaute dorthin, wo ich meinen Truck geparkt hatte, was mir vor einer Ewigkeit vorkam. Rex saß in der Tat direkt neben Shye im Fahrerhaus, die beiden beobachteten das brennende Haus durch die Windschutzscheibe, mit einer Decke über den Schultern.

„Ich kann es ihm nicht verübeln." Shyes Augen trafen meine, und die Angst, die ich dort sah - die offensichtliche Erschöpfung - ließ mein Herz stocken. „Sie sollten nicht hier sein."

„Besser hier, wo wir auf sie aufpassen können, als allein irgendwo außerhalb unserer Reichweite. Was mich zu meiner nächsten Aussage führt. Wir haben ein Problem."

Wir hatten eine ganze Menge davon, wirklich. „Ich schwöre bei Gott, Mann, wenn du das heute Abend noch einmal zu mir sagst..."

„Jemand hat ein Fenster auf der Rückseite des Hauses zugenagelt.“

Ich brauchte ganze drei Sekunden, um seine Worte aufzunehmen. „Vernagelt... welches Fenster?“

„Schlafzimmer.“

Als ich mit den Green Berets gekämpft hatte, war einer meiner vielen Jobs die Arbeit mit Deacon, einem ehemaligen Scharfschützen mit einer Tötungsliste, die länger war als mein gottverdammtes Bein. Wir hatten die Art von Arbeit geleistet, die in den Nachrichtensendern zu Hause nicht gezeigt wurde - Geheimdienst, verdeckte Operationen, Drecksarbeit. Dazu gehörte auch die Sabotage der Pläne krimineller Zellen durch die Ermordung von Menschen, die unserer Regierung Schwierigkeiten bereiten. Ich kannte die Vorgehensweise bei einem geplanten Anschlag in- und auswendig. Das Ziel ausfindig machen, sie beobachten, um ihre Muster und Gewohnheiten kennen zu lernen, ihre Identität bestätigen, die Mission vorbereiten, indem man alle Fluchtwege sichert, falls die Dinge aus dem Ruder laufen sollten, und den richtigen Zeitpunkt für den Anschlag abwarten, was bedeutete...

„Camden war heute Abend mit Deacon im Jury Room.“

Gage nickte, obwohl ich ihn nicht brauchte, um das zu bestätigen. Jeden zweiten Samstag im Monat veranstaltete Deacon ein Mini-Pokerturnier in der Bar. Die Spieler kamen aus bis zu hundert Meilen Entfernung, um mitzumachen, und Camden war immer für die Sicherheit zuständig. Das machte er schon seit Jahren.

Und wer auch immer das Feuer gelegt hatte, wusste das.

„Scheißkerl“. Eine Wut, wie ich sie noch nie gespürt hatte, brannte in mir. Jemand hatte es auf Camden abgesehen, hatte ihn beobachtet oder herumgefragt. Er wusste genug, um sein Haus in Brand zu setzen, als er weg war. Das war schon schlimm genug, aber sie hatten Leah absichtlich eingeschlossen, was die Sache auf eine ganz andere Ebene brachte. Eine, mit der ich nicht gerechnet hatte. Eine, die einen Krieg zwischen Justice und diesen Straßenratten auslösen würde.

Aber zuerst musste ich mich um die unmittelbaren Probleme kümmern. „Wo ist Camden?"

„Vorne. Finn passt auf ihn auf." Cams bester Freund. Kluge Wahl.

„Wie geht es ihm?"

„Er weiß, dass sie da drin ist."

Natürlich weiß er das. „Sie haben sie zum Verbrennen da drin eingesperrt."

„Ja."

Und wir würden jeden einzelnen von ihnen töten, der das geplant oder getan hat. „Wir brauchen Details. Sende Bishop zur Brandwache. Ich muss herausfinden, wer den Auftrag gab und wer das Feuer gelegt hat. Ich will alle Beteiligten kennen, bis hin zu dem Kassierer, der ihnen die Streichhölzer verkauft hat." Ich starrte in die Flammen und wünschte mir mit allem, was ich hatte, dass wir falsch lagen. Dass Leah nach einem Mädels Abend die Auffahrt hinaufschlendern würde. Aber wir wussten es alle besser. Leah ging nicht ohne Camden aus, und Cam wich nur selten von ihrer Seite, es sei denn, er arbeitete. Die beiden waren seit der High-School zusammen, und dort hatte Finn sie auch kennen gelernt. Rechnet man Finns Zwilling Elijah und Bishops Ex Anabeth hinzu, dann hatte man die fünf Musketiere der Gerechtigkeit. Die drei Jungen waren unzertrennlich gewesen, Anabeth war praktisch schon Familie, und Leah war einfach Teil der Gruppe geworden, als Cam anfing, mit ihr auszugehen. Ich war viel älter als die Zwillinge, aber ich erinnerte mich daran, dass der jüngere Camden und Leah immer bei uns zu Hause abhingen.

Nach der High-School waren Elijah und Finn aufs College gegangen, während Anabeth nach Las Vegas gegangen war, um eine Art Medium oder Hellseherin zu werden. Ich war mir nicht wirklich sicher. Soweit ich wusste, war Leah in der Stadt geblieben und hatte in dem kleinen Eisenwarenladen auf der Main Street gearbeitet, während Camden zu den Marines gegangen war. Die beiden waren während des Bootcamps und der Einsätze zusammengeblieben, das

Mädchen war dem Mann, der für mich wie ein zweiter Bruder war, vollkommen treu und loyal ergeben. Sie war auch eingesprungen, um zu helfen, sobald Finns Drogenkonsum ans Licht gekommen war, was ich zu schätzen wusste, da ich damals in der Armee gewesen war und nicht so oft nach Hause kommen konnte, wie ich es mir gewünscht hätte. Ich hatte sie gemocht, die Familie Kennard hatte sie praktisch adoptiert, und Cam hatte sie geliebt. Ihr Tod wäre ein dunkler Moment für die ganze verdammte Stadt gewesen.

Da hatte jemand seine Ziele gut studiert.

„Ich will, dass sie sterben", sagte ich mit leiser und leiser Stimme. „Wir übernehmen die Ermittlungen, wir spüren die Wichser auf, wir töten sie. Kein verdammter Sheriff oder Staatsanwalt. Keine Anwälte. Keine Anwälte. Richtig?"

„Ich könnte nicht mehr zustimmen. Und Boss, ich will dir nicht sagen, dass wir noch ein Problem haben..."

Ich stöhnte. „Was nun?"

„Baker ist hier."

Es gab kein Feuer auf der Welt, das so heiß lodern konnte wie meine Wut, als unser fauler, korrupter Sheriff die Einfahrt von Camden hinaufschlenderte.

„Zwei in einer Woche", sagte er und ignorierte dabei alle Aktivitäten um ihn herum, da gute Männer tatsächlich ihre verdammten Aufgaben erledigten. Etwas, über das er meiner Meinung nach sehr wenig wusste. „Das ist doch ein ziemlicher Zufall, finden Sie nicht?"

Nein, das habe ich nicht gedacht. Aber ich würde Baker nicht mal zutrauen, meine Schuhe zu putzen, geschweige denn einen Mord aufzuklären. „Außerordentlich spät für Sie, Sheriff Baker. Sollten Sie nicht längst zu Hause sein und *Glücksrad* schauen?"

Er blickte finster drein, das Feuer warf tiefe Schatten auf sein zimperliches Gesicht. Die Narbe von unserem ersten Zusammenstoß glühte praktisch. Damals war er allerdings noch nicht Sheriff gewesen. Nur ein Hilfssheriff. Eine Tatsache, die meinen Arsch wahrscheinlich vor dem Gefängnis bewahrt hatte.

„Ich mache nur meine Arbeit, Alder. Für einen Holzfäller scheinen Sie sich aber wirklich für diese Brände zu interessieren, die ihr hier habt. Was, haben Sie nichts Besseres zu tun?"

Irgendwann würde ich diesem Arschloch eine aufs Maul hauen. Ich hatte es schon einmal getan - während ich von der Armee beurlaubt war, als mein Vater noch am Leben war und ich versuchte herauszufinden, was ich mit einem angeschlagenen Holzfällerunternehmen anfangen sollte, obwohl ich wusste, dass ich zu meiner Einheit zurückkehren musste. Baker war zum Haus gekommen, um Finn wegen angeblichen Drogenhandels zu verhaften. Ich wusste, dass es eine Täuschung war, er wusste, dass es eine Täuschung war, und als er Hand auf meinen kleinen Bruder anlegte, drehte ich durch und schlug zu. Zweimal, in Wirklichkeit - einmal auf die Brust und einmal aufs Mund, was eine Narbe auf seiner Oberlippe hinterließ. Dafür habe ich vier Nächte im Gefängnis verbracht.

Finn hatte allerdings sieben Jahre im Gefängnis verbracht, alles wegen einer erfundenen Anklage. Der Junge hatte Drogen genommen, aber nie verkauft. Und Baker hatte es gewusst. Aber er hatte den Staatsanwalt gedrängt, ein Exempel an Finn Kennard zu statuieren, und er hatte eine Geschichte erfunden, in der er meinen kleinen Bruder beim Verkauf von Meth gesehen hatte. Deshalb konnte ich nicht anders, als das Arschloch zu hassen.

„Ist das Miss Anderson in Ihrem Wagen, Alder?" fragte Baker und starrte in Richtung der Stelle, an der Shye tatsächlich in eine Decke gewickelt in meinem Lastwagen Truck saß. Rex sprang, während ich zusah, mit den Vorderbeinen auf dem Armaturenbrett und bellte. Schlauer Hund - er hatte Baker schon immer gehasst.

Ich warf Gage einen Blick zu, und er senkte sein Kinn, bevor er sich langsam auf den Truck zubewegte. Gage und mein Bruder Bishop mögen während ihrer Zeit bei den SEALs im selben Team gekämpft haben, aber wir waren alle ehemalige Soldaten. Er wusste ohne ein Wort, was ich wollte, und ich wusste, er würde sein Leben geben, um es mir zu geben. Zum Teufel, er und Bishop würden wahrscheinlich alles tun, um Shye und mich zusammenzuhalten. Beide liebten es, mir wegen meiner Besessenheit von ihr auf den Sack zu gehen. Gage war sogar bei mir gewesen, als ich sie kennen lernte. Er wusste sofort, dass ich sie für mich haben wollte. Ihm entging nichts.

Sobald Gage in der Position war, mein Mädchen und seinen Hund zu beschützen, schenkte ich Baker meine ungeteilte Aufmerksamkeit. Was bedeutete, ihn so lange mürrisch anzuschauen, bis er meinem Blick nicht mehr standhalten konnte. „Haben Sie ein Problem, Sheriff?"

„Ich frage mich nur, was ihr hier so treibt. Ich kenne die Leute von Justice - besonders euch Kennards, ihr scheint zu denken, ihr steht über dem Gesetz und würdet die Dinge gerne selbst in die Hand nehmen, aber ihr hattet noch nie einen Brandstifter hier. Er nickte in Richtung meines Trucks. „Wie lange wohnt sie schon wieder hier?"

Die Welt wurde rot, und zwar nicht von den Flammen hinter mir. „Hören Sie zu, Baker. Shye Anderson hat mit diesen Bränden nichts zu tun. Sie ist hier, weil ich sie mitgebracht habe, um sie zu beschützen. Falls Sie es noch nicht gemerkt haben, sie hat diese Woche viel Scheiße durchgemacht."

„Eine Scheiße, die sich gut als Versicherungsgeld auszahlen könnte, wie es scheint". Er trat einen Schritt zurück, selbst als er mir zulächelte, und hielt seine Hände wie in Kapitulation hoch, als ich ihm folgte. Er verspottete mich regelrecht. „Was ist mit dem hier? Das ist Camden Reeses Haus, nicht wahr? War jemand zu Hause, als das Feuer ausbrach?"

„Cam war für die Sicherheit beim Pokerturnier für Deacon zuständig." Der Staatsanwalt konnte mich nicht wegen Behinderung einer Untersuchung belangen, solange ich die Wahrheit sagte, was ich auch tat. Ich brauchte ihm definitiv noch nicht das Geringste über Leah zu sagen - noch nicht. Zumal er nicht ausdrücklich nach ihr gefragt hat. Das wäre noch für ein paar Stunden mein Geheimnis. Wir mussten in das Haus gehen und einige Informationen sammeln, bevor wir diese Nachricht nach außen dringen ließen. Wenn Baker wüsste, dass es ein totes Mädchen im Haus geben könnte, würde er sofort versuchen, die Ermittlungen zu übernehmen. Gerüchten zufolge waren seine Dienste käuflich, und wenn er herausfinden würde, wer dafür verantwortlich war, würde er wahrscheinlich in deren Tasche landen. Wir würden nie herausfinden, wer sie getötet hat, wenn das passieren würde. Oder unsere Rache bekommen. Wir brauchten etwas Zeit, bevor das Gesetz eingreifen würde.

Sheriff Baker beobachtete das Feuer einen Moment lang, bevor er sich darauf konzentrierte, wo Camden mit Finn an seiner Seite zusammengekauert unter einem Baum saß. Beide Männer sahen hart, gemein und bereit zum Töten aus. Was die nächste Aussage aus dem Mund des guten Sheriffs umso ignoranter machte. „Ich sollte mit Camden sprechen, um zu sehen, ob er...“

Ich stoppte ihn mit einer Hand an seiner Brust. Er näherte sich Cam nicht. Vor allem kam er nicht an Cam heran, wenn Finn in der Nähe war. „Wenn Sie eine Aussage wollen, rufen Sie ihn dazu auf. Besser noch, rufen Sie morgen früh meinen Bruder Elijah an - er ist Cams Anwalt und kann die Einzelheiten für Sie regeln. Heute Nacht ist nicht die Nacht.“

Baker blickte böse drein und blähte seine Brust auf, als wolle er mich einschüchtern. „Egal, was Sie denken, Kennard, ich bin das Gesetz in dieser Gegend. Nicht Sie.“

Falsche Antwort.

„Sagt wer?“ Ich hielt seinem Blick stand, ließ ihn einen guten Blick auf die Wut in mir werfen und vergewisserte mich, dass er wusste, wer der Platzhirsch in der Justice war. Denn er war es verdammt noch mal sicher nicht.

Baker zischte einen Fluch, als er sich auf dem Absatz umdrehte und sich wie der Feigling zurückzog, den ich ihn kannte. „Ich will, dass Camden gleich morgen früh in mein Büro kommt, Alder.“

„Ich werde Elijah über Ihre Bitte informieren. Ich bin sicher, er wird sich melden.“ Ich neigte meinen Kopf zu ihm und weigerte mich, Camden auf etwas festzulegen, von dem ich wusste, dass es nicht geschehen würde. Zumindest nicht ohne Elijah an seiner Seite, der ihn beschützt. Vor allem nicht, wenn wir mit Leah Recht hatten.

Baker musste aus der Stadt verschwinden, und wir mussten Leahs Leiche vor allen anderen finden. Und ich musste einen Weg finden, Shye zu überzeugen, bei mir einzuziehen, damit ich ein Auge auf sie haben konnte. Denn nach dem hier würde sie auf keinen Fall mehr in das Motel zurückgehen. Auf gar keinen Fall.

Scheiße, das würde eine lange Nacht werden.

Das Glühen der kommenden Morgendämmerung hatte begonnen, den östlichen Himmel zu erhellen, als wir in den hinteren Teil des Hauses eindringen konnten. Das Dach war durchgebrannt und ein paar Wände waren an einer Seite umgefallen, aber wir mussten einer Kettensäge benutzen, um in das Hauptschlafzimmer zu gelangen. Die Säge kreischte in Gages Händen, und drei Jungs hielten einen konstanten Wasserfluss auf der Struktur aufrecht und unterstützten ihren Teamkollegen. Bishop würde jedoch derjenige sein, der hineingeht. Es musste ein Kennard in diesem Gebäude sein, es musste meine Familie sein, die diese Suche leitet.

Finn wollte derjenige sein, der nach Leah sucht, aber keiner von uns hielt das für eine gute Idee. Finn war vielleicht clean, seit er über ein Jahrzehnt zuvor ins Gefängnis gegangen war, aber was auch immer mit Leah geschehen war, könnte dies gefährden. Wir brauchten ihn solide, was bedeutete, dass er nicht derjenige sein konnte, der sie fand. Wir hatten keine Ahnung, was sie ihr angetan hatten, bevor sie das Feuer gelegt hatten.

Während die Jungs arbeiteten, nahm ich mir einen Moment Zeit, um zu meinem Truck zu gehen und nach meinem Mädchen zu sehen. Shye war ein paar Mal ein- und ausgestiegen und kam immer direkt auf meine Seite, sobald sie aus dem Fahrzeug stieg, aber es war schon ein paar Stunden her, dass ich ihr Haar riechen oder ihre Haut berühren durfte. Ich war fällig.

„Hey", sagte ich, als ich die Tür öffnete. Ihre verschlafenen Augen trafen meine, und ihr Lächeln ließ mein Herz ein wenig höherschlagen. Scheiße, dieses Mädchen hatte mich wirklich auf die beste Art und Weise zerstört. „Wie geht's dir, Liebes?"

„Es geht mir gut. Alles in Ordnung?"

Nein, nicht im Geringsten, aber das brauchte sie nicht zu wissen. „So sehr, wie es sein kann. Brauchst du etwas? Wasser? Einen Snack? Noch eine Decke?"

Sie schüttelte den Kopf und streichelte mit ihrer Hand über den Kopf von Rex. Der verdammte Hund hatte sich mit dem Kopf in ihrem Schoß zusammengerollt...ein Glückspilz.

„Das sollte ich dich fragen", sagte sie und stahl mir damit erneut die Aufmerksamkeit. „Du bist derjenige, der da draußen arbeitet. Du und deine Männer. Was brauchst du, wobei kann ich dir helfen?"

Ich lehnte mich weiter in den Truck und trat auf das Trittbrett, um die Lippen, nach denen ich mich gesehnt hatte, besser zu erreichen. Ein Kuss, zwei, um sie schön weich zu halten. Ich lächelte, als sie mich zurück küsste. „Ich brauche nur dich."

Das Lächeln, das ich liebte, wurde breiter. „Charmeur."

„Ich versuche es."

Sie blickte an mir vorbei und schürzte kurz ihre Lippen. Sie sah ängstlich aus. „Ist der Sheriff noch da?"

„Baker? Nein, er ist vor Stunden gegangen."

Ihr Seufzer klang definitiv nach Erleichterung. „Gut. Er mag mich nicht besonders."

„Ja, damit sind wir schon zwei. Obwohl es mir scheißegal ist, ob er mich mag."

Sie legte ihren Kopf zur Seite, und ihre Augenbrauen zogen sich nach zusammen, bis sie einen süßen, verwirrten Ausdruck machte. „Warum mag er dich nicht?"

„Kennst du die Narbe auf seiner Lippe?" Ich grinste, als sie nickte. „Ich habe sie ihm verpasst."

Diese dunklen Augen wurden weit. „Du hast ihn geschlagen?"

„Er hat meinen Bruder für etwas verhaftet, was er nicht getan hat."

„Welcher Bruder?"

„Finn. Kennst du ihn?"

Sie blinzelte und nickte abgelenkt. „Kleiner als du, richtig? Liebt Heidelbeerkuchen. Dein anderer Bruder kommt aber öfter."

Vollständig auf meine Bitte hin. „Bishop", ja. Es gibt noch einen weiteren, obwohl ich nicht weiß, ob du ihn kennst. Finns Zwilling, Elijah. Er ist ein Anwalt in Denver."

„Vier Jungs in deiner Familie?"

„Und ein Mädchen. Lainie ist noch auf dem College. Sie lebt mit Elijah zusammen."

„Fünf Kennard-Geschwister. Ich wette, die Feiertage waren ruppig."

„Mit vier Jungen war alles rau. Lainie machte es allerdings zehnmal schlimmer." Ich grinste, als Shye lachte. Das war schön, und ich wollte nicht, dass es aufhört. „Was ist mit dir? Hast du Familie?"

Ihr Lächeln erlosch, starb regelrecht. „Keine Geschwister. Nachdem meine Mutter gestorben war, heiratete mein Vater eine Frau mit einem Sohn, also habe ich einen Stiefbruder."

„Steht ihr beide euch nahe?"

„Nicht im Geringsten."

„Und dein Vater?"

„Tot."

Ein Wort, und zwar ein schmerzhaftes. Ich wollte sie noch mehr fragen, aber in diesem Moment kam Bishop auf den Truck zu. Seine Schritte waren langsam, als ob er nicht stören wollte. Kluger Mann.

„Wir sind bereit, reinzugehen", sagte er und warf einen Blick von mir zu Shye und zurück. „Cam wird dich brauchen."

„Bin auf dem Weg." Ich lehnte mich zurück in den Truck, umfasste ihr Kinn und gab meinem Mädchen einen besseren Kuss, einen, der es mir erlaubte, einen soliden Geschmack von ihr zu bekommen, einen, der sie zittern ließ, als ich fertig war. „Bleib hier für mich, okay? Ich muss wissen, dass du in Sicherheit bist.“

„Okay. Aber ich bin hier, wenn du mich brauchst.“

Bessere Worte hatte es noch nie gegeben. „Verstanden.“

Ein letzter Kuss, und dann sprang ich herunter und schloss die Tür und folgte meinem Bruder zurück zum Haus. Zurück in Richtung Hölle. Ich suchte meine Brüder und Freunde auf und zog über sie alle Bilanz. Ich vergewisserte mich, dass sie stabil waren. Müde und verrußt, damit kam zurecht, aber nicht verletzt. Sie standen alle da und beobachteten das Feuer und warteten auf uns.

Ich kam als letzter bei Cam an.

Camden stand in der Mitte der Kennard-Crew, umgeben von den Männern, die er als seine Brüder und Freunde ansah, mit hartem Gesicht und steifem Körper. Gage und Finn blieben in der Nähe und schienen bereit, ihn bei Bedarf zurückzuhalten. Oder ihn aufzuhalten. Das würde für uns alle schwierig werden, aber für niemanden mehr als für Camden.

Als ich ihm Entwarnung gab, trat Bishop die Wand ein und öffnete ein Loch in das Schlafzimmer, das groß genug war, dass er hindurchpasste. Drei Männer mit Schläuchen sprühten durch die Öffnung, falls das Feuer aufflammte, und dann zog Bishop seine Atemmaske auf und kroch hinein. Meine Brust verkrampfte sich, meine Augen richteten sich auf das Loch, als mich jeder Instinkt anschrie, ihm zu folgen.

Ich durfte meinen Bruder nicht verlieren.

Wir waren in der Vergangenheit in gefährlichen Situationen gewesen - wir beide hatten im Dienst für unser Land in Übersee einige ziemlich harte Aufgaben bewältigt - aber dies fühlte sich anders an. Selbst die Gefahr der Holzindustrie, die tägliche Bedrohung durch herabfallende Äste, Unfälle mit den Sägen und die gelegentlichen Waldbrände waren nicht vergleichbar. Dieses Haus war von einem Feind kompromittiert worden, und Bishop musste allein hineingehen, um es zu räumen. Ich wäre lieber derjenige gewesen, der es getan hätte.

Glücklicherweise oder nicht, es dauerte nicht lange, bis Bishop wieder herauskam. Er nahm seine Atemmaske ab und wischte sich mit einer behandschuhten Hand über sein verschwitztes Gesicht. „Die Tür zum Flur klemmt, aber ob sie von vor dem Feuer stammt oder nicht, werde ich erst wissen, wenn ich auf der anderen Seite des Flurs bin.

Ich stand still, wartete, wollte es wissen, aber gleichzeitig wollte ich es nicht wissen. Bishop ließ mich nicht zu lange warten. Schließlich holte er tief Luft und näherte sich Camden, der den Kopf bereits hängen ließ. Er sah zerrissen aus von dem, was er gesehen hatte. Meine Kehle schnürte sich zu, und ich setzte mich in Bewegung, noch bevor er die Worte herausbekam.

„Tut mir leid, Mann. Es sieht aus, als hätte sie geschlafen...“

Camden wimmelte alle ab und schrie wie ein wildes Tier in den Himmel vor der Morgendämmerung. Eines, das verwundet worden war. Tödlich verwundet. Finn beugte sich in der Taille, beide Hände gegen seine Stirn gepresst. Er litt. Ihr offensichtlicher Schmerz riss mir das Herz aus der Brust.

Und es gab nichts, was ich tun konnte, um einen der beiden vor ihrem Verlust zu bewahren. Keiner von uns konnte etwas tun, um diesen Schmerz zu lindern. Außer dafür zu sorgen, dass die Verantwortlichen bekamen, was sie verdient haben.

Aber es war der Anblick von Shye, wie sie aus dem Truck sprang, die Angst in ihrem hübschen Gesicht, die meinen Schmerz in Wut verwandelte. Es hätte so leicht sie sein können. Das könnte sie immer noch sein, wenn ich keinen Weg fand, sie in Sicherheit zu bringen.

„Bishop“, schnauzte ich und eilte auf mein Mädchen zu. „Du und Gage, ihr macht Fotos und sammelt alle Beweise, die ihr finden könnt. Wir werden Sheriff Baker heute Morgen zurückrufen müssen, aber ich möchte ihm zehn Schritte voraus sein.“

Bishop nickte einmal. „Bin schon dabei.“

„Was ist passiert? Warum ist er...?“ Shye brach ab, als Camden vor Schmerzen schrie, wobei das schreckliche Geräusch in etwas überging, das sich am Ende wie ein Wimmern anhörte. Etwas wie ein Schmerz, der zu stark war, um ihn zu ertragen. Wie ein Ruf nach dem Tod, der auch ihn holen sollte.

Als Shye zitterte und zusah, wie Camden auseinanderfiel, nahm ich sie in meine Arme, zog sie vom Boden hoch und hielt sie an mich gedrückt. Es ließ mein Herz ein wenig stärker pochen, wie sie sich leicht an mir festhielt und ihren kleinen Körper um meinen schlang, wie sie nach mir zu greifen schien, um Halt zu finden.

Ich würde sie auf keinen Fall im Stich lassen.

„Camdens Frau war im Haus. Sie hat es nicht geschafft." Es macht keinen Sinn zu sagen, dass ihr Tod absichtlich herbeigeführt wurde. Nicht jetzt. Ich wollte sie nicht verängstigen.

„Oh, nein. Leah, richtig?" Ihr Stirnrunzeln verstärkte sich bei meinem Nicken. „Sie schien immer sehr nett zu sein, wenn sie mit Camden ins Restaurant kam."

„Sie war nett und gehörte praktisch zu meiner Familie. Man wird sie vermissen."

Shye fuhr mir mit einer Hand durchs Haar, die Berührung sandte Schockwellen durch meinen Körper und zog mich näher heran, als ich Bishop beobachtete, wie er durch das Loch, das er geschnitten hatte, zurückkroch. Aber nicht einmal ihre Berührung konnte die Spannung in mir beruhigen, die Angst, dass er in Schwierigkeiten gerät. Diesmal folgten zwei meiner anderen Mitarbeiter Bishop in diesen dunklen Raum, ihre Gesichtsmasken machten es mir unmöglich zu sagen, wer wer war. Das war aber in Ordnung. Es waren Kennard-Mitarbeiter - sie würden sich um ihn und um einander kümmern. Bishop hatte Unterstützung. Also nahm ich mir die Zeit, genau das zu tun, was ich tun wollte - mein Mädchen zu halten und versuchte verdammt noch mal hart zu atmen. Endlich.

Wir standen stundenlang so da, so schien es, ihr Körper wand sich gegen meinen, während ich sie vom Boden weghielt. Etwas, das ich mir seit drei langen Jahren gewünscht hatte. Etwas, das ich geplant hatte. Ich wünschte, ich hätte mein Ziel unter besseren Umständen erreicht, aber ich würde nehmen, was ich kriegen konnte.

Etwas kribbelte jedoch in mir. Eine Sorge über das, was kommen würde. Das Bedürfnis, alle zu beschützen, die Bedrohung gegen uns auszulöschen. Ich hatte genug Scheiße durchgemacht, um zu wissen, dass es schlimmer werden würde, bevor es besser wurde, was bedeutete, dass ich mich voll auf den Schutz konzentrieren musste. Besonders für Shye. Sie war ganz allein in dem Wohnwagen gewesen. Wenn sie zu ihr gekommen wären, während sie zu Hause war, wenn sie sich den Dingen allein stellen musste, hätte ich sie verloren. Das ist nicht passiert.

„Boss", rief Bishop kurze Zeit später aus dem Inneren des Hauses. „Wir haben ein Problem."

Ich brauchte Leute, die aufhören, das zu sagen. Shye windete sich aus meinem Griff, also setzte ich sie ab, bevor ich schrie: „Was für ein Problem?"

Bishop streckte seinen Kopf heraus und blickte über die Menge von Kennard-Mills-Angestellten, die herumstanden, bevor er sich auf Shye konzentrierte. Er runzelte die Stirn. „Vielleicht solltest du mal herkommen."

Oh, verdammt, nein. „Sie gehört zu uns."

Shye erstarrte, wahrscheinlich war es ihr unangenehm, im Mittelpunkt der Aufmerksamkeit zu stehen, weil alle Augen plötzlich auf sie gerichtet waren. Aber sie war bei mir, was bedeutete, dass sie unter dem Schutz von Kennard stehen würde. Das bedeutete, dass wir ihr vertrauen mussten. Ich schlang meine Arme um ihre Schultern und machte meinen Standpunkt deutlich.

Bishop nickte. „Okay, dann. Ich weiß, wer das Feuer gelegt hat."

„Wer?" Damit wir ihn ausfindig machen und seinen Schwanz anzünden können, bevor wir ihn verfüttern.

„Spark von Soul Suckers".

Shye atmete kurz ein, aber ich behielt Bishop im Auge. Gottverdammter Spark... nicht wie Elektrizität. Spark wie in Flammen. Scheiße, ich hatte die Verbindung übersehen. „Sei dir lieber sicher, Mann."

„Ich kam in den Flur. Der Idiot hat die Wand markiert." Er warf einen Blick auf Camden. „Und verbarrikadierte die Tür. Sie hätte nicht rauskommen können, selbst wenn sie wach gewesen wäre."

Camden drehte der Mannschaft den Rücken zu, große, schwere Schluchzer kamen aus seiner Brust. Seine Stimme knurrte, als er sagte: „Ich will sie tot sehen. Wer auch immer das getan hat, ich will sie alle verdammt noch mal begraben."

Bishop grollte zustimmend, und die gesamte Besatzung nickte. Bereit zu kämpfen. Bereit, sich für das zu rächen, was diese Narren uns angetan hatten.

„Wie sieht der Plan aus?" fragte mich Gage, der todernst klang und bereit war, in den Krieg zu ziehen. Genauso, wie ich ihn brauchte.

„Wir machen sie fertig."

„Das könnt ihr nicht", sagte Shye. „Sie sind ein nationaler Club - sie werden immer wieder Verstärkung holen. Sie werden euch alle umbringen."

Ich schüttelte den Kopf und zog sie näher heran und blickte in ihre verängstigten braunen Augen. „Das wird nicht passieren."

Sie wirkte nicht überzeugt. „Es muss einen anderen..."

„Weg?" Gage pirschte näher heran, sein Blick kalt und schwer, als er ihren hielt. „Was zum Beispiel? Um Hilfe rufen? Glaubst du, Sheriff Baker wird sich die Mühe machen, einen Mord aufzuklären, wenn die Soul Suckers involviert sind? Bei all dem Spielraum, den er ihnen lässt, könnte er genauso gut ihr Maskottchen sein."

Shye kuschelte sich an mich, entflammte mein Temperament, und ich schaltete mein Getriebe ein.

„Immer mit der Ruhe, Gage. Sie kennt ihn nicht so gut wie wir."

Der Mann traf meinen Blick und trat einen Schritt zurück. Er warf einen letzten Blick auf Shye. „Was ist der nächste Schritt in diesem Schlamassel?"

„Zeit für ein wenig gemeinsame Einsatzplanung". Denn wir hatten drei Zweige des Militärs in einem Team vertreten. Das Kennard-Team - Deacon und ich mit den Army Special Forces, Bishop und Gage mit den SEALs, und Camden war ein Marine.

Wir hatten eine Scheißmenge an Erfahrung in der Kriegsführung. „Justice wird abgeriegelt, bis wir diese Scheiße geklärt haben. Niemand kommt rein, ohne dass wir davon wissen, wir alle vermeiden unsere üblichen Muster, und alle bilden Paare, um in Sicherheit zu bleiben.

Bishop, bedeckt mit Asche und Ruß, sagte: „Jemand sollte es Deacon sagen".

„Wir gehen jetzt dorthin." Ich zerrte Shye mit mir und wünschte, es gäbe einen anderen Weg, die Sache anzugehen. Um ihre Erlaubnis zu erhalten, bevor ich ihr Leben überrolle. Aber es gab keinen, und sie auch nur für eine Sekunde allein zu lassen, würde mir einfach nicht gefallen.

Sobald ich sie in den Truck gehoben hatte, startete ich den Motor und schaltete die Heizung ein, bevor ich sie mit einem starren Blick fixierte. Und dann holte ich tief Luft und legte die Regeln fest. „Wenn wir im Motel ankommen, werde ich zuerst dein Zimmer durchsuchen, um sicherzustellen, dass es sicher ist, während du im Truck wartest. Wenn jemand auf dich zukommt, drückst du auf die Hupe. Wenn dir irgendwas komisch vorkommt, auch. Verstanden?"

Ihr Nicken wirkte steif und verunsichert. Gott, ich hasste mich dafür, dass ich diese Angst in ihre Augen getrieben hatte. Ich griff nach ihr, unfähig, sie nicht zu berühren. Ich musste sie beruhigen. „Ich bin für dich da, Shye. Solange du bei mir bist, wird dir nichts passieren."

Sie sah nicht so sicher aus, aber sie nickte. „Okay."

Ich beugte mich vor und stahl einen Kuss. Nur einen. Ich hatte das Gefühl, dass der nächste Teil sie dazu bringen würde weglaufen zu wollen. „Sobald ich dein Zimmer gesichert habe, hast du drei Minuten Zeit, um reinzukommen und zu holen, was du mitnehmen willst."

„Warum? Wo soll ich denn hin?"

„Du ziehst bei mir ein, Liebes."

Es war wirklich schwierig, jemanden aus dem Weg zu gehen, wenn man im Grunde genommen in seinem Haus gefangen gehalten wurde. Das war vielleicht ein bisschen weit hergeholt. Alder hat mich nicht *wirklich* gefangen gehalten. Er hat sich einfach geweigert, mir zu erlauben, auszuziehen oder ohne ihm oder einem seiner Brüder raus zu gehen. Manche Leute mögen das als eine Art Überfürsorge und vielleicht sogar als etwas zu süß empfinden.

Oder vielleicht litten diese Menschen am Stockholm-Syndrom.

„Du siehst heute sehr hübsch aus, Shye."

Der Hundeblick auf seinem Gesicht brach fast meinen Entschluss, nicht mit ihm zu sprechen, aber ich blieb standhaft. Das war schwer, wenn man bedenkt, dass wir zusammen in seinem Truck gefangen waren. Aber ich wollte und konnte nicht nachgeben. Keine Hundeblicke oder Komplimente würden mir den Zorn auf den Mann nehmen. Ich ging ihm aus dem Weg, seit er mich nach dem Brand in Camdens Haus zu sich nach Hause geschleppt hatte. Drei Tage des Schweigens, des Wissens, dass er direkt am Ende des

Flurs war, des Hörens, wie das Wasser für seine Morgendusche lief und des Träumens, ihn nackt zu sehen.

Schwerwiegendes Stockholm-Syndrom, offensichtlich. Denn wenn ich ihn mit den „Soul Suckers" verglich, mir ansah, wie sie mir meinen freien Willen genommen und das mit Alders Aktionen verglich, gab es auf den ersten Blick keinen großen Unterschied. Sicher, ich hatte keine Angst vor Alder. Nicht wirklich. Ich hatte Angst, dass er aufhören würde, mich anzusehen und süße Dinge zu sagen, oder dass ich eines Morgens nach unten gehen und feststellen würde, dass er sich von einer anderen Frau verabschieden würde, aber das hatte alles mit meinen Gefühlen zu tun. Mein Körper war bei ihm sicher. Mein Herz, mein Verstand, meine Unabhängigkeit... nicht so sehr. Die Soul Suckers würden mich töten; Alder würde bei dem Versuch, mich zu retten, sterben.

Deshalb war nichts so wichtig wie die Tatsache, dass mein Zusammensein mit Alder ihn in Gefahr brachte, aber er wollte mich nicht gehen lassen.

Alder seufzte, als ich ihm nicht antwortete, schob seine Sonnenbrille auf, fuhr seine Auffahrt hinunter und brachte uns beide zur Beerdigung. Leahs Leiche war vom Brandermittler des Bezirks „entdeckt" worden, einige Stunden nachdem Alders Crew ihre Arbeit im Haus beendet hatte. Sheriff Baker war wütend gewesen, als er an diesem Morgen bei Alder auftauchte und aussah als könnte er Feuer spucken. Ich hatte mich im hinteren Flur versteckt, als Alder ihm sagte, niemand habe gewusst, dass Leah im Haus war, und dass er seinen Anwalt kontaktieren sollte, falls er mit einem der Jungs von Kennard Mills sprechen wollte. Dann hatte er dem Sheriff die Tür vor der Nase zugeschlagen, wodurch ich mich noch mehr in ihn verliebt hatte.

Und doch hatte ich mich geweigert, darauf einzugehen. Sogar nach diesem Kuss. Nach all den Dingen, die er im Büro im Restaurant mit meinem Körper gemacht hatte. Die Nacht, an die ich nicht aufhören konnte, zu denken. Ich konnte auf *nichts* eingehen, denn obwohl Alder mich nie körperlich verletzen würde und nur so handelte, um mich zu beschützen, konnte ich ihm nicht dasselbe versprechen. Wenn ich Alder von meinem Stiefbruder erzählte, wenn er wüsste, welche Bedrohung über mir schwebt und was ich den Soul Suckers schuldig bin, würde er mich entweder von seinem Grundstück und aus seiner Stadt vertreiben... oder er würde versuchen zu helfen, und sie würden ihn dafür töten.

Ich konnte es ihm nie sagen, also schien es mir einfacher, wütend zu bleiben, als ihm zu verzeihen und den Mund aufzumachen.

Wir kamen früh bei der Beerdigung an, aber nicht früh genug. Es versammelte sich bereits eine Menschenmenge in der Nähe der Stühle, die an der Grabstätte aufgestellt waren. Und mit „Menge" meinte ich die ganze Stadt. Das waren zwar nur ein paar hundert Leute, aber dennoch... jeder von ihnen schien da zu sein, um Camden zu unterstützen und sich von Leah zu verabschieden. Ein erstaunlicher und doch schrecklich schmerzhafter Anblick.

Alder sprang aus dem Truck, sobald er ihn geparkt hatte, und raste vorne herum, um meine Tür zu öffnen. Er hielt mir die Hand hin, sein großer Körper nahm so viel Platz ein, dass er kein Wort sagte. Stattdessen wartete er. Er ließ mir nicht wirklich die Wahl, seine Hilfe anzunehmen oder nicht, da er sich bewegen müsste, wenn ich diese ausgestreckte Hand ignorieren wollte, aber er verlangte auch nicht, dass ich das tue, was er wollte. Typisch.

Ich habe die Wahl getroffen, die mir die größte Freude bereiten würde. „Vielen Dank."

„Du siehst heute wirklich hübsch aus, Liebes." Er lächelte, als ich meine Hand in seine legte und sah in seinem dunklen Anzug und seiner Sonnenbrille wie ein Traum aus. Wenn ich doch nur...

Bishop kam geradewegs auf mich zu, als ich aus dem Truck stieg, ein vorsichtiges Lächeln war auf mich gerichtet. Alder muss seinem Bruder gesagt haben, dass ich nicht mit ihm sprechen würde. Wunderbar. Wahrscheinlich würde ich eine Ladung dieses Kennard-Charmes abbekommen, der mich dazu bringen sollte, nachzugeben, und wieder mit Alder zu sprechen. Nicht das, was ich brauchte, denn ich wollte so sehr loslassen, dass es wehtat, aber ich würde nicht für einen weiteren Tod verantwortlich sein.

Alder gab mir Halt, als meine Füße auf dem Boden aufsetzten, aber er ließ meine Hand nicht los. Ich ließ auch seine nicht los. Es war ein Tag für einen Waffenstillstand, wenn auch nur während des Gottesdienstes.

„Hey." Bishop packte Alder am Arm und beugte sich zu einer halben Umarmung vor, bevor er mir zunickte. „Shye. Wie geht's, Babe?"

Ich ignorierte die Art, wie sich Alders Hand an meiner festhielt. „Es geht mir gut, danke."

„Behandelt dich mein großer Bruder hier gut?" Er grinste - das Lächeln reichte nicht ganz bis zu seinen Augen - nahm mich am Ellbogen und zog mich von Alder weg. „Du kannst jederzeit bei mir pennen, wenn er anfängt, dir auf die Nerven zu gehen. Ich kann dich genauso gut beschützen wie er. Noch besser eigentlich, wirklich. Ich bin ein SEAL, Baby. Er gibt gerne damit an, ein Green Beret zu sein, aber wann sind die schon in den Nachrichten, weil sie die Welt gerettet haben? Niemals."

Ich schaute zurück zu Alder - ein Green Beret? Wie wahres Army-Helden-Zeug? Ich hatte ja keine Ahnung. Obwohl ich bis vor kurzem auch nicht wusste, dass Bishop ein SEAL war. Kein Wunder, dass Justice wie eine Militärbasis geführt wurde - es war praktisch eine.

„Wir gut genug um nicht anzugeben, Bishop." Die Stimme von Alder klang wie eine Warnung, ganz heiser und tief. Gefährlich. Hitze durchflutete meinen Hals und mein Gesicht, als Bishop mich näher zu sich zog. Fast...stachelte er Alder an.

Aber Bishop ignorierte seinen Bruder und zog mich mit sich. „Er war in den letzten Tagen sehr mürrisch, Shye. Habt ihr beide euch gestritten? Denn im Ernst, das gesamte Team von Kennard Mills würde dir alles geben, was du willst, wenn du diesem Mann zu einer besseren Laune verhelfen würdest."

Ich blickte wieder über die Schulter und erschauderte über das

Stirnrunzeln auf Alders Gesicht. Ich fragte mich, ob er mich hinter diesen verspiegelten Gläsern anstarrte. „Ich bin mir ziemlich sicher, dass ich keinen Einfluss auf seine Stimmung habe."

Bishop lachte. „Glaub mir, Shye, du bist für alles verantwortlich, was dieser Mann in den letzten drei Jahren gedacht, gefühlt und getan hat."

„Das ist genug." Alder packte meinen Arm, schlang meine Hand über seinen Ellbogen und zog mich von seinem Bruder weg. „Das ist eine gottverdammte Beerdigung."

„Ganz genau." Bishop sah sich um und lehnte sich dann näher heran. „Sie haben Cams Mädchen getötet. Weißt du, wie viel Reue dieser Mann haben wird? Er wird sich fragen, ob er dies oder jenes hätte tun sollen, oder wenn er eine Sache geändert hätte, hätte es einen Unterschied gemacht? Ich lebe mein Leben nicht mehr so, als gäbe es keine Uhr, die bis zu meinem Tod herunterzählt." Er schenkte mir ein Lächeln, bevor er seinem Bruder einen intensiven Blick zuwarf. „Und du solltest es auch nicht tun."

Alder sagte nichts, aber er zerrte mich näher heran und führte mich durch die Menge zu zwei Plätzen in der ersten Reihe.

Und er ließ meine Hand nie los.

Alder

Der Gottesdienst dauerte fast eine Stunde. Während ich Shyes Hand in der meiner hielt - und mich weigerte, auch nur einen Augenblick lang loszulassen - standen zahlreiche Menschen auf, die Leah gekannt und geliebt hatten, und erzählten Geschichten über ihr Leben und darüber, wie viel sie ihnen bedeutet hatte. Ihr spürbares Gefühl des Verlusts schien von allen Anwesenden geteilt zu werden...bis auf eine Ausnahme.

Camden saß stumm da, die Schultern steif, der Rücken gerade, das Gesicht versteinert. Während die Menschen um ihn herum vor Schmerz und Trauer in sich hineinkrochen, schien Camden praktisch vor Boshaftigkeit zu vibrieren. Erfüllt von einer Wut, die nur darauf wartete, durchzubrechen. Ich konnte es ihm nicht verübeln. Wäre Shye bei dem Feuer in ihrem Wohnwagen getötet worden, hätte ich wahrscheinlich jeden Stein umgedreht, um denjenigen aufzuspüren, der das Streichholz angezündet hatte. Und wenn ich sie gefunden hätte? Dann hätte ich ihnen gezeigt, auf wie viele Arten ein Green Beret einen Mann töten kann... und ihn zurückbringen, um Informationen zu bekommen. Doch ich hatte nur drei Jahre, in denen ich Shye begehrte, einen verdammt guten Moment von Intimität und ein paar Minuten Händchenhalten. Camden hatte fast zwanzig Jahre an ersten Küssen und erste Male, zwei verdammte Jahrzehnte, in denen er seine Frau liebte und im Gegenzug geliebt wurde. Er hatte seine *Frau* verloren. Der Mann wäre eine Naturgewalt, wenn er die Person, die Leah getötet hatte, jemals in die Hände bekäme.

Aber Camden war nicht allein. Finn saß auf der einen Seite, Elijah - der aus Denver angereist war - auf der anderen. Selbst als der Sarg abgesenkt wurde - als meine Brüder vortraten, um Camden in seiner Trauer zu unterstützen - konnte ich nicht anders, als die Unterschiede zwischen den beiden jüngsten männlichen Kennards zu katalogisieren.

Finn war immer klug und ehrgeizig gewesen, viel ernster als sein eineiiger Zwillingsbruder. Elijah war der Witzbold gewesen, das lächelnde Kind mit dem lauten Lachen und der Liebe zum Leben, die man fühlte, wenn er den Raum betrat. Unsere Mutter sagte immer, Gott habe uns Elijah geschenkt, damit Finn davon abzuhalten, zu ernst zu werden. Mein Vater sagte, Gott habe uns Finn gegeben, damit Elijah in Schach zu halten. Aber die Drogen und Sheriff Baker hatten es nur auf Finn abgesehen, was die beiden Zwillinge in verschiedene Richtungen trieb.

Als Finn ins Gefängnis kam, hatte Elijah alles getan, was ihm einfiel, um ihm zu helfen. Zum Teufel, das haben wir alle getan. Die Drogen waren schon schwer genug zu verkraften gewesen, aber die Verhaftung... die Inhaftierung. Das hatte die Familie für immer verändert. Bishop und ich waren zu der Zeit beide im Ausland gewesen, aber wir schafften es einige Male, nach Hause zu kommen und Finn zu helfen. Elijah war während des gesamten Prozesses an seiner Seite gewesen und hatte zugesehen, wie sein Bruder für ein Verbrechen verurteilt wurde, das er nicht begangen hatte, und war nicht in der Lage, auch nur das geringste dagegen zu unternehmen. Elijah war härter, ernster und konzentrierter geworden. Er hatte sein Hauptfach gewechselt und ein Jurastudium begonnen und behauptete, niemand würde sich je wieder mit einem seiner Brüder anlegen. Während Finn also im Gefängnis saß, war Elijah Rechtsanwalt geworden. Er arbeitete für den Staatsanwalt, lernte die Geheimnisse der Strafverfolgung kennen und machte sich dann selbstständig, um einer der begehrtesten Verteidiger des Staates zu werden.

Und während Elijah seine lebenslustige Art verloren hatte, hatte Finn jedes bisschen seines Ehrgeizes verloren. Ich habe mir oft gewünscht, Finn würde etwas von Elijahs Elan finden und etwas aus seinem Leben machen, aber er war damit zufrieden, hinter der Bar bei Deacons zu arbeiten und im Sägewerk auszuhelfen, wenn wir ihn brauchten. Der Mann war ein Künstler, wenn es um Holzverarbeitung ging, aber er wollte daraus keine Karriere machen. Er sagte immer, es würde ihm die Freude daran nehmen. Er brauchte mehr Freude in seinem Leben... das taten beide Jungs.

„Alder?"

Ich schreckte auf, als Shyes sanfte Stimme meinen Namen sagte, und das Blut schoss mir in den Schwanz, als ich zu ihr aufblickte. Meine Güte, sie war so hübsch. Sie stand neben mir, ihre Stirn besorgt gerunzelt, ihre Hand griff nach meiner. Alle um uns herum waren gegangen, der Sarg war abgesenkt worden, während ich meinen Brüdern hinterherstarrte, die beide irgendwann ebenfalls weggegangen waren. Aber sie hatte auf mich gewartet. Eine Tatsache, die mich wie ein Schlag auf die Brust traf. Ob ich nun an meine jüngsten Brüder gedacht oder die Trauer über den Mord an Leah empfunden hatte, meine Emotionen waren intensiv. Und Shye schien das irgendwie zu wissen.

„Geht es dir gut?", fragte sie und sah so verdammt besorgt aus. Das konnte ich nicht zulassen.

„Ja. Tut mir leid." Ich ergriff ihre Hand und stand auf. „Wir sollten wohl Camden suchen."

Shye nickte und schaute mich immer noch besorgt an. Aber sie ließ sich von mir durch die Menge führen, ließ mich wie einen Ertrinkenden an ihrer Hand festhalten. Die Leute lächelten in meine Richtung und musterten mich, als sie Shyes Hand in meiner bemerkten, aber niemand kommentierte es. Ich konnte nicht darauf hoffen, dass sie lange schweigen würden. Wir würden heute Abend die heißeste Nachricht in den Klatschspalten sein, was für Shye wahrscheinlich ein größeres Problem war als für mich. Ich würde ihnen allen sagen, dass sie endlich mir gehört, wenn ich nicht glauben würde, dass sie dann weglaufen würde. Oder mich dafür ohrfeigen. Sie war in den letzten Tagen sicher nicht glücklich mit mir gewesen.

Wir fanden Camden umgeben von meinen Brüdern und ein paar Männern von Kennard Mills unter einem Baum abseits der Menschenmenge. Shye wurde langsamer, als wir uns näherten, aber ich hielt ihre Hand einfach in meiner und zog sie mit mir.

„Cam." Ich zog den kleineren Mann in eine Umarmung, wobei ich dafür Shye loslassen musste. „Wie kommst du zurecht?"

Sein Gesicht blieb ausdruckslos, seine Augen tot, aber hart. „Es wird mir bessergehen, wenn ich weiß, dass alle, die an ihrem Tod beteiligt waren, tot sind."

Finn nickte, und sogar Elijah schien die Notwendigkeit einer Vergeltung zu verstehen, als er fragte: „Was brauchen wir, um das zu erledigen?

„Wir brauchen Informationen", antwortete ich. „Wir müssen alles wissen, was es über die Soul Suckers zu wissen gibt – ihren Aufbau, ihre Anführer, ihre geschäftlichen Verwicklungen, sowohl legal als auch illegal. Alles davon."

Elijah nickte. „Ich kann bei den staatlichen Behörden nachfragen, um zu erfahren, was sie wissen, vielleicht sogar zu einigen Feds gehen, mit denen ich zusammengearbeitet habe, da sie ein nationaler Club sind.

„Ja, Shye hat das erwähnt." Mir fiel Gages Stirnrunzeln auf. „Was?"

„Woher wusste sie von ihnen?", fragte er. „Sie ist nicht die übliche Bikerschlampe."

Mein Magen zog sich zusammen, die Wut entbrannte bei dem Gedanken, dass sie mit diesen Arschlöchern zu tun hatte. Solche Männer würden jemanden, der so ruhig und weich ist wie sie, zum Frühstück verspeisen. Ich suchte Shye in der Menge, aber sie hatte sich von uns entfernt und schien auf meinen Truck zuzugehen. „Ich weiß es nicht, aber ich werde sie fragen."

„Wir brauchen mehr als offizielle Aufzeichnungen." Bishop ging bei jeder Runde an Gage vorbei. „Wir brauchen die Dinge, von denen die Beamten nichts wissen. Wir brauchen einen Insider."

„Das wird nie passieren", sagte Gage. „Diese Clubs sind eng - ihnen geht es nur um Loyalität und Brüderlichkeit. Sie werden nicht ein Mitglied gegen ein anderes aufbringen, ohne ernsthaftes Kapital aus ihnen zu schlagen.

„Es sei denn, es gibt bereits einen Fuchs im Hühnerstall oder einen Mann, dessen Loyalität gegenüber dem Club die Loyalität außerhalb des Clubs nicht in den Schatten stellt. Ich nickte Gage zu. „Ihre Loyalität gegenüber Bishop übertrifft so ziemlich alles, würde ich vermuten."

Gage nickte einmal und hielt eine Faust hoch, damit Bishop mit seiner einschlagen konnte. „Brüder im Untergang."

„Verdammt richtig", sagte Bishop. „Also was... wir müssen einen Soul Sucker finden, der ein SEAL war? Das könnte ein wenig schwierig werden. Wir sind was verdammt Besonderes."

„Army, Spezialeinheiten, SEALs oder ein Marine. Wir haben eine Menge Brüderlichkeit, auf die wir uns in dieser Gruppe stützen können." Ich fuhr mir mit der Hand durchs Haar und behielt Shye immer noch im Auge. Wenn ich jemanden gebraucht hätte, der auf sie aufpasst, während ich es nicht konnte, wusste ich, wer die erste Person sein würde, die ich anrufen würde. Und es würde kein Mann sein, der denselben Nachnamen wie ich trägt. Es wäre ein anderer Green Beret, mit dem ich gedient hatte. Einer, der sich bereits in jeder Hinsicht um uns gekümmert hatte. Der einzige Mann außerhalb meiner Familie oder meiner Crew, dem ich mein Leben anvertrauen würde. „Wir müssen mit Deacon reden."

Deacon Manns war ein dünnes, unreifes Kind, als wir uns das erste Mal trafen. Frisch aus dem Ausbildungslager war er mit einer stillen Verbissenheit in mein Leben gesprungen und einfach nie wieder weggegangen. Wir waren zusammen durch das Ausbildungsprogramm für Sondereinsätze gegangen, hatten uns zusammen unsere Green Berets verdient, zusammen einen Haufen Sabotage verursacht und eine Menge Leute getötet. Nun, er hatte sie getötet. Ich hatte ihn auf seine Station gebracht, ihm alle Informationen gegeben, die ich finden konnte, und ihm den Rücken freigehalten. Er war der Mann mit der Waffe gewesen. Der Scharfschütze in der Luft. Der geduldige kleine Scheißer, der drei Tage lang in der Wüste im Sand liegen konnte, um bei Bedarf einen einzigen Schuss abzugeben.

Als ich nach meinem Ausscheiden aus dem aktiven Dienst beschlossen hatte, nach Hause zu ziehen, rief ich Deacon an und sagte ihm, dass es in meinem Sägewerk Arbeit für ihn gäbe. Er sagte mir, ich solle mich verpissen, ich sei zu herrisch für ihn, und kaufte prompt die heruntergekommene Bar an der Bezirksgrenze mit dem dazugehörigen schäbigen Motel. Fünf Jahre später war die Bar immer noch eine Bruchbude, aber das Essen war gut, das Bier kalt, und der Ort war so sicher wie, ich ihn mir vorstellen konnte. Und das alles wegen eines Mannes, den ich als einen weiteren Bruder sah.

Einer mit einer großen Klappe. „Du siehst beschissen aus. Was zum Teufel ist auf dein Gesicht gekrochen und gestorben?"

Obwohl ich, ehrlich gesagt, schon Schlimmeres von ihm gehört hatte. „Eines Tages wirst du akzeptieren, dass ich einfach robuster und männlicher bin als du, Deacon".

Zur Begrüßung stießen wir uns mit den Schultern und reichten uns dir Hände.

„Hast du irgendwelche Freunde mitgebracht?" Die Bar war leer, ebenso der Parkplatz. Nicht das, was ich mir erhofft hatte, nachdem ich an diesem Morgen einen dringenden Gefallen eingefordert hatte.

„Er wird früh genug hier sein." Deacon goss meinen Lieblings-Bourbon in ein Glas mit Eis und schob ihn über die Theke. „Bist du sicher, dass du das tun willst?"

„Hast du noch andere Ideen?"

„Nö." Er schnappte sich sein Handtuch und fing an, Flaschen abzuwischen. „Ich bin mir nicht sicher, was du davon hast, aber es ist das, was ich tun würde, wenn ich ein Mädchen hätte, um das ich mich kümmern müsste.

Mein Mädchen, meine Freunde, meine Familie. Ich hatte keine Ahnung, wer das nächste Ziel sein würde, also musste ich diese Arschlöcher unter die Erde bringen. Dafür brauchte ich Informationen, und ich war bereit, alles zu tun, um sie zu bekommen.

Als ich einen Schluck von meinem Bourbon nahm, schwang die Tür auf, und ein großer Mann kam herein. Ich blieb sitzen, nahm ihn in Augenschein und wartete. Ich bildete mir mein eigenes Urteil über ihn. Schmutzige Jeans, schwere Stiefel und die Lederweste, die er über einem schlichten schwarzen T-Shirt trug, verrieten, dass er ein Motorradclub-Fahrer war. Sein hoher und straffer Haarschnitt, das Tattoo der amerikanischen Flagge auf dem Unterarm und das Semper-Fidelis-Abzeichen verrieten mir den Rest.

Ein Marine...das beruhigte mich ein wenig.

Deacon blieb hinter der Bar und holte sich ein Bier aus der Kühlbox unter ihm. Als der andere Mann sich auf den Hocker neben mir setzte, schob er die Flasche über die Bar und nickte. „Alder Kennard, das ist Parris."

Ich streckte eine Hand aus und schüttelte seine, als er das Angebot erwiderte. „Parris. Wie in Insel?"

„Der einzig Wahre."

Natürlich war sein Straßenname Parris, nicht Paris. Insel... nicht Stadt. Damit könnte ich arbeiten. „Mein Kumpel Camden sagt, Paradise City war nicht so sehr ein Paradies wie..."

„Eine sumpfige Scheiß-Sauna?" Parris kicherte. „Ich muss zugeben, ich war froh, da rauszukommen."

„Darauf trinke ich." Ich nahm noch einen Schluck und dachte darüber nach, was ich fragen wollte. Ich hätte mir die Mühe nicht machen müssen.

Parris setzte sein Bier ab und konzentrierte sich auf mich. „Deacon sagte, ein Marine-Kollege sei in Schwierigkeiten mit einem MC geraten, und dass ein Green Beret in der Nähe sei, der einen Einblick in das Clubleben brauche, um ihm da herauszuhelfen. Ich nehme an, das bist du."

„Ja, und ich brauche definitiv ein paar Informationen."

„Was ist das Problem?"

Wenn ich es genau wüsste, wäre alles ein wenig einfacher. „Wir haben einen Club, der in der Stadt Ärger macht."

„Welche Art von Ärger?"

Ich traf im Bruchteil einer Sekunde die Entscheidung, ihm nicht von Shye zu erzählen - zumindest nicht, dass sie zu mir gehört. Das würde sie zu einer Belastung machen, und vertraute ihm nicht genug um mich so zu öffnen.

„Zuerst haben sie die Wohnung einer Freundin niedergebrannt, dann die meines Bauleiters". Ich kippte den Rest meines Bourbons hinunter und ignorierte die Art, wie Deacon mir einen Blick zuwarf, weil ich ihn wie einen billigen Fussel behandelte und dann mein Glas für einen weiteren hinhielt. „Er ist der Marine... und seine Frau starb in dem Feuer."

Paris ballte die Faust, das einzige Anzeichen dafür, dass alles, was ich gesagt hatte, zu ihm durchgedrungen war. „Bist du sicher, dass es dieser Club war?"

„Ja." Ich kippte mein leeres Glas um und stellte es auf die Theke, bevor ich mich ihm zuwandte. „Sie nagelten ihr Schlafzimmerfenster zu, verbarrikadierten ihre Tür von außen und versahen die Wand mit einem Straßennamen und dem Logo des Clubs. Sie sind es, und ihr Tod war beabsichtigt."

Deacon schob noch ein volles Glas Bourbon in meine Richtung, bevor er zum Ende der Bar ging. Ich? Ich saß da, grübelte und versuchte zu verstehen, was zum Teufel da vor sich ging. Versucht und versagt. Deshalb brauchte ich jemanden wie Parris.

„Habt ihr einen von ihnen getötet? Einen verhaftet?" Bei meinem Kopfschütteln runzelte Parris die Stirn. „Irgendwas müsst ihr doch getan haben. Kein Club würde sich auf so einen Scheiß wie das Ermorden von Zivilisten einlassen, ohne dass es einen Grund gibt. Es ist zu auffällig, weißt du? Zu leicht, um dafür verhaftet zu werden."

„Nichts, schon gar nicht, wenn man jemanden umbringt. Mein Bauleiter hatte bei einem Job eine Auseinandersetzung mit ein paar Clubmitgliedern, die aber innerhalb von Minuten vorbei war. Es wurden auch keine Cops gerufen. Es ist nichts Großes passiert. Es gab nur einen Streit darüber, wer das Recht hatte, auf dem fraglichen Grundstück zu sein.

„Wo ist die Baustelle?"

„Oben am Osthang des Widows Ridge. Dort ernten wir Bauholz."

Parris nickte und sah aus, als würde sein Verstand Puzzleteile zusammensetzen, die ich noch nicht einmal gesehen hatte. „Ist es abgelegen? Weit abseits der Hauptstraßen?"

Ich musste die ganze Zeit an Shye da oben denken, wie einsam dieser Wohnwagen immer wirkte, auf einem Straßenabschnitt ohne

Nachbarn. Und genau dort, wo der ganze Ärger angefangen hatte. „Ja. Sehr abgelegen."

Parris klopfte zweimal auf den Tresen, bevor er einen Schluck von seinem Bier nahm. Als er es wieder abstellte, sagte er einfach: „Soul Suckers".

Das war keine Frage, sondern eine Feststellung. „Ja."

„Dieses Grundstück? Diese Baustelle die ihr begonnen habt? Ihr seid zu nahe an deren Küche."

„Wie bitte?"

„Ihre *Küche*. Sie kochen und verkaufen Meth. Das ist die Haupteinnahmequelle der Soul Suckers – hochwertig und in anständiger Menge. Meine Vermutung ist, dass sie eine Labor abseits der ausgetretenen Pfade eingerichtet haben. Irgendwo abseits der Straße, wo sie es bemerken würden, wenn ihnen jemand zu nahekäme." Er nahm noch einen Schluck von seinem Bier, bevor er es wieder absetzte. „Ihr seid zu nahegekommen."

Eine Wut, wie ich sie noch nie zuvor gespürt hatte, brannte in mir. Wir hatten unseren Anteil an Drogenproblemen in Justice gehabt, einschließlich meines eigenen Bruders - das ganze verdammte Land schien sich mit Meth oder Opiaten oder irgendeinem anderen Scheiß zu beschäftigen, um durch den Tag zu kommen. Aber obwohl ich Drogenkonsumenten unter unseren Bürgern entdeckt hatte und immer mein Bestes getan hatte, um ihnen zu helfen, clean zu werden, hatte ich nie jemanden gefunden, der Drogen verkaufte. Ich hätte nie erwartet, dass in unserer Stadt jemand diesen Scheiß kochen würde.

Und die Tatsache, dass sich das direkt vor meiner Nase abgespielt hatte, machte mich verdammt sauer. „Also geht es bei den Bränden, dem Mord, nur um Drogen?"

Parris schien nicht so sauer zu sein, wie ich mich fühlte. „Es geht um Hunderttausende von Dollar in Drogen, ja."

„Scheiße." Ich sprang vom Barhocker und lief durch den Raum, während meine Gedanken kreisten. Shye hatte dort oben gelebt, nahe genug, um bemerkt zu werden, ganz sicher. Und sie hatte allein gelebt. Verdammt, Miss Hansen, die alte Dame, mit der wir den Vertrag für die Holzernte an diesem Hang abgeschlossen hatten, lebte ebenfalls allein und war in ihren Achtzigern. Ich konnte nicht zulassen, dass einem von ihnen etwas zustößt. Ich konnte auch nicht zulassen, dass eine Gruppe von Motorradfahrern in meiner Stadt Meth kocht.

„Wie werde ich sie los?"

„Auf offiziellem Weg werdet ihr das nicht können", sagte Parris.

Als ob das eine Option wäre. „Ja, nun. Wenn man bedenkt, wer unser Sheriff ist, ist das so gut wie unmöglich. Wir kümmern uns hier oben um unsere Leute."

Parris warf mir einen schätzenden Blick zu und nickte wie zustimmend. Als hätte ich eine Art Test bestanden.

„Dann musst du voll auf Biker machen. Wenn du gegen einen MC kämpfen willst, musst du wie ein MC denken. Diese Typen werden sich nicht damit zufriedengeben, hinter *dir* her zu sein und dich und deine Männer fertig zu machen. Sie werden hinter euren Geschäften her sein, hinter euren Familien. Sie werden jede Schwachstelle manipulieren, die sie finden. Die „Soul Suckers" sind die Schlimmsten der Schlimmsten, die sogar von einigen der krassesten Ein-Prozenter in Ruhe gelassen werden. Wenn ihr gegen sie vorgehen wollt, solltet ihr euch auf die unkonventionelle Kriegsführung vorbereiten, für die ihr als Green Berets so berühmt seid. Und wenn es um Frauen und Kinder geht, sorgt dafür, dass ihr alles im Griff habt, denn sie werden nicht aus der Schusslinie gelassen werden".

Leah war die einzige Frau in unserer Hauptgruppe gewesen, und sie war wegen ihnen bereits tot. „Wir haben weder Frauen noch Kinder."

Er hat gluckste. „Nein? Aber *du hast doch* ein Mädchen. Oder zumindest hast du ein Auge auf ein Mädchen geworfen. Das süße kleine Ding - arbeitet drüben in der Raststätte als Bedienung."

Ich versuchte, nicht zu reagieren, nichts zu verraten, aber der andere Mann grinste.

„Ich habe keine fünf Minuten gebraucht, um das herauszufinden, als ich mir heute Nachmittag dich und die Stadt Justice geschaut habe. Und ja, ich habe dich überprüft, als Deacon anrief. Nur weil du Soldat bist, heißt das nicht, dass du jemand bist, mit dem man Geschäfte machen kann. Du hast ein gutes Geschäft mit dem Sägewerk, gutes Geld, das du verdienst, und einen engen Kreis von Freunden und Familie. Ich bin ziemlich sicher, du könntest mitten in der Stadt einen Mann töten, und niemand würde dich verraten. Aber du hast ein paar offenbare Schwachstellen - einen ehemaligen süchtigen Bruder und das Mädchen.

Er hatte nicht Unrecht, und dafür hasste ich ihn. „Worauf willst du hinaus?"

„Mein Punkt ist, dass du mich hierher gerufen hast, um zu helfen, und ich gebe dir Ratschläge, also hör besser darauf. Willst du mir sagen, dass bei dir alles seine Ordnung hat? Versuchst du so zu tun, als hättest du keine Schwäche? Das ist Schwachsinn. Wenn du willst, dass deine Crew sicher ist, solltest du dich mehr anstrengen." Er stand auf und verabschiedete sich von Deacon mit einem Faustschlag, bevor er zur Tür ging. Aber nicht, ohne eine letzte Warnung auszusprechen. „Kümmere dich um deinen Scheiß, bevor du es mit den Soul Suckers aufnimmst, oder du wirst es bereuen. Sie werden dir keine Verwarnung erteilen, mein Junge. Sie werden kommen, um zu töten. Derjenige, der in der Schusslinie steht, muss wissen, wie er sich verhalten muss."

Sobald Parris gegangen war, wandte ich mich an Deacon, mein Verstand war völlig von Plänen und Situationen und Möglichkeiten überwältigt. Aber mein Freund kannte mich besser als jeder andere. Er sagte kein Wort, griff einfach unter die Theke, holte eine große Metallkiste heraus und schloss sie auf.

„Schalldämpfer", fragte er und ließ mich ganze fünf Sekunden lang im leeren stehen, bevor er seufzte und die Augenbrauen zu hochzog. „Brauchst du einen Schalldämpfer für deine Waffe?"

Ich blinzelte und trat einen Schritt näher. „Ja. Shye wohnt bei mir - das wäre vielleicht das Beste."

Er nickte und streifte sich ein Paar Plastikhandschuhe über. Einmal übergezogen, griff er in die Kiste, zog eine Beretta 9mm heraus und schraubte den schalldämpfenden Zylinder auf das Ende. „Die ist verdammt sauber. Wenn du jemanden töten musst, benutzt du sie und wirst sie dann los. Niemand wird sie zu dir oder mir zurückverfolgen."

Ich nahm die Waffe, wobei ich darauf achtete, sie nicht mit der Handfläche zu berühren. Um nicht zu viele Fingerabdrücke zu hinterlassen. „Möchte ich wissen, warum du die hast?"

„Das tust du bereits." Er starrte mich mit einem starren Blick, den ich schon einmal gesehen hatte. Den Blick, den er vor jedem Einsatz hatte, den wir durchgeführt hatten. Flach, dunkel und bereit. Ja, ich wusste, warum er eine saubere Waffe hatte, die nicht zu ihm zurückverfolgt werden konnte. Aus dem gleichen Grund würde ich sie aufbewahren und griffbereit halten.

Um Probleme so unsichtbar wie möglich zu beseitigen.

„Hast du noch mehr davon?" fragte ich, als ich den Lauf begutachtete.

„Ein paar, aber ich werde eine Bestellung aufgeben."

„Ich hätte dich nie für einen Waffenverkäufer gehalten."

„Ich hätte dich nie für einen Mörder gehalten, aber wir alle tun, was wir tun müssen."

Es gab keine wahreren Worte als diese. Und was ich tun musste, war, die Bedrohungen für meine Stadt und mein Mädchen zu beseitigen. Und zwar schnell.

Also steckte ich die Beretta weg und streckte meine Faust aus. „Danke, Mann."

„Ich stehe hinter dir. Kümmere dich jetzt um dein Mädchen, und lasse sie nicht wieder allein. Ich werde deinen jämmerlichen Arsch nicht vom Boden aufheben, wenn sie sie erwischen."

„Das wird nicht passieren." Niemals. Egal, was passiert. Shye wäre sicher, ob ihr meine Methoden gefallen oder nicht.

Kapitel

8

Shye

Ich hatte nicht vor, auf Alder zu warten, aber schlafen war unmöglich gewesen. Ich wusste, dass er unterwegs war, um etwas gegen die Soul Suckers zu unternehmen, auch wenn er mir nichts gesagt hatte. Nicht, dass ich ihn gelassen hätte. Ich hatte ihn tagelang ignoriert, und nach der Beerdigung hatte ich mich in dem Zimmer, in das er mich gebracht hatte, verbarrikadiert.

Aber dann war er weggegangen, um „irgendeine Scheiße wegen Leah zu regeln", und ich wusste, was das bedeutet hatte. Ich hatte ihm nicht gesagt, er solle aufpassen, vorsichtig sein, schnell zurückkommen... Ich hatte ihm nicht einmal Tschüss gesagt. Mein Bedauern war im Laufe der Stunden, die ich allein verbrachte, immer grösser geworden, und als er kurz nach drei Uhr morgens zur Tür hereinkam, saß ich da. Ich wartete. Ich wartete auf ihn.

Er sah mich misstrauisch an. „Alles in Ordnung?"

Ich schlang meine Hände um meine inzwischen kalte Tasse mit noch kälterem Kaffee. „Ja. Ich...konnte nur nicht schlafen."

Er schloss die Tür hinter sich ab, bevor er auf mich zuging. Mit langsamen und präzisen Schritten überquerte er den blaugrauen

Holzboden, der mich beim ersten Mal, als ich durch dieselbe Tür ging, verblüfft hatte. Die Farben schufen sanfte Muster und geschwungene Formen, wo eigentlich nur gerade Linien sein sollten. Das rauchige Blau kämpfte mit der honigfarbenen Bräune auf eine Weise, die den Fußboden zu einem Kunstwerk machte. Wunderschön, atemberaubend, völlig einzigartig. Genau wie der Mann, der das Holz geerntet, gefräst und verlegt hatte, um die Vision zu schaffen.

Aber etwas in Alders Gang erregte meine Aufmerksamkeit mehr als die Böden, eine unnatürliche Anspannung, die ich noch nie zuvor gesehen hatte. Ihm fehlte seine übliche Anmut. Tatsächlich wirkte er fast... steif.

„Geht es *dir* gut?" fragte ich und bemerkte den wütenden Blick in seinen Augen und das Zucken in seinem Kiefer. Alles an seinem Körper schrie nach Zurückhaltung, die Schärfe seines Temperaments zeigte sich in der Glut seiner Augen. Der Mann schien am Ende zu sein, auch wenn er es nicht zugeben wollte.

„Mir geht es gut", sagte er und sah alles andere als gut aus. „Es war ein langer Tag, das ist alles."

Eine Untertreibung. Die Beerdigung hatte jeden erschöpft, aber dann war er zur Arbeit gegangen und ist bis spät in die Nacht unterwegs gewesen, um sich um „Dinge" zu kümmern. Natürlich war er müde.

Alder öffnete den Kühlschrank und schaute hinein, ohne sich zu bewegen, oder nach etwas zu greifen. Er bewegte sich überhaupt nicht. Ich kannte diese spezielle Art von Stille - ich hatte die meiste Zeit meines Lebens für Männer gekocht. Ich hatte sie mit Essen besänftigt, wenn es für mich nichts Anderes zu sagen oder zu tun gab. Der Mann musste essen, war aber zu überwältigt, um sich mit etwas so Einfachem wie der Wahl des Essens zu beschäftigen, geschweige denn etwas zu kochen. Und nach drei Tagen des Schweigens, nach drei Tagen, in denen er alles versucht hatte, damit ich mich wohl und beschützt fühlte, war es für mich an der Zeit, aufzuhören, stur zu sein, und etwas zu tun, um ihm zu helfen.

Ich sprang von meinem Sitz auf und eilte hinüber, schob ihn aus dem Weg, bevor ich mich vor seine wuchtige Gestalt stellte. „Warum lässt du mich dir nicht etwas zu essen machen? Klingt Omelett gut?"

„Du musst nicht für mich kochen."

Ich warf ihm einen Blick zu, als ich nach den Eiern griff. „Du hättest mir keine Bleibe geben müssen, aber du hast es getan."

Ich erwähnte nicht die Tatsache, dass er mich gezwungen hat, bei ihm einzuziehen, dass er jedes Argument abgelehnt hat, das ich angeboten hatte, weil ich ihm nicht zur Last fallen wollte oder ihm nichts zurückzahlen konnte. Er hatte sich einfach um mich gekümmert, ohne eine Gegenleistung zu verlangen. Jetzt war es an mir, dankbar zu sein.

Aber als ich die Kühlschranktür schloss und mich umdrehte, dachte ich an nichts Anderes als daran, wie gut dieser Mann aussah. Wie... wie war er mir so nahegekommen? Er hatte mich praktisch gegen den Kühlschrank gepresst, sein Körper ließ keinen Raum zwischen uns. Er sah auf mich herab, als könne er nicht glauben, dass ich vor ihm stand... mit einem Dutzend Eier in der Hand.

„Ich habe dir nichts gegeben, Shye. Ich habe dich genommen. Ich weiß, dass du deswegen sauer bist, und ich weiß, dass ich jedes Bisschen deiner Wut verdiene. Aber so sehr es mir auch leidtun sollte, es tut mir nicht leid." Er strich mir das Haar von der Schulter, seine Finger glitten an meinem Nacken entlang, als wollten mich festhalten. Oder einfach, um sich an etwas festzuhalten. „Ich würde alles tun, um dich zu beschützen, mein süßes Mädchen. Alles, um dich vor dem, was da draußen ist, zu beschützen. Auch wenn du mich dafür hasst."

Er würde es tun, und das wusste ich. Ich wusste es mit jeder Faser meines Körpers. Er würde mir nie wehtun, aber ich hatte ihm wehgetan, indem ich so stur war. Etwas, das ein Ende haben musste.

„Du bist ein guter Mann." Ich setzte die Eier ab und griff nach seinem Gesicht, als er schnaubte, und zwang ihn, mir in die Augen zu sehen. „Du bist ein *guter* Mann. Einer, der sich um andere kümmern will, auch wenn es niemanden gibt, der sich um dich kümmert. Also setz dich hin, Alder Kennard, und lass mich eine Minute für dich sorgen."

Diese blauen Augen brannten in mich hinein und setzten etwas in Brand. Etwas Dunkles und Schmutziges, vielleicht auch ein wenig Lustvolles. Aber ich hatte nicht gescherzt, mich um ihn zu kümmern, und in diesem Moment bedeutete das, ihm Essen zu machen, bevor er umkippte.

„Warum setzt du dich nicht an den Tresen, während ich koche?" Als er nicht antwortete, zu sehr damit beschäftigt, mich anzustarren, als wäre ich die Mahlzeit, die er *braucht,* hob ich eine Augenbraue und legte den Kopf schief. „Alder, bitte lass mich dir Essen machen."

Vielleicht war es das Bitte, das ihn umgestimmt hat, oder vielleicht war er einfach zu müde, um gegen mich zu kämpfen. Was auch immer der Auslöser war, er seufzte, seine Hände ruhten auf meinen Schultern und sein großer Körper lehnte sich in meinen. Er zog mich näher zu sich heran. Hüllte mich in eine langsame Umarmung, die mich bis in meine Seele wärmte. „Danke, Liebes. Ein Omelett wäre jetzt wunderbar."

Er hielt mich einen langen Moment lang an Ort und Stelle, so tröstlich und warm. So stark und doch so kurz vor dem Zusammenbruch. Ich konnte praktisch fühlen, wie die Erschöpfung von ihm abließ. Wahrscheinlich hätte ich mich zurückziehen sollen, um mit dem Kochen zu beginnen, aber ich konnte es nicht. Ich hatte das Gefühl, dass er mich in seinen Armen mehr brauchte als Eier in seinem Bauch. Also ging die Umarmung weiter, dauerte länger als jede andere, die ich je hatte, und wurde schnell eine, die ich nie vergessen würde. Aber schließlich mussten wir uns voneinander lösen, wenn auch widerwillig.

„Geh", sagte ich und löste mich aus seinen Armen. „Setz dich hin und entspann dich, während sich einmal jemand anders um dich kümmert."

Er strich mit seinen Lippen über meine Wange und flüsterte

ein leises Dankeschön, bevor er mich losließ. Ich holte tief Luft, als er wegging und versuchte, meine Fassung wiederzuerlangen. Um das Bedürfnis zu ignorieren, ihm zu folgen. Als er mich berührte, ganz sanft und freundlich - als dieses harte Äußere zerbrach und ich in der Lage war, den Mann darunter zu sehen, kamen mir Ideen. Ideen, bei denen wir uns beide ausziehen, uns nähern kommen und mit mehr als nur unseren Körpern intim werden. Ideen, die niemals, niemals geschehen könnten.

Aber ich könnte ihm ein Omelett machen.

Ich machte mich daran, Gemüse und Fleisch zu zerkleinern und suchte in den Resten nach etwas, was die Mahlzeit ein wenig aufpeppen würde, während ich eine Pfanne auf dem Herd vorwärmte. Sobald ich die Pfanne mit den Zwiebeln und der grünen Paprika auf dem Herd hatte, begann ich, Eier in eine Schüssel aufzuschlagen und zu verquirlen. Dabei ignorierte ich den Mann hinter mir. Aber ich fühlte ihn – ich wusste, dass er mir bei der Arbeit zusah. Und es gefiel mir irgendwie.

„Du siehst gut aus in meiner Küche", sagte er plötzlich, und ein Lächeln breitete sich auf seinem Gesicht aus, als ich mich drehte und ihn anstarrte. „Komfortabel. Du siehst *komfortabel* aus, wenn du in meiner Küche kochst."

Das hat er nicht gemeint, und wir beide wussten das. Trotzdem zuckte ich mit den Schultern und drehte mich wieder zu den Eiern um, in der Hoffnung, dass er die Röte nicht bemerkte, die sich in meinem Nacken und auf meinen Wangen ausbreitete. „Es ist eine einfache Küche, um gut auszusehen. Deine Holzböden sind erstaunlich."

„Sie stammen aus einer unserer ersten Ernten von den käfertötenden Kiefern. Als wir angefangen haben, nutzten wir mein Haus für einige der Werbebilder des Sägewerks."

„Was für ein Holz ist das, euer Käferbefall? Und warum ist es blau?"

„Es ist Kiefer. Ponderosa-Kiefer, um genau zu sein. Zumindest versuchen wir, uns darauf zu konzentrieren."

„Warum Ponderosa?“

„Das Holz hält die Feuchtigkeit besser als Holzdepot. Die Käfer bringen einen Pilz in den Baum ein, und diese rauchige Farbe ist der Fleck davon. Je mehr Feuchtigkeit im Holz ist, desto besser wächst und verbreitet sich der Pilz, desto besser sind die Farbvariationen, wenn wir das Holz fräsen.

„Ich hatte vor meinem Umzug hierher noch nie davon gehört, obwohl dort, wo ich aufwuchs, wurde auch nicht viel Holz geschlagen.

„Es ist so etwas wie ein Trendprodukt geworden. Eines, auf das wir uns spezialisiert haben. Die Ernte kann aber sehr mühsam sein.“

„Weil die Bäume so trocken sind?“

„Ja. Ponderosas in unserer Gegend sind in der Regel Jahrhunderte alt, und sie müssen nach ihrem Tod noch einige Jahre auf dem Berg bleiben, damit der Pilz Zeit hat, das Holz zu färben. Waldbrände, umstürzende Bäume und Erdrutsche, wenn die Wurzeln, welche die Berge zusammengehalten haben, nachgeben, sind keine Seltenheit. Das Ernten dieser Bäume nimmt viel Zeit und Planung in Anspruch, mehr als die meisten anderen Baumarten“.

Ich warf ihm einen Blick über die Schulter zu. „Wie kommst du mit all dem zurecht und verdienst trotzdem noch Geld?“

Seine Lippen verzogen sich zu einem Lächeln, das mir den Atem stocken ließ. „Ich bin ein Mann vom Militär, Liebes - wir planen für all die Dinge, die schiefgehen können, und umgeben uns mit den besten Leuten.

Richtig. Soldat Alder. Nein, mehr als Soldat... so viel mehr. Alder war ein Green Beret gewesen. Ich wandte mich wieder der Pfanne zu und fügte den Rest des Gemüses und des Fleisches hinzu, um es aufzuwärmen. „Ich wusste, dass du in der Army warst, aber nicht... das. Nicht ein Green Beret.“

Das ist schon lange her.“

„Wie lange?“ Ich hatte nie nach seinem Alter gefragt. Vielleicht hätte ich es tun sollen, aber es schien keine Rolle zu spielen. Plötzlich war ich neugierig auf alles, was Alder betraf.

Glücklicherweise schien Alder nichts dagegen zu haben. „Ich ging direkt nach der High-School zur Armee. Ich verbrachte vierzehn Jahre dort. Seit fünf Jahren bin ich wieder zu Hause."

„Aber es bleibt bei dir, die Ausbildung und so?"

Er seufzte schwer. Was mich dazu brachte, mich noch einmal umzudrehen, um ihn anzusehen. Er saß mit den Händen flach auf dem Tresen vor sich, ein schweres Stirnrunzeln störte sein schönes Gesicht.

„Du brauchst mir nicht zu antworten." Ich drehte mich wieder um und gab die Eier in die Pfanne. „Ich wollte nicht drängen."

„Du hast nicht gedrängt, ich habe nur... Ja, die Ausbildung bleibt einem erhalten, ebenso wie die Erinnerung an einige der Einsätze. Ob gut oder schlecht, so etwas hinterlässt einen Eindruck, besonders nach so vielen Jahren dort."

„Also vierzehn Jahre in der Army und etwa fünf Jahre zu Hause. Du bist..." Ich rechnete schnell im Kopf nach, während ich sein Omelett zusammenfaltete. „Siebenunddreißig?"

„Sechsunddreißig. Mein Geburtstag ist im Oktober." Er hielt inne, die Stille war schwer. Fast beschwert. Ich hatte gewusst, dass er älter war als ich, aber nicht, wie viel. Ich konnte nicht anders, als mich zu fragen, ob er dachte, ich sei zu jung für ihn.

Offenbar nahm er an, ich würde mich fragen, ob er zu *alt* für mich sei. „Stört dich mein Alter?"

„Nö. Ich bin übrigens dreiundzwanzig. In ein paar Monaten werde ich vierundzwanzig." Ich drehte mich wieder zu ihm um und wollte sein Gesicht sehen, als ich hinzufügte: „Stört *dich* mein Alter?

Er schüttelte den Kopf, seine Augen blieben auf meine gerichtet. Sein Lächeln erschien langsam. „Nicht im Geringsten."

„Dann denke ich, dass es für uns passt." Eine gewagte Aussage, wenn man bedenkt, dass *wir nichts* waren. Nicht wirklich. Und doch hatte ich meinen Mund geöffnet und praktisch angedeutet, dass wir zusammen sind.

„Nur dreiundzwanzig und weiß, wie man ein Omelett macht?" sagte Alder und klang dabei wacher als kurz zuvor und ignorierte glücklicherweise meine Vermutung. „Du bist weiter, als ich in deinem Alter war."

„Das bezweifle ich." Ich nahm die Pfanne von der Flamme, um dem Omelett eine Chance zu geben, sich zu setzten, während ich einen Teller und eine Gabel für ihn suchte. „Meine Mutter sorgte dafür, dass ich mich von klein auf um meine Familie kümmern konnte."

„Wie alt warst du, als sie starb?"

Die Gedanken an den Tod meiner Mutter - an ihren Mord durch einen rivalisierenden MC während der Arbeit in dem beschissenen Stripclub, den die Soul Suckers betrieben - verursachten immer wieder Schmerzen in meiner Brust. „Neun."

„Erst neun und du musstest für deinen Vater kochen?"

„Stiefvater, genau genommen." Ich schob das Essen auf einen Teller und griff nach einer Gabel, um dem Unbehagen, über meine Vergangenheit zu sprechen, eine Chance zu geben, sich zu beruhigen, damit Alder es nicht in meinem Gesicht sehen konnte. „Mein Vater verließ uns, bevor ich geboren wurde, und meine Mutter heiratete wieder, als ich noch ein Baby war. Ich habe nie einen anderen Vater gekannt, daher neige ich dazu, ihn als meinen Vater zu betrachten. Zumindest habe ich das getan... als er noch lebte."

„Es tut mir leid, ich hätte deine Familie nicht erwähnen sollen."

„Es ist schon okay. Ich weiß, aus was für einem Durcheinander ich komme, das lässt sich nicht ändern."

Er lächelte mich an, als ich den Teller vor ihm abstellte. „Leistest du mir Gesellschaft?"

„Du isst. Ich bin ok."

Gott, die Art, wie er mich ansah - als ob er direkt in meine Gedanken sehen könnte. Es brachte mich dazu, meine Sünden zu beichten und um Absolution zu bitten. Glücklicherweise schien die einzige Sünde, über die er etwas wissen wollte, meine Essgewohnheiten zu sein.

„Hast du schon gegessen?"

Ich schüttelte den Kopf, unfähig, den Blick von ihm abzuwenden.

Unfähig zu denken, wenn er mich anstarrte, als ob ich ihm etwas bedeutete, als ob mein Versäumnis zu essen ihn persönlich beleidigte und etwas war, um das er sich kümmern musste. Was gäbe ich nicht für einen Mann, der sich so sehr um etwas so Grundlegendes kümmert.

Ein Mann genau wie Alder Kennard.

„Kein Abendessen? Dann kannst du dieses Omelett mit mir teilen."

„Ich habe es für dich gemacht", sagte ich, meine Stimme kaum mehr als ein Flüstern. Die Enge in meiner Brust erschwerte mir das Atmen. Aber Alder hörte mich. Er schien mir immer viel mehr Aufmerksamkeit zu schenken, als ich erwartet hatte.

„Und ich möchte es mit dir teilen." Alder stand auf und ging zum Küchenschrank, holte einen zweiten Teller und eine zweite Gabel, und kam zurück. „Nimm etwas davon."

„Ich sollte nicht."

„Shye." Seine blauen Augen hielten meine fest, sein Gesicht war so ernst. So intensiv. „Iss mit mir. Ich bitte dich. Du gehst mir seit Tagen aus dem Weg, und ich würde mich wirklich freuen, wenn das jetzt aufhören würde. Wenn auch nur für ein paar Minuten. Du hast mir gefehlt."

Gab es eine Frau auf Erden, die ihm das verweigern konnte, wenn er sie so ansah? Mit brennenden Augen und einer Sehnsucht im Gesicht, wie ich sie noch nie zuvor gesehen hatte? Wenn es sie gab, war sie eine stärkere Frau als ich.

„Okay." Meine Kapitulation brachte mir ein Lächeln ein. Ich folgte seinem Beispiel und setzte mich an den Esstisch, nahm den Teller mit dem Omelett darauf entgegen, das er mir überreichte. „Danke."

Er nahm einen Bissen, schloss seine Augen und stöhnte beim Kauen. „Ich sollte derjenige sein, der Danke sagt. Das ist unglaublich."

Ich zuckte mit den Achseln und biss mir auf die Lippe wobei ich versuchte, mich nicht über seine Worte lustig zu machen. „Dann iss auf. Obwohl es mir leidtut, dass du nach dem Abendessen in der Raststätte wieder Eier essen musst. Ich runzelte die Stirn. „Daran habe ich nicht gedacht, als ich dir anbot, ein Omelett zu machen."

„Ich habe nicht in der Raststätte gegessen."

„Aber... du isst jeden Abend dort."

Seine Gabel erstarrte auf halbem Weg zum Mund, nur eine Pause. Eine, die mein Interesse weckte. Was hat er gedacht?

Es dauerte nicht lange, um das herauszufinden. „Um ehrlich zu sein, ich esse nicht jeden Abend in der Raststätte. Nur dann, wenn du arbeitest."

Das war... was? „Aber... du kommst seit Jahren jeden Abend her."

Er nickte, seine Bewegungen verlangsamten sich wieder. Er sah fast nervös aus. „Drei Jahre, aber nur an den Abenden, an denen du arbeitest. Seit ich dich zum ersten Mal traf."

Mein Herz klopfte, sein Eingeständnis war ein Schlag in mein System, auf den ich nicht vorbereitet war. Ich hatte keine Ahnung, was ich dazu sagen sollte. Überhaupt keine Ahnung. Er hatte drei Jahre lang an fünf Tagen die Woche die Raststätte besucht. Er aß dieses Essen und trank ihren schrecklichen Kaffee.

Ach du meine Güte. Der Kaffee.

Ich lehnte mich zurück und war mir sicher, dass ich den schockiertesten Ausdruck auf meinem Gesicht haben musste. „Du magst den Kaffee in der Raststätte eigentlich gar nicht, oder?"

Er schüttelte schweigend den Kopf. Er beobachtete mich, wie sich die Puzzleteile an ihren Platz schoben.

„Aber du trinkst so viel davon."

Er hustete und wandte sich von meinem Blick ab. „Dass du meinen Becher auffüllst, gibt mir die Gelegenheit, mit dir zu reden."

Verblüfft. Das war das einzige Wort, das mir einfiel, um meine Reaktion auf sein Geständnis zu erklären. Er aß fünf Abende in der Woche auswärts und trank literweise schrecklichen Kaffee. Alles nur, um mich zu sehen.

„Alder..."

„Iss, Shye", warf er ein. „Denk nicht so viel darüber nach, iss einfach mit mir."

Wie konnte ich nicht darüber nachdenken? Daran, dass er Abend für Abend unter schrecklichem Kaffee gelitten und so viel Geld für fettiges Essen ausgegeben hatte, um in meiner Nähe zu sein? Um mit mir zu reden. Welcher Mann würde so etwas tun? Drei lange Jahre lang?

Alder Kennard würde es tun. Und in diesem Moment wollte er, dass ich mit ihm esse. Also aß ich. Keine Worte nötig, keine Konversation. Meine Gedanken blieben jedoch beschäftigt. Ich konzentrierte mich natürlich auf ihn. Auf seine Freundlichkeit, seine Fürsorge, seine Handlungen um mich herum. Jede Interaktion, die wir gehabt hatten und von der ich dachte, dass Alder einfach nur er selbst war, bewertete ich neu und suchte nach einem Muster. Ich suchte nach einem Zeichen seines Interesses an mir, das ich übersehen hatte.

Und es waren Hunderte von ihnen.

Die Spannung, baute sich in mir auf, mein Blut rann heiß unter meiner Haut, als sich meine neue Realität um mich herum formte. Die Wahrheit, dass Alder Kennard mehr von mir wollte als nur für ein freundschaftliches Gespräch, setzte sich langsam durch. Mein Körper reagierte absichtslos auf seine Nähe. Es war heiß und pochte an den richtigen Stellen. Die Stille zwischen uns fühlte sich jedoch angenehm an. Einfach. Also schon ich all das Verlangen und die Lust beiseite, um mich später damit zu beschäftigen. In diesem Moment wollte er, dass wir ein gemeinsames Essen genießen. Das konnte ich ihm geben.

Jemanden zu haben, dem ich gegenübersitzen konnte, war definitiv etwas, das ich in den letzten Jahren vermisst habe. Allerdings hatte ich mir nicht wirklich erlaubt, meine Einsamkeit zuzugeben. Ich hatte es einfach als Teil meiner Buße akzeptiert. Ein Essen mit Alder und die Vorstellung wieder alleine zu essen, erschien mir wie eine weitere Version meiner ganz eigenen persönlichen Hölle. Ich tat mein Bestes, jede Sekunde zu genießen, im Augenblick zu bleiben und bei ihm zu sein. Denn es könnte alles in wenigen Stunden enden. Sogar innerhalb von Sekunden. Alles, was es brauchte, war ein einziger Soul Sucker, der zu Alders Tür kam, und das glückselige Gefühl, mit dem Mann zu Abend zu essen, würde für immer vorbei sein.

Wenn es nicht so spät wäre, wäre ich noch stundenlang an diesem Tisch geblieben. Aber keiner von uns schien die Energie dazu zu haben, auch wenn es so aussah, als wollten wir beide definitiv nicht gehen. Wir saßen mit leeren Tellern da, ohne uns zu bewegen. Wir blieben zusammen, während die Minuten bis zum Morgengrauen immer weniger wurden. Zumindest bis die Erschöpfung zu groß wurde, um sie zu ertragen.

Alders stürmische Augen begegneten meinen, als ich gähnte, er legte neigte seinen Kopf. „Du musst nicht mit mir aufbleiben. Geh ins Bett."

Ich wollte es nicht, aber ich konnte die Augen keine Minute länger offenhalten.

„Es *ist* spät." Ich stand auf und schnappte mir mein schmutziges Geschirr. „Ich räume meine Sachen weg."

Seine Hand auf meinem Handgelenk ließ mich erstarren, seine Augen fixierten mich. „Ich kümmere mich darum. Ruh dich etwas aus."

„Ich kann..."

Diesmal griff er meine Hand und verschränkte seine Finger mit meinen, bevor er sie an seine Lippen führte. Sein Kuss versengte meine Haut und ließ mich erschaudern. „Ich sage nichts, was ich nicht auch so meine, Shye. Geh hoch ins Bett. Ich räume auf."

Ich nickte und hielt mich einen Moment zu lange an ihm fest. Ich ließ meiner Phantasie freien Lauf. So wäre es, wenn ich mich nachts um ihn kümmerte und Alder mich ansah, als wäre ich seine Welt. Ich wollte nie loslassen.

Aber es gab keine Möglichkeit, an ihm festzuhalten, keine Möglichkeit, das, was ich getan hatte, wiedergutzumachen, damit ich ihn überhaupt verdienen konnte.

„Gute Nacht, Alder", sagte ich, als ich meine Hand wegzog. Damit war unsere Verbindung wieder gelöst.

„Gute Nacht, Liebes. Und danke für das Omelett."

Gequält und wissend, dass ich zu verwirrt war, um schlafen zu können, schlich ich die Treppe hinauf, meine Haut brannte noch immer von seiner Berührung, mein Herz war voll von seiner Gegenwart. Aber tief im Inneren? Es gab keine Möglichkeit. Er würde es nie verstehen, und falls doch, würde er nie aufhören, sich für mich zu rächen. Er konnte meine Vergangenheit *nicht* kennen, also war diese Chemie nichts als eine Ablenkung. Eine vorübergehende. Sobald er herausgefunden hatte, warum die Soul Suckers hinter mir her waren, wie ich ihnen geholfen hatte, ihr Geschäft im Wald zu schützen, würde er mich hassen.

Aber ich hatte wahrscheinlich noch ein paar Tage Zeit. Etwas mehr Zeit, um so zu tun, als hätte ich eine Chance bei ihm. Um mir eine Zukunft vorzustellen, die wir nie haben würden. Ich könnte mich um ihn kümmern, und er könnte mich weiterhin so ansehen, als wäre ich wichtig.

Doch schon bald war alles vorbei.

Und ich würde ihn nie wiedersehen.

Alder

Shye hatte mir Essen gemacht. Als ich in meiner ruhigen Küche saß, in der es immer noch Anzeichen ihrer Anwesenheit gab, starrte ich auf meinen leeren Teller und versuchte, diese Tatsache zu begreifen. Ich konnte mich nicht daran erinnern, wann eine Frau das letzte Mal für mich gekocht hatte. Vielleicht nie, wirklich nie. Auf jeden Fall nicht, seit ich nach der Army zurück nach Justice gezogen war. Und sie hatte es mit einem Lächeln im Gesicht getan, ein so schönes, dass ich kaum atmen konnte.

Ich kam von meinem Treffen bei Deacon nach Hause und war bereit, etwas an die Wand zu werfen, angepisst, erschöpft und mit leeren Händen. Die Bedürfnisse um mich herum hatten sich aufgestaut – Die Notwendigkeit, das Meth-Labor ausfindig zu machen, die Notwendigkeit, den Ort sicher niederzubrennen, und die Notwendigkeit, etwas Holz zu ernten, um die Rechnungen zu bezahlen. Und das alles, während ich für die Sicherheit meiner Stadt kämpfte. Es gab so viele Dinge zu bewältigen - etwas, mit dem ich jahrelange Erfahrung hatte, und doch hatte mir der Gedanke immer noch Kopfschmerzen bereitet. Ich brauchte einen Snack, eine gute Wichssitzung unter der Dusche, während ich mir meinen ganz persönlichen blonden Engel vorstellte, der teuflische Dinge tut, und eine solide Nacht mir Schlaf.

Ich hatte gedacht, Shye würde schlafen, als ich hereinkam, aber sie wach vorzufinden, als würde sie auf mich warten. In *meiner* Küche? Dieser Anblick hatte alles Schlechte von meinem Tag hinweggefegt. Ich fühlte mich wie ein verdammter König, der nach Hause zu seiner Königin kommt.

Und dann wurde es noch besser, denn sie war nicht weggelaufen und hat sich versteckt, wie sie es die letzten Tage getan hatte. Sie war geblieben. Sie lächeln zu sehen, als wäre sie froh darüber, dass ich durch die Tür gekommen war, dass ich sie berühren durfte, dass sie für mich kochte. Ich konnte fast so tun, als ob sie wirklich mir gehörte. Dass ich sie vielleicht nach einem späten Abendessen mit nach oben nehmen und jeden einzelnen Zentimeter von ihr küssen würde. Dass ich in ihr versinken und sie mit meinem Schwanz ausfüllen würde. Davon hatte ich tagelang geträumt, seit ich ihre hübsche Muschi geleckt hatte. Ich hatte mich die letzten drei Jahre zurückgehalten und darauf gewartet, dass sie mir ein Zeichen gibt. In jener Nacht in der Küche der Raststätte hatte ich endlich den Mut aufgebracht und mir genommen, was ich wollte. Oder zumindest damit angefangen. Und es gefiel ihr. Sie hatte ohne Zögern oder Unbehagen reagiert, nur mit vollem Bedürfnis und Verlangen.

Heute Abend hatte ich eine andere Art von Intimität bekommen. Die Art, die von Verbindung sprach. Ich saß in der Stille und genoss eine Mahlzeit, die mein Mädchen zubereitet hatte, wobei sie mir gegenübersaß, der einfache Akt des gemeinsamen Essens in einer bequemen, zwanglosen Situation. Ich wollte nie wieder allein essen.

Ich musste sie davon überzeugen, uns eine Chance zu geben.

Erschöpft, aber zu sehr reglementiert, um nicht aufzuräumen, spülte ich das Geschirr ab, stellte es weg und wischte die Theken ab, sobald ich fertig war. Als ich die Küche wieder in Ordnung gebracht hatte, schaltete ich das Licht aus und ging nach oben. Auf dem Weg zu meinem eigenen Zimmer musste ich an meinem Gästezimmer vorbeigehen. Normalerweise habe ich nicht einmal zur Tür geschaut. Ein Mann konnte nur so sehr in Versuchung geführt werden, bevor er nachgab. Heute Abend jedoch schaute ich nicht nur... ich bin stehen geblieben. Ich lehnte mich an die Tür und lauschte.

Der sanfte, rhythmische Schwung ihrer Stimme drang durch die Holztür. Gesang. Sie sang dort drinnen. Ich hoffte, das bedeutete, dass sie in diesem ganzen Chaos einen Moment des Glücks gefunden hatte. Vielleicht fühlte sie sich in meinem Haus immer wohler. Vielleicht sogar mit mir.

Ein Mann kann träumen.

Da ich kein totaler Widerling sein wollte, oder ihre Tür eintreten und sie in mein Bett ziehen - ging ich den Rest des Flurs hinunter. Das war schwieriger als je zuvor. Ich wollte sie nicht allein lassen, wollte nicht, dass irgendetwas dazwischenkam. Aber sie verdiente ihre Privatsphäre, und ich musste mir meinen Platz in ihrem Bett erst noch verdienen. Also marschierte ich los und grummelte die ganze Zeit vor mich hin.

Als ich mein Schlafzimmer erreichte, klingelte mein Handy. Deacon. Mit einem Seufzer nahm ich den Anruf entgegen.

Er hat nicht auf eine Begrüßung gewartet. „Unser Junge ist gerade gegangen."

Unser Junge... was Camden bedeutet. Und, so spät? Das konnte nur bedeuten, dass er eine ernsthafte Ausnüchterungsphase brauchte. „Wie schlimm?"

„Schlimm genug für mich, dass ich dich anrufen wollte, um sicherzugehen, dass du es weißt."

Verdammt. „Ich schicke Finn in ein paar Stunden rüber, um nach ihm zu sehen und ihn daran zu erinnern, was auf dem Spiel steht. Ein kleines „komm zu Jesus" und Kaffee wären vielleicht angebracht."

„Einverstanden. Ich nehme dem Kerl gern sein Geld ab, aber er war seit Leahs Tod jede einzelne Nacht hier, oft bis weit nach Ladenschluss. Niemand will zusehen, wie ein guter Mann unter seiner Trauer zusammenbricht, und er geht einen Weg, von dem es schwer ist, wieder zurückzukommen.

Genauso wie Finn - was bedeutete, dass wir auch auf meinen jüngsten Bruder aufpassen mussten. Dieser Verlust würde eine Narbe hinterlassen, die zu tief ist, um zu heilen, wenn wir uns nicht um die Dinge kümmerten. „Ich werde mich darum kümmern."

„Gut. Und noch etwas. Es gibt Gerüchte über die Soul Suckers, die dich und Shye betreffen."

„Was für Gerüchte?"

„Die Art, die das Gespräch beiläufig erscheinen lässt, aber wahrscheinlich bedeutet, dass sie nach ihr suchen und wissen, dass du irgendwie involviert bist.

Die Wut loderte in mir auf „Sie werden sie nicht in die Finger kriegen."

„Das verstehe ich, aber man muss das von der anderen Seite betrachten. *Warum* suchen sie nach ihr? Was bedeutet sie ihnen, dass sie der Suche nach ihr irgendwie Priorität einräumen würden? Denn ich bezweifle, dass es deine Verbindung zu ihr ist, die sie ins Gespräch bringt. Wenn überhaupt, dann ist es wohl umgekehrt. Wir müssen herausfinden, wie sie mit den Soul Suckers verstrickt ist, bevor wir zu tief in die Sache hineingeraten, verstehst du?

Ich wusste es, aber ich hatte keine Antworten für ihn. Tatsächlich hatte ich nicht allzu viel über Shyes Verbindung mit dem Club nachgedacht, und auch nicht darüber, ob sie jemals etwas mit dem Club zu tun hatte. Aber sie hatte gewusst, dass es sich um einen nationalen Club handelte, und ihr Wohnwagen war ganz in der Nähe des Ortes gewesen, an dem Camden auf diese Mitglieder gestoßen war. Und wenn das Meth-Labor wirklich in dieser Gegend lag, dann stand ihre Wohnung praktisch über ihm.

Ich hasste es, wenn Deacon so verdammt viel Sinn machte. „Wir kriegen die Infos. Wir sind auf jeden Fall auf Hindernisse gestoßen, egal wie wir versuchen, Informationen über diese Typen zu bekommen - es ist, als ob sie alle verdammte Geister wären - aber ich werde ein paar Gefallen einfordern. Und ich werde ein Team zusammenstellen, das sich in den Wäldern von Hansen aufmacht, um nach allem zu suchen, was man als Labor bezeichnen könnte, da Parris glaubt, dass es das ist, was da draußen ist. Es könnte ein paar Tage dauern - ich möchte niemanden unvorbereitet hineinschicken, wir müssen ein paar Geräte beschaffen.

„Was brauchst du?"

„Das sind doch nur zusammengemischte Chemikalien, oder? Ich denke, jeder braucht eine Art Atemmaske für den Fall von Dämpfen. Ich will nicht, dass jemand mit aufgeblasener Lunge zurückkommt, weil ich ihn auf die Jagd nach einem Meth-Labor geschickt habe."

„Ich kümmere mich um die Ausrüstung. Gib mir ein oder zwei Tage Zeit, um herauszufinden, was wir genau brauchen, und ich bringe es her."

Deacon kümmerte sich immer, also war das definitiv eine Sache, um die ich mich nicht kümmern musste. „Danke. Ich bereite die Jungs darauf vor, wonach wir suchen werden, während wir warten."

„Scheint ein solider Plan zu sein." Er atmete aus, das Rauschen kam durch den Lautsprecher. „Und Mann, ich sage es nur ungern, aber ich wäre kein guter Flügelmann, wenn ich es nicht tun würde. Ich weiß, du hast dein Herz an das Mädchen verloren, aber sei vorsichtig. Solange wir nicht wissen, wie all diese Teile zusammenkommen, könnte sie gefährlicher sein, als wir denken."

Shye...gefährlich? Auf keinen Fall. Aber Deacon und ich hatten lange Zeit zusammengearbeitet, und ich vertraute ihm. Wenn er sagte, ich solle nachschauen, würde ich nachschauen. Ich würde es hassen, aber ich würde hinsehen.

Selbst wenn es mich umbringen würde das zu tun. „Ich kann mich hier draußen um die Dinge kümmern. Kann ich sonst noch etwas für dich tun?"

„Ja, du schuldest mir zehn Mäuse für den Bourbon."

Und wenn ich versuchte, ihn zu bezahlen, würde er mir die Rechnung wieder vor die Füße werfen. „Ich bin gut dafür."

„Das sagst du immer."

„Und das meine ich immer so."

Ich legte auf und warf mein Telefon neben das Bett, bevor ich mich auf meine Matratze zurückfallen ließ und die Augen schloss. Was für ein langer Tag. Eine lange Woche. Die Brände, Leahs Tod, Shyes Schweigen und seine Wut auf mich, das Treffen mit dem Motorrad-Marine, Camdens wahrscheinlicher Absturz in den Alkoholismus... Ich wusste nicht, ob ich noch etwas Anderes ertragen konnte.

Aber egal, was Deacon sagte, der Gedanke an Shye löste nur gute Gefühle aus. Meine Instinkte waren solide, und sie hatte mir nie Grund gegeben, sie für etwas Anderes zu halten als das, was sie zu sein schien. Sie löste bei mir keine Sorgen oder Misstrauen aus. Nur das warme Gefühl, wenn sie mich anlächelte, oder wie hart ich wurde, wenn sie lachte. Ich würde mich mit ihrer Vergangenheit befassen, weil es Sinn machte, aber ich bezweifelte, dass es eine Rolle spielen würde, es sei denn, ich läge so weit daneben, dass ich einen Mörder in meinem Haus hatte.

Bei der Vorstellung musste ich fast lachen.

Außerdem spielte es keine Rolle, ob sie mit den Soul Suckers verbunden war oder nicht. In ihr steckte nichts Böses, keine Tricks oder böse Absichten. Shye Anderson war so süß, wie sie es nur sein konnte, und sie gehörte mir. Ich würde alles tun, um ihr zu helfen oder sie zu beschützen. Ich würde alles tun, um sie bei mir zu behalten. Alles, um endlich diese dunklen Augen dazu zu bringen, mich mit Verlangen statt mit Sorge anzusehen. Ich konnte es mir vorstellen - sie hatte mich nach unserem Kuss so angeschaut. Nur für einen Moment, bevor ich sie ins Büro getragen und ihr die

Muschi geleckt hatte wie ein verhungerter Mann. Dieses Bild - die Erinnerung an ihre großen Augen, die so erhitzt und hungrig waren - war etwas, wofür es sich zu kämpfen lohnte. Etwas, nach dem ich mich zurücksehnte. Es war auch nicht schlimm, dass mein Schwanz zu tropfen begann.

„Scheiße." Ich stöhnte, als ich aufstand und zur Toilette ging. Ich zog meine Klamotten aus, warf sie in den Wäschekorb und drehte das heiße Wasser auf, bevor ich die Tür schloss. Ich brauchte eine Dusche und eine Rasur, damit ich nachdenken oder schlafen konnte, je nachdem, was zuerst geschah.

Ob gut oder schlecht, nackt unter dem heißen Wasserstrahl zu stehen, ließ meine Gedanken an Shye zurückkehren. Und sie wurden noch schmutziger. Mein Schwanz ragte aus meinen Hüften heraus, schmerzhaft und dick mit meinem Bedürfnis nach der kleinen Blondine. Ich konnte mir nicht vorstellen, dass sie eine Gefahr für mich sein könnte. Sie war ein Wunsch, ein Verlangen, das mich einfach nicht loslassen wollte. Ich konnte mir nicht vorstellen, dass sie etwas Schädliches für mein Leben sein könnte. Ich konnte mich nur darauf konzentrieren, wie sehr ich mich nach ihrer Berührung sehnte. Wie sehr ich sie bei mir behalten wollte, jede Nacht in ihrem Bett schlafen oder sie in meinem behalten wollte. Ich würde sie jeden Morgen in meiner Dusche ficken, wenn sie mich ließe, würde auf die Knie auf die Fliesen fallen und mein Gesicht zwischen ihren Schenkeln vergraben, bevor ich sie immer wieder auf meine Zunge kommen ließe, immer und immer wieder. Alles - ich wollte jeden Teil von ihr.

Aber für heute Abend hatte ich nur meine Hand.

Ich brauchte weniger als zehn Stöße mit meinem Schwanz, um meinen Höhepunkt zu erreichen - drei Jahre ohne die Berührung einer Frau hatten mir eine erstklassige Masturbationsmedaille eingebracht. Shye hätte allerdings Besseres verdient. Sie verdiente es, gereizt und berührt zu werden, immer wieder an den Rand gebracht zu werden, bevor sie umkippte, damit ihre Orgasmen die besten waren, die sie je hatte. Wenn ich sie in mein Bett bekäme, würde ich die halbe Nacht mit meinem Gesicht in ihrer Muschi verbringen. Ich würde sie auf meiner Zunge und meinen Fingern kommen lassen, bis sie mich anflehte, aufzuhören. Ich würde sie gut auswringen - um sicherzugehen, dass ich mein Zungenspiel auf den Punkt bringe, damit sie sich so sehr nach meinem Schwanz sehnt, wie ich mich nach ihrer Berührung sehne. Es würde einige Zeit dauern, aber ich würde mir den Arsch abarbeiten, um sicherzustellen, dass mein Mädchen immer zufrieden war.

Zum Teufel, wenn ich sie in mein Bett bekäme, würde ich sie nie wieder rauslassen.

Kapitel 9

Shye

Fünf Tage nachdem ich mit dem Schweigen aufgehört hatte, fühlte ich mich bei Alder fast wie zu Hause. Eine Art gewohnte Behaglichkeit hatte sich über mich gelegt, als ich von stumm und stur zu akzeptierend und dankbar geworden war. Aber während ich jeden Abend mit ihm zu Abend aß, was mein Herz praktisch zum Singen brachte, war der Schlaf in seiner Nähe nur vorübergehend. Egal, wie sehr er sich wünschte, dass ich bleibe.

Also tat ich mein Bestes, um meinen Lebensunterhalt zu verdienen, obwohl er protestierte. Ich putzte jeden Tag von der Decke bis zu den Fußleisten und sorgte dafür, dass jeder Zentimeter seines Hauses glänzte. Immer, wenn er es bemerkte, und er bemerkte es definitiv, schnaubte er und sagte mir, ich sei ein Gast, aber ich fühlte mich besser, weil ich wusste, dass ich etwas für ihn getan hatte. Und natürlich habe ich gekocht. Frühstücke, Abendessen, ich packte ihm sogar Mittagessen ein. Und jeden Tag, wenn ich ihm die braune Papiertüte mit dem Essen reichte, das ich für ihn zusammengestellt hatte, wurde sein hartes Gesicht weich, und seine blauen Augen brannten förmlich, wenn sie in meine Blickten. Ich lebte für diese Momente, für den süßen Kuss, den er mir auf die Stirn gab, bevor er mir seinen Dank zuflüsterte. Für die Art, wie er mir das Gefühl gab, gebraucht zu werden. Gewollt. Für die Art, wie er mich einfach wahrnahm. Eine Frau konnte sich daran gewöhnen, bemerkt und geschätzt zu werden.

„Wieder ein tolles Essen." Alder schob sich vom Tisch zurück und legte seine Serviette auf seinen leeren Teller.

Ich verbiss mir ein Lächeln. „Es ist nur Hackbraten, aber ich hatte gehofft, er würde dir schmecken."

„Ich habe es geliebt. Wie könnte ich das nicht, wenn du es für mich gemacht hast?" Er stand auf und sammelte die Teller ein und wischte meinen Einwand beiseite, bevor ich überhaupt Zeit hatte, ihn vorzubringen. Alder war ein ebenbürtiger Partner - wenn ich kochte, kümmerte er sich um das Aufräumen. So etwas hatte ich noch nie zuvor erlebt. Mein Vater hatte mich manchmal wie ein Dienstmädchen behandelt und behauptet, er arbeite, um alles zu bezahlen, also müsse ich den Rest erledigen. Mein Stiefbruder war noch schlimmer gewesen. Natürlich neigten alle Männer, die ich in ihrem Biker-Freundeskreis kennen gelernt hatte, dazu, Frauen genauso zu sehen - als ihr eigenes Personal. Köche, Dienstmädchen und Huren… was sollten wir denn sonst sein?

Alder hat sich nie so verhalten, wie sie es getan haben. Aber es war nicht nur Alders Liebenswürdigkeit, die mich angezogen hat. Er war heiß wie die Sünde. Er war groß und muskulös, mit dieser gefährlichen Ausstrahlung. Derjenige, der andere warnte, dass er sie fertigmachen könnte und würde, wenn sie ihm in die Quere kämen. Warum das so antörnend war, wusste ich nicht, aber es war so. Mein klatschnasses Höschen und die langen, heißen Duschen, die ich jeden Abend mit der Handbrause zwischen den Beinen nahm, waren Beweis dafür.

Fünf Tage - fünf lange Tage hatte ich in einer Hölle der Sehnsucht gelebt. Wenn ich nur aufhören könnte, ihn zu beobachten, aber das war unmöglich. Der Mann war eine Studie der menschlichen

Muskulatur. Alder spülte das Geschirr ab und brachte es in den Geschirrspüler, wobei sich seine Muskeln dabei wölbten. Und sein Arsch, in den man reinbeißen könnte, schien ein Magnet für meine Augen zu sein. Seine festen Oberschenkel füllten seine Jeans in einer Weise aus, die von purer Stärke sprach, und ich hatte mich bereits an dem gerieben, was hinter dem Reißverschluss saß. Jeder lange, harte Zentimeter, bereit für...

Diese Art von Gedanken waren nicht gerade hilfreich für meine Situation.

„Ich werde laufen und duschen gehen." Alder drehte sich um und lenkte mich völlig von meinen perversen Gedanken ab, ihn in den Hintern zu beißen. Und an ein paar anderen Stellen. „Wie wäre es, wenn wir einen Film sehen, wenn ich fertig bin?"

„Sicher." Ich hustete, meine Stimme war zu tief und atemlos für eine lockere Unterhaltung. „Klingt gut."

Alder legte den Kopf schief und beobachtete mich immer noch. Er musterte mich wieder. „Bist du okay, Shye?"

Natürlich nicht. Normalerweise konnte ich mich von dem Gedanken ablenken, dass er mich über den Tisch beugt, lange genug um ein Gespräch zu führen. Heute Abend war kein normaler Abend. „Mir geht es gut. Großartig. Ich mache mir nur... Sorgen um meinen Job."

Denn ich war seit der Nacht, in der er mich da rausgeholt hatte, nicht mehr da gewesen. In der Nacht von Camdens Hausbrand. Die Pause fühlte sich ein bisschen wie Urlaub an, um ehrlich zu sein. Einen, den ich mir nicht leisten konnte.

Alder runzelte die Stirn. „Ich weiß, das ist unangenehm, aber ich muss sicher sein, dass du in Sicherheit bist. Dein Chef hält deinen Platz für weitere zwei Wochen frei."

„Ich weiß." Und das tat ich auch. Aber es schien so viel Mühe zu machen.

„Gut." Er lief an mir vorbei, fuhr mir mit der Hand über die Schulter und jagte mir einen Schauer über den Rücken. „Ich bin in zehn Minuten unten. Warum suchst du dir nicht einen Film aus?

Mal sehen, ob du diesmal lange genug aufbleiben kannst, um ihn zu Ende zu schauen."

„Ich kann nichts dafür, dass du gestern Abend einen langweiligen Film ausgesucht hast." Ich grinste, als sein Lachen durch das Haus dröhnte, während er seinen heißen Hintern die Treppe hinaufbewegte. Aber mein Lächeln fiel schnell ab, als sich meine Gedanken der Farce zwischen uns zuwandten. Wenn das nur *echt* wäre. Wenn ich doch nur wirklich zu ihm gehörte und mein Leben sich so abspielen würde. Süße Umarmungen, wenn er nach Hause kam, gemeinsame Abendessen und danach Kuscheln auf der Couch, während wir uns einen Film ansahen. Normaler Pärchenkram.

Oder würden wir so etwas tun, wenn wir tatsächlich zusammen wären? Vielleicht würde er mich stattdessen gleich nach dem Abendessen mit nach oben nehmen und mit mir duschen oder mich auf sein Bett werfen und meinen Körper benutzen, um den Frust des Tages zu beseitigen. Vielleicht würde unsere ganze Zeit von unserer Sehnsucht nach einander eingenommen werden - ein gar nicht so unangenehmer Gedanke.

Aber das ist unmöglich. Ein Traum. Ein Märchen, aber ich war keine Prinzessin im Turm. Und es gab nichts, was ich dagegen tun konnte.

Aber ich könnte so tun... für den Moment.

Mein Nicht-Prinzessinnen-Ich verließ schließlich den Esszimmerstuhl, auf dem ich den halben Abend gesessen hatte, und ich schaltete das Licht in der Küche aus, bevor ich mich auf den Weg ins Wohnzimmer machte. Alder hatte eine extreme Filmsucht, sowohl im physischen als auch im Streaming-Formaten. Action, Krimis, Komödien, Klassiker - sein Geschmack breit gefächert. Er hatte sogar einige Liebeskomödien und romantische Tragödien in seiner Sammlung. Etwas, das mich überrascht hatte, als ich sie zum ersten Mal gesehen hatte. Heute Abend werde ich ihn vielleicht sogar dazu bringen, sich eine anzusehen.

Aber als ich mir die Fernbedienung von ihrem angestammten Platz auf dem Tisch neben Alders Ledersofa schnappte, flackerten

Lichter im Fenster auf. Jemand fuhr vorbei. Alder lebte so weit draußen, dass es selten war, andere zu sehen, also beobachtete ich die Lichter, als sie näherkamen. Als sie langsamer wurden. Als sie in Alders Einfahrt anhielten.

„Oh nein." Ich ließ die Fernbedienung fallen und rannte zur Treppe, wobei ich auf dem Holzboden ausrutschte. Ich vergewisserte mich, dass die Eingangstür verschlossen war - das war sie. Alder sicherte die Türen immer, wenn er ein- oder ausging - und rannte im Eiltempo die Stufen hinauf. Ich hielt nicht inne, dachte nicht einmal darüber nach, was ich tat oder in welchem Zustand Alder sein würde, bis ich durch sein Schlafzimmer lief und um die Ecke in sein Badezimmer bog.

Und dann erstarrte ich.

Nackt. Alder stand nackt unter der Dusche. Dampf waberte um ihn herum, aber der Nackte vor mir war nicht zu übersehen. Jeder einzelne Muskel, jede Kurve der Knochen. Nackt. Jeder Zentimeter seiner Härte. Die Zentimeter, über die seine Hand in gemächlichem Tempo strich. Völlig, splitterfasernackt.

Ich habe mein Höschen in genau zwei Komma-eins Sekunden durchnässt, und sein überhebliches Grinsen, als er mich dabei erwischte, wie ich ihn mit offenem Mund anstarrte, hat sicher nicht geholfen.

„Hast du vor, die ganze Nacht da zu stehen, oder willst du zu mir reinklettern, Liebes?"

Auf jeden Fall reinklettern. Auf jeden Fall. Außer...

„Ein Auto."

Seine Stirn zog sich zusammen, und er drehte das Wasser ab. Er sagte: „Was?"

„Ein Auto. Draußen. Ich sah ein Auto in deiner Auffahrt anhalten."

Sein Lächeln verschwand, sein Gesicht wurde knallhart, als er die Duschtür aufriss. Ohne ein Wort zu sagen raste er an mir vorbei, schnappte sich ein Handtuch und warf es um seine Hüften, bevor er in sein Schlafzimmer stürmte. Ich folgte ihm, mit dem Rücken zur

Wand, um ihm nicht in die Quere zu kommen, mein Herz klopfte schnell in meiner Brust. Alder war groß genug, um sogar an seinem besten Tag beängstigend zu sein. Angepisst? War er ein Alptraum. Ich hatte aber keine Angst vor ihm, eher davor, was er tun würde, wenn sich dieser Jemand in der Einfahrt als Eindringling entpuppte. Mehr davor, dass er verletzt werden würde.

Als Alder sich vom Nachttisch abwandte, hatte er eine Waffe in der Hand. Eine Pistole und ein schnurloses Telefon. Beides konnte ich nicht begreifen, bis er direkt vor mir stand.

Er hatte. Eine Pistole. In seiner Hand.

„Schließ die Schlafzimmertür hinter mir ab und bleib hier oben", sagte er und drückte das Telefon in meine schlaffe Hand. „Wenn ich in drei Minuten nicht zurück bin, drücke und halte die fünf, um Gage anzurufen."

Die Worte *nein, nein, nein, nein* schossen mir durch den Kopf, aber ich konnte nicht sprechen. Ich konnte mich nicht erinnern, welche Worte es waren, also konnte ich Alder nicht sagen, wie sehr ich mich fürchtete. Für ihn, nicht für mich. Aber mein Schweigen gab ihm keinen Grund, innezuhalten. Alder stellte sicher, dass ich das Telefon in der Hand hatte, küsste mich auf die Stirn und rannte aus dem Zimmer. Weg, um denjenigen zu bekämpfen, der es wagte, sein Grundstück zu betreten.

Der Gedanke an Märchen tanzte wieder durch meinen Kopf. Von den Geschichten, die mir meine Mutter vorgelesen hatte. Die, in denen tapfere Prinzen losrannten, um ihre geliebten Prinzessinnen zu verteidigen. Jene Fabeln, die meinen Geist als Kind vergiftet und mich dazu gebracht hatten, Dinge zu wollen, die unmöglich waren. Ich wusste schon seit Jahren, dass ich keine Prinzessin war, aber Alder war auch kein Prinz. Er war der Drache vor den Toren des Schlosses, und er würde einem zu Asche verbrennen, wenn man das Seine bedrohen würde. Warum diese Beschützerei für mich so erregend war, werde ich wohl nie erfahren. Aber das war sie, auch wenn ich in der Geschichte die Rolle der Küchenfee spielte. Die Köchin könnte mit dem Drachen zusammen sein, oder? Vielleicht?

Ich. Muss. Aufhören. Über. Unmögliche. Dinge. Nachzudenken.

Ich riss mich aus meinem panischen - und leicht lustvollen - Rausch und beeilte mich, die Schlafzimmertür abzuschließen, wie er es mir befohlen hatte. Sobald sie gesichert war, kauerte ich zwischen dem Bett und der Wand mit seinem Telefon in der Hand. Und dann zählte ich.

Eins, zwei, drei...

Die Sekunden verstrichen langsamer, als ich es mir je hätte vorstellen können. Bei zweiundfünfzig kroch ich um die Ecke des Bettes. Bei neunundachtzig hatte ich mein Ohr an die Tür gepresst. Mit einhunderteinundzwanzig ertönte ein lauter Knall aus der Ferne, und ich sprang auf. Ich zählte nicht mehr.

„Bitte, bitte, bitte, bitte, sei unversehrt." Ich klammerte mich an das Telefon und lauschte wieder. Ich wartete auf ein Zeichen, dass es Alder gut ging. Ich hatte Angst, dass er es nicht sein würde.

Hätte ich nicht mein Ohr an der Tür gehabt, hätte ich das leise Knacken von unten nicht gehört. Ich kannte dieses Geräusch, ich hatte die letzten Tage damit verbracht hatte, es zu lieben und zu hassen, je nachdem, in welche Richtung Alder ging. Das Geräusch war das Einrasten des Riegels beim Schließen der Haustür, und das könnte bedeuten, dass Alder zurück war. Oder jemand anderes war gerade ins Haus gekommen.

Vergiss drei Minuten. Wenn Alder Unterstützung brauchte, dann brauchte er sie jetzt.

Mit einer zitternden Hand schloss ich die Schlafzimmertür auf und öffnete sie langsam und leise. Der Flur schien leer zu sein, das Licht brannte und der Weg zum Treppenhaus war frei. Wenn ich mich hinauslehnte, konnte ich vielleicht etwas sehen. Ich musste nur wissen, wer durch die Tür gekommen war. Also lehnte ich mich hinaus und schlich ein paar Meter den Flur hinunter, bis ich den größten Teil des vorderen Treppenabsatzes sehen konnte, wobei mein Finger die ganze Zeit über der Zahl fünf am Telefon schwebte.

Alder trat in den Bereich am unteren Ende der Treppe, schaute nach oben und fing meinen Blick ein. „Es war Bishop."

Drei Worte. Das war alles, was es brauchte, um den Knoten der Angst aufzulösen, der in mir war. Es entfesselte auch jedes bisschen Selbstbeherrschung, an das ich mich in den letzten Tagen geklammert hatte.

Ich ließ das Telefon fallen, rannte die Treppe hinunter und stürzte mich auf den fast nackten Mann vor mir. Ich wollte seine Haut an meiner spüren und wissen, dass er heil und unversehrt zurückgekehrt war. Ich wollte es zu sehr, um zu wiederstehen. Natürlich fing Alder mich auf, zog mich fest an sich, schlang seine Arme um meinen Körper und hob mich vom Boden hoch.

Sicher. Wir sind beide in Sicherheit.

Ich habe nicht einmal so getan, als würde ich mich zurückhalten, habe nicht einmal versucht, mich zu stoppen. Ich presste meine Lippen auf seine und stürzte mich in einen Kuss, den er erwiderte. Verzweiflung nährte mein Verlangen und brach alle meine Hemmungen. Ich klammerte mich an ihn, meine Hände krallten sich in sein Haar und hielten ihn fest. *Das* ... das war es, was ich brauchte. Die Verbindung zwischen uns, das Aufflackern der Chemie. Ihn.

Als ich gegen seine Lippen wimmerte, schob Alder seine Zunge in meinen Mund und stöhnte. Köstlich, und genau das, was ich wollte. Mein Rücken schlug gegen die Wand hinter der Tür, seine Hüften drückten mich an Ort und Stelle. Seine Härte verkeilte sich zwischen uns. Ich hatte nichts mehr, keinen Sinn für Anstand und keine Angst davor, was die Zukunft bringen würde. Ich hatte kein Gefühl, nicht genug zu sein oder falsch für ihn zu sein. Alles, was ich hatte, war ein tiefes Gefühl der Erleichterung darüber, dass der Mann, der mir so viel bedeutete, noch am Leben war. Dass der Drache an den Toren von seiner Leine befreit und wieder sicher innerhalb der Burgmauern war.

Mein Drache vor den Toren.

„Was willst du, Shye?" Die grummelnde Frage von Alder, als er seine Aufmerksamkeit auf meinen Hals richtete, schickte direkt eine Portion Lust zwischen meine Beine. „Ich werde dir alles geben, sag mir nur, was du willst. Lass mich nicht raten."

Mein süßer, süßer Drache. „Alles. Ich will alles von dir."

Er knurrte, seine Hände waren so rau, als sie sich bewegten, um meine Oberschenkel festzuhalten. So perfekt. „Dann zeig es mir, Liebes. Nimm von mir, was du brauchst."

Ich schaukelte gegen ihn und rieb mich an der harten Linie seiner Erektion, als er sich mit mir bewegte. Und als seine Lippen zu meinem Nacken wanderten, als er mich biss und küsste und eine Spur zu meiner Schulter leckte, rief ich seinen Namen. Das gefiel ihm ganz sicher. Mit jeder Silbe, die ich sagte, wurden seine Bewegungen rauer. Er rollte seine Hüften auf eine Weise in meine, die genau zeigte, wie stark und anmutig sein Körper sein konnte, und das sanfte Knurren, das er bei jedem Stoß von sich gab, ließ den wachsenden Druck in mir immer höher werden, bis wir nichts mehr waren als Bedürfnis und Verlangen und Reibung. Ich bezweifelte, dass sein Handtuch um seine Hüften blieb, irgendwie wusste ich, dass er nackt war, als er sich gegen mich presste. Und mir war das völlig egal. Ich wollte ihn nackt haben. Ich wollte ihn auch in mir haben.

„Mein Gott. Du bist einfach so klein." Er packte meine Oberschenkel fester und höher, zog mich ein wenig nach oben und ließ mich aufschreien, als er sich direkt an meiner Klitoris rieb. „Das ist die Stelle, ja, Süße? Das ist die Stelle, die sich gut anfühlt? Ich werde dich so kommen lassen. Genau hier an die Wand, da mein verdammtes Bett zu weit weg zu sein scheint. Willst du das? Willst du, dass ich deine Muschi genau hier zu meiner mache?"

So ein köstlich schmutziger Mund. Ich nickte in seine Schulter, klammerte mich an ihn und bewegte mich im Takt mit ihm. Es gab keine Pause, kein Innehalten, kein Zurückhalten - wenn meine Yoga Hose und mein Slip nicht wären, hätten wir direkt an der Wand seines Eingangs Sex. Und ich wäre begeistert gewesen. Tatsächlich hatte ich meine Kleidung noch nie in meinem Leben mehr verflucht.

„So klein, so klein", rief Alder und hob mich hoch, als ob ich nichts wiege. „Ich wette, deine Muschi ist auch klein. Ich wette, ich werde ganz langsam vorgehen müssen, wenn ich endlich in dich eindringe. Du wirst meinen Schwanz halb zu Tode quetschen, nicht wahr, Liebes?"

Ich konnte nicht genug nachdenken, um zu antworten. Jede Berührung seines Körpers mit meinem sandte Schockwellen durch mich hindurch, jeder Stoß ließ mich seinen Namen keuchen, während ich diesem Gefühl nachjagte. Das Gefühl, das mich ganz nach oben bringen würde. So nah, so nah. Ein wenig mehr… nur ein wenig…

„Du wirst mich schon sehr bald reiten, Kleines. Ich werde dich lecken, bis du so weich und feucht und bereit bist, dann werde ich dich mit meinem Schwanz ausfüllen. Ich werde deine enge kleine Fotze trainieren, jeden Zentimeter von mir aufzunehmen."

Das war's. Alders schmutziger Mund schob mich über den Rand, mein Orgasmus riss mich mit. Mein Kopf schlug gegen die Wand, als ich seinen Namen schrie, mein Körper beugte sich, als er mich durch meine Lust trieb, als er knurrte und sich gegen mich versteifte. Als er kam, durchtränkte er meine Kleidung und ließ mich zitternd in seinen Armen zurück.

„Verdammte Scheiße", sagte er, ein wenig atemlos, auch ein wenig unbeholfen. „Das war eine wirklich nette Begrüßung. Ich würde das jederzeit einem Abendessen auf dem Tisch vorziehen."

Ich kicherte und hielt ihn fester. Ich konnte nicht aufhören, ihn zu berühren. „Es tut mir leid, dass ich dich überfallen habe. Ich war nur so besorgt."

„Es tut mir nicht einmal annähernd leid. Wenn du mich jeden Tag auf diese Weise begrüßen willst, werde ich als glücklicher Mann sterben." Er zog sich zurück und gab mir einen sanften Kuss auf meine Lippen. „Komm schon. Lass uns ins Bett gehen."

Die Realität schlug holte mich ein, und ich erstarrte. Ich konnte nicht mit ihm schlafen, konnte nicht zulassen, dass er mich nackt sieht. Die Narben sehen und den Beweis, wem ich gehörte.

Aber Alder war durchaus scharfsinnig. Er lachte und drückte mich einmal, bevor er mich auf die Füße stellte. „Zum Schlafen, Shye. Das war alles ein wenig zu real für mich, und ich möchte sichergehen, dass du in Sicherheit bist. Wenn du nicht in meinem Bett schläfst, liege ich die halbe Nacht wach und mache mir Sorgen um dich."

Er schnappte sich seine Waffe und sein Handtuch vom Boden - ja, er war definitiv nackt -, stellte den Alarm ein und zerrte mich in Richtung seines Zimmers, ohne mir Zeit zum Widersprechen zu geben. Ich war mir nicht einmal sicher, ob ich es überhaupt getan hätte. Mit Alder im selben Bett zu schlafen, war ein Traum. Einer, der offenbar bald wahr werden sollte.

Alder zog mich in sein Zimmer und ließ mich erst los, als er die Tür hinter uns geschlossen und verriegelt hatte. Er verstaute die Pistole zurück in seinem Nachttisch, bevor er zu seiner Kommode ging, um sich Boxershorts anzuziehen, dessen Stoff sich über sein nacktes Fleisch spannte. Das erinnerte mich an meinen eigenen Kleidungszustand.

„Ich muss mich umziehen." Ich zerrte am Bund meiner Hose, als er sich in meine Richtung drehte. „Ich bin ganz nass."

Sein rauchiges Lächeln brachte mich fast dazu, ihn wieder besteigen zu wollen. „Nass... mit meinem und deinem Kommen."

Verdammt, dieser dreckige Mund. „Ja."

„Ich muss zugeben, mir gefällt der Gedanke daran." Er schnappte sich ein weißes Hemd und pirschte sich an mich heran, ließ sich auf die Knie fallen und zog meine Hose knapp über die Hüften, bevor er sich nach vorne beugte, um einen Kuss auf meinen Hüftknochen zu platzieren. „Kann ich dich ausziehen, Liebes?"

Mein Schritt rückwärts war mehr Instinkt, meine Gedanken gingen bei seinen Worten direkt zu den Narben auf meinem Rücken.

„Schon gut." Er küsste wieder meine Hüfte, diese Augen verrieten nichts, dann erhob er sich auf seine Füße. „Ich wollte nicht so sehr drängen. Benutze mein Badezimmer, um dich umzuziehen, und dann gehen wir ins Bett."

So ein guter Mann, mit dem ich irgendwie gesegnet war, dass sich unsere Wege gekreuzt haben. Es würde höllisch wehtun, wenn er sich schließlich von mir abwandte.

Glücklich, aufgeregt und gleichzeitig voller Angst vor den

nächsten Tagen huschte ich ins Bad, schloss die Tür hinter mir und holte tief Luft. Der Mann machte mich auf die beste Weise verrückt, aber ich konnte nicht mehr wollen als das, was wir hatten. Das sollte ich auch nicht. Den Prinzen - oder den Drachen - würde ich am Ende nicht bekommen. Ich konnte nur hoffen, ihn für eine Weile ausleihen zu können.

Und mich auf die Qualen des Loslassens vorbereiten.

Nachdem ich mich ausgezogen und sein Hemd über meinen Kopf gezogen hatte, ohne Höschen, obwohl der Saum an meinen Knien endete, so dass ich dachte, ich sei ausreichend bedeckt, öffnete ich die Tür und schaltete das Licht aus. Der Anblick, der sich mir bot, ließ mich erstarren.

Alder saß in seinem Bett, die Decken um seine Taille hochgezogen, und sein tiefer Blick war auf mich gerichtet. Er hatte das Deckenlicht ausgeschaltet und benutzte die kleine Lampe auf seinem Nachttisch, um den Raum in ein weiches, goldenes Licht zu tauchen. Die Schatten auf seiner nackten Brust betonten seine tiefen Muskeln, machten die Haare, die über die ganze Breite seines Körpers verstreut waren und der Mittellinie nach unten über seinen Bauchnabel folgten umso deutlicher sichtbar. Ich wimmerte fast bei seinem Anblick.

Er streckte seine Hand aus und lächelte. Zu mir. „Komm schon, Liebes. Komm zu mir rein.“

Kein Nachdenken, keine Entscheidung, kein Zögern. Ich ging direkt auf ihn zu, kletterte auf sein großes Bett und rutschte unter die Decke, als er sie für mich hochhielt. Als ich es mir bequem gemacht hatte, griff er rüber, um das Licht auszuschalten, und rutschte dann tiefer. Er hielt mich fest. Ich fühlte mich so klein und zart, fast zerbrechlich. Und beschützt.

„Schlaf, schönes Mädchen. Ich werde dich beschützen.“

Und für einen Moment lang, eingehüllt in seine Arme, mit seinem großen Körper, der meinen bedeckte, seinem Duft, der mich umgab, während ich meine Augen gegen die Dunkelheit schloss, glaubte ich fast, dass er das könnte.

Kapitel

10

Ich war morgens noch nie so munter gewesen, aber das war, bevor ich eine ganze Nacht mit Shye in meinen Armen verbracht hatte. Mein Mädchen hatte friedlich an meiner Brust geschlafen, ihre Hände auf meinen Bauch gelegt. Ich hatte nicht geschlafen – zu aufgedreht, um mich auszuruhen, zu anstrengend, um es überhaupt zu versuchen nach unserer kleinen Einlage im Flur. Es war immer noch die beste Nacht meines Lebens, zumindest bis jetzt. Ich hatte auf noch Besseres gehofft... auf mehr. Ich hoffte wie verrückt darauf. Aber Shye war gestern Abend noch nicht bereit gewesen, also hatte ich mich zurückgehalten. Gegeben, ohne viel für mich zu nehmen. Ich hatte langfristige Pläne mit ihr - ich könnte geduldig sein, wenn es sein musste. Die Special Forces hatten mir beigebracht, mir bei der Planung eines Einsatzes Zeit zu lassen, und ich würde alle mir zur Verfügung stehenden Mittel einsetzen, um sicherzustellen, dass sie meine bleibt.

Ich war gerade dabei, Frühstück zu machen, als ich Shyes leise Schritte auf der Treppe hörte. Der Rhythmus hörte sich allerdings anders an, zu zaghaft. Zu langsam. Vorsichtig auf eine Art, als ob sie sich aus irgendeinem Grund unwohl fühlte. Das konnte ich nicht zulassen.

„Komm runter und gib mir einen Guten-Morgen-Kuss, Liebes." Ich drehte mich um und dachte, ein Lächeln würde sie antreiben, aber der Anblick auf der Treppe raubte mir mein Lächeln und meine Bewegungsfähigkeit. Shye stand dort in einem Sonnenstrahl und trug nichts außer mein weißes Baumwoll-T-Shirt. Das Licht schien ihr Haar in Brand zu setzen, sanfte Rosa- und Orangentöne brannten durch die blonden Strähnen. Mein Hemd verschluckte sie bis zu den Knien - es war nicht zu leugnen, dass das Kleidungsstück einem Mann in ihrem Leben gehörte. Der einzige Mann in ihrem Leben. Mir.

Ich gehörte ihr.

Ich würgte das besitzergreifende Bedürfnis, das in mir aufstieg, zurück, aber Shye muss es bemerkt haben. Oder sie hat etwas Anderes bemerkt, das sie nervös machte. Sie legte den Kopf schief und stand immer noch viel zu weit weg von mir. Sie versteckte sich immer noch auf der Treppe.

„Was?", fragte sie und bewegte sich keinen Zentimeter. „Warum starrst du mich so an?"

Wie ein verliebter Mann? Wie ein Mann, der dabei ist, sich seine Frau zu schnappen und sie für ein paar Tage in sein Bett zu sperren? Wie ein Mann, dessen Schwanz in seiner Hose pochte bei der bloßen Vorstellung was sich zwischen ihren Beinen befand? Wie ein Mann, der jedes bisschen Essen, das er gekocht hatte, in den Müll werfen und sich stattdessen an ihrer hübschen Muschi sattessen würde?

Sie würde allerding weglaufen, wenn ich ihr etwas davon erzählte. „Weil du schön bist und weil ich dich gerne in meinen Kleidern sehe. Jetzt komm essen. Ich werde sogar deine Lippen in Ruhe lassen."

Shye rührte sich nicht - sie sah bezaubernd aus, als sie sich auf ihre pralle Unterlippe biss - also drehte ich mich wieder zum Herd zurück, um ihr eine Sekunde Zeit zu geben, sich zu sammeln. An manchen Tagen machte sie ihrem Namen wirklich alle Ehre. Aber als ich den Speck bearbeitete, schlich sie neben mir an der Theke herein. Als ihre Hand meinen Arm berührte, zuckte ich zusammen und schaute zu ihr hinunter und sah die Spannung in ihren steifen Schultern. Das ging einfach nicht.

„Was ist los?"

Sie schüttelte den Kopf, bevor sie sich auf ihre Zehenspitzen stand und die einzige Stelle küsste, die sie erreichen konnte - mein Schlüsselbein. Die Berührung ihrer Lippen an meiner nackten Haut machte mich ganz wild. Aber ich war ein geduldiger Mann. Ich hatte drei lange Jahre auf sie gewartet. Ich konnte warten bis sie ihre Schüchternheit ablegt.

Dennoch wollte ich mir die Gelegenheit nicht entgehen lassen. Ich beugte mich hinunter, bevor sie wegschlüpfen konnte, und gab ihr einen sanften Kuss auf die Lippen. Nicht tief geschlossener Mund, weich und süß. Genau das, was sie anscheinend brauchte.

Shye lächelte, als wir uns schließlich trennten. „Guten Morgen."

„Hast du gut geschlafen?"

„Wie ein Baby." Sie ging auf den Schrank zu und begann, Teller und Gläser für uns herunterzuholen. „Danke, dass ich bei dir bleiben durfte. Ich glaube nicht, dass ich alleine auch nur ein Auge zugetan hätte."

Sie zu *lassen* - als hätte ich ihr die Wahl gelassen. „Gern geschehen, Liebes. Du kannst in meinem Bett schlafen, wann immer du willst. Es hat mir gefallen, dich dort zu haben."

Ihre Wangen wurden rosig, ihr Kopf senkte sich, um auf die Theke zu starren, aber ich sah das Lächeln, das auf ihren hübschen Lippen auftauchte. Mein schüchternes Mädchen.

„Warum holst du dir nicht einen Kaffee?" Schlug ich vor, als ich die Würstchen aus der Pfanne holte. „Das Frühstück ist fertig, und ich würde es gerne mit dir genießen, bevor ich zur Arbeit gehe."

Und ich musste das Essen auf den Tisch bringen, bevor ich sie auf die Theke hob und stattdessen *sie* aß.

Nicht an Shye zu denken, wenn ich eigentlich arbeiten sollte, war schwierig geworden, obwohl es an diesem Morgen definitiv leichter war. Wenn auch nur für einen kurzen Moment.

„Die Masken sind da." Finn eilte die Treppe zu meinem Büro hinauf, gefolgt von Deacon, der einen Pappkarton trug.

„Hast du die richtige Sorte?" Ich stand auf und ging hinüber, mein Interesse an der Ausrüstung, die Deacon gefunden hatte, war geweckt. Ich konnte nicht anders - jemand brachte neue Ausrüstung mit, und ich wurde wie ein Kind an Weihnachten, das nur darauf wartete, mit den neuen Spielsachen zu spielen.

Etwas, das ich bezweifelte, dass ich dazu kommen würde.

„Du hast mir vertraut, herauszufinden, was wir brauchen, um ein Meth-Labor niederzubrennen. Und ich habe herausgefunden, was wir brauchten, um ein Meth-Labor niederzubrennen. Wirst du mich jetzt befragen?" Deacon hob eine Augenbraue, trat zurück und ließ Finn und mich durch die Kiste voller Atemschutzmasken graben.

Ich nahm eine in die Hand und fuhr mit dem Finger über den Innenfilter. Hard-Core. „Nicht wirklich. Was meinst du, Finn?"

Mein Bruder zog eine Maske heraus und hob sie auf und ab, als ob er das Gewicht überprüfen wollte. „Ich kann die Jungs in einer Stunde in den Wald schicken, wenn du willst, dass ich sie führe."

Ein Gefühl der Sorge schlug mir in den Bauch, was mehr Gewohnheit als Instinkt war. Ich machte mir immer Sorgen um Finn, aber ich konnte ihn nicht jeden Tag Babysitten. Ich konnte auch nicht die Arbeit sausen lassen, um den Job selbst in Angriff zu nehmen.

„Tu es."

Finns Augen schossen zu mir. „Kommst du nicht mit?"

Scheiße, ich wollte ja. „Ich habe eine Telefonkonferenz mit einem Holzeinkäufer aus Cleveland, und dann ruft ein Freund vom FBI an, um mir zu sagen, was er über die Soul Suckers weiß. Ich vertraue darauf, dass du und dein Team das erledigen. Tu einfach nichts, wenn du den Ort findest. Markiere ihn, melde ihn und zieh dich wieder zurück. Wir machen einen Plan, sobald wir den Ort überprüft haben.“

Finn nickte und blickte zu Deacon, als ob er um Erlaubnis bitten würde. Technisch gesehen war Deacon Finns Chef, also wäre das nicht weit hergeholt gewesen.

Deacon zuckte die Achseln. „Ich kann die Bar ein paar Stunden lang bedienen. Geh und zieh deinen G.I. Joe an.“

„Nimm Gage mit.“ Ich wäre vielleicht damit einverstanden gewesen, dass Finn ging, aber ich war trotzdem nicht so dumm, angesichts der Drohungen gegen uns, einen Mann ohne ernsthafte Unterstützung loszuschicken. „Er braucht einen langen Spaziergang im Wald.“

Finn hat Lächelte mir zu. „Redest du von Gage oder Rex?“

„Das ist dasselbe, Junge“, sagte Deacon und streckte seine Faust aus. Finn schlug mit seiner Faust dagegen, bevor er sich die Kiste mit den Masken schnappte und die Treppe hinunterging.

„Glaubst du, er wird etwas finden?“, fragte Deacon und schaute zur Treppe, als warte er darauf, dass Finn wiederauftauchte.

„Ja.“ Ich hatte keine Zweifel. Ein Meth-Labor auf diesem Grundstück würde verdammt viel Sinn ergeben, wenn man bedenkt, was ich von Parris und einigen anderen Leuten, mit denen ich in Kontakt gekommen war, erfahren hatte. Die „Soul Suckers“ waren der größte Name in Sachen Meth in dieser Gegend. Das Labor würde dort sein, aber auch einige Männer, die versuchten, sie entweder wieder funktionstüchtig zu machen oder sie zu entleeren.

„Ich auch.“ Deacon gab mir einen Klaps auf den Arm, bevor er selbst zur Treppe ging. „Und wenn sie das tun, schalten wir sie aus.“

Ich ächzte, meine Gedanken wirbelten bereits umher. Es waren fast zwei Wochen seit dem Feuer in Shyes Wohnung vergangen. Erst dreizehn Tage, seit wir zum ersten Mal Ärger mit den Soul Suckers bekamen, und schon hatten wir zwei zerstörte Häuser und eine tote Freundin in Justice. Sie ausschalten? Wenn wir das Labor finden würden, würden wir den Ort und den Wald drum herum dem Erdboden gleichmachen. Und wenn wir irgendwelche Soul Suckers in der Gegend finden würden?

Sie würden es nicht vom Berg runter schaffen.

Kapitel

11

Alder

An diesem Abend bog ich am frühen Abend in meine Straße ein. Ich war den ganzen verdammten Tag in meinem Büro gefangen gewesen. Das Gespräch mit dem FBI-Agenten hatte mir nicht mehr eingebracht, als ich ohnehin schon wusste, das war reine Zeitverschwendung gewesen. Aber das Schlimmste war arbeitsbedingt gewesen. Der verdammte Holzeinkäufer aus Cleveland brauchte ganze zwei Stunden, um in allen Einzelheiten zu erklären, wie er eine reiche Kundin hatte, die dachte, die Pilzflecken meiner Käferkiefer wären perfekt für ihre Küchenböden, aber nur, wenn sie mehr grau als blau und weniger marmoriert wären. Ich hatte immer wieder erklärt, dass ich die verdammten Käfer nicht kontrollieren konnte, aber er hatte sich geweigert, mir zuzuhören. Er wollte eine Farbgarantie, die ich ihm nicht geben konnte. Ich konnte ihm nur das Vorkaufsrecht für das nächste gefräste Holz geben.

Die Wahrheit war, dass sich der Pilz – und damit die Farbe – ausbreitete, je länger die Kiefern tot waren. Das Hansen-Grundstück hatte die meisten seiner Bäume verloren, bevor ich vor acht Jahren nach Hause kam - ich hätte mein Geschäft darauf verwettet, dass diese den Bedürfnissen des Kunden entsprechen würden, aber ich konnte nicht an sie herankommen. Noch nicht. Schon gar nicht bei dem, was auf dem Grundstück passierte.

Finn und sein Team hatten gefunden, was sie für die Meth-Küche hielten - eine alte, verlassene Scheune in einem stark bewaldeten Teil des Bergrückens. Sie haben sie auch schnell gefunden. Hätte ich es nicht besser gewusst, hätte ich gedacht, Finn wüsste, dass der Ort da draußen liegt, so wie Gage beschrieb, wie schnell die Suche verlaufen war. Aber das ist unmöglich. Er hätte es uns gesagt, wenn er es gewusst hätte.

Das Team hatte das Gebäude umzäunt, um es im Auge behalten zu können, ohne hineingehen zu müssen. Sobald sie an Ort und Stelle waren, würden zwei Männer in der Luft sein, bereit, jeden auszuschalten, der sich näherte. Scharfschützen als Sicherheitskräfte... Da Deacon nicht an der Suche teilgenommen hatte, muss das Gages Idee gewesen sein. Mir gefiel sie.

Die Abholzung war schon schwer genug, und die Zerstörung eines Drogenhauses zu unserem Arbeitspensum hinzuzufügen, erschien uns fast töricht. Wirklich, es war eher eine Vorsichtsmaßnahme für die Sicherheit meiner Männer, die in diesen Wäldern arbeiteten... und eine laute Warnung an die Soul Suckers, ihre Ärsche aus Justice zu bewegen. Für immer. Das Gelände würde so lange bewacht werden, bis wir eine ausreichend starke Crew schicken konnten, um das Gelände zu durchsuchen - eine Crew, die ich auf jeden Fall anführen *würde* - und die alte, verlassene Scheune, die zu einem Drogenlabor geworden war, musste zerstört werden. Dann, und nur dann, könnten wir auch nur daran denken, unsere Teams zum Ernten dorthin zu schicken.

Morgen, vielleicht übermorgen. Ich wollte, dass diese Scheiße erledigt wird, aber wir mussten das Gebiet erst einmal überwachen. Wir mussten sicherstellen, dass wir alle Informationen hatten, die wir sammeln konnten, bevor wir in das Labor reingingen. Ich würde lieber mit Wissen und Plänen hineingehen, als mit Waffengewalt.

Aber der Arbeitstag war endlich vorbei, und ich sehnte mich nach ein wenig Zeit mit meinem Mädchen, bevor ich mich wieder in die Planung von Holztransporten, die Zerstörung von Meth-Laboren und Täuschungsmanöver stürzte. Shye war den ganzen Tag allein zu Hause gewesen. Na ja, nicht ganz allein. Ich hatte Bishop gebeten, seine Verkaufsgespräche von meinem Haus aus zu erledigen, falls es Probleme geben sollte, also so war ich nicht überrascht, ihn auf meiner Veranda sitzen zu sehen, als ich in die Einfahrt fuhr.

„Wie geht's, Bruder." Er grinste und lehnte sich in seinem Stuhl zurück, sobald ich aus meinem Truck gestiegen war. Wie der Mann es schaffte, wie eine Klapperschlange auszusehen, die bereit war, zuzuschlagen, während er lächelte, würde ich nie wissen, aber das war der Eindruck, den er hinterließ. Anscheinend musste ich mich vor seinen Reißzähnen in Acht nehmen.

„Was macht dich so ausgelassen?"

Er zuckte die Achseln. „Dein Mädchen hat mir Abendessen gemacht, das ist alles."

Scheißkerl. Da war er - der Biss. Ich warf einen Blick zur Tür, in der Hoffnung, dass Shye rauskommen würde. Ich fragte mich, ob sie noch in der Küche war... ob wir zusammen zu Abend essen würden oder ob sie schon gegessen hatte. Ob sie heute überhaupt an mich gedacht hat, während ich von ihr besessen war. Ich muss so irritiert ausgesehen haben, beim Gedanken, dass ich nicht genug Zeit mit meinem Mädchen haben würde, denn Bishop lachte.

„Du bist so weit weg, Mann."

Ich fuhr mir mit der Hand durch die Haare, unfähig, das zu bestreiten. „Gibt es Neuigkeiten?"

Bishop wurde sehr schnell ernst. „Die Soul Suckers haben versuchten, bei Katie anzuhalten."

Das einzige Restaurant in der Stadt, das kürzlich von der besten Freundin meiner kleinen Schwester aus der High-School eröffnet wurde. In einem Gebäude, das ich ihr für drei Jahre mietfrei angeboten hatte, als sie anrief, um zu sagen, dass sie ihr Zuhause vermisse und zurückkommen wolle, aber einen Job brauchte. Mit dem Soul Suckers-Schwachsinn hatte sie absolut nichts zu tun.

„*Versucht*, anzuhalten?"

„Zwei Typen auf Motorrädern drehten ein paar Runden um die Hauptstraße und hielten dann draußen an. Deacon war bereits zum Mittagessen dort, also sicherte er das Gebäude, als sie das erste Mal vorbeifuhren, und hielt Katie hinten bei sich.

Leck mich am Arsch. „Das war verdammt gutes Timing, aber ich hasse es, mich auf Glück zu verlassen. Nächstes Mal haben wir vielleicht keinen Mann dort."

„Deshalb habe ich die ganze Stadt abgeriegelt, bis wir einige Absperrungen einrichten können. Ich dachte, du würdest nicht bestreiten, dass es notwendig ist."

„Nicht ein bisschen. Du hast sogar das Postamt geschlossen?"

„Barney sortiert Post in seiner Garage. Er sagt, er kann die Abholung am Morgen machen und dann alles mit nach Hause nehmen. Er wird die Leute anrufen, wenn etwas Wichtiges auftaucht. Ansonsten wird er alles zurückhalten, bis einer von uns seine Route mit ihm machen kann."

„Meine Güte." Ich ließ mich neben ihn plumpsen und starrte über die Einfahrt in den dahinterliegenden Wald. Die Hauptstraße war abgeriegelt, Katie musste sich in ihrem eigenen Restaurant verstecken, Barney hielt unsere Post auf, damit er nicht allein raus musste, und im Wald war ein verdammtes Meth-Labor. Wir wurden angegriffen. „Du denkst, sie planen einen Anschlag auf uns, oder?"

„Ja. Ich glaube, sie werden hier gleich jemanden angreifen. Einen direkten Schlag ausführen, um ein Zeichen zu setzen. Die Frage ist nur, wer dabei im Fokus steht." Er stand auf, die Dielen unter seinen Füßen ächzten. „Schließ gut ab, Mann, und ruf einen von uns, wenn dir etwas ungewöhnlich vorkommt. Du brauchst nicht wieder mit einem Handtuch bekleidet hinter den Leuten herzujagen."

Arschloch. Trotzdem nickte ich, weil ich wusste, dass ich sofort abschließen würde, wenn ich reinkäme. Ich konnte die Sicherheit von Shye nicht riskieren. Ein Gedanke, der mich daran erinnerte...

„Danke."

Bishop drehte sich um, die Stirn in Falten gelegt. „Für was?"

„Dass du heute hiergeblieben bist, während ich zur Arbeit ging. Um ein Auge auf Shye zu haben."

Sein Grinsen machte mich nervös. „Oh nein, das Vergnügen war ganz meinerseits. Sie ist wirklich etwas Besonderes, nicht wahr?"

Ja, und dieses *Besondere* gehörte mir. Mein Bruder war der Frauenheld der Gruppe - er hüpfte von Bett zu Bett und wurde nie sesshaft. Ich konnte es ihm nicht verübeln - seine letzte Freundin hatte ihn ganz schön verarscht. Trotzdem kam er nicht dazu, in Shyes Bett zu hüpfen. Er kam nicht einmal dazu, darüber *nachzudenken*.

Ich würde ihn wahrscheinlich umbringen, wenn er es versuchen würde. „Verschwinde, damit ich meinen Abend mit *meinem* Mädchen verbringen kann."

„Ja, ja. Behalte sie ganz für dich. Ein guter Bruder wäre bereit zu teilen."

„Nie im Leben."

Bishop grinste und machte sich auf den Weg zu seinem Truck, lässig wie immer, aber ich wusste es besser. Der Mann nahm seinen Job ernst, nahm seine Pflichten gegenüber seinen Brüdern noch mehr, und er würde nicht bei einer Aufgabe scheitern, die ich ihm übertragen hatte. Ich wusste, dass ich ihm vertrauen konnte, dass er Shyes Wächter sein würde - er würde alles tun, was nötig war, um sicherzustellen, dass ihr nichts passierte, weil sein Bruder ihn dafür brauchte. Ende der Diskussion. Das bedeutete aber nicht, dass er nicht bei jeder Gelegenheit mit ihr flirten würde. Manchmal musste man das Gute mit dem Schlechten nehmen. Mein Bruder war definitiv beides.

Bishop war fast an seinem Lastwagen, bevor er umkehrte und plötzlich ernst dreinblickte. „Sie ist ein süßes Mädchen, die Kleine. Ruhig, aber definitiv nett. Ich weiß, dass Deacon sich Sorgen um ihre Vergangenheit macht, aber wenn sie mit den Soul Suckers zu tun hat, ist das nicht beabsichtigt. Ich kann es mir einfach nicht vorstellen."

Ja, ich auch nicht. „Ich weiß."

Er öffnete seine Fahrertür und lehnte sich gegen die Karosserie, immer noch ernst. Immer noch am Nachdenken. „Wenn sie in Schwierigkeiten steckt, kämpfen wir gegen mehr als nur unseren Scheiß. Wir müssen uns auch um ihren kümmern."

„Das weiß ich auch."

„Ich wollte nur sichergehen. Das bringt unsere Pläne durcheinander? Sie könnten wegen dir oder ihr kommen, und wir werden es nicht wissen, bis sie hier sind."

Genau, und das war es, was an mir genagt hatte. „Ich werde sie beschützen, egal was passiert."

„Ich weiß, dass du das wirst, Bruder. Und du hast mich und Gage nur eine SMS entfernt. Er wohnt bei mir, während er an der alten Hütte arbeitet, die er umbaut."

„Du lässt diesen Hund in dein Haus?" Bishop war ein ziemlicher Sauberkeitsfanatiker - schmutzige Pfotenabdrücke und Hundehaare würden ihn wahrscheinlich wieder zum Trinken verleiten.

„Vertraue mir - Rex ist der einfachere Mitbewohner." Bishop stieg in seinen Truck und rollte das Fenster herunter, als er den Motor startete. „Viel Glück."

Ich brauchte mehr als Glück.

Aber sobald ich hineinkam, verschwanden meine Gedanken an die Soul Suckers, das mögliche Meth-Labor und die Gefahr, die von den beiden ausgingen. Shye stand in der Küche. Nein, nicht stand. Sie tanzte. Sie schwang die Hüften und schüttelte ihren Arsch auf eine Art und Weise, die eigentlich illegal hätte sein sollen. Mein Blut raste nach unten, mein Schwanz füllte sich in Sekundenschnelle bis zum Schmerzpunkt. Ich konnte mich nicht bewegen, konnte nicht einmal atmen, zu groß war die Angst, dass alles, was ich tat, sie zum Aufhören bringen würde. Ich wollte, dass sie nie aufhört.

Aber sie sah mich, und als sie es tat, lächelte sie. Umwerfend, atemberaubend, wunderschön... Etwas in ihrem Ausdruck, in ihren glücklichen Augen, rief nach mir, wie ihr wackelnder Hintern. Ich wollte ihre Freude mehr als ihren Körper, ihr Glück mehr als mein eigenes. Es gab nur so viel, was ich tun konnte, um das zu garantieren, nur so viel Zeit, um meine Chance zu ergreifen, also gab ich mir schließlich die Erlaubnis, es zu versuchen.

Ich pirschte ohne nachzudenken durch die Küche, packte sie und zog sie gegen mich. Brachte uns grob zusammen. Ihr Mund öffnete sich keuchend, als ich ihren Hintern packte, und ich nutzte das aus. Ich küsste sie tief und rau, so wie sie es verdiente, geküsst zu werden. Süß. Sie schmeckte so süß. Und als sie meine Arme packte und mich näher zu sich zog, als sie ihre Hände in meinen Nacken schob und mich an sich fesselte... war ich geliefert.

Ich wollte, dass sie mir gehört. Sofort und vollständig.

Unfähig, noch eine Sekunde länger zu widerstehen, ergriff ich ihre Oberschenkel und hob ihren zierlichen Körper auf die Theke. Immer noch kleiner als ich, aber näher dran. Und genau die richtige Höhe, um meinen Schwanz auf die Höhe ihrer Muschi zu bringen. Sie bemerkte diese Tatsache definitiv. Sie schlang ihre Beine um meine Taille und zog zu sich heran. Sie gab mir das grüne Licht, das ich brauchte. Ich trat näher und zog sie an den Rand, damit ich meinen Schwanz gegen sie drücken konnte. So konnte ich ihr kleines Wimmern und Keuchen hören, das sie an diesem Abend in der Küche bei ihrer Arbeit gemacht hatte. Es fühlte sich an, als seien seitdem Monate vergangen, mit nichts als sexueller Spannung und Bedürfnis, das mich durch die Tage trieb. Aber heute Abend... Heute Abend würden wir all das durchbrechen.

Ich stieß gegen sie, zerrte sie an mich heran und wartete auf jede Art von Reaktion. Ich konnte ihre Hitze bereits spüren. Ich konnte praktisch spüren, wie die Nässe zwischen ihren Beinen wuchs. Scheiße, ich wollte sie schmecken, sie zittern und schreien lassen und die Kontrolle über meine Zunge verlieren. Ich brauchte es wie Luft.

„Ich kann nicht wegbleiben", murmelte ich, meine Finger gruben sich in das Fleisch ihres Hinterns, als ich sie an mich zog. „Ich brauche dich zu sehr."

Shye stöhnte und folgte meinen Bewegungen und sagte mir ohne Worte, was sie wollte. Was sie brauchte. Ich stieß härter zu, stöhnte bei jedem Stoß und hielt mich an ihren Hüften fest, um uns verbunden zu halten. Ich verwandelte uns in ein Paar lüsterner, bedürftiger Wesen, die das gleiche Ziel verfolgten. Ficken. Nicht Liebe machen, nicht vögeln, keine andere Umschreibung... wir würden heute Abend ficken. Und ich konnte es nicht erwarten.

Shye keuchte nach einem besonders harten Stoß auf, ihr Kopf fiel nach hinten und ein Stöhnen drang durch ihre Brust. Sie lag vor mir, ihre Brüste nach oben gedrückt, die Nippel hart. So wunderschön, so ganz meins, dass meine Beherrschung verflog.

„Fühlt sich das gut an?" Ich stieß härter zu, als sie nickte und umklammerte sie fest. Ich stellte sicher, dass sie jeden Zentimeter meines Schwanzes spürte. „Scheiße, du zitterst ja schon. Bist du nass? Tränkt diese hübsche Muschi dein Höschen wegen meines Schwanzes?"

„Alder." Mein Name klang wie eine Zurechtweisung, aber ihr Körper hörte nicht auf, sich zu bewegen, ihre Hüften rollten in meine. Das Mädchen wollte mich, was zu meinen Gunsten wirkte, denn mein Schwanz sehnte sich nach ihr. Er musste allerdings warten. Drei Jahre lang hatte ich von diesem Mädchen geträumt und hatte nur noch einen Wunsch, und der bestand nicht darin, meinen Schwanz in sie zu schieben. Es ging darum, ihr zuzusehen, wie sie durch meine Hände oder meinen Mund auseinanderfiel, immer und immer wieder. Ich hatte diese erste Kostprobe bekommen und erst in der Nacht zuvor noch eine zweite, aber ich wollte mehr. So viel mehr.

Und Shye schien bereit zu sein, mir alles zu geben. „Alder, bitte. Bitte."

„Wenn du mich noch einmal so anflehst, komme ich vielleicht schon in meiner Hose", stieß ich hervor und leckte ihren Hals hinauf, um an ihrem Kiefer zu knabbern.

„Ja", keuchte sie und grub ihre Finger in meine Schultern. Das tat auf die beste Weise weh.

„Noch nicht. Ich will zuerst zum Höhepunkt bringen. Ich muss spüren, wie du kommst. Ich will meine Zunge in dich gleiten lassen, um den ganzen süßen Saft deiner Muschi aufzulecken. Ich habe mich danach gesehnt." Ich griff zwischen uns und zog die weiche, dehnbare Hose herunter, die sie trug. Ich konnte sie nicht ausziehen, ohne sie loszulassen, was jetzt noch nicht geschah, aber ich machte genug Platz, um meine Hand zwischen uns zuschieben. Um ihr heißes, feuchtes Fleisch zu spüren. „Verdammt, Mädchen, ist das alles für mich? Du bist ja völlig durchnässt."

Shye bewegte sich, als wolle sie sich zurückziehen, aber es gab keinen Weg. Ich packte ihre Hüften und ließ mich auf die Knie fallen. Diese Hose und dieses Höschen lagen eine Sekunde später auf dem Boden, ihre Beine über meinen Schultern, mein Gesicht direkt an ihrer Muschi. Ich hatte es mir nicht eingebildet - dieses rosa Fleisch war so schön.

Ich fuhr mit einem Finger an ihren Lippen entlang, kreisend. Neckend. „Davon habe ich geträumt. Seit jenem Abend im Restaurant, als du mich endlich auf den Geschmack gebracht hast, wollte ich unbedingt wieder zwischen deine Beine kriechen und zusehen, wie ich dich zum Schmelzen bringe. Ich habe darauf gewartet, dich wieder zu schmecken. Ich werde diese Muschi so gut lecken, Liebes."

Shye packte mich an den Haaren, als sie auf mich herabstarrte. Mit offenem Mund und leuchtenden Augen. Hungrig. Mein Mädchen sah hungrig aus. Ich verstand diesen Blick - ich war auch hungrig nach ihr.

Und ich war kurz davor, mich satt zu essen.

Ich leckte über die Stelle, wo mein Finger gewesen war, und hielt ihren Blick fest, während ich ihre Öffnung mit meiner Zunge neckte. Shye wand sich und stöhnte, bewegte wieder ihre Hüften, ihre Oberschenkel auf meinen Schultern zitterten, während ich mir Zeit mit ihr ließ. Es schien ihr zu gefallen. Ich leckte noch einmal über die gleiche Stelle und gab ihr gerade genug zu spüren. Noch berührte ich nicht zu viel.

Aber mein Mädchen hatte eine gierige Seite. Sie fasst in mein Haar, zerrte daran und presste ihre Beine auf meine Schultern, um mich näher zu ziehen. „Bitte, Alder."

Es war das „Bitte", das mich fertigmachte. „Ich liebe es, dich betteln zu hören."

Ich öffnete meine Lippen um an ihrer Klitoris zu saugen, ließ meine Zunge über die heiße kleine Knospe gleiten. Shye sprang praktisch von der Theke, wand sich und stöhnte so laut, dass vorbeifahrende Leute es hören konnten. Gut so. Lass sie es hören; lass sie wissen, dass dieses Mädchen mir gehörte, und dass ich von nun an der Einzige bin, der diese Muschi glücklich machen würde. Die Einzige, der ihren Geschmack kennen würde.

Ich wollte sie irgendwie beanspruchen, schlang meine Arme um ihre Beine und zog sie näher heran, um an ihr zu schlemmen. Verzweifelt versuchte ich, ihren Saft auf meiner Zunge zu behalten. Ich wollte sie dazu bringen, noch mehr zu zittern und sich noch mehr gegen mich zu stemmen.

Als ich fester saugte, zog sie noch mehr an meinen Haaren und rief etwas, das wie mein Name klang. Etwas Wortloses und mehr Geräusch als Sprache. Das gab mir eine weitere Sache nach der ich streben konnte- sie über den Punkt der Worte hinaus zu bringen, sie dazu zu bringen, jedes Mal wenn ich sie leckte, Laute zu keuchen, die ich nicht verstehen konnte. Denn dies wäre nicht das letzte Mal - auf keinen Fall.

Mit einem schnellen Atemzug hörte sie auf, sich zu bewegen - sie erstarrte regelrecht. Sie klammerte sich an der Klippe der Begierde fest und wartete darauf, dass ich sie hinunterstieß. Also schob ich meine Lippen über meine Zähne und biss ein letztes Mal sanft zu, um ihrer Klitoris den nötigen Druck zu geben. Ich schob sie direkt über die Klippe in ihren Orgasmus. Ich neckte sie durch das Lustempfinden, während sie zitterte und mir ihren Körper entgegenstreckte.

Ich ließ ihr nicht einmal Zeit, fertig zu werden, bevor ich sie hochhob, ihren zierlichen Körper über meine Schulter warf und sie mit meiner Hand auf ihrem Hintern die Treppe hinauftrug.

Ihre Muschi auf der Theke zu lecken war gut – wirklich großartig, und definitiv eine meiner Lieblingsbeschäftigungen, aber ich wollte, dass sie meinen Schwanz ritt. Ich wollte mich in ihrer Muschi vergraben, und dafür verdiente sie ein Bett.

Shye

Schlaff. Mein Körper wurde unter Alders Kontrolle völlig schlaff. Seine riesigen, rauen Hände drückten meine Oberschenkel, als er mich hochhob, sein Mund nahm meinen in einem atemberaubenden Kuss gefangen, seine Aufmerksamkeit brachte mich an den Abgrund und schob mich dann über den Rand. Alles an diesem Mann war zu groß, zu viel, und doch nicht genug. Ich wollte mehr, und ich hatte das Gefühl, dass er es mir gleich geben würde.

Als er mich in sein Schlafzimmer trug, hielt Alder nicht einmal inne. Er warf mich auf sein Bett und folgte mir sofort. Er deckte mich zu. Er umgab mich vollständig. Der sanfte, goldene Schein seiner Nachttischlampe erhellte sein Gesicht, aber in seinen Augen brannte etwas Anderes. Etwas wie Fürsorge, Sorge, Bedürfnis und Erleichterung. Etwas, an das ich noch nie in jemandem gesehen hatte. Nur in ihm.

Ich hatte mich noch nie so sicher und warm gefühlt. So geliebt. So *begehrt*.

„Du und ich." Er kraulte mir den Nacken, seine Haare kitzelten mich, so, dass ich meinen Rücken wölbte. „Wir werden dieses Bett zerlegen. Das verdammte Ding gemeinsam zu Staub machen."

Das konnte ich nur hoffen. „Nicht mit all deinen Klamotten, sie im Weg sind."

Sein tiefes leises Lachen ließ seine Brust vibrieren, und die Art, wie sich sein Lächeln ganz langsam und heiß ausbreitete, als er sich zurückzog, ließ mich erschaudern. So viel Versprechung in diesem Blick. Aber auch so viel Herausforderung. Eine, die ich annahm.

Ich bewegte mich zuerst und zerrte an seinem Hemd, während ich seinem Blick standhielt. Er ließ mich eine Sekunde lang zappeln, bevor er mir einen dicken, nassen Kuss auf die Lippen drückte und dann aufsprang. Er behielt seinen hungrigen Blick auf mir, während er sich auszog. Jeden Zentimeter seiner harten, muskulösen Gestalt offenbarte er nach seinem eigenen Zeitplan. Jedes Stück Fleisch und Haut, das seine Hände freigaben. Ich hatte seine Stärke gesehen, aber nicht seine ganze Kraft. Nicht einmal am Abend zuvor, als ich ihn in der Dusche beobachtet hatte. Nicht, bis er neben dem Bett stand... nackt. So viele Vertiefungen und Erhebungen, auf die man sich konzentrieren konnte, so viel Kraft in der Struktur seines Körpers. Jeder Muskel war definiert und offensichtlich gut gepflegt.

Ich wollte jeden Zentimeter ablecken.

Und natürlich konnte ich nicht anders, als nach unten zu schauen und meine Augen auf seine harte Erektion zu richten.

Hart war eine Untertreibung.

Mir war immer aufgefallen, wie viel größer Alder war als andere, eher durchschnittliche Männer - breiter, größer und muskulöser - und *jeder Zentimeter* von ihm entsprach dem. Ohne seine Hand im Weg, bekam ich die volle Pracht zu sehen, und es war beeindruckend, gelinde gesagt. Lang und sehr dick, es gab keine Anmut für dieses harte Fleisch. Es gab nur eine stumpfe Spitze und eine breite Krone, die aussah, als könnte sie sich direkt durch meinen Körper schlagen.

Ich konnte es kaum erwarten, ihn in mir zu haben, egal wie viel Angst ich auch hatte.

„Dieser Ausdruck in deinem Gesicht macht mich so an, Liebes." Alder faste mit seiner Faust um sich und streichelte sich in langen, langsamen Zügen. „Du siehst hungrig nach mir aus. Ist das so? Willst du meinen Schwanz in dir? Das wird dich genau richtig füllen, nicht wahr, Shye?"

Ich ließ meine Angst los und spreizte ich meine nackten Beine weiter, die kalte Luft traf mein nasses Fleisch und ließ mich zittern. „Ich weiß es nicht, aber ich freue mich darauf, es herauszufinden."

Er erstarrte, seine Augen leuchteten förmlich, selbst als seine

Stirn fragend senkte. „Du weißt es nicht... Willst du damit sagen, du hast noch nie...“

Ich schüttelte den Kopf, bevor er die Frage zu Ende stellen konnte, und war plötzlich besorgt, dass meine Unerfahrenheit ein Hindernis für ihn sein könnte. „Nicht ein einziges Mal. Ich habe mit Spielzeug gespielt, aber Männer... Nun, mein Vater war sehr streng.“ Ich zog meine Knie zusammen, während er dastand und mich anstarrte, und wünschte, ich könnte mich wieder bedecken. Ich wünschte, er würde etwas tun. „Ist das ... okay?“

Meine leise Frage schien ihn aus seiner Benommenheit zu reißen. Er war auf mir, bevor ich Luft holen konnte, sein schwerer Körper drückte mich nieder. Seine Hüften spreizten meine Beine.

„Verdammte Scheiße“. Ob das okay ist? Es ist...“ Er stöhnte, drängte seine Hüften gegen meine, sein Schwanz spreizte meine Lippen und traf mich genau an den richtigen Stellen, während er mich fest an sich drückte. „Ich sollte diese Tatsache nicht so sehr mögen, wie ich es tue. Dein Erster und Letzter, Shye. Das werde ich für dich sein. Dein Erster und Letzter. Ich werde diese süße Muschi als meine beanspruchen, wenn du mich lässt.“ Er küsste mich sanft, seine Zunge glitt zwischen meine Lippen. Der Kuss vertiefte sich langsam, sein Körper drückte mich weiter in die Matratze, als er sich nicht mehr zurückhielt. So groß, so stark und so sexy, als er sich zurückzog und sagte: „Sag mir, dass das meins ist, Liebes. Ich werde dafür sorgen, dass das, was wir tun, so gut für dich sein wird. Gib mir deine Muschi, und ich zeige es dir.“

Ich nickte, unfähig zu sprechen, als er seinen Körper gegen mich presste. Er drückte und neckte mich. Dieses Nicken muss aber ausgereicht haben. Sein Mund traf wieder auf meinen, und all die Zärtlichkeit von vorher verschwand. Brutal war die Art und Weise, wie ich seinen Kuss beschrieben hätte. Überwältigend und leidenschaftlich würden ihn auch beschrieben. Er beherrschte jede meiner Bewegungen und hielt mich an Ort und Stelle, während er meinen Mund in Besitz nahm. Er entfachte ein Feuer in mit, das er zum Leben erweckt hatte.

Alder ließ seine rauen Hände an meinen Beinen hinaufgleiten, griff fest zu und entlockte mir ein lautes Stöhnen, während sie über mein Fleisch fuhren. Diese Berührung war so bedürftig. So Begehrlich.

Als er meine Taille erreichte, hielt mich sich fest und rollte uns um, so, dass ich mich seinen Hüften rittlings umschloss. Ich stützte mich mit meinen Händen auf seiner Brust ab, meine Augen fanden seine. Meine Oberschenkel spreizten sich weit um ihn. Mein Atem stockte mir unter dem Gewicht seines Blicks, das Bedürfnis darin. Das Verlangen. Er drückte gegen die Stelle, an der ich für ihn so feucht war, und ich wusste, das war es. Dass wir im Begriff waren, auf die intimste Weise zusammenzukommen. Aber ich fühlte mich... entblößt.

Etwas, das mich ausbremste. „Ich glaube nicht, dass ich das so... so machen kann. ...hier oben.“

Alder hielt mich einfach still und sah mich mit einem Gesichtsausdruck an, der mir das Gefühl gab, schön und begehrt zu sein. Und mit seinen Händen, die meine Oberschenkel so fest umklammerten, hätten sie genauso gut Stahlbänder sein können.

„Ich bin kein kleiner Mann.“ Er rollte seine Hüften und machte seinen Standpunkt klar, als sein... oh Gott, sein Schwanz - es gab kein anderes Wort, um es zu beschreiben... den ganzen Weg an meiner Klitoris vorbei gegen mich drückte. „Du kannst kontrollieren, wie tief und wie schnell ich mich bewege, indem du oben bist. Wenn ich dich jetzt unter mich bringe, gibt es kein langsam oder seicht. Ich werde von Anfang an eiskalt zuschlagen, ich so erregt bin. Ich habe zu lange darauf gewartet, dich in mein Bett zu bekommen, und ich will dir nicht wehtun.

Ich glaubte ihm. Nichts an Alder Kennard war sanft - nicht sein Körper, seine Berührungen oder seine Haltung. Aber das liebte ich an ihm. Ich liebte es, wie sicher ich mich bei ihm fühlte. Wie er mich auf ihn rollte und mir die Kontrolle gab, ob ich ihn in mir aufnehmen wollte oder nicht. Das Tempo und die Tiefe zu bestimmen, die Geschwindigkeit. Alder mochte es, alles zu kontrollieren, also wusste ich, wie viel es ihm bedeutete, mir dieses Geschenk zu machen. Und ich wollte es ihm zurückzahlen.

„Okay." Ich schob mich gegen ihn und leibte die Art wie sich seine Augen verdunkelten und seine Finger sich in mein Fleisch gruben, während ich mit meiner feuchten Ritze über ihn glitt. „Nur dieses Mal."

„Mir gefällt die Andeutung, dass du mehr davon willst, liebes." Alder richtete sich auf und bewegte sich, um mein Shirt anzuheben, während ich nach Luft schnappte und mich an den Stoff klammerte. Ich wusste, was er vorfinden würde, wenn er es ausziehen würde. Ich hatte Angst, dass es diesen Moment ruinieren würde.

„Bitte." Meine Stimme zitterte, und er erstarrte. „Ich möchte es anbehalten."

Seine Augen waren auf meine gerichtet, ernst und sicher. Vollkommen in dem Moment mit mir. „Was immer du brauchst, ich werde es dir geben, Shye. Was auch immer angenehmer für dich ist."

Und da war sie - diese Liebenswürdigkeit, die ich so sehr an ihm liebte. Diese Gutherzigkeit, die er verborgen hielt. Ich seufzte, als er mein Hemd losließ, ich war bereit für ihn. Für mehr. Für das hier. „Danke."

„Du musst mir nicht danken. Wenn ich mich zwischen dem Saugen an deinen Titten und dich auf meinem Schwanz reiten zu lassen, entscheiden muss, wird mein Schwanz jedes Mal gewinnen. Aber eines Tages werde ich meinen Mund an die hier bekommen." Er fasste mir an die Brüste, drückte fest, aber nicht schmerzhaft zu. Er rieb mit seinen Daumen über meine Brustwarzen, bevor er seine Hände auf meine Taille sinken ließ. „Du bist so verdammt hübsch." Alder küsste mich zärtlich, bevor er sich wieder hinlegte, mit einem großspurigen Lächeln, das seine Mundwinkel nach oben zog. „Jetzt reite mich, meine Schöne."

Mit den Händen auf seiner Brust, tat ich, was mir gesagt wurde. Ich schaukelte und zog meine Hüften über seine. Ich stöhnte jedes Mal, wenn die dicke Eichel seines Schwanzes an meine Klitoris stieß. Alder behielt seine Hände auf meiner Taille, hielt seinen stahlblauen Blick auf mich gerichtet. Er verbrannte mich mit einem Blick des puren Verlangens. Heiß, immer noch unter Kontrolle, selbst als er mich so bewegen ließ, wie ich es brauchte. Wie ich es wollte. Er erlaubte mir, seinen Körper zu benutzen, um mein eigenes Vergnügen zu finden. Aber irgendwann muss ihn meine ganze Reiberei zu sehr erregt haben, denn er packte meine Hüften und hielt mich fest, wölbte sich in mich hinein und stöhnte laut.

„Scheiße, Liebes. Wenn du so weitermachst, komme ich auf dieser heißen Muschi, und ich würde lieber in dir kommen. Lass mich ein Kondom holen.“

Die Vorstellung, etwas zwischen uns zu haben, schmerzte innerlich. „Ich nehme die Pille, wenn du willst…“

Wie sagte man das? Ich hatte gehört, wie Männer über Sex ohne Kondom sprachen, aber ich fühlte mich nicht wohl mit der Sprache, die sie benutzten. Mein Gesicht erhitzte sich bei dem Gedanken, solche Dinge zu sagen. Währenddessen starrte Alder mich an, seine Hände hielten mich fest. Er wusste, was ich meinte, ohne dass ich die Worte aussprechen musste.

„Bist du dir da sicher?“

Ja, aber… „Ich schätze ich sollte mir wohl Sorgen um Krankheiten…“

„Ich bin sauber. Ich war schon lange nicht mehr mit jemandem zusammen.“

Ich konnte mir die Frage nicht verkneifen: „Wie lange?“

Er setzte sich wieder auf, wobei sich die Muskeln seines Bauches anspannten. Er brachte sein Gesicht direkt an meins, bis ich nur noch ihn sehen und fühlen konnte. „Mehr als drei Jahre. Ich gehöre dir, seit ich dich zum ersten Mal in der Raststätte gesehen habe. Seit der Nacht, in der ich dich getroffen habe.“

Oh… dieser Mann war ein wahrgewordener Traum. Sorge, Angst und Nervosität verschwanden. Diesmal küsste ich *ihn*. Hart, rau und stark, schloss ich meinen Mund auf seinen und drückte ihn zurück, hob meine Hüften an, damit er eine Hand zwischen uns bringen konnte. So konnte er seine Spitze noch ein letztes Mal über mich reiben, bevor er in mich hineinrutschte. Ich musste den Kuss unterbrechen, um zu atmen, musste bei dem köstlichen Stechen stöhnen, als er in mich eindrang. Ich musste mich ganz auf das Gefühl konzentrieren, wie er mich dehnte.

Es gab nichts sanftes an seinem Eindringen - auch wenn er langsam vorging, pflügte er hinein, dehnte mich aus, machte Platz und überließ mich der Enge der Dehnung. Aber es war ein guter Schmerz, denn direkt dahinter kam ein Gefühl der Fülle, wie ich es noch nie erlebt hatte. Ein Gefühl der Vollständigkeit, die ich nie für möglich gehalten hätte. Ich ließ meinen Kopf nach vorne fallen, um zuzusehen, ich musste sehen, woher so viel Gefühl kam.

„Scheiße, das ist so schön. Kannst du es sehen, Liebes?" Alder benutzte seine Daumen, um meine Lippen zu spreizen, und sah nach unten. „Sieh dir deine kleine Muschi an, wie sie versucht, sich um mich herum zu dehnen. Das könnte das Heißeste sein, was ich je in meinem Leben gesehen habe."

Ich wollte ihm zustimmen, aber in diesem Moment drückte er einen Finger auf meine Klitoris und strich so hin und her, dass ich Sterne sehen konnte. Mein Stöhnen verschluckte alle Worte, die ich vielleicht gesagt hätte. Ich war kurz davor, zu kommen. Er war noch nicht einmal ganz in mir drin, aber ich war kurz davor. Und er wusste es.

„Das ist es, Shye. Ich kann schon spüren, wie du um meinen Schwanz zitterst. Ich will sehen, wie nass du wirst, wenn du kommst, wie weich und saftig diese Muschi wird. Gib es mir."

Er drückte auf meinen Kitzler, und das war es für mich. Mit dem Kopf nach hinten, dem Körper gewölbt, schrie ich meine Lust an die Decke, als jeder Muskel auf ihn drückte. Um ihn herum. Überall auf ihm. Alder zischte etwas, das ich nicht verstand, packte meine Hüften und stieß zu, pflanzte sich in mich, während mein Körper den seinen melkte. Ich fiel nach vorne gegen seine Brust und versuchte, Luft zu holen, während ich am ganzen Körper zitterte.

Als ich endlich zur Ruhe kam, fuhr Alder mit den Händen über mein Shirt, wobei er immer noch seine Hüften in mich stieß, aber langsamer wurde. Immer noch so dick und hart in mir. „Geht es dir soweit gut?"

Worte vielen mir zu schwer, also nickte ich einfach. Seine Brust vibrierte mit seinem leisen Lachen.

„Kannst du noch mehr vertragen?"

Ich schaute in seine stürmischen Augen und verlor mich für eine Sekunde darin. Mein Gott, war der Mann gutaussehend. So robust, so intensiv. Alles an ihm war eine Warnung, und ich entschied mich, sie zu ignorieren. Eine, auf die ich zulaufen würde, anstatt davon wegzulaufen.

Also nickte ich wieder.

Er drehte uns um, spreizte meine Beine weit und öffnete mich. „Ich muss tief eindringen, Liebes. Du sagst mir aber, wenn es wehtut." Er beugte sich hinunter, um einen winzigen Kuss auf meine Lippen zu drücken, und stöhnte, als ich auf seine Unterlippe biss, bevor er sich zurückzog. „Kleiner Plagegeist. Du bringst mich dazu, in diese Muschi zu stoßen, aber ich werde dir nicht wehtun. Ich will dir niemals wehtun."

Ich glaubte ihm, also schlang ich meine Arme um seinen Hals und hielt mich fest, als er zustieß. Als er knurrte und sich an mich klammerte und so heftig in mich stieß, konnte ich nicht ruhig bleiben. Immer und immer wieder hinein und heraus, stieß er zu und zog sich zurück. Hart und kraftvoll. Er liebte mich so, wie ich es mir immer erträumt hatte.

Und als er kam, als sein Körper sich beugte und er durch seine Erlösung stöhnte, gab ich mich dieser Spannung ein letztes Mal hin. Ich zitterte und keuchte und biss ihm in den Nacken, damit ich nicht wieder seinen Namen schrie. Ich verfiel so sehr in meinen Orgasmus, so plötzlich, dass es mir egal war, als er sich auf die Seite rollte und mich mitnahm.

Ich habe nicht bemerkt, wie er mich mit seinem Körper umgab. Habe nicht darauf geachtet, als seine Hände von meiner Hüfte über meine Wirbelsäule bis in den Nacken glitten. Unter meinem Hemd.

Ich merkte nicht, wie dumm ich war, bis seine Muskeln steif wurden, als er seinen Kopf drehte, um über meine Schulter zu schauen.

„Shye, Liebes, woher hast du diese Narben?"

Kapitel

12

Shye

Dumm. Ich war so verdammt dumm.

„Shye?" Alder setzte sich auf und runzelte die Stirn. Wie hätte ich ihm antworten sollen? Mit der Wahrheit? Er würde mich dafür hassen, dass ich die Entscheidungen traf, die ich getroffen hatte. Also tat ich das Einzige, was mir einfiel - ich schnappte mir das Laken und zog es mit mir, als ich vom Bett kroch, und mich so gut wie möglich zudeckte.

Was anscheinend nicht sehr gut war.

„Was zum Teufel ist das?" Alder sprang praktisch auf, zerrte das Laken weg und drehte mich um, damit er meine Scham sehen konnte. Das Mal auf meinem Rücken, direkt über meiner Hüfte. Das, das ich mir in der Nacht verdient hatte, als mein Stiefbruder mir beibrachte, was es heißt, den Soul Suckers etwas zu schulden.

„Es ist nichts."

Nicht nichts, aber ich konnte die Worte nicht herausbringen. Ich konnte nicht zugeben, was ich alles falsch gemacht hatte.

„Lüg mich nicht an. Das sieht dem Logo der Soul Suckers

verdammt ähnlich oder... Haben sie dich verdammt noch mal gebrandmarkt?"

Dieses in mein Fleisch eingebrannte Symbol war ein Zeichen des Besitzes. Eine Erinnerung an die Schuld, die ich hatte. Schlimmer noch als die Narben, es kennzeichnete mich als Eigentum.

Eigentum der Soul Suckers. Das Eigentum meines Stiefbruders

Siehst du das, Shye? Das ist ein Symbol des Besitzes - wir können mit dir machen, was wir wollen. Und es gilt für immer, Schwesterherz. Egal wohin du gehst, das markiert dich als Eigentum der Soul Suckers.

Nicht nichts. Sondern alles. „Ich muss gehen."

Alder versteifte sich. „Wohin gehen?"

Irgendwohin. „Nach Hause. Ich muss nach Hause gehen."

„Dein Wohnwagen ist weg, Liebes." Alder trat vor mich und sah so besorgt aus, wie ich ihn noch nie gesehen hatte. „Das ist jetzt dein Zuhause. Bei mir."

Du bleibst hier und hältst Ausschau nach allem Ungewöhnlichen. Hast du mich verstanden, Shye? Du schuldest uns Geld, und so verdienst du deinen Unterhalt. So fängst du an, es uns zurückzuzahlen. Das ist jetzt dein Zuhause, und wenn du deinen Job machst, kratzen wir das Brandzeichen von deinen Hüften und sind quitt.

„Nein." Ich schob mich an ihm vorbei und eilte zur Tür hinaus, ein Sturm braute sich in mir zusammen. Einen, über den ich keine Kontrolle hatte. Genau wie den Rest meines Lebens. Aber das hier? Bei Alder zu bleiben oder sich dagegen zu entscheiden? Die Entscheidung, mich selbst zu schützen? Ich konnte das kontrollieren. Ich hatte immer noch etwas zu sagen.

„Shye", schrie Alder und rannte mir nach.

„Ich kann hier nicht bleiben." Ich stürmte ins Gästeschlafzimmer und knallte ihm die Tür vor der Nase zu. Ich schloss sie sogar ab. Ich brachte diese Holztür zwischen uns, damit er nicht sehen konnte, wie ich zusammenbreche. Damit er meine Wahrheit nicht sehen konnte. Ich hatte es schon einmal vermasselt, und dieser

Fehler hatte meinen Vater getötet und meinen Körper ruiniert. Ich hatte es ein zweites Mal vermasselt, mich auf Menschen verlassen, von denen ich dachte, ich könnte ihnen vertrauen, und dieser Fehler hatte mich in eine im Wesentlichen vertraglich geregelte Knechtschaft gebracht. Ich konnte es nicht noch einmal vermasseln. Mein Verstand und mein Körper hielten das nicht mehr aus. Und wenn sie meinetwegen hinter Alder her waren, würde ich das nicht überleben.

Ein Atemzug, zwei, einen Moment nachdenken…es war Zeit zu gehen.

Ich warf alles, was ich konnte, in meine Tasche und zog einige Kleidungsstücke an. Alder schrie immer wieder durch die Tür, versuchte, mich dazu zu bringen, sie zu öffnen, und flehte mich an, mit ihm zu reden. Er drohte damit, die Tür einzuschlagen, wenn ich ihn nicht hereinlassen würde. Er hätte sich keine Mühe machen müssen - sobald ich meine spärlichen Habseligkeiten eingepackt hatte, stieß ich die Tür auf.

„Ich gehe jetzt."

Und dann lief ich an ihm vorbei.

Mein Herz brach mit jedem Schritt ein wenig mehr, aber es gab kein Zurück mehr. Er hatte die Spuren gesehen, die sie bei mir hinterlassen hatten - er würde es irgendwann herausfinden, und wenn er es dann tat? Dann würde er mich hassen oder versuchen, mich zu beschützen. So oder so, ich würde aus seinem Leben verschwinden, denn wenn er mich vor den Soul Suckers verteidigen würde, würden sie hinter ihm her sein. Sie würden ihn vielleicht sogar töten. Damit könnte ich nicht leben.

„Shye! Stopp!" Alder stürzte sich hinter mir die Treppe hinunter, aber ich blieb nicht stehen. Mir lag mehr daran, zu entkommen, als ihm daran, mich dort zu behalten. Also rannte ich nach draußen zu meinem Auto, ohne mich umzudrehen.

Aber Alder war schnell, und er packte mich, bevor ich mein Ziel erreichte, drehte mich herum und stand über mir. „Was zum Teufel ist hier los, Shye? Warum hältst du nicht an und redest mit mir?"

Ich öffnete meinen Mund und hatte keine Ahnung, was ich sagen wollte, aber plötzlich ging bei der Scheune ein Flutlicht an, welches das Gebäude und das Feld um das Gebäude herum erleuchtete. Wir drehten uns beide um und blinzelten in das grelle Licht. Ich brauchte ganze drei Sekunden, um zu begreifen, was ich da sah und was dieses Licht bedeutete. Wie falsch es war, dass das Feld beleuchtet war.

Alder zischte einen Fluch. „Shye, du musst zurück ins Haus gehen."

„Ich kann hier nicht bleiben." Aber ich konnte meine Augen nicht von diesem Licht losreißen - das ich noch nie zuvor leuchten gesehen hatte. Das, das mir sagte, dass etwas anders war... falsch. Oh verdammt, ich hatte bereits versagt - sie waren meinetwegen gekommen, und es gab keine Möglichkeit, dass Alder mich allein mit ihnen fertig werden ließ. Es gab keine Möglichkeit, ihn zu beschützen. Es sei denn... „Wir sollten beide gehen."

Aber Alder war kein Mann, der weglief. „Ich gehe nirgendwo hin, und wir werden darüber reden, warum du plötzlich so wild darauf bist, vor mir wegzulaufen. Aber das ist ein Bewegungslicht, was bedeutet, dass sich da draußen etwas bewegt."

Mein Blut wurde kalt, mein Herz raste. Wir hatten keine Zeit mehr. „Alder, Sie sollten wissen..."

„Nicht jetzt. Du musst deinen Hintern ins Haus schaffen." Er schob mich zur Veranda, bevor er hinter meinem Auto in eine Hocke ging. Oh Gott, er war noch nicht mal angezogen. An seinen Hüften hing eine ausgebeulte graue Jogginghose, aber sonst hatte er nichts an. Nicht einmal ein Paar Schuhe.

Ich konnte ihn nicht einfach so zurücklassen. „Komm mit mir, bitte."

Er schüttelte den Kopf. „Oben, in meinem Zimmer. Im Nachttisch liegt eine Pistole, erinnerst du dich? Geh und hol sie. Schließ die Schlafzimmertür ab, hol die Pistole und warte auf mich."

„Alder, nein..."

„Geh!"

Ein Schluchzen entrang meiner Brust, aber ich ging. Ich rannte durch die Schatten der Veranda und hielt nur einen Moment inne, um den Mann zu betrachten, den ich zurücklassen musste. Alleine. In Gefahr.

„Geh schon", rief er und sah viel zuversichtlicher aus, als ich mich fühlte. „Geh nach oben und suche die Waffe."

„Alder"

„Jetzt, Shye. Hol die Waffe und sei bereit zu schießen."

Kapitel
13

Alder

In der Sekunde, in der ich hörte, wie Shye meine Haustür schloss, atmete ich endlich den Atem aus, den ich angehalten hatte.

„Scheißkerl". Was ist gerade passiert?"

Ich hatte keine Ahnung wie dieser Abend so schnell von perfekt zu beschissen werden konnte. Endlich, endlich nach drei langen Jahren, hatte ich Shye Anderson in meinem Bett gehabt. Und es war unglaublich gewesen. Jede Berührung, jeder Atemzug, jedes kleine Geräusch der Lust, das ich ihrem Körper entlockt hatte - einfach unvergesslich. Pures Vergnügen. Bis alles, was wir zwischen uns aufgebaut hatten, zusammenbrach. Ich musste wieder hineingehen und herausfinden, was zum Teufel passiert war, warum Narben ihren Rücken bedeckten, warum sie sie vor mir verbarg und wer ihr ein Brandzeichen auf die Hüfte gebrannt hatte. Aber all das würde warten müssen. Wir hatten Gesellschaft, also bestand meine erste Mission darin, uns beide am Leben zu erhalten.

In geduckter Haltung schlich ich durch die Schatten zu meinem Truck, kletterte hinein und griff nach der Schrotflinte hinter der Sitzbank, während ich die Scheune im Auge behielt. Keine

Bewegung, keine Anzeichen von jemandem auf dem Feld neben der Scheune, aber das Licht war nicht gerade empfindlich. Jemand musste irgendwo um die Tür herum gewesen sein, damit es sich einschalten konnte. Es gab für mich keinen Zweifel - die Soul Suckers waren gekommen.

Als ich noch neu bei der Army war, hätte ich mich wahrscheinlich in die Scheune geschlichen, die Situation auskundschaftet und wäre einfach hineingestürmt. Aber ich hatte ein umfangreiches Training absolviert, um dem Team der Spezialeinheiten beizutreten und mir mein Green Beret zu verdienen. Ich hatte Hinterhalte und heimliche Angriffe überlebt, bin an Orte gegangen und sofort von feindlichen Truppen umzingelt worden. Der einzige Grund dafür, dass ich es von ein paar von ihnen nach Hause geschafft hatte, war, dass ich die richtige Ausbildung hatte, ein verdammt gutes Team an meiner Seite und Männer, denen ich vertraute, die mir den Rücken deckten. Es war nicht an der Zeit, diese Scheiße alleine durchzuziehen - es war an der Zeit, sich an einem verteidigungsfähigen Ort zu zurückzuziehen und Verstärkung anzufordern.

Ich hielt meine Waffe auf die Scheune gerichtet und ging bis zur Haustür zurück. Ich hatte mich so sehr darauf konzentriert, Shye aufzuhalten, dass ich mir nur eine Jogginghose angezogen hatte, bevor ich sie nach draußen folgte. Ich hatte weder meine Pistole noch mein Telefon oder auch nur ein Paar gottverdammte Schuhe mitgenommen, etwas, das ich sofort ändern musste.

Drinnen angekommen, schloss ich die Tür ab und schaltete alle Lichter im ersten Stock aus. Wenn sie hinter mir her waren, mussten sie versuchen, mich im Dunkeln in einem Haus zu finden, das sie nicht kannten. Solange sie keine Nachtsichtgeräte hatten, waren die Schatten für mich von Vorteil, was mich auf den Gedanken brachte, dass wir vielleicht ein paar Nachtsichtgeräte kaufen sollten kaufen sollten. Ein paar militärische Überschüsse. Mit Deacon an meiner Seite hatte ich Zugang zu einigen coolen Spielzeugen, an die nicht viele Leute rankamen. Wenn diese Jungs einen Krieg wollten, würden wir ihnen verdammt noch mal einen bringen.

Aber zuerst musste ich mich mit demjenigen befassen, der in meiner Scheune war.

Ich fand mein Telefon in der Küche und schickte eine kurze SMS an Gage und Bishop.

Ich habe Besuch.

Gage antwortete zuerst.

Fünf Minuten.

„Nicht früh genug."

Ich schickte noch eine SMS mit den Worten *„Achtet auf die Scheune am Südende"*, dann legte ich mein Telefon auf die Theke und holte meine Arbeitsstiefel aus dem Schrank. Keine nackten Füße für diesen Job. Nachdem ich die Stiefel angezogen und geschnürt hatte, ging ich durch das Haus zum Sicherungskasten. Meine Gedanken über die Dunkelheit waren berechtigt, und ich brauchte jeden Vorteil, den ich bekommen konnte, um sicherzustellen, dass die Verstärkung vor den Soul Suckers zu uns kam. Ich musste den Strom zum Haus, zur Scheune und zu allen Lichtern draußen abschalten. Die meisten Grundstücke hatten einen separaten Kasten in den Scheunen und Nebengebäuden gehabt, aber ich hatte dafür gesorgt, dass im Haus ein Notschalter installiert wurde. Nur für den Fall der Fälle.

Wir waren im *Notfall-Modus*, also schaltete ich alles ab. Das ganze Tal versank in Dunkelheit, das Land, das ich in- und auswendig kannte. Das Haus und die Scheunen, die ich gekauft hatte, bevor ich die Army verlassen hatte, um nach Hause zu ziehen. Das war mein Revier - ich hatte den Vorteil.

Ich schlüpfte durch den Flur ins Badezimmer, das der Garage am nächsten lag. Dasjenige, das niemand benutzte. Hinter dem Toilettentank zog ich die 9 mm Beretta hervor, die ich von Deacon bekommen hatte - die mit dem bereits montierten Schalldämpfer. Ein Soldat musste vorbereitet sein, und ich hatte mir das zu Herzen genommen, als die Soul Suckers anfingen, in der Stadt herumzuschleichen. Ich hatte noch drei andere Waffen im Hauptgeschoss des Hauses versteckt, aber diese war die sauberste.

Diejenige, die nicht zu mir zurückverfolgt werden konnte. Mit der Beretta und meiner Schrotflinte fühlte ich mich bewaffnet genug, um durchzuhalten, bis Gage und Bishop auftauchten. Ich plante keinen Angriff - ich hatte vor, das Haus zu halten.

Bewaffnet und einsatzbereit schlich ich mich in den Bau, um die Scheune durch die nach Süden gerichteten Fenster im Auge zu behalten. Schon bald hatten sich meine Augen an die Dunkelheit gewöhnt, und durch die schwarze Decke über dem Grundstück begannen Sterne zu leuchten. Ich blieb im Schatten, reglos wie ein Stein, und blickte über das Feld zur Scheune hinaus. Ich wartete darauf, dass die Soul Suckers ihr Gesicht zeigten. Wartete darauf, dass Verstärkung kommt. Ich wartete, was sich wie eine verdammt lange Zeit anfühlte.

Und dann war das Warten vorbei.

Gage und Bishop schlüpften durch die Garageneinfahrt hinein, das Geräusch der Schritte und das Quietschen des Bodens verrieten sie. Die Krallen von Rex klickten auf dem Holzboden, als er seinem Besitzer folgte. Ich war noch nie in meinem Leben so dankbar gewesen, diese Scheißkerle oder diesen Köter zu sehen.

„Du hast dich auf dem Weg nach drinnen versteckt?"

Bishop warf einen langen Blick über die Schulter, seine Augen auf die gleiche Scheune gerichtet, die ich angestarrt hatte. „Auf jeden Fall. Ich habe mich an der Nordseite reingeschlichen, falls sie noch in der Scheune sind."

„Ist alles in Ordnung?", fragte Gage mit leiser Stimme.

„Bis jetzt schon, aber ich bin noch nicht da rausgegangen. Ich wollte Shye nicht allein lassen."

„Ist sie oben?", fragte Bishop, und ich nickte. „Gut. Also, wie lautet der Plan?"

„Du bleibst hier bei Rex und behältst Shye im Auge", sagte ich und reichte ihm die Schrotflinte. „Ich und Gage werden herausfinden, was verdammt noch mal da draußen vor sich geht. Ruf Finn an, damit er zur Verstärkung kommt. Wir können ein zusätzliches Paar Augen gebrauchen."

Mein Bruder stellte mich nicht in Frage. „Schon dabei."

„Bishop." Ich konnte den Befehlston nicht aus meiner Stimme heraushalten. Die Angst. „Sie ist bewaffnet und wahrscheinlich verängstigt. Geh nicht da rauf, wenn du nicht unbedingt musst, und pass auf dich auf, wenn du es tust."

„Keine Sorge, Bruder. Ich habe das im Griff - ich beschütze dein Mädchen." Bishop blieb unten, als er den dunklen Treppenabsatz überquerte, die Waffe gezogen und bereit.

„Rex. Komm." Gage zeigte auf Bishop, und der Hund lief zu meinem Bruder. Die beiden ließen sich in der tiefsten, schwärzesten Ecke nieder und verschwanden praktisch in den Schatten. Bereit, meine Shye zu verteidigen.

Ich habe gebetet wie der Teufel, dass Bishop sein Versprechen einhielt.

Ohne ein Wort schlichen Gage und ich nach draußen und umgingen das Haus auf der Nordseite, um außer Sichtweite der Scheune zu bleiben. sobald wir durch den Wald, der mein Grundstück praktisch umgab, durch waren, mussten wir eine kleine, offene Weide durchqueren, um zur Scheune zu gelangen, aber die Dunkelheit gab uns guten Schutz. Trotzdem gab ich Gage das Handzeichen, mir den Rücken freizuhalten, und ging zuerst. Mein Grundstück, mein Mädchen... mein Risiko, an der Front zu sein.

Gage folgte mir dich auf den Fersen, wir beide hielten uns bedeckt und bewegten uns schnell durch die hohen Gräser und Zäune. Wir erreichten die Scheune ohne Zwischenfall, beide mit dem Rücken zur Wand und den Waffen zum Himmel gerichtet. Einfach. Zu einfach. Entweder hatten diese Mistkerle eine höllisch gute Ausrüstung da drinnen, oder sie waren zu naiv, um zu wissen, was auf sie zukam.

Ich hoffte sehr auf die zweite Möglichkeit.

Ein paar Handzeichen, und Gage ging hinten herum, während ich durch eine Seitentür hineinschlüpfte. Die alte Scheune war so standardmäßig, wie sie nur sein konnte. Sie wurde zur Unterbringung von Pferden gebaut und hatte einen großen Mittelgang und zwei

Seitengänge, die durch Stallreihen getrennt waren. Ich benutzte das Gebäude nicht, außer um zusätzliches Holz zu lagern, das ich beim Verlegen meiner Böden verwendet hatte, und die Boxen waren alle leer, so dass es nicht viele Verstecke gab. Das bedeutete aber nicht, dass ich zu unbekümmert sein durfte. Eine falsche Bewegung und ich wäre tot. Shye wäre alleine und müsste sich mit den Soul Suckers herumschlagen, ohne dass ich auf sie aufpassen konnte. Das würde nicht passieren.

Ich schlich einer Reihe leerer Pferdeboxen entlang und horchte auf jedes Lebenszeichen. Irgendeine Bewegung. Für einen kurzen Moment, als die Stille herrschte und das Pochen meines Herzens so laut wie eine Blaskapelle schien, dachte ich, dass sie vielleicht an mir vorbeigekommen waren. Vielleicht hatten wir es vermasselt, und Bishop und Shye waren in Gefahr. Vielleicht hatten wir sie übersehen. Eine ausgebildete Crew hätte es schaffen können, hätte mich in meinem eigenen Spiel schlagen und durch unser Netz schlüpfen können. Verdammt, genau das hätte ich auch vorgehabt, wenn ich den Angriff inszeniert hätte.

Aber dann schaffte ich es bis zum Ende der Ställe, und der Mittelgang der Scheune öffnete sich. In der Mitte stand ein Mann, der zu klein war, um Gage zu sein, und es war unmöglich, dass Bishop Shye allein im Haus gelassen hatte. Das musste unser Eindringling sein. Er stand mit einem Sturmgewehr da, das vermutlich auf das Scheunentor gerichtet war. Er stand da, beobachtete und zielte.

Ich brauchte ganze zehn Sekunden, um herauszufinden, dass er darauf wartete, dass jemand aus dem Hinterhalt durch diese riesigen Türen kam, denn der Gedanke, etwas so Offensichtliches zu tun, kam mir nicht in den Sinn.

Dachte er wirklich, ich sei dumm genug, um durch die Vordertür zu kommen?

Anscheinend tat er das, denn er bewegte sich nicht, er verlagerte nicht einmal sein Gewicht. Er starrte einfach nur und zielte und erinnerte mich an Deacon aus seiner Zeit als Scharfschütze. Allerdings hätte Deacon gewusst, dass ein Militärangehöriger nicht durch die Vordertür gehen würde, wenn er glaubte, es gäbe eine Bedrohung. Er hätte auch nicht in einem offenen Raum wie diesem gestanden – völlig ungeschützt. Dieser Soul Sucker hatte keine Ahnung. Ich hätte ihn einen Idioten genannt, aber dann bewegte sich ein Schatten entlang der hinteren Wand, und meine Meinung stieg um einen einzigen Punkt. Er hatte Verstärkung mitgebracht. Wenigstens hatte er eine Sache richtiggemacht, auch wenn es ihm nicht helfen würde. Ich hatte auch Verstärkung mitgebracht, und meine war viel tödlicher als jeden, den sie in ihrem Team hatten.

Ich erblickte Gage, als er sich direkt gegenüber von mir aufstellte, wir beide bildeten die Basis eines Dreiecks mit dem Dorftrottel an der Spitze, seine Verstärkung direkt an der Seite. Ich gab Gage das Handzeichen, dass ich den Idioten hatte, und er nickte. Es war Zeit, schlechte Dinge aus guten Gründen zu tun.

Gage konzentrierte sich auf die Sicherung und bewegte sich entlang der Wand nach vorne. Er versteckte sich im Schatten, die Waffe erhoben und bereit. Nicht, dass er sie brauchte - er brauchte keine Waffe, um tödlich zu sein. Gage brauchte nur vier Sekunden, um die Verstärkung an der Kehle zu packen und ihn so festzuhalten, dass er nicht um Hilfe schreien konnte. In der Sekunde, in der er den Kerl hatte, trat ich in den Mittelgang und überquerte den offenen Raum, schnell, aber leise, und schlich mich hinter den Idioten. Er trug eine Soul-Suckers-Weste - etwas, das ich nicht sehen konnte, bis ich praktisch bei ihm war. Das war aber definitiv keine Überraschung. Und nichts, was mich aufhalten würde.

Aber als ich den letzten Schritt machte, bevor ich den Mann erreichte, gerade als mein Fokus auf dem Idioten vor mir hätte sein sollen, erregte etwas aus dem Augenwinkel meine Aufmerksamkeit. Etwas Kleines und Blondes und überhaupt nicht dort, wo sie hätte sein sollen. Shye. Versteckt in der Pferdebox am Ende der hinteren Reihe. Dort, wo sie die schlimmste Seite von mir sehen würde.

Verdammte Scheiße.

Leider war der Plan bereits in Bewegung, das Ziel identifiziert und in meinem Visier. Es gab kein Halten mehr. Keine Zeit zum

Innehalten. Shye sollte sehen, was für ein Typ Mann ich war. Also hielt ich meine Augen auf den Mann mit der Waffe gerichtet. Derjenige, der gekommen war, um die Frau zu zerstören, von der ich wusste, dass ich sie verlieren würde, weil ich etwas tun musste. Er musste vernichtet werden. Für sie. Ich würde meine Buße tun, wenn sie in Sicherheit wäre.

Ich schlug schnell zu, unfähig zu überlegen, wie ich für die Frau aussah, die sich im Schatten gegenüber von mir versteckte, und schlug dem Mann mit dem Ellbogen in den Nacken. Der Mann ging zu Boden. Mit nichts weiter als meinem Muskelgedächtnis und solidem Training, ich riss ihm die Waffe aus den Händen, bevor ich den Lauf gegen ihn drehte. Nach zwei Schlägen ins Gesicht las er regungslos in einer Blutpfütze. Seinem Blut.

Meins würde erst dann vergossen werden, wenn die Frau, die ich liebte, mir für das, was ich gerade getan hatte, mein verdammtes Herz herausgerissen hätte. Die Frau, die nicht länger im Schatten lauerte.

Mann am Boden, in der Tat.

Kapitel

14

Jeder Schritt weg von Alder schien schwieriger zu werden. Die Distanz fühlte sich falsch an, die Angst, die sich in mir aufbaute, wurde noch verstärkt durch die Tatsache, dass ich ihn draußen allein gelassen hatte. Das war ein schlechter Plan, aber es war, was er wollte, also zwang ich mich, die Treppe hinaufzusteigen und in sein Schlafzimmer zu eilen.

Gewissermaßen der Schauplatz meines Verbrechens.

In Wirklichkeit hatte ich viele Verbrechen gegen Alder begangen, überall in Justice. An dem Abend, als wir uns an der Raststätte trafen, fragte er mich, warum ich in die Stadt gezogen sei, und ich erzählte ihm die Geschichte, die mein Stiefbruder mir gesagt hatte. Auf dem Postamt, als wir uns zufällig begegnet waren. Im Lebensmittelladen in Rock Falls. Jeden Tag und jede Nacht, die wir zusammen verbracht hatten, hatte ich Verbrechen gegen ihn begangen, indem ich log und mich hinter dem vorgetäuschten Leben versteckte, das ich vorgab zu leben. Und das alles auf Geheiß des Motorradclubs, der wahrscheinlich kommen würde, um ihn zu töten.

Aber er wollte, dass ich mich verstecke, also versteckte ich mich.

Ich tat, was Alder wollte, schloss die Tür hinter mir ab und machte mich auf den Weg zu seinem Nachttisch. Es fühlte sich falsch an, seine Sachen zu durchwühlen, fast schon hinterhältig, aber er hatte mir gesagt, ich solle seine Waffe finden, also öffnete ich die erste Schublade, zu der ich kam. Ich erinnerte mich, dass er in der Nacht, in der Bishop aufgetaucht war, ohne uns Bescheid zu geben, eine Waffe herausgezogen hatte. In der Nacht, als ich ihn zum ersten Mal nackt gesehen hatte.

Jetzt ist nicht die Zeit, darüber nachzudenken, Shye.

Schublade. Rechts. Pistole, Kondome – eine neue Schachtel, nicht einmal geöffnet - und ein Stück Papier. Ich griff nach der Waffe, aber etwas an diesem letzten Gegenstand erregte meine Aufmerksamkeit und hielt ihn fest. Ich zögerte und rang mit mir selbst, dass es übertrieben wäre, einen Blick darauf zu werfen, aber ich konnte mich nicht davon abhalten. Meine Neugierde siegte, also griff ich nach dem einfachen weißen Blatt und faltete es auf.

Eine Notiz. Von mir. Eine, an die ich mich fast nicht mehr erinnert hätte, wenn ich sie nicht gesehen hätte. Ich war eines nachts nach der Arbeit mit Alders Truck zusammengestoßen und ich konnte ihn nicht finden, also hatte ich eine Notiz an seiner Windschutzscheibe hinterlassen, in der ich mich entschuldigte und versprach, für den Schaden aufzukommen. Er hatte mir am nächsten Tag gesagt, dass die Kratzer an seiner Stoßstange nicht wichtig seien und dass es nicht nötig sei, dafür zu bezahlen. Warum hätte er den Zettel behalten sollen?

Drei Jahre. Ich gehöre dir, seit ich dich zum ersten Mal in der Raststätte gesehen habe, Liebes.

Mein Herz machte einen Sprung, und ich musste kämpfen, um meine Tränen zurückzuhalten. Drei lange Jahre habe ich ihn für die Soul Suckers belogen... nur noch ein paar Monate und ich hätte frei sein sollen. Vielleicht hätten wir dann etwas aufbauen können. Vielleicht hätte ich mich von meiner Vergangenheit verabschieden und wirklich mit ihm zusammen sein können.

Vielleicht würde er jetzt nicht gegen die Soul Suckers kämpfen.

Ich steckte den Zettel zurück in die Schublade, nahm die Waffe in die Hand und entdeckte einen weiteren Gegenstand. Ein Bild... von mir. Jemand muss es auf dem Fest gemacht haben, welches das Sägewerk jedes Jahr veranstaltet. Mein Haar war kürzer, und das Shirt, das ich trug, erkannte ich als eines, das ich in meinem ersten Winter in Justice weggeworfen hatte - es muss in meinem ersten Sommer in der Stadt gemacht worden sein. Was bedeutete, dass Alder das Bild wahrscheinlich drei Jahre lang aufbewahrt hatte. Er hatte nicht gelogen. Die ganze Zeit über hatte ich ihn als so groß und stark angesehen, als einen total harten Mann. Aber die letzten Tage hatten mir eine Seite von ihm gezeigt, die ich bisher nicht gesehen hatte. Eine süße Seite, eine, die sich von ganzem Herzen kümmerte.

Eine, in die ich mich irgendwie verliebt hatte.

Ohne Vorwarnung gingen die Lichter aus und das Haus wurde still. Angst kroch mir über den Rücken. Das war es - der Angriff musste stattfinden. Ich umklammerte die Pistole fest und verstaute das Bild wieder in der Schublade, wobei meine Hände die ganze Zeit zitterten. *Ganz ruhig, Shye. Bleib ruhig.*

Fest entschlossen, für Alder tapfer zu sein, rollte ich mich in der Ecke des Zimmers zusammen, versteckte mich hinter dem Bett und legte die Waffe in meinen Schoß. Ich hatte das Gefühl, dass ich sie nicht brauchen würde. Ich vertraute darauf, dass Alder mich beschützen würde, was für mich ein neues Gefühl war. Seit dem Tod meines Vaters, seit mein Stiefbruder sich stärker in die Soul Suckers verstrickt hatte, hatte ich in Angst gelebt.

Bei Alder fühlte ich mich sicher.

Und ich dankte ihm mit meiner Unehrlichkeit.

Das konnte nicht einen Moment länger so weitergehen. Und wie der Anbruch eines neuen Tages ging in meinem Kopf ein Licht auf. Das Versteckspiel endete heute Nacht. Keine Lügen mehr. Keine Unehrlichkeit mehr. Ich würde Alder die Wahrheit über meine Vergangenheit erzählen, über meinen Vater und unsere familiäre Verbindung zu den Soul Suckers, über die Misshandlung meines

Stiefbruders und meine Schuld ihm gegenüber und über die Gefahr, die mit mir einherging. Auf diese Weise konnte er wählen, ob er mit mir zusammen sein wollte oder nicht. Der Gedanke, dass er sich gegen mich entschied, tat *nicht* weh, aber ich musste bereit sein, es zu akzeptieren.

Ich war auch bereit, mich nicht mehr zu verstecken.

Mit der Waffe in der Hand schlich ich zum Fenster mit Blick auf die Weide. Das Licht außerhalb der Scheune war erloschen und hinterließ das Feld in tiefster Schwärze. Mein Stiefbruder könnte da draußen sein - eine beliebige Anzahl von Soul Suckers könnte es auch sein - aber was ich mit Sicherheit wusste, war, dass Alder da draußen war. Und er brauchte meine Hilfe.

Da ich wusste, dass Alder mich auf keinen Fall allein im Haus gelassen hätte - und daher wusste, dass jeder normale Weg über die Treppe und durch die Tür nach draußen wahrscheinlich versperrt war - drehte ich an der Kurbel, um das große, holzumrandete Fenster zu öffnen. Es schwang geräuschlos auf, nur ein Bildschirm stand mir im Weg.

„Als Teenager zu lernen, wie man sich als Erwachsener aus dem Haus schleicht, ist endlich nützlich", murmelte ich, als ich die Klammern, die den Bildschirm an seinem Platz hielten, umlegte und ihn in den Raum zog. Als die Luft rein war, warf ich ein Bein über den Rand des Fensters und hangelte mich nach draußen. Das schräge Dach der seitlichen Veranda gab mir einen freien Weg zu einer Stelle, an der ich mich sicher genug fühlte, um hinunterzuspringen. Zuversichtlich, aber nicht furchtlos. Es kostete mich drei tiefe Atemzüge und eine mentale Aufmunterung - *Du kannst das, er braucht dich, es ist alles Gras da unten* - bevor ich den Sprung tatsächlich wagen konnte.

Ich schlug auf dem Boden auf und rollte mich ab, ohne vor Schmerzen zu schreien. Ich betrachtete das als einen Sieg. Sobald ich auf den Beinen war, war ich in Bewegung, ich rannte, duckte mich und hielt mich so weit wie möglich außer Sichtweite. Zumindest bis ich erstarrte.

„Lichter... Scheiße." Nicht nur Lichter, sondern auch Bewegungsmelder. Ich drehte mich um und bahnte mir einen Weg durch den hinteren Teil der Scheune, da ich nicht dasselbe Licht auslösen wollte, das Alder vorhin einen Eindringling signalisiert hatte. Ich machte mich auf den Weg zu den Pferdeboxen und fing an, an jedem einzelnen zu schieben und zu ziehen. Ich versuchte, eine Öffnung zu finden. Ich suchte nach einer, die nicht verschlossen war. Alder war gut in Sachen Sicherheit, jede Box, zu der ich kam, war von innen gesichert. Zumindest bis zur allerletzten Box. Sie war verschlossen, aber nicht wirklich sicher. Das Holz hatte sich offensichtlich im Laufe der Jahre verzogen, und der Schieberiegel hatte nicht viel zum Festhalten. Das war mein Weg hinein. Ich musste etwas rütteln, aber ich schaffte es, den Riegel so weit zurückzuschieben, dass der obere Teil der Tür frei wurde.

Jackpot.

Ein bisschen Klettern, ein paar Schimpfwörter, die ich nur im Kopf aussprechen konnte, und einer Reihe von Splittern an meinem Oberschenkel, und ich schaffte es in die Box. Ich brauchte auch nicht lange um zu sehen, wie schlimm es hätte werden können, wenn ich durch die Vordertür gegangen wäre. Genau dort vorne in der Scheune - keine fünfzig Meter von der Stelle entfernt, an der ich gerade in das Gebäude geschlüpft war - stand ein Mann in einer Soul-Sucker-Weste mit etwas, das wie eine wirklich große, wirklich furchterregende Waffe aussah, die auf die Tür gerichtet war. Ich geriet für einen Moment in Panik und fragte mich, ob es Alder gut ging, aber dann erinnerte ich mich, wenn ich nicht durch diese Tür ging, hätte Alder das auf keinen Fall getan.

Als ob meine Gedanken ihn direkt aus dem Universum gezogen hätten, erschien Alder mir gegenüber auf der anderen Seite der Scheune und schlich um den Rand des gegenüberliegenden Ganges herum. Er sah größer aus als sonst, selbst in der Hocke, gemeiner als je zuvor. Er sah geradezu tödlich aus, und ich war in meinem ganzen Leben noch nie glücklicher gewesen, jemanden zu sehen. Ich ahmte seine Bewegungen nach, kroch vorwärts und machte nur dann einen Schritt, wenn er es tat. Ich blieb stehen, als ich den vorderen Teil der Scheune erreichte. Ich versteckte mich im Schatten und beobachtete, wartete. Ich wusste, dass Alder bald angreifen würde, und betete wie verrückt, dass er wusste, was er tat. Dass die Soul Suckers ihm keine Falle gestellt hatten. Dass er...

Ein Schatten zog an mir vorbei, keine zwei Meter von meinem Gesicht entfernt. Ich hielt den Atem an, mein Herz klopfte, als er um die Ecke bog. Als ein buschiger Bart und breite Schultern dunklere Partien in dem schattigen Raum schafften. Gage. Er steuerte direkt auf einen zweiten Soul Sucker zu, den ich noch nicht einmal gesehen hatte. Die Falle. Die beiden ehemaligen Militärmänner bewegten sich wie eine Einheit und die Soul Suckers...unaufmerksam.

Gage brauchte überhaupt keine Zeit, um sich den Soul Sucker zu schnappen, auf den er zugesteuerte, und... ich wusste es nicht einmal. Ihn umbringen? Ihn k.o. schlagen? Ich konnte es nicht sagen, vor allem, weil sich Alder gerade, als Gage sich um den Mann kümmerte, wieder bewegte. Groß und kühn schritt er in den offenen Raum der Scheune. Er ging direkt auf den Mann mit der Waffe zu. Für einen kurzen Moment spürte ich seine Augen auf mir. Er wusste, dass ich entdeckt worden war. Mir lief ein Schauer über den Rücken, bei der Tödlichkeit die ich dort sah, dem Fokus und der Konzentration. Alder war ein Mann auf einer Mission. Er hielt nicht inne, als er mich bemerkte - er ließ keinen Schritt und keinen Atemzug aus. Er stürmte einfach auf den verbliebenen Soul Sucker zu, leiser als jeder andere, den ich je gesehen hatte, und schnappte sich die Waffe. Schnell, lautlos, und wie ich mir denken konnte, tödlich.

Alder hat aber nicht geschossen. Stattdessen schlug er dem Mann ins Gesicht. Hart. Zweimal. Und dann ließ er den Soul Sucker zu Boden fallen.

Zwei erledigt. Zwei die wahrscheinlich tot sind oder es bald sein werden. Und ich war Zeuge von allem.

In der Welt der Soul Suckers bedeutete das, dass ich eine Belastung war. Etwas, das bedroht oder zerstört werden musste.

In der Welt von Alder bedeutete das, dass ich ein Hauptzeuge war, der gezwungen werden konnte, gegen ihn auszusagen. Das würde nie geschehen. Ich wusste nicht sicher, ob diese Männer tot waren, und um ehrlich zu sein, das war auch nicht nötig. Alder und Gage waren in Sicherheit. Nach allem, was ich wusste, könnten sie diese Männer zu ihrem Auto hinauszerren und sie aus dem Weg räumen.

Ich brauchte die Aufräumarbeiten nicht zu sehen.

Ich sollte es nicht sehen.

Also schlich ich mich wieder aus der Scheune, so wie ich reingekommen war.

Alder konnte auf sich selbst aufpassen.

Und ich würde alles tun, um ihn vor dem Gefängnis zu bewahren.

Ich sollte gehen, bevor ich das Ende dieses Kapitels kannte, und nie wieder davon sprechen.

Kapitel 15

Alder

Shye sah, wie ich den Mann zu Fall brachte. Sie weiß, was für ich ein Tier bin.

Die Worte wiederholten sich in meinem Kopf, das Bild ihres blonden Haares, das aus der Stalltür in die Dunkelheit draußen verschwand, brannte sich in mein Gehirn. Ich wollte ihr nachlaufen, ihren Namen rufen und sie zu mir kommen lassen. Um alle Ängste zu besänftigen, die meine Handlungen vielleicht ausgelöst hatten, aber ich tat es nicht. Ich konnte Gage nicht wissen lassen, dass wir einen Zeugen hatten, und ich konnte diese beiden Arschlöcher nicht einfach auf dem Boden meiner Scheune zurücklassen. Es gab Dinge, die getan werden mussten, bevor ich mich um mein Mädchen kümmern konnte.

Aber zuerst musste ich sicherstellen, dass sie es bis zum Haus schaffte. Ich ließ Gage mit den beiden Soul Suckers zurück, schlich ich mich zu den großen, schwingenden Scheunentoren und schob eines davon auf. Nicht viel - nicht genug, um die Bewegungslichter auszulösen - aber genug, um zu sehen, wie dieser leuchtende Haarschopf über das dunkle Feld huschte. Mein Mädchen dachte, sie sei raffiniert, aber dieses Haar leuchtete praktisch im Sternenlicht. Ich behielt sie im Auge, bis ich sie auf die seitliche Veranda springen sah. Bishop würde sie sehen - er würde sie rein lassen und beschützen. Wahrscheinlich, nachdem er einige ziemlich heftige Gefühle des Versagens empfunden hatte, weil er nicht wusste, dass sie weg war.

Das hätte ich gerne gesehen.

Und dann hätte ich ihm gerne ein paar Zähne ausgeschlagen, weil er es nicht geschafft hatte, sie in Sicherheit zu bringen.

Aber noch nicht. Ich konnte noch nicht zum Haus zurückgehen. Gage und ich hatten noch Dinge zu erledigen.

Zeit, sich auf die Arbeit zu konzentrieren.

Ich lief zu den gefallenen Männern zurück, setzte mein Arbeitsgesicht auf und meine Gedanken konzentrierten sich wieder auf die anstehende Arbeit. Gage trat neben mich und sah verdammt großspurig aus, als er die ohnmächtige Verstärkung neben den Idioten warf. Er ließ auch eine batteriebetriebene Laterne neben den Männern fallen und schaltete sie an, während er sich hinkniete, um einen Blick auf unsere Besucher zu werfen.

„Ich hätte ihn mit einem Schlag erwischt."

„Ja, ja, das sagst du jetzt." Ich steckte meine Beretta hinten in meine Hose. Nicht ideal, aber es würde reichen müssen, da mein Holster noch im Haus war. Was ich tun musste, war kein Job für die Pistole. Das Gewehr des Idioten machte einen größeren Eindruck. „Hast du deine Seite der Scheune gesichert?"

Gage erhob sich auf seine Füße. „Ich bin kein Bubblegummer."

Ich brauchte eine Sekunde, um herauszufinden, dass er einen neuen Soldaten meinte. Mein Gott, die Navy hatte einen seltsamen Slang. Offensichtlich übersahen sie auch ab und zu etwas, denn er war direkt an Shye vorbeigegangen, ohne sie zu sehen. Etwas, das ich ihm aber nicht gerade zurufen wollte.

Ich nickte zustimmend und starrte auf die beiden Soul Suckers zu meinen Füßen hinunter. Beide hatten ihre Straßennamen auf Aufnähern auf der Vorderseite ihrer Westen aufgenäht. Auf dem

Aufnäher des Idioten stand Beaver, auf dem des anderen... Sieh an, sieh an, sieh an.

„Wir haben Spark hier", sagte ich und richtete die Waffe auf ihn. Gage ächzte, er wusste, wohin das führen würde.

„Cam wird sauer sein, dass er nicht den Abzug betätigen durfte."

„Er wäre noch wütender, wenn wir den Kerl, der Leah getötet hat, entkommen lassen würden".

„Das ist wahr. Und was jetzt?"

Ich stieß Beaver mit meinem Stiefel an. „Bist du wach, Kleiner?"

Unser idiotischer Freund stöhnte, also stupste ich ihn erneut an. Diesmal etwas fester. „Komm schon, Mann. Wir haben nicht die ganze Nacht Zeit."

Gage hockte sich neben den Kerl und hielt mit einer Hand den Kopf von Beaver still. „Vielleicht würde ihn ein Tritt in die Rippen aufwecken."

„Scheiße", spuckte Beaver und stieß Gage von ihm ab, bevor er sich in eine sitzende Position rollte. Er sah viel zu selbstsicher aus, wenn man bedenkt, dass wir ihn auf dem Boden meiner Scheune gelegt hatten.

„Willkommen in meinem Haus", sagte ich, hielt die Waffe auf ihn gerichtet und überlegte, wie ich die gewünschten Informationen aus ihm herausbekommen konnte. „Ich würde sagen, mach es dir bequem, aber es scheint, als hättest du das schon getan. Du wirst mir also sicher verzeihen, wenn ich mich nicht wie ein perfekter Gastgeber verhalte."

Beaver schaute mich aufsässig an, aber er machte auch einen Anfängerfehler. Der Wichser legte seine Handflächen flach auf den Boden, als wolle er aufstehen. Großer Fehler. Ich stand auf seine rechte Hand, stellte sicher, dass der Ballen meines Stiefels seinen Fingern trafen und verlagerte mein Gewicht auf dieses Bein, damit es gerade genug wehtat.

Und dann lächelte ich. „Was zum Teufel machst du hier, Beaver?"

Der Typ verzog sein Gesicht und versuchte, seine Hand wegzuziehen, aber ich rührte mich nicht. Stattdessen erhöhte ich den Druck auf den Fuß, bis ich das Knacken seiner Knochen spürte. Er hielt den Schrei zurück, von dem ich mir sicher war, dass er ihn loslassen wollte, aber er konnte die Schweißperlen auf seiner Stirn nicht verbergen und auch nicht, wie blass sein Gesicht wurde. Schön langsam tat immer so viel mehr weh als schnell.

„Ich werde es noch einmal versuchen." Ich drückte ihm die Mündung des Gewehrs an die Schläfe. „Was zum Teufel machst du auf meinem Grundstück?"

Beaver schwieg für ein paar Sekunden, aber beim nächsten Kacken unter meinem Fuß begann er zu Reden. „Das Mädchen. Ich bin gekommen, um zu holen, was uns gehört."

Shye. Das Arschloch sprach über Shye, als ob sie ein Objekt wäre, von dem die Soul Suckers glaubten, sie hätten einen Anspruch darauf. Auf keinen Fall.

„Du hättest sagen sollen, dass du mich holen kommst, mein Junge." Ich ließ mich nieder, um ihm ins Gesicht zu sehen. „Ich nehme es mit deiner ganzen Crew auf, aber niemand bedroht mein Mädchen. Euer sogenannter Besitz von Shye Anderson ist vorbei."

„Unser Anführer wird das nicht zulassen."

„Zu schade." Ich behielt Beaver im Auge, während ich meinen Kopf in Richtung Spark schwenkte. „Hey, Gage. Wer waren die beiden Jungs, die Shyes Haus angezündet haben?"

„Spark, ganz sicher. Es war aber jemand bei ihm."

„Und wen haben wir hier?" Ich richtete meine Waffe auf Spark.

„Das wäre dann Spark, Boss."

„Ich nehme also an, unser Freund Beaver hier ist der andere, den Camden erwähnt hat." Ich stand auf und hielt Beavers die Waffe ins Gesicht. „Sieht aus, als hätten wir zwei, um die wir uns kümmern müssen."

„Ich habe diese Brände nicht gelegt", sagte Beaver und starrte mit seinen Augen unentwegt in den Lauf meiner Waffe. „Spark ist normalerweise mit Coyote unterwegs, aber er hat heute Abend einen anderen Auftrag."

„Ein Auftrag in Justice?" Denn wenn das der Fall war, hatten wir uns viel mehr Sorgen zu machen als um diese beiden Arschlöcher. Gage rückte näher und dachte wahrscheinlich das Gleiche. Wenn dieser Coyote im Justice war, mussten wir uns beeilen, um das Arschloch abzufangen.

Glücklicherweise schüttelte Biber den Kopf. „Ich weiß nicht, wo, aber nicht hier. Spark und ich waren die einzigen, die nach Justice geschickt wurden."

Um Shye zu stehlen. Ich warf Gage einen Blick zu, weil ich wusste, dass es an der Zeit war, die Entscheidung zu treffen, was mit unseren Eindringlingen geschehen sollte. Nun, was mit Beaver passieren würde, Spark hatte sein Schicksal in der Sekunde besiegelt, als er sich entschied, in meiner Stadt ein Streichholz anzuzünden. Aber selbst als ich die richtige Entscheidung in Frage stellte, schossen mir die Worte von Parris aus der Nacht, in der ich ihn getroffen hatte, durch den Kopf. Wir mussten wie ein MC kämpfen, um einen MC zu schlagen. Die Soul Suckers hatten zwei Männer geschickt, um mir aufzulauern, und sie hatten Leah scheinbar ohne zu zögern getötet. Meine Armeeausbildung sagte mir, ich sollte Beaver mit einer Nachricht zu seinem Team zurückschicken.

Aber dies war kein Army Job.

„Gage." Ich ließ das Gewehr hinter mir fallen und zog meine Beretta aus dem Hosenbund, während Beaver die Augen weit aufriss, als ich sie auf ihn richtete, kurz bevor ich schoss. Gage tat es mir gleich und erledigte Spark mit einem einzigen Kopfschuss. Leise, schnell und so sauber, wie man es sich nur wünschen konnte.

Gage sprach zuerst. „Bedrohung eliminiert."

Ich starrte auf Spark und Beaver hinunter, mir drehte sich der Magen um. Nicht wegen der Morde - verdammt nein, diese beiden waren eine direkte Bedrohung für mich und meine Stadt. Das war nichts weiter als Selbstverteidigung, auch wenn das Gesetz das technisch gesehen nicht so empfinden würde. Nein, Bedrohungen zu eliminieren war einfach. Zu wissen, dass noch größere Bedrohungen auf uns zukamen, war eine andere Geschichte. Sie würden kommen um uns zu suchen - sobald die Soul Suckers herausfinden würden, dass die beiden nicht nach Hause kamen, würden sie mehr Männer nach Justice schicken. Und mit denen müssten wir auch fertig werden.

Sie würden jedoch keinen Beweis dafür finden, dass Beaver und Spark in meiner Scheune ihr Ende fanden. Wenn Gage und ich fertig waren, gab es keine Anzeichen dafür, dass heute Abend irgendetwas passiert ist. Wir würden die Beweise loswerden - von Leichen über Waffen bis hin zu Blutspuren. Am Ende würde es keine Rolle spielen. Die Bullen würden vielleicht nie herausfinden, was passiert ist, aber die Soul Suckers schon, auch ohne Beweise. Wir hatten definitiv einen Krieg begonnen, und so ungern ich es auch zugeben wollte, die Soul Suckers würden Shye als Spielfigur in diesem Krieg benutzen. Und sie war eine Zeugin. Eine Belastung.

Ich dachte, ich würde sie beschützen, indem ich sie bei mir habe. Es stellte sich heraus, dass ich sie genau in die Mitte des Fadenkreuzes gebracht hatte.

„Boss?" Gage stand da, beobachtete mich und wartete. „Willst du, dass ich mich darum kümmere?"

Denn es gab keine Möglichkeit, dass ich mich in diesem Moment auf so eine wichtige Aufgabe hätte konzentrieren können. „Ja. Ich brauche dich dafür."

Er nickte einmal, stand da mit ruhigem Gesicht und geradem Rücken. Das ganze militärische Training, das er als SEAL absolviert hatte, kam wieder zum Vorschein. Als ob man ein verdammtes Fahrrad fährt. „Geh rauf zum Haus und schick Bishop raus", sagte er und übernahm die Kontrolle. „Wir können die Aufräumarbeiten erledigen. Du kümmerst dich um Shye. Sorg dafür, dass sie nicht über das spricht, was sie heute Abend gesehen hat."

Der Blick, den er mir zuwarf, war voller Wissen. Ich schätze, der Kerl war wohl doch nicht entgangen, dass sie in der Scheune war.

„Sie wird nicht reden."

Er ächzte. „Bist du sicher?"

„Ohne Zweifel." Und es gab keinen. Zumindest nicht daran, dass sie den Mund aufmachen würde. Das bedeutete nicht, dass ich wusste, wie ich damit umgehen sollte. Oder vielleicht wollte ich es nicht.

„Also, wie sieht der Plan aus?" fragte Gage, und zum ersten Mal seit langer Zeit war ich mir nicht wirklich sicher. Abgesehen von einer Sache.

„Ich werde sie wegschicken müssen."

Gage sprach zunächst nicht, daher wusste ich, dass er meine Aussage ernst nahm. Er überlegte. Schließlich schnaufte er, der Klang war irgendwie strafend. „Der sicherste Ort für das Mädchen ist, wenn einer von uns auf sie aufpasst."

Dem konnte ich nicht wiedersprechen, aber dann sah ich auf die beiden toten Soul Suckers hinunter, und meine Zuversicht schwankte. *Sie waren wegen ihr gekommen, und ihre Brüder würden mehr von ihnen schicken.*

„Sie werden sie meinetwegen ins Visier nehmen." Ich zeigte auf die beiden Leichen auf dem Boden. „Wegen dem hier."

„Lass sie nicht."

Eine so einfache Antwort auf ein so kompliziertes Problem. Ich konnte nicht kontrollieren, was auf mich zukam, konnte nicht einmal erahnen, wie die Soul Suckers als nächstes zuschlagen würden. Aber ich wusste, dass sie mit einer Sicherheit auf Justice losgehen würden, was mein Blut in Wallung brachte. Shye bei mir zu behalten, bedeutete, ihr Leben jeden Tag aufs Neue zu riskieren. Ich war mit Sicherheit ein egoistischer Bastard, aber nicht so sehr.

Ich reichte Gage die Beretta zur Entsorgung. „Ich werde alles tun, was nötig ist, um sie zu beschützen."

Gage beobachtete mich mit seinen schwarzen Augen - emotionslos und leer - bevor er einmal nickte. Er ließ mich gehen. Meine Zeit in der Scheune war vorbei, was bedeutete, dass ich mich in eine tiefere Ebene der Hölle stürzen musste. So sehr ich auch hasste, ich drehte ich mich um und ging zum Haus.

Es war an der Zeit, mir mein eigenes Herz herauszureißen.

Kapitel

16

Shye

Bishop sah nicht gerade zufrieden aus, als er die Tür an der seitlichen Veranda öffnete. Der Hund an seinen Fersen auch nicht.

Ups.

„Ich musste nach ihm sehen", sagte ich und zitterte sowohl von dem Adrenalinschub nach dem Aufenthalt in der Scheune als auch von der Angst davor, was Bishop tun könnte. Ich hätte es besser wissen müssen - der Mann schenkte mir ein schwaches Lächeln, trat zurück und ließ mich hinein.

„Er wird mir in den Arsch treten, weißt du."

Mir fehlten die Worte für eine Antwort, nicht nach dem, was ich gerade gesehen hatte. Wenn Alder sich entschied, jemandem irgendetwas zu verpassen, schien er auf jeden Fall zu gewinnen. Sogar bei seinem eigenen Bruder.

Bishop schaute über meine Schulter und ignorierte offensichtlich meine Nichtantwort. „Alles in Ordnung da draußen?"

Ich hielt inne und dachte über die letzten Minuten nach. Ich sah zu, wie Gage einen Mann zu Boden brachte. Wie Alder dem anderen die Waffe entriss und...

„Ja", sagte ich, meine Stimme war leise. Fast schwach. „Sie haben alles unter Kontrolle."

Bishop nickte einmal, dann schloss er die Tür. „Dann geh schon mal nach oben."

Er musste es mir nicht zweimal sagen. Ich rannte über den Holzboden und die Treppe hinauf, schlug die Tür zum Schlafzimmer hinter mir zu und schloss sie wieder ab. Wie es mir aufgetragen worden war, schnappte ich die Pistole und schlich mich in die Ecke und wartete. Ich versuchte, nicht daran zu denken, was ich gerade gesehen hatte.

Die Zeit zog sich hin, Minuten wurden zu gefühlten Stunden, während ich im Dunkeln saß, und auf ein Zeichen wartete, was draußen vor sich ging. Das erste kam, als die Lichter wieder angingen. Ich blinzelte gegen die plötzliche Helligkeit, stand auf, blieb aber mit dem Rücken zur Wand mit Alders Waffe in der Hand. Der zweite kam, als sich Schritte auf die Tür zubewegten. Mein Magen sackte bei dem Geräusch zusammen. Alder würde rennen, er würde sich beeilen, zu mir zu kommen. Ich wusste es, so wie ich wusste, dass er alles tun würde, um mich zu verteidigen. Diese Schritte hörten sich langsam an... fast vorsichtig. Ein trottendes Geräusch auf dem Holzboden.

Oh Gott, was, wenn sie ihm wehgetan hatten? Was, wenn es mehr als nur die beiden in der Scheune gewesen waren? Es könnte ein Hinterhalt gewesen sein. Er könnte auf der anderen Seite der Tür bluten. Oder sie könnten ihn getötet und jemand anderen zu mir geschickt haben. Um sich das zu holen, was ich ihnen schuldig bin.

Nicht schon wieder.

Ich zielte mit der Waffe auf die Tür, holte tief Luft und machte mich bereit zu schießen. Mein Vater hatte mir den Umgang mit einer Waffe fast als Scherz beigebracht, aber diese Lektionen waren hängen geblieben. Ich konnte und würde schießen. Wenn ich es musste. Ich hoffte wirklich, es nicht tun zu müssen.

„Shye. Alles in Ordnung da drin?" Alders Stimme durchbrach die Stille, und ich wäre fast vor Erleichterung zusammengebrochen.

Er lebte. Er war zumindest am Leben. Aber ich musste trotzdem sicher sein.

„Alder? Die Scheune?"

„Es ist jetzt vorbei. Alles wird wieder gut werden. Warum schließt du mir nicht die Tür auf?"

Ich legte die Waffe auf das Bett und eilte zur Tür, drehte den Riegel und riss ihn fast mit meiner Bewegung um. Ich stürzte mich auf den Mann auf der anderen Seite und schlang meine Arme um ihn, während mein Herz erbarmungslos pochte. Ich küsste ihn, bevor ich ihn überhaupt ansah, klammerte mich an den Körper, den ich so gut kennengelernt hatte. Er hielt mich genauso fest, sein Mund traf meinen mit der gleichen Verzweiflung. Seine Zunge glitt an meinen Lippen vorbei, als er mich an die Wand drückte und meine Schenkel fest umklammerte.

Ich wollte ihn. Nicht nur aus Lust oder verlangen, ich wollte *ihn*. Jeden Zentimeter. Jeden Augenblick. Jeden Tick und jede Eigenschaft. Ich wollte den Mann, der mich küsste, als wäre Küssen ein Ereignis, das es zu gewinnen galt, der mich hielt, als wäre ich ein Preis. Ich wollte das Happy End mit meinem Drachen, denn der Prinz würde mich nie so stark lieben. Aber ihn zu haben - ihn wirklich zu haben - bedeutete, dass das passieren musste, wovor ich mich so lange gefürchtet hatte. Es war Zeit für Ehrlichkeit. Ich hasste den Gedanken, ihm alle meine Geheimnisse zu verraten, ihm zu erzählen, wie ich ihn belogen hatte, aber ich musste es tun. Es war das Richtige. Keine Zukunft konnte auf einem falschen Fundament aufgebaut werden. Und ich wollte eine Zukunft mit ihm. Tief in mir drin hatte ich das schon immer.

Doch bevor ich etwas tun oder sagen konnte, zog sich Alder zurück, stellte mich auf die Füße und schaffte Platz zwischen uns. Raum, für den ich noch nicht bereit war. Raum, der etwas sagte, dass etwas noch nicht stimmte. Er stand dort, einen Meter von mir entfernt, und sah fast besiegt aus. Eine Tatsache, die mein Herz erstarren ließ.

„Was ist los?"

Er konnte mir nicht in die Augen sehen. „Du musst gehen."

Mein Magen sackte zusammen, eine riesige Kerbe öffnete sich in meinem Herzen, und mein Atem stockte, als ich flüsterte: „Warum? Ich schwöre, ich werde nichts sagen."

„Das weiß ich, Liebes. Vertrau mir, ich *weiß das*. Aber du kannst hier nicht mehr bleiben. Es ist nicht sicher."

Die Risse in meinem Herzen breiteten sich aus und schickten einen unerträglichen Schmerz durch meine Seele. Das konnte nicht wahr sein. Nicht jetzt - nicht, wenn ich endlich bereit war, vorwärts zu gehen. „Ich bin sicher bei dir, Alder. Und ich verspreche, dass ich dieses Mal auf dich hören werde. Ich werde tun, was du mir sagst. Ich werde nicht..."

Aber vorwärts war nicht die Richtung, in die er gehen wollte... zumindest nicht mit mir.

Seine Augen trafen schließlich auf meine, lodernd. Wütend. Emotionen, die ich noch nie gegen mich gerichtet gesehen hatte. „Das ist nicht wichtig, und das weißt du. Ich schicke dich für ein paar Tage zu meinem Bruder Elijah nach Denver. Nur so lange, bis wir dir einen neuen Wohnwagen auf deinem Grundstück besorgt haben. Wenn ich vielleicht die Versicherungsgesellschaft anrufe..."

„Warum reden wir über Versicherungen?" Ich verschluckte mich und spürte wie mir die Tränen kamen. Meine Welt brach zusammen. Die Zukunft, von der ich plötzlich wusste, dass ich sie wollte, verschwand vor meinen Augen. „Die Versicherung ist mir egal. Ich will bei dir bleiben."

Er schüttelte den Kopf und machte einen weiteren Schritt zurück. Alders Blick richtete sich auf etwas, das im dem Flur stand. Etwas, das ich nicht bemerkt hatte. Etwas, das die Entscheidung von Alder in meinem Kopf festigte.

Die Tasche, die ich gepackt hatte, als ich versucht hatte, von ihm wegzulaufen.

Er hatte alles bereits geplant, die Tasche, wo ich hingehen würde, wahrscheinlich auch, wie ich dorthin gelangen würde. Ich hatte keinen Zweifel daran, dass jemand vom Sägewerk oder einer seiner

Brüder auf mich warten würde, wenn ich nach unten ging. Um mich aus Justice wegzubringen. Er würde sich meine Argumente nicht anhören.

„Es tut mir leid. Es ist besser so." Er reichte mir die Tasche, die ich gepackt hatte. Die mit all meinen Kleidern und Sachen, die ich zusammengewürfelt hatte, als ich beschlossen hatte, ihn zu verlassen, anstatt ihm von meinen Narben zu erzählen.

Ironischerweise wollte ich gehen und blieb schließlich noch. Nun wollte ich bleiben, und er zwang mich zu gehen.

Es gab nur noch eine Sache die ich sagen konnte.

„Ich werde nie erzählen, was ich gesehen habe", sagte ich, dann ging ich an ihm vorbei zur Treppe.

Kapitel 17

Alder

„Ich bin ein Narr."

Das dunkle Lachen von Bishop trug nicht gerade zu meiner Stimmung bei. Genauso wenig wie seine klugscheißerische Antwort.

„Das hätte ich dir auch sagen können."

Ich hob meine Bierflasche an meinen Mund, schluckte schwer, um gegen den pochenden Schmerz in meinem Kopf anzukämpfen. Ich konnte nicht aufhören, Shyes Gesicht zu sehen, als ich ihr gesagt hatte, dass sie gehen müsse. Dieses Aufblitzen des absoluten Schmerzes, bevor sie versucht hatte, mich umzustimmen. Ihr Betteln, sie sah aus als müsse sieweinen, und dann... nichts mehr. Das Lächeln war weg, das Licht weg. Der Schimmer, von dem ich hätte schwören können, dass er sich in wahre Gefühle verwandeln konnte, war weg.

Gage schnappte sich ein Bier und setzte sich zu uns an den Esstisch. Rex beobachtete ihn von der Haustür aus, wo er lag, als warte er darauf, nach Hause zu gehen. „Ich stimme Bishop in diesem Punkt zu. Du bist ein Narr."

Als ob ich es nötig hätte, dass sie mir zustimmen. Shye war genau zwanzig Minuten weg gewesen, weggefahren von meinem Bruder Finn, wie ich es verlangt hatte - und ich hatte es bereut, sie aus der Tür gehen zu lassen. Scheiße, ich hatte mich ihr noch nicht einmal richtig erklärt. Nach dem Sex und den Narben und der Scheune war mein Verstand nicht in der Lage, sich mit solchen Themen zu beschäftigen. Also hatte ich sie weggeschickt, und ich bereute diese Entscheidung zu tiefst.

„Ich habe es versaut."

Gage zuckte die Achseln. „Du wolltest sie beschützen."

„Bei mir ist sie am sichersten. Wenn sie hier wäre, würde ich zumindest ein Auge auf sie haben. Ich würde dafür sorgen, dass sie alles hat, was sie braucht."

„Also, warum ist sie dann nicht hier?" Gage hob eine Augenbraue und fixierte mich mit diesem raubfischartigen Blick. Er zwang mich, es zuzugeben.

Idiot. „Weil ich ein Idiot bin."

„Das haben wir festgestellt. Wie wäre es nun, wenn wir herausfinden, wie wir verhindern können, dass diese Soul Suckers das gegen dich verwenden?" Bishop trat gegen meinen Stuhl, was ihm ein wütender Blick von mir einbrachte. Er grinste einfach zurück, bevor er wieder ernst wurde. „Ich habe kein Interesse daran, einen Bruder zu begraben, auch wenn er ein kompletter Schwachkopf ist, wenn es um Frauen geht.

Gage grummelte seine Zustimmung. „Dito."

„Ich sehe nicht, dass es einem von euch besser geht", sagte ich und nahm noch einen Schluck von meinem Bier. Bishop zuckte zusammen, aber Gage starrte einfach nur zurück. Bishop war während seiner gesamten Collegezeit mit Anabeth Monroe ausgegangen, aber diese Beziehung war auf eine Art und Weise gescheitert, die ihn aus irgendeinem Grund direkt in das Navy SEALs-Programm geschickt hatte. Zu diesem Zeitpunkt war ich bereits bei den Spezialeinheiten gewesen, und das Liebesleben meines kleinen Bruders hatte nicht die höchste Priorität. Erst als wir beide nach Hause kamen und mir klar wurde, dass der Mann keine andere Frau an sich heranlassen wollte, sah ich, wie sehr ihr Weggang ihn verletzt hatte. Sicher, seitdem hatte ich ihn mit Frauen gesehen, aber mit keiner aus der Gegend, und nie mehr als einmal.

Gage... nun, ich hatte ihn nie mit jemand anderem als meinen Brüdern oder seinem Hund gesehen. Ich wusste nicht einmal, *ob* er Dates hatte. Und doch waren diese beiden diejenigen, die mir Beziehungsratschläge gaben.

Narr war kein genug starkes Wort.

„Also, wie sieht der Plan aus?" fragte Bishop und lenkte das Gespräch von dem ab, von dem ich wusste, dass er es nicht führen wollte. Das über Anabeth. Egal, wie viele Frauen er auf seinen vielen Reisen aufgerissen hat, wie sehr er ihre Trennung beschönigt hatte, ich wusste, dass sein Herz immer noch für das Mädchen schmerzte, das er verloren hatte.

Ich wusste auch, dass ich genauso enden würde wie er, wenn ich Shye verlieren würde.

„Boss?", Gage schaute mich an, den Kopf schiefgelegt und mit harten Augen. Scheiße, ich musste mich konzentrieren.

„Der Plan ist, dass wir in die Offensive gehen." Ich ließ die Flasche rollen und starrte auf den Tisch. „Man muss sich wie ein MC verhalten, um gegen einen anzutreten, und ein MC würde nicht zulassen, dass eine andere Gruppe einfach in ihr Gebiet eindringt. Sie würden darum kämpfen. Sie würden die Eindringlinge angreifen."

Der Bishop lehnte sich zurück, „Wie angreifen?"

„Wir gehen zuerst auf ihr Geld, und wir tun es in ihrem Stil. Nicht nur, um das Labor lahmzulegen, sondern auch, um ein Zeichen zu setzen."

Gage nickte. „Also brennen wir ihr Geschäft nieder."

„In diesem Waldstück gibt es eine Menge toter Kiefern", sagte Bishop. Er war schon immer der Vorsichtige. „Wenn wir dort draußen ein Feuer entfachen, muss es kontrolliert sein."

„Wäre nicht das erste Mal, dass wir unter trockenen Bedingungen Feuer legen müssen." Gage lehnte sich zurück und balancierte den Stuhl auf zwei Beinen. Shye hätte ihm gesagt, er solle richtig sitzen, damit er den Stuhl nicht kaputt machte. Ich hatte diese Lektion in der Raststätte schon früh lernen müssen, weshalb ich dazu übergegangen war, immer im Eckbank zu sitzen. Ich hasste es, sie zu enttäuschen. Heute Abend hatte ich noch schlimmeres gemacht. Ich hatte ihr wehgetan.

Verdammt, ich musste aufhören, an sie zu denken. Ich holte tief Luft und versuchte, mich auf den Plan zu konzentrieren. Je schneller das hier endete, desto eher brachte ich Shye nach Hause. „Wir holen also Cams Team, um das Gelände zu räumen, dann brennen wir den Ort nieder. Durch die zwei vermissten Mitglieder, die sie hierher geschickt haben, wissen sie, dass wir nicht Spaßen."

„Vielleicht möchte Cam derjenige sein, der es anzündet", warf Bishop ein. „Ich weiß, ich würde mich rächen wollen, wenn es mein Mädchen wäre. Würdest du das nicht auch?"

Allein die Vorstellung... „Ich würde jeden Wichser begraben wollen, der es wagte, meine Shye anzufassen."

„Richtig, und wir haben uns bereits um Spark gekümmert. Also bringen wir Cam rein, um den Brand zu leiten, und bereiten den Ort für ein Ausbrennen vor. Gage hob seine Flasche hoch und trank sein Bier aus, bevor er fortfuhr. „Und wenn sie wegen unserer zwei Freunden in der Scheune hinter uns her sind?"

„Wir schalten einen nach dem anderen aus, so wie wir es heute Abend getan haben. Keine zweiten Chancen. Wenn ihre Männer in Justice verschwinden, werden sie wissen warum." Ich warf ihm einen bedeutsamen Blick zu. „Aber wir machen es vorsichtig. Nichts darf auf uns zurückfallen."

„Dieses Mal keine Zeugen", sagte Gage.

Bishop schnaubte. „Ich sagte doch, sie ist aus dem Fenster geschlüpft. Woher hätte ich wissen sollen, dass sie so verrückt ist?"

Mutig. Nicht verrückt. Aber ich hatte nicht vor, ihn zu korrigieren. „Richtig. Wir schalten sie raus, ohne Spuren zu hinterlassen, ohne Zeugen."

Gage zuckte mit den Achseln, als hätte ich ihm gesagt, er solle das Öl in einem Truck von Kennard Mills wechseln und nicht ein paar Leichen und Waffen loswerden, mit denen wir sie getötet hatten, und den zukünftigen Tatort für ein Verbrechen vorbereiten. „Ich kümmere mich um alle Aufräumarbeiten die erledigt werden müssen."

Deshalb war es so gut, ihn in einem Team zu haben. Er macht alles, was getan werden muss.

„Ich werde mich mit Cam in Verbindung setzen", sagte Bishop. „Wir werden ein Team zusammenstellen, das sich um das Labor kümmert. Die Vorbereitungen werden aber wahrscheinlich einen Tag dauern."

Ich nickte. „Morgen aufräumen, übermorgen verbrennen. Bishop, ich möchte, dass du bei Miss Hansen vorbeischaust. Schau nach, ob sie Hilfe braucht oder ob sie bereit wäre, näher an die Stadt zu ziehen. Ich möchte nicht, dass sie in etwas verwickelt wird."

Er nickte. „Ich werde bei ihr vorbeischauen."

„Stehst du auf die alte Dame?" fragte Gage grinsend. „Du scheinst derjenige zu sein, der oft nach ihr schaut."

„Ich bin mit ihrer Enkelin ausgegangen, also kenne ich sie, dass sie alles ist. Sie hat eine Schwäche für mich." Bishops Gesicht wurde hitzig. Die Tatsache, dass er Gage nichts von Anabeth erzählt hatte, erstaunte mich. Sie war ein so großer Teil seines Lebens gewesen, obwohl das schon lange her war. Sie war seit mindestens einem Jahrzehnt nicht mehr in Justice gewesen. Das war auch gut so. Das letzte Mal als er sie traf musste ich Bishop danach aufspüren. Ich fand ihn in Vegas, betrank sich und verfolgte sie durch die ganze Stadt. Ich hatte zwei Tage gebraucht, um ihn nüchtern zu kriegen und nach Hause zu bringen.

Aber die Erinnerung an Anabeth und den Schmerz, den sie meinem Bruder zugefügt hatte, ließ mich nur an meine Shye denken, die mir niemals wehtun würde. Sie hatte mir mit ihrer Gegenwart und ihrer Lieblichkeit so viel Freude bereitet, und ich hatte es ihr gedankt, indem ich sie weggeschickt hatte. Scheiß auf die Planung; ich musste die Dinge mit meinem Mädchen in Ordnung bringen, bevor ich am Ende so allein und emotional verschlossen war, wie mein Bruder geworden war. Ich wollte keine Reihe von One-Night-Stands, um meinen Schwanz zu beschäftigen. Ich wollte Abendessen an meinem Tisch, wobei Shyes Hintern auf diese verruchte Art und Weise durch unser Haus tanzte. Ich wollte sie jede Nacht in meine Arme Schließen und sie jeden Morgen mit meinem Gesicht oder meinem Schwanz in ihrer Muschi wecken. Ich wollte jeden Moment, den sie mir geben konnte, und ich wollte, dass das alles sofort begann.

Selbst ein Narr konnte sehen, dass dies der Preis war, für den es sich zu kämpfen lohnte.

„Also ist alles klar? Der Plan steht?" Ich blickte von einem zum anderen, um das Gespräch wieder in Gang bringen, damit wir es als erledigt betrachten konnten. Als sie beide nickten, klopfte ich mit den Fingerknöcheln auf den Tisch. „Ausgezeichnet. Beseitigt ein paar Leichen und legt ein paar Feuer, Jungs."

Ich kippte meinen Stuhl zurück und ging zur Haustür und schnappte mir meine Schlüssel.

„Wohin gehst du, Alder?" fragte Bishop, das Lächeln in seiner Stimme war offensichtlich. Nicht, dass es mich interessiert hätte. Es war mir scheißegal.

„Ich werde mein Mädchen nach Hause bringen. Ich bin ein Idiot, aber ich bin nicht zu dumm, um aus meinen Fehlern zu lernen."

Gage brüllte vor Lachen, bevor er auf meinen Bruder zeigte. „Bezahl, mein Lieber."

„Fuck." Bishop griff sich die Brieftasche und runzelte die Stirn. „Noch drei Minuten, und ich hätte die Wette gewonnen."

„Habt ihr zwei gewettet, wie lange ich brauchen würde, um sie zurück zu holen?" Vollidioten.

Bishop hob eine Schulter, ganz lässig. Als ob es völlig normal wäre, auf mein Liebesleben zu wetten. Allerdings hatte ich seit drei Jahren kein Date mehr gehabt - vielleicht war es das.

„Willst du hier stehen bleiben und mit uns reden oder dein Mädchen holen?" fragte Gage, als er die Scheine von meinem Bruder entgegennahm. Ich hätte geantwortet, aber ich war schon zur Tür hinaus. Die können mich mal. Die wussten, wo ich hinwollte. Sie wussten auch, dass sie nicht in meinem Haus sein sollten, wenn ich zurückkam. Ich wollte mein Mädchen nach Hause bringen, und wir bräuchten etwas Zeit allein. Nackte Zeit. Ich würde jeden Zentimeter von ihr anbeten, bis sie mir vergeben würde.

Ich hoffte nur, es würde funktionieren, denn ich hatte keine Ahnung, was ich sonst tun konnte, um ihr zu sagen, wie leid es mir tat.

Kapitel

18

Elijah Kennard unterschied sich stark von seinen Brüdern. Besonders von Alder.

„Die Anleitung für die Espressomaschine liegt in der Schublade, aber ich mache dir gerne einen Cappuccino oder einen Milchkaffee, wenn du möchtest. Oder Lainie kann dir helfen."

Ich warf einen Blick auf die einzige Schwester der vier Kennard-Brüder. Sie saß im Wohnzimmer, die Beine übereinandergeschlagen und wippte mit dem Fuß, während sie auf einem Tablet las. Man sollte meinen, das würde sie entspannen, aber nein. Mit steifem Körper und einem tiefen Stirnrunzeln, quoll der Ärger praktisch aus der hübschen Blondine heraus. Sie sah ganz sicher nicht so aus, als ob sie mir bei irgendetwas helfen wollte. Viel mehr sah sie sauer aus, dass ich in ihren Raum eingedrungen war. Wunderbar.

„Ich werde nicht lange bleiben", sagte ich, wobei meine Stimme mehr ein Flüstern war. Finn, Elijahs Zwillingsbruder und der Mann, der mich hierhergefahren hatte, war bereits gegangen, um zurück nach Justice zu gehen, was bedeutete, dass ich für den Moment hier festsaß. Ich musste aber nicht lange gefangen bleiben. „Morgen früh bin ich euch wahrscheinlich nicht mehr im Weg."

Elijahs falkenhafter Blick schweifte über mich hinweg und gab mir das Gefühl, als hätte er gerade in meinen Kopf geschaut und jedes meiner Geheimnisse gefunden. *Das* war eine Kennard-Eigenschaft. „Mein Bruder hat gesagt, du sollst hierbleiben, bis er sich um das gekümmert hat, was in Justice vor sich geht."

„Alder ist nicht mein Boss."

Elijah lächelte schließlich, und die Ähnlichkeiten zwischen ihm und Alder kamen zum Vorschein. Von den Wangen abwärts war er seinem Bruder wie aus dem Gesicht geschnitten. Und Mann, tat das weh.

Lainie schnaubte von ihrem Platz im Wohnzimmer aus. „Du wärst nicht hier, wenn du nicht tun würdest, was der große Boss dir gesagt hat."

Welcher Mut mich auch immer mich zum Sprechen bewegt hatte, verschwand und ließ mich leer zurück, mein Gesicht erhitzte sich bei der Anschuldigung.

Und genau wie sein Bruder kam mir Elijah zur Hilfe. „Lass das, Lainie."

Ich musste wirklich von diesen Kennards wegkommen. Von allen. „Ich glaube, ich gehe ins Gästezimmer. Ich bin wirklich müde."

Elijah blickte auf seine Uhr. Fast ein Uhr morgens, wenn die Uhr hinter ihm richtig ging. „Natürlich. Brauchst du irgendetwas?"

Wegzukommen, und die Kraft, sich endlich zu ergeben. „Ich habe alles, aber ich danke. Und danke, dass ich bleiben durfte. Ich weiß das zu schätzen."

„Jederzeit."

Mit einem Nicken zu ihm und einem gezielten Ausweichen seiner Schwester eilte ich den Flur entlang zu dem kleinen Schlafzimmer, das man mir gezeigt hatte, als ich angekommen war. Es war nichts Besonderes, beige Wände, hellbrauner Teppich, unscheinbare

Möbel. Überhaupt nichts Besonderes und nichts Einzigartiges. Nicht wie die Wärme und die Farbkleckse in Alders Wohnung oder die rauchigen, von Käfern geschaffenen Kiefernböden, die dort die Schau stahlen. Elijahs Haus war zwar offensichtlich teuer, fühlte sich aber irgendwie leer an. Vorübergehend, vielleicht.

Alders hatte sich wie zu Hause angefühlt.

Aber er hatte mir gesagt, ich solle gehen, hatte mich direkt aus der Tür hinaus und in Finns Auto geschoben, sobald sein Bruder in seiner Auffahrt vorgefahren war. Er hatte nie darüber gesprochen, was draußen in der Scheune passiert war, aber das muss der Grund dafür gewesen sein. In diesen Momenten hatte sich etwas verändert. Etwas war zwischen uns gekommen. Und ich hatte das Gefühl, ich wüsste, was. Ich hatte auch eine Idee, wie ich mich dafür revanchieren konnte, dass er sich so um mich gekümmert hatte.

Wie ich seine Buße bezahlen und beweisen konnte, dass ich nie jemandem erzählen würde, was er getan hatte.

Ich holte tief Luft und betete um Ruhe angesichts einer meiner größten Ängste. Ich nahm mein Telefon heraus und scrollte zu dem einen Kontakt, den ich nie wieder benutzen wollte. Dann drückte ich auf Anruf.

Mein Stiefbruder nahm nach dem zweiten Klingeln ab. „Na, wenn das nicht die kleine Unruhestifterin ist. Wir haben dich schon gesucht, Shye."

Daran hatte ich keinen Zweifel, aber es war nicht mein unmittelbares Anliegen. „Warum hast du meinen Wohnwagen abgebrannt?"

Colt - auch bekannt als Pistole, Vollstrecker des Kapitels der Soul Suckers in Boulder und Allroundzerstörer meines Lebens - klang völlig beiläufig, als er sagte: „Davon weiß ich nichts, aber wenn ich es wüsste, würde ich sagen, es war Rache. Du solltest doch ein Auge auf unser Labor haben."

„Das habe ich."

„Nein, Shye. Du kannst mich nicht so anlügen. Wenn du deine Arbeit getan hättest, hätten wir keine Crew losschicken müssen, um mit diesem Kennard fertig zu werden, hinter dem du dich versteckst.

Ich wusste, dass sie herausfinden würden, dass ich bei Alder wohnte, aber es war trotzdem ein Tritt in den Magen, die Bestätigung zu hören. „Alder hat damit nichts zu tun."

Colt lachte, ein rauer spöttischer Ton, der mich dazu brachte, den Hörer auflegen zu wollen. Dass ich mich verstecken wollte. „Tu nicht so, als würdest du nicht wissen, wer in dieser Stadt das sagen hat. Stimmt, am Anfang haben wir ihn nicht direkt angegriffen. Wir mussten uns mit dem anderen Typen herumschlagen - einem, dem eine Lektion darüber erteilt werden musste, wie man die Soul Suckers respektiert und sich um seine eigenen Angelegenheiten kümmert. Ich habe gehört, du hattest einen Platz in der ersten Reihe, hielten dich die Flammen schön warm, Schwesterherz?"

Dieser Bastard. „Camden. Der Bauleiter des Sägewerks. Den meinst du doch. Du hast sein Haus niedergebrannt, du kranker Mistkerl."

„Ich weiß nicht, wovon du redest. Ich habe nichts abgebrannt." Weil wir telefonierten, und weil *er* wahrscheinlich nicht das Haus abgebrannt hatte. Er hatte einfach seinen Männern befohlen, sich darum zu kümmern. Und das raue Lachen in seiner Stimme war ein Anzeichen dafür, dass er es genossen hatte. Ein Gedanke, den er bestätigte, als er sagte: „Dornröschen war doch eine nette Geste, oder? Nimm mein Geld, ich nehme deine Puppe. Fairer Handel."

Puppe. Er meinte Leah. Mein Gott, nur ein Psychopath würde denken, Mord sei ein fairer Handel.

Meine Stimme brach, als ich murmelte: „Sie hatte nichts mit euch zu tun".

„Sie war ein Mittel zum Zweck. Ihr Mann hat mein Team angemacht, weil wir draußen im Wald waren, und meine Jungs fühlten sich nicht respektiert. Ich hätte es dabei belassen, aber er muss seinen Boss benachrichtigt haben, denn dein kostbarer Alder hat in diesen Wäldern eine Sicherheitszone eingerichtet.

Seinetwegen kriegen wir im Moment nicht einmal eine Lieferung aus unserem Labor heraus. Aber er wird bekommen, was ihm zusteht, egal, was passiert. Wir nehmen uns immer, was uns zusteht, stimmt's nicht, Schwesterherz? Du weißt alles über Rache."

Das Telefon zitterte an meinem Ohr, und ich musste tief einatmen, um dem Drang zu widerstehen, es quer durch den Raum zu werfen. Rache. Ich wurde schon einmal gezwungen dem Club meine Schulden zurückzuzahlen.

Für Männer, die mit dem Soul Suckers Motorradclub zu tun hatten, bedeutete Rache gewöhnlich eine Geldstrafe oder eine Tracht Prügel, je nach Schwere des Vorfalls. Die schlimmste Strafe bestand darin, dass einem das Abzeichen abgenommen und man aus dem Club geworfen wurde. Aber für die Frauen, die sich mit den Bikern herumtrieben und mit ihnen zu tun hatten, kam die Rache in einer anderen Form. Wenn eine Frau den Club verriet, bezahlte sie mit ihrem Körper.

Ich war noch Jungfrau gewesen, als mein Vater gestorben war, und sein Name und sein Rang im Club hatten mich gerade genug geschützt, um nicht Vergewaltigt zu werden. Aber Colt hatte darauf gedrängt, dass ich meine Rolle beim Tod seines Stiefvaters wiedergutmachen müsse, dass meine Schuld beglichen werden müsse. Und da ich nicht blutsverwandt mit ihm war, hatte Colt argumentiert, dass der Schutz, den mir der Name meines Vaters gewährt hatte, nichtig war. Die Clubführung hatte dem zugestimmt, also wurde ich vor die Wahl gestellt. Muschi oder Fleisch.

Ich war nicht bereit gewesen, meine Beine für den Club breit zu machen, so dass ich am Ende gezwungen war, mit Fleisch und Blut zu bezahlen. Wortwörtlich. Colt hatte mich mit einer Bullenpeitsche geschlagen und meinen Rücken mit Narben übersät, um sich für meinen großen Fehler zu rächen. Sie hatten mich daran erinnert, dass es meine Schuld war, dass sein Stiefvater, der Präsident seines Ortsverbandes, gestorben war. Jeder Zentimeter meines Rückens, einschließlich des Brandzeichens auf meiner Hüfte, das mir der Mann am anderen Ende des Telefons verpasst hatte.

Ich konnte nicht zulassen, dass Alder in meinen Schlamassel verwickelt wird.

„Also, was gibt's, Shye?", fragte Colt und riss mich aus meinen Gedanken. „Hast du es satt, dich zu verstecken? Hast du vor, deine Strafe dafür auf dich zu nehmen, dass du uns im Stich gelassen hast? Oder werden wir dich abholen müssen? Prez hat bereits ein Team nach Justice geschickt."

Ich wusste es. Oder zumindest nahm ich an, dass diese beiden Männer deshalb in der Scheune gewesen waren. Soul Suckers auf Alders Grundstück, in seiner Stadt. So konnte es nicht weitergehen.

„Ich bin nicht mehr in Justice."

„Das ist wirklich bedauerlich. Du hast unsere Zeit verschwendet, Schwesterherz. Aber da du nicht dort bist, können wir dir die Stunden und die Benzinkilometer, die wir brauchten, um ein Paar Männer zu schicken, auf deine Rechnung setzen. Zum Teufel, vielleicht gebe ich ihnen das Okay, direkt zu nehmen, was du ihnen schuldest." Seine Worte ließen mir einen Schauer über den Rücken laufen, aber so... so arbeiten die Soul Suckers. Was sie erwarteten. Und wenn ich sie von Justice fernhalten wollte, musste ich es akzeptieren.

Jeder hatte eine Schuld zu begleichen, und die Zeit, das einzige zu schützen was ich noch hatte, war vorbei.

„Ich komme, aber unter einer Bedingung."

„Du bist nicht in der Lage, Forderungen zu stellen. Außerdem kann ich nicht versprechen, diese Muschi diesmal sicher sein wird. Wegen dir haben wir eine Menge Geld verloren."

Er dachte, ich wolle meinen Körper schützen, während ich in Wirklichkeit wollte, dass Alder in Sicherheit ist. Das könnte sich tatsächlich zu meinen Gunsten auswirken, ich hatte eine Ware, die ich ihnen übergeben konnte. Etwas, das ich ihnen im Gegenzug anbieten konnte. Der Gedanke daran machte mich krank, aber ich würde tun, was getan werden musste.

Ich schloss meine Augen und brachte allen Mut auf, den ich hatte. Ich war keine Jungfrau mehr. Ich hatte eine wunderbare, sinnliche

Nacht mit Alder verbracht, die einfach ausreichen musste, um das zu überstehen, was auf mich zukam. Ich konnte meine Schuld mit der einen Sache zurückzahlen, die mir der Club nicht hatte nehmen können, und von innen heraus kämpfen, um sie alle von Justice fernzuhalten. Von Alder.

„Ich verstehe, was bezahlt werden muss, und ich versuche nicht, die Männer davon abzuhalten, sich das zu nehmen, was ich ihnen schulde. Ich habe eine andere Bedingung, eine, über die wir persönlich sprechen können." Denn wenn ich ihm zu viel Zeit zum Nachdenken gäbe, würde er zuschlagen, bevor ich überhaupt reingekommen wäre. Ich musste die Sache richtig angehen, um herauszufinden, wie ich ihn davon überzeugen konnte, mich Alders Schulden zusätzlich zu meinen eigenen bezahlen zu lassen. Wie ich die Strafe für Alders Vergehen auf mich nehmen konnte.

Alles, um ihn zu beschützen.

Colt grunzte und klang viel zu glücklich für meinen Geschmack, als er antwortete: „Ja, nun, das werden wir sehen, wenn du hier bist. Du solltest jetzt auch nicht den Mund aufmachen. Wir wollen deine Strafe doch nicht noch schlimmer machen, als sie ohnehin schon ist, oder?"

„Ich werde nicht reden." Eine Lüge. Wenn es darum ginge, Alder zu retten, wenn ich glauben würde, dass jemand tatsächlich etwas gegen den Club unternehmen könnte, würde ich der ganzen Welt alles über die Soul Suckers erzählen. Nicht von den beiden Toten bei Alder, aber alles andere. Die Loyalität gegenüber dem Club hatte meinem Vater alles bedeutet, aber Colt hatte es zu weit getrieben. Mit mir, mit Camden, mit Leah... und jetzt mit Alder. Viel zu weit.

Die Kennards waren die einzigen Männer, die meine Loyalität und mein Schweigen verdienten.

„Beweg deinen Arsch ins Clubhaus", sagte Colt, seine Stimme wie Kies. „Ich habe ein paar neue Spielsachen zum Spielen und will sie an dir ausprobieren."

Mein Rücken brannte bei dem Gedanken, und eine einzelne

Träne lief mir über die Wange. Aber ich blieb geradestehen, zog die Schultern zurück und mein Kinn hoch. Wenn ich in die Hölle gehen würde, dann auf meinen eigenen Füßen...

Und aus meinen eigenen Gründen.

„Ich werde morgen da sein."

Kapitel

19

Alder

Die Fahrt zu Elijah dauerte normalerweise zwei Stunden ohne Verkehr. Ich schaffte es in neunzig Minuten. Es half, dass so spät in der Nacht keine Autos auf der Straße waren. Es hat auch geholfen, dass ich jedes Tempolimit überschritten habe, um schneller zu meinem Mädchen zu kommen.

Mein Motor dröhnte durch die Straßen von Denver, als ich endlich in Elijahs Nachbarschaft ankam, das schwere Dröhnen durchbrach die Stille der Nacht. Oder morgens, je nachdem. Normalerweise schlief Shye bereits, aber ich bezweifelte, dass dies der Fall war. Die Nacht war zu vollgepackt mit Emotionen und Adrenalin, zu sehr mit Stress gefüllt. Sie würde wach und wahrscheinlich traurig sein, alles nur, weil ich eine schlechte Entscheidung getroffen hatte. Eine Entscheidung, für die ich alles tun würde, um sie wiedergutzumachen.

Und ich? Der Schmerz, sie zu verlieren, nagte immer noch am mir, aber die Flamme der Wut, die in meinem Bauch brannte, wegen dem was heute Nacht passierte, überwältigte mich. Die Soul Suckers wollten mir nachstellen? Wollten versuchen, mir zu zeigen, wer der Boss ist? Ich würde sie gewähren lassen, und dann würde ich einen nach dem anderen zerstören, bis mein Mädchen, meine Familie, mein Geschäft und meine ganze verdammte Stadt wieder in Sicherheit waren. Keine Optionen, keine zweiten Chancen, keine Warnungen. Und auf keinen Fall würden sie je wieder in die Nähe von Shye kommen.

Nachdem ich viel zu lange im Truck gesessen hatte, rollten meine Reifen schließlich auf Elijahs Einfahrt. Lichter leuchteten durch die Fenster und verrieten mir, dass wahrscheinlich nicht nur Shye wache war. Nicht das, was ich mir erhofft hatte. Ich war nicht in der Stimmung, mich mit der unvermeidlichen Haltung meiner Schwester auseinanderzusetzen. Wenn Lainie beschloss, einen ihrer „Was ist mit mir?“ Anfälle zu bekommen, musste ich sie ignorieren und mich an einem anderen Tag mit ihrem Mist befassen. Ich musste Shye sehen.

Das sanfte Lächeln meines Mädchens ging mir durch den Kopf, ich parkte den Truck und raste hinein, ohne anzuklopfen. Elijah muss gewusst haben, dass ich kommen würde, denn er saß mit Lainie in der Küche, beide sahen aus, als hätten sie mich erwartet. Elijah schenkte mir sogar ein sarkastisches Lächeln, und sah so sehr wie eine gesündere, jüngere Version von Finn aus, dass ich fast innehalten musste. Fast...

„Zweite Tür rechts“, sagte er und nickte mit dem Kopf in Richtung Treppe. „Versuch, nichts kaputt zu machen, okay?“

Ich habe nicht einmal versucht, ein so lächerliches Versprechen abzugeben. Stattdessen rannte ich die Treppe immer zwei Stufen auf einmal. Ich musste mein Mädchen sehen. Ich würde betteln, wenn ich müsste, auf die Knie fallen und vor ihr kriechen, wenn sie das wollte. Was auch immer nötig wäre, ich würde die Sache zwischen uns in Ordnung bringen.

Als ich ihre Tür erreichte, hielt ich nicht inne. Ich stürmte einfach hindurch und ignorierte das Knirschen des Griffs, der gegen die Trockenwand prallte und für dessen Reparatur ich wahrscheinlich bezahlen müsste. Aber das war mir egal. Alles, was mich interessierte, war Shye, weshalb ich erstarrte, als mein Blick auf ihr landete. Und warum sich mein Bauch plötzlich anfühlte, als hätte ich einen Eimer voll Blei verschluckt.

Das könnte schwieriger werden, als ich dachte.

Völlig unbeeindruckt von meinem Auftritt saß Shye auf der Bettkante und trug eines meiner T-Shirts, ihre Augen waren rot umrandet und ihr Gesicht war verschmiert. Verdammt noch mal, ich hatte sie in den letzten Stunden mindestens zweimal zum Weinen gebracht. Sie sah erschöpft und ausgewrungen aus, als hätten ihre Emotionen versucht, sie zu verschlingen, und sie hatte kämpfen müssen, um am Leben zu bleiben. Ich würde mir nie verzeihen, dass ich ihr das angetan hatte, aber ich würde sie um Verzeihung bitten.

„Ich bin ein Arschloch.“

Ihre braunen Augen weigerten sich, in meine zu schauen, und sie bewegte sich nicht, außer um mit einem leisen „Richtig“ zu antworten.

„Ein ignorantes, selbstsüchtiges Arschloch, das nicht nachgedacht hat.“

„Ich streite immer noch nicht mit dir.“

Ich wollte, dass sie mich ansah, dass sie mir eine Art Zeichen gibt, dass sie sich nicht völlig vor mir verbarrikadiert hatte. Aber sie gab mir nichts. Kein Seufzen, kein Blick, kein Schaudern. Nicht ein verdammtes Signal irgendeiner Art. Es war an der Zeit, ganz ehrlich zu ihr zu sein. „Heute Nacht brachen die beiden Männer im Rahmen eines Hinterhalts in die Scheune ein. Die Soul Suckers sind hinter mir her, weil unsere Ernte auf Widows Ridge ihr Meth-Labor stillgelegt hat.“ Tief einatmen. Tief, tief einatmen. „Ich musste sie ausschalten.“

Tote Augen trafen schließlich auf meine, leer und ausdruckslos. Ganz und gar nicht meine Shye. „Ich weiß.“

Ihre einfache Antwort ließ mich kalt. „Tust du das?“

Sie nickte und erhob sich auf ihre Füße und kam näher. Mit jedem Schritt setzte sie mein Herz in Flammen. „Mein Stiefbruder ist der

Vollstrecker für den Boulder-Club. Mein Vater, mein Stiefvater, war einst Präsident." Noch näher, ohne mir in die Augen zu schauen. „Ich schwöre, ich wollte nie in so etwas verwickelt werden."

Der Schmerz in ihrer Stimme brachte mich um. Es riss mir das Herz aus der Brust. „In was verwickelt, Liebes?"

Sie schüttelte den Kopf, sah untröstlich und verängstigt aus. „Ich sollte sie nur wissen lassen, falls jemand auf meiner Seite des Hügels herumschnüffeln sollte. Sonst nichts."

Die Wahrheit traf mich wie ein Faustschlag in die Brust und ließ mich zurücktaumeln. „Du wusstest, dass das Meth-Labor dort war."

Sie schüttelte den Kopf. „Nicht ausdrücklich, nein. Aber ich wusste, dass etwas da draußen sein musste, als sie mich zum Beobachten in diesen Wohnwagen steckten. Ich wollte nicht wissen, was genau, also habe ich nie gefragt."

Meine Gedanken wirbelten durcheinander. Sie wusste es. Sie *wusste,* dass sie etwas vorhatten, und sie hat es mir nie gesagt. Sie hat nie um Hilfe gebeten. Sie hat mir nie gesagt...

„Sie hätten mich umgebracht, wenn ich es jemandem erzählt hätte", murmelte sie, als ob sie meine Gedanken lesen konnte. „Deshalb bin ich so gut darin, Geheimnisse zu bewahren. Das muss ich sein." Langsam, mit zitternden Händen, zog sie mein Hemd über ihren Kopf, drehte sich um und zeigte mir ihren Rücken. Meine Verwirrung verwandelte sich in Wut, als ich die Teile dessen, was ich sah, zusammenfügte. Was ich früher am Abend mit meinen eigenen Händen gespürt hatte. Der Grund, warum sie vor mir weggelaufen war.

„Sie haben dich ausgepeitscht."

„Dreißig Peitschenhiebe oder dreißig Männer. Das war die Wahl, die mir gestellt wurde, um für den Schaden, den ich dem Club zugefügt hatte, zu bezahlen. Wenn man eine Schuld hat, muss man sie zurückzahlen, und mein einziges Zahlungsmittel war Fleisch oder Sex. Sie drehte sich um und zeigte mir das Brandzeichen auf ihrer Hüfte. Zwei flache, scharfe „S" nebeneinander – Soul Suckers. „Ich entschied mich beim zweiten Mal wieder für Fleisch, nicht, weil ich es wollte, sondern weil ich keine andere Möglichkeit hatte.

„Welche Art von Schulden?" Ich griff nach ihr, musste sie berühren, sie fühlen. Wollte sie halten. Und mein Gott, es hat mich fast umgebracht, als sie von mir wegsprang, zu ängstlich, um mich in ihre Nähe zu lassen.

„Ich habe meinen Vater getötet." Sie zog ihr Hemd an, um sich wieder zu bedecken. „Es war ein Autounfall - von einem Sattelschlepper gerammt, aber ich fuhr, und die Polizei hielt es für meine Schuld, weil ich eine orangene Ampel überfahren hatte. Da er nicht mein leiblicher Vater war, entschied der Club, dass ich keinerlei familiären Schutz bekommen durfte. Ich dachte, mein Stiefbruder würde für mich einstehen. Er kannte mich - er hatte mich kennen gelernt, als mein Vater Jahre zuvor seine Mutter heiratete. Ich ging davon aus, dass er erklären würde, was passiert war und dass es nicht beabsichtigt war, aber er sagte mir, der Club käme vor der Familie. Also setzte er die Strafe fest." Sie schüttelte den Kopf und kauerte sich noch mehr zusammen. „Er setzte sie fest und führte sie aus."

Ihr Stiefbruder war ein toter Mann, aber dazu würde ich noch kommen. „Und auf das Meth-Labor aufpassen zu müssen?"

Ihr Gesicht wurde hitzig, ihre Augen brannten vor Wut. „Ich kam nicht unverletzt aus dem Unfall heraus. Die Soul Suckers bezahlten die Beerdigung meines Vaters und meinen Lebensunterhalt, während ich mich erholte. Neun Monate Unterkunft und Arztrechnungen - mit Zinsen belief sich meine letzte Schuld auf vier Jahre Arbeit." Ihre Schultern entspannten sich wieder, ihre Wut verblasste. „Ich hatte noch sechs Monate Zeit, als das hier alles begann. Deshalb haben sie meinen Wohnwagen niedergebrannt - ich habe den mir zugewiesenen Job nicht erledigt.

„Scheiße, Shye". Warum hast du nicht..."

Ich drehte mich, griff mir an den Haaren und lief in dem kleinen Raum auf und ab. Ich brauchte meine Frage nicht zu beenden, denn ich kannte die Antwort bereits. Sie hätte mir nichts sagen *können*.

Sie hatten sie bereits gebrochen, ihr das Leben genommen und sie so missbraucht, dass sie nur noch einen Weg zu ihrem Überleben sah. Sie hatte nichts mehr zu geben, keine Möglichkeit mehr, sich selbst zu schützen, und sie würde nicht wollen, dass jemand anders im selben Sumpf feststeckt. Ihr Schweigen war ein Zeichen der Selbsterhaltung und Selbstlosigkeit, nicht von Unehrlichkeit.

Shye muss allerdings gedacht haben, dass mein Herumlaufen etwas Negatives bedeutete, anstatt dass ich endlich das gesamte Bild ihres Lebens sah. Tränen fielen aus ihren schönen Augen, und sie drehte mir den Rücken zu. Sie versteckte sich wieder.

„Ich weiß, was ich getan habe, Alder. Ich weiß, wie schlimm das alles ist. Aber ich werde es wiedergutmachen. Ich fahre nach Boulder zu meinem Stiefbruder...“

„Vergiss es.“ Ich packte sie, hielt sie fest. Hielt sie davon ab, alles wegzuwerfen. „Du kommst mit mir nach Hause. Ich will, dass du in Sicherheit bist, und das bedeutet, dass du von jetzt an unter meiner Aufsicht stehst.“

„Ich kann nicht“, sagte sie und sah fast panisch aus. „Sie sind bereits auf dem Weg, um sich an dir zu rächen. Sobald sie merken, dass die beiden Typen von heute Abend es nicht nach Hause schaffen, werden sie noch heftiger angreifen.“

„Das ist mir egal.“

„Mir nicht, aber ich kann es in Ordnung bringen. Ich kann das tun, Alder. Ich kann zu Colt gehen und ihn davon überzeugen, mich für meine Fehler bezahlen zu lassen. Ich kann die Verantwortung dafür übernehmen, dass du das Labor gefunden hast und für die beiden Männer von heute Abend. Ich kann das alles in Ordnung bringen.“

Dieses Mädchen reißt mir das Herz in Stücken raus. Als ob ich jemals zugelassen würde, dass sie sich für mich in die Schusslinie stellt. „Nur über meine Leiche. Das wird nicht passieren.“

„Alder“

„Verdammt, Shye.“ Ich zog ihren Körper an meinem, unfähig, mich noch eine Sekunde länger zurückzuhalten. Ich hatte zu viel

Angst davor, dass sie von mir wegging, von uns. „Glaubst du, ich lasse dich dorthin gehen, in dem Wissen, dass diese Wichser dich wahrscheinlich verprügeln oder vergewaltigen werden? Glaubst du wirklich, dass ich der Typ Mann bin, der zulässt, dass jemandem so etwas passiert?"

Sie schüttelte den Kopf, die Augen tränten wieder. „Das bist du nicht, aber ich nehme die Strafen auf mich, damit du in Sicherheit bist. Damit sie alle in Justice in Ruhe lassen."

„Sie werden keinen von uns *einfach gehen* lassen. Sie haben es jetzt auf uns abgesehen, und vernünftig zu sein, ist nicht ihre Art zu handeln.

„Aber es ist alles meine Schuld. Wenn ich ihnen das sage, wenn ich zulasse, dass sie sich von mir nehmen, was sie wollen..."

„Nein." Verdammt nochmal nein. Allein der Gedanke, dass sie ihr etwas antun, brachte mich dazu, die Welt in Brand zu setzen. „Das ist nichts, was du in Ordnung bringen musst. Ist es deine Schuld, dass dein Stiefvater gestorben ist? Selbst wenn du das Auto gefahren bist, hast du ihn nicht mit Absicht getötet. Ist es deine Schuld, dass die Leute, die dich hätten beschützen und sich um dich kümmern sollen, sich stattdessen entschieden haben, dich zu missbrauchen? Oder dass Camden die Beherrschung mit diesem Biker verloren hat oder dass ich mich weigere, nicht hinzuschauen und sie auf diesem Berg Meth kochen zu lassen? Ich holte tief Luft und schaute zu ihr hinunter. „Oder, dass ich diese Männer heute Nacht in der Scheune getötet habe?"

„Nein, aber..."

„Nichts davon ist *deine* Schuld."

Sie verschluckte sich an einem Schluchzer und ließ ihren Kopf gegen meine Brust sinken. „Sie werden dich töten. Wenn du versuchst, mich vor ihnen zu beschützen, werden sie dich *töten*."

Scheiße, diese Tränen brachen mir das Herz. Ich schlang meine Arme um sie und drückte sie fest an mich. Ich tat mein Bestes, um sie zusammenzuhalten. „Nein, Liebes. Das werden sie nicht. Sie werden es versuchen, genau wie heute Abend, aber es wird ihnen nicht gelingen. Ich werde es nicht zulassen."

Große, fragende Augen schauten zu mir auf. Gefüllt mit so viel Zweifel. „Wie kannst du dir so sicher sein?"

„Weil ich bereits Pläne habe, um mit ihnen fertig zu werden, und ein starkes Team um mich herum. Ich bin ein gottverdammter Green Beret. Und Deacon auch. Bishop und Gage sind SEALS, und Cam ist ein Marine. Sie haben uns Leah weggenommen, weil wir nicht auf einen Angriff vorbereitet waren, das wird nicht noch einmal passieren. Wir werden diejenigen sein, die angreifen."

Sie schüttelte den Kopf. „Sie schickten zwei Männer hinter euch hergeschickt."

„Und wir werden uns um beide kümmern. Ende der Geschichte." Ich brachte sie zum Schweigen, als diese großen Augen auf meine trafen und die Farbe aus ihrem Gesicht wich. „Ich will dich nicht in Gefahr bringen, indem ich dir mehr erzähle, aber wir haben diese Bedrohung beseitigt. Es gibt nichts, das man finden könnte. Keine Möglichkeit für jemanden, mir oder meinem Team etwas anzuhängen."

Sie stand lange Zeit still da und beobachtete mich. Langsam nahm sie wieder Farbe an und schien sich fast zu beruhigen. „Ich habe gesehen, wie du die Soul Suckers angegriffen hast, die heute Abend in die Scheune kamen."

„Und ich würde es wieder tun. Sie waren da, um mich aus dem Weg zu räumen und dich zu ihrem Präsidenten zurückzubringen." Ich schob mich näher zu ihr und vergewisserte mich, dass sie meine Aufrichtigkeit verstand, als ich sagte: „Niemand wird dir jemals wehtun, Liebes. Ich werde es nicht zulassen."

Sie holte tief und zitternd Luft und sah immer noch so verdammt besorgt aus... aber sie lief nicht weg. Tatsächlich hielt sie sich an mir fest. Sie klammerte sich an meine Arme, als sie fragte: „Hast du keine Angst?"

„Von denen? Nein. Davor, dich zu verlieren? Furchtbar." Allein der Gedanke ließ meine Hände zittern, mein Körper beugte sich über ihren, um mehr Kontakt zu bekommen. „Ich kann damit umgehen. Ich verspreche es dir. Ich und mein Team werden mit dem Scheiß fertig, den sie versuchen. Vertrau mir, dass ich mich um dich kümmere." Ich lief mit der Nase an ihrer Wange entlang und hielt sie fest. Ich hatte fast Angst, sie loszulassen. „Verlass mich nicht, Shye."

Sie verschluckte sich an einem Lachen, fuhr mit ihrer Hand über mein Gesicht, um meine Wangen zu umfassen und mich zu ihr herunterzuziehen. „Dich verlassen? Ich dachte, du würdest mich nach all dem hier verlassen."

Verrücktes Mädchen. „Ich liebe dich zu sehr, um jemals von dir wegzugehen."

Sie schnappte nach Luft, und ich nutzte ihren offenen Mund voll aus, indem ich meinen auf ihren presste und meine Zunge hineinschob. Aus dem Kuss wurde mehr, wir beide brachten unsere Körper schnell zusammen. Wir versuchten, einander wieder zu spüren. Wir versuchten, uns wieder zu verbinden.

In der Sekunde, in der ich Shyes Arme und Beine um mich geschlungen hatte, packte ich ihren Hintern und bewegte mich. Ich hätte mich vielleicht beeilen können, sie unter mich zu bekommen, aber sobald ich sie auf das Bett gelegt hatte, ließ ich mir Zeit. Ich betete ihren Körper an, wie er es verdiente. Kleine Küsse, kleines Lecken, eine Ganzkörpermassage - all das machte ich schön langsam. Ich machte ihr klar, dass sie mir gehörte, dass ich ihr mein Herz geschenkt hatte und dass ich mich immer um sie kümmern würde. Dass nie wieder etwas zwischen uns kommen würde.

„Alder." Sie drängte mich zurück, atmete schwer und sah hinreißend zerzaust und bereit aus, gefickt zu werden. „Was ist mit Elijah und Lainie?"

„Sie sind im Moment nicht meine Priorität." Ich drängte mich für einen weiteren Kuss an sie, den sie zuließ, bevor sie sich von mir löste.

„Sie könnten uns hören", sagte sie und klang dabei fast schockiert.

Ich konnte nur grinsen. „Gut. Bringen wir den beiden das eine oder andere bei."

Und dann zog ich sie aus, zerrte meine eigene Kleidung ab, als ich sie nackt und bereit für mich hatte. Ich habe ihren Körper mit meinem vereinigt, so dass nichts zwischen uns war.

Als ich in ihre enge, feuchte Hitze eindrang, fühlte ich mich mehr wie zu Hause als je zuvor. Ich genoss den Moment, schaukelte langsam und ließ unsere Münder miteinander verschmelzen, während ich meinen Körper benutzte, um ihr zu zeigen, wie perfekt sie für mich war. Wie sehr ich mich bemühen würde, perfekt für sie zu sein.

Als sie sich an meinem Rücken festkrallte und um mehr, härter und schneller bettelte, bewegte ich mich an ihrem Körper hinunter. Küssend, leckend und reibend bahnte ich mit meinen Weg zum Festmahl zwischen ihren Schenkeln. Und dann tauchte ich ein, um zu kosten.

Sie sagte mir, dass sie mich liebt, als ich sie das erste Mal auf meine Zunge kommen ließ, und versprach mir die Ewigkeit beim vierten Mal. Und als ich meinen Schwanz wieder in sie hineinschob, als ich fast zusammenbrach vor Erleichterung, wieder mit ihr vereint zu sein, wusste ich, das war es für uns. Sie würde mir gehören. Für immer. Genauso wie ich ihr gehören würde.

Sex fühlte sich immer gut an, aber es gab verschiedene Stufen von gut. Mit Shye war der Sex erstaunlich gewesen, emotional und heiß zur gleichen Zeit. Zu wissen, dass ich immer der einzige Mann sein würde, der ihren Geschmack kennen würde, der Druck ihrer Muschi um meinen Schwanz, die Art, wie sie sich wölbte und sich an mir festhielt, während sie ihrer Erlösung näher kam, gab dem Ganzen einen zusätzlichen Kick. Unser Versöhnungssex hat das *und* alles, was ich je erlebt hatte, in den Schatten gestellt.

„Alder, bitte." Shye zerrte an meinen Schultern und neigte ihre Hüften, um mich zu schnelleren Bewegungen zu bewegen. Um mich tiefer in ihre enge, warme Muschi zu ziehen. Ich gab dieser Bitte nach, pumpte hart und stieß sie mit der Kraft meiner Stöße das

Bett hinauf. Ich strebte nach meiner eigenen Erlösung, während ich nach Anzeichen für ihren nächsten Orgasmus Ausschau hielt.

Als sie mir völlig ausgeliefert war, bettelte und stieß laute aus, die eigentlich Worte hätten sein sollen, während ihr Körper unter mir bebte, schob ich eine Hand zwischen uns und streichelte ihren Kitzler. Sie explodierte um mich herum, schrie meinen Namen und grub ihre Nägel in meinen Rücken. Eine schöne, zitternde Masse *meines Mädchens* saugte mich tiefer ein. Während ihre Pussy immer noch meinen Schwanz melkte, folgte ich ihr direkt über diesen Gipfel und kam hart in ihrem kleinen, engen Körper. Ich gab mich vollständig hin...zu ihr, für sie und wegen ihr.

Später, nachdem zu viele Minuten in der Stille verstrichen waren, spürte ich das verräterische Zeichen, dass Shye zu viel dachte. Sie schmiegte sich zwar an meinen Körper und ließ sich von mir festhalten, aber sie fühlte sich viel zu steif an für jemanden, der geradeerst so gefickt worden war, wie sie. Irgendetwas stimmte immer noch nicht.

„Was ist los, Shye?"

Sie seufzte und drückte ihre Stirn gegen meine Brust, wobei es lange dauerte, bis sie endlich sprechen konnte. „Ich mache mir immer noch Sorgen. Ich meine, was wirst du gegen all das unternehmen? Die Soul Suckers werden hinter uns beiden her sein. Sie werden hinter der Stadt her sein."

„Denke nicht einmal daran. Sie kommen nicht in deine Nähe."

„Ich mache mir nicht nur um mich Sorgen."

„Und ich auch nicht." Ich rollte sie noch einmal unter mich. „Gerechtigkeit steht nicht zum Verkauf, vor allem nicht an eine Biker-Gang mit einem Hang zur Brandstiftung. Wenn sie in die Stadt kommen, treten wir ihnen in den Hintern. Wenn sie uns angreifen, schlagen wir sofort zurück. Wenn sie zu mir kommen, schalte ich sie aus. Wenn sie dich holen kommen, jage ich ihre verdammte Welt in die Luft."

„Ich bin es nicht wert."

Diese Worte weideten mich aus, der Tonfall streute Salz in die Wunde.

„Du bist mir alles wert." Ich fuhr mit meiner Zunge an ihren Lippen entlang und kostete sie. Ich knabberte an der prallen Unterlippe, bevor ich mich zurückzog. „Niemand wird dir je wieder wehtun, Schatz. Ich werde jeden begraben, der auch nur daran denkt."

Sie behielt ihre Augen auf meinen, ihre Arme hielten mich fest um den Hals. Dieser Blick, die Art wie sie mich wirklich zu *brauchen* schien, brachte mich dazu, sie umdrehen zu wollen und sie zu ficken, bis sie keine Luft mehr bekam. Aber dazu war sie noch nicht bereit. Und ich? Ich musste immer noch sicherstellen, dass sie mir gehörte. Oder besser gesagt... dass ich ihr gehörte. Dass sie mich so sehr wollte, wie ich sie wollte.

„Komm mit mir nach Hause", flehte ich, kaum mehr als ein Flüstern gegen ihre Lippen. „Ich verspreche, dass ich mich um dich kümmern werde. Dass ich dich beschützen werde. Ich brauche dich, Liebes. Gib mir mein Mädchen zurück."

Sie beugte sich vor, um mich zu küssen, drückte mich fest an sich und zog mich auf sich, als sie mit einem einfachen „Ja" antwortete.

Und das war alles, was ich von ihr brauchte, um zu wissen, dass wir das überstehen würden.

Kapitel

20

Alder

Shye schlief noch, als ich aus dem Bett kroch und die Treppe hinunterging. Ich musste einen Anruf tätigen, um ein paar Dinge zu regeln. Dinge, von denen sie nichts wissen durfte. Dinge, die ich nur einer Person anvertraute.

Mit dem Telefon in der Hand lehnte ich mich gegen die Küchentheke und schaute aus dem Fenster. Hier gab es zu viele Lichter und nicht genug Sterne. Das war für ein oder zwei Nächte in Ordnung, aber Justice war mein Zuhause. Der Ort, an dem ich Wurzeln geschlagen hatte. Die Stadt, in der ich das Mädchen, das oben schlief, heiraten und unsere Kinder großziehen würde.

Ich sah nur eine Sache, die dem im Wege stand, also war es ganz einfach, die vertraute Nummer zu wählen.

„Ich habe mich gefragt, ob du anrufen wirst", sagte Deacon, sobald er den Hörer abnahm. „Hab gehört, dass du zu Elijah rausgefahren bist, um dein Mädchen zu holen. Alles in Ordnung?"

Perfekt, und doch... „Ihr geht es gut, aber du musst mir einen Gefallen tun."

„Sag was." Alles geschäftlich. Kein Bullshit. Genau, was ich erwartet hatte und warum ich ihn angerufen hatte.

„Ich möchte, dass du Parris anrufst und ein weiteres Treffen arrangierst."

Deacon hielt inne, die Stille zog sich einen Takt zu lange hin. „Hast du einen Grund für diese Bitte?"

„Der Stiefbruder von Shye." Colt. Der Vollstrecker. „Er ist die Verbindung zwischen ihr und den Soul Suckers. Ich habe vor diese Verbindung zu zerstören."

„Brauchst du Informationen oder etwas mehr?"

Gute Frage - und eine, die ich ohne Probleme beantworten konnte. „Informationen. Um das *Etwas* kümmere ich mich persönlich."

„Hast du vor, mich zu informieren?"

Ja, das würde ich. Es stand mir nicht zu, ihre Geschichte zu erzählen, aber ich konnte ihm genug geben. Ein Vorgeschmack auf die Wut, die meine Entscheidung nährt. „Er hat sie ausgepeitscht, sie mit Narben übersäht und will sie zurück in den Club zu bringen, um eine Schuld zu begleichen. Ich glaube, ich brauche dir nicht zu sagen, mit was eine Frau bei einem solchen Mann bezahlen muss.

Die Stimme von Deacon wurde leiser und grollte wie ein Knurren. „Das brauchst du verdammt noch mal nicht."

„Dann verstehst du also, was ich brauche."

Namen, Adressen, Gewohnheiten, Freunde, mit wem er gevögelt hat, wem er Geld schuldete, wo er seine Lebensmittel kaufte, wie oft er kackte Alles davon. Ein vollständiges Dossier über den kranken Bastard.

So konnte ich einen Weg finden, ihn auszuschalten.

Ich brauchte Deacon aber nichts davon zu erzählen. Er wusste es. „Schick mir alles, was du über ihn weißt, und ich rufe ihn an. Ich nehme auch die Schuld auf mich, weil ich Parris dafür auch einen Gefallen schulde."

Ein Gefallen hätte genauso gut ein goldenes Ticket in der

MC-Welt sein können. Das war etwas, das wir beide schnell herausgefunden hatten. „Das musst du nicht tun.“

„Doch, muss ich. Und wenn die Zeit kommt, die Verbindung zu zerstören, werde ich an deiner Seite sein.“

Daran hatte ich keinen Zweifel. „Hooah, Bruder.“

„Ich sage dir Bescheid, wenn ich etwas habe.“ Er beendete das Gespräch ohne sich zu verabschieden. Es machte mir nichts aus, ich hatte genug zu tun, ohne mich um Manieren und so einen Scheiß kümmern zu müssen. Ich musste Informationen über Shyes Stiefbruder sammeln, einen Angriffsplan entwickeln, und alle meine Stützpunkte abdecken. Dann musste ich das Arschloch lebendig häuten für das, was er ihr angetan hatte. Was er immer noch *versuchen* könnte, zu tun. Denn er würde es auf keinen Fall schaffen, sie in die Finger zu kriegen. Er musste erst an mir vorbei, und ich war kein Mann, der so leicht aufgibt.

„Alder?“ Shye kam die Treppe hinunter und sah so verdammt sexy und zerknittert aus, dass mir tatsächlich die Luft wegblieb. „Was machst du da?“

Alles, was ich kann, um dich zu beschützen. „Nichts, Liebes. Ich checke nur mein Telefon. Warum bist du nicht im Bett?“

Ich hielt ihr meine Hand hin und zog sie zu mir, als sie nach ihr griff. Ich musste sie an mir spüren. Sie schmiegte sich an meine Brust und seufzte, sie ist so verdammt klein im Vergleich zu mir. So zart. Mein zerbrechliches Mädchen mit einem Rückgrat aus Stahl.

„Ich bin ganz allein in einem seltsamen Raum aufgewacht“, sagte sie und hielt ihre Stimme sanft. Sie klang fast nervös. „Und ich hatte Angst, du wärst gegangen.“

Oh, verdammt nein. Ich hob ihr Kinn an und blickte in die schönsten braunen Augen der Welt. „Niemals. Du gehörst jetzt mir, und ich gehöre dir. Ich werde nirgendwo hingehen.“

Ihr Lächeln war noch nie so strahlend gewesen. „Gut. Dann lass uns wieder ins Bett gehen. Es ist noch zu früh, um aufzustehen, und ich komme mit dieser ausgefallenen Kaffeemaschinen-Sache nicht zurecht.

Mein Lachen grollte leise, als ich aufstand und ihr zur Treppe folgte. „Ich habe hier einmal für ein Meeting mit einem Kunden übernachtet und das Ding fast aus dem Fenster geworfen."

„Wirklich?"

„Ja. Lainie war stinksauer."

Shyes Lippen verzogen sich. „Ich glaube, sie mag mich nicht."

Lainies Geschichte war eine für einen anderen Tag. „Sie mag nichts, was mit mir oder Bishop zu tun hat, aber sie wird Sie nicht belästigen." Das sollte sie zumindest besser nicht.

Ich trieb Shye ins Bett und rollte sie halb unter mich, sobald wir unter der Decke waren. Ich atmete ihren Duft ein, während ich meine Hüften gegen sie wiegte und meinen Schwanz über ihren Oberschenkel zog.

„Bist du müde, Liebes? Denn ich bin mir ziemlich sicher, dass ich dich beschäftigen kann, wenn du nicht schlafen kannst."

Shyes leises Lachen verwandelte sich in ein Stöhnen, als ich ihr Shirt hochzog und hart an ihrer kleinen, festen Brustwarze saugte. So süß, mein Mädchen. Jeder Zentimeter von ihr. Und ich wollte sie überall schmecken.

Sie wölbte ihren Rücken und spreizte ihre Beine und stöhnte atemlos „Alder".

Ich würde es nie leid sein, sie meinen Namen so keuchen zu hören. Als würde sie mich so *brauchen*. So wie ich sie brauchte.

Ich löste mich von ihrer Brustwarze und bewegte mich nach unten, küsste ihren Bauch und spreizte ihre Beine weiter. „Ich frage mich, ob deine Muschi jetzt anders schmeckt."

Sie griff in mein Haar und zerrte daran, als ich mit meiner Zunge an der Naht ihres Oberschenkels kitzelte. „Wie anders?"

„Ich weiß es nicht, aber du bist keine Jungfrau mehr. Eine jungfräuliche Muschi schmeckt vielleicht anders, als eine die von einem Kennard gefickt wurde.

Ihr Körper bebte unter ihrem Kichern. „Du hast mich gestern Nacht schon gekostet. Du solltest wissen, ob es anders ist."

„Da habe ich nicht aufgepasst. Diesmal werde ich es aber."

„Du bist verrückt. Es gibt keinen Unterschied."

„Vielleicht". Vielleicht auch nicht." Ich spreizte sie mit meinen Daumen und leckte ihre Muschi lange und ausgiebig. „Ich weiß, wie ich es herausfinden kann."

Und das tat ich.

Herausfinden.

Ein paar Mal.

Epilog

Shye

Es kam nicht jeden Tag vor, dass das Kennard-Team einen Wald in Brand setzte. Okay, keinen Wald. Nur einen Teil von einem. Einer mit einer alten Scheune, die zu einer Art illegalem Chemielabor umgebaut worden war. Eines, von dem sie nichts hätten wissen sollen. Man könnte also sagen, dass es nicht jeden Tag vorkam, dass das Kennard-Team ein Meth-Labor in Brand setzte. Aber an diesem Nachmittag, nur zwei Tage, nachdem Alder mich bei Elijah abgeholt hatte, war es genau das, was die Männer taten.

Alder und ich hatten den ersten Tag zusammen in diesem Gästezimmerbett verbracht und liebten uns, aber schließlich musste er wieder an die Arbeit zurückkehren. Um die Geschäfte der Soul Suckers in Justice zu zerstören. Also kletterte ich in seinen Truck, und wir verbrachten gemütliche drei Stunden auf Nebenstraßen auf dem Weg nach Hause, redeten, lachten und lernten uns besser kennen.

Und ich ignorierte die tausenden Anrufe, Sprachnachrichten und SMS von Colt.

Alder hatte gesagt, dass wir meine Nummer ändern lassen

würden, aber wir wussten beide, dass das nicht ausreichen würde, um Colts Einfluss auf mich zu stoppen. Ich hatte mein Telefon am ersten Tag ausgeschaltet und noch nicht wieder eingeschaltet. Und so saß ich in der Stille von Alders Haus - jetzt auch meinem Haus, wie ich vermutete - allein und hatte nichts zu tun, außer mich an das schnurlose Telefon in Alders Zimmer zu klammern. Jetzt auch meinem Zimmer. Die Dinge änderten sich so schnell.

Einige Dinge sind gleichgeblieben, wie Alder, der sicherstellte, dass ich jemanden hatte, der auf mich aufpasste. Finn saß draußen auf der Veranda und hielt Wache. Ich wusste nicht viel über den jüngsten Kennard-Bruder, außer dass er ein genesender Süchtiger war, der den Heidelbeerkuchen in der Raststätte liebte. Auf unserer gemeinsamen Fahrt nach Denver hatte er nicht viel gesprochen, und noch weniger, seit er an diesem Morgen aufgetaucht war. Tatsächlich war Finn, seit Alder nach Widows Ridge gefahren war, draußen gewesen und hatte mich stundenlang allein im Haus gelassen.

Die Erschöpfung lastete schwer auf meinen Schultern, aber ich konnte nicht einmal *daran denken*, schlafen zu gehen. Nicht mit dem Wissen, dass Alder da draußen war und etwas tat, das ihm mit Sicherheit die Hölle vor die Haustür bringen würde. Nicht mit der Sorge, dass etwas schiefgehen könnte und ich ihn nie wieder sehen würde. Die Soul Suckers könnten den Wald mit einer Sprengfalle versehen haben. Sie hätten auf der Lauer liegen können. Alder hatte gesagt, ich brauche mir keine Sorgen zu machen, aber ohne ihn...

Daran konnte ich nicht denken, also hob ich stattdessen Alders schwere Tasse und nahm einen Schluck von dem Kaffee, den ich für ihn gebrüht hatte, bevor er mit Bishop weggefahren war. Ich nahm einen Schluck, machte mir Sorgen und starrte auf die Eingangstür, in der Hoffnung, dass Alder nach Hause kommen würde. Ich wartete unter der Folter, nichts zu wissen. Ich hatte mich entschieden, zurückzubleiben, hatte beschlossen, dass ich nicht sehen musste wie das Labor brannte, um die Türen zu meiner Vergangenheit zu schließen. Ich hatte Alder bereits im Soldatenmodus gesehen - er kam damit zurecht, ohne dass ich da war, um ihn abzulenken.

Das erste Anzeichen dafür, dass ich gleich erfahren würde, was draußen auf dem Bergrücken passiert war, kam in Form eines Rumpelns. Ein Truck fuhr auf der Straße, kam näher und bog schließlich in die Einfahrt ein. Dann hörte ich Schritte auf der Veranda, als Finn sich vor der Tür bewegte. Ich blieb sitzen, zu ängstlich, um zu hoffen, dass Alder vorgefahren war. Ich redete mir ein, dass es stattdessen Bishop oder Gage sein würde, um Finn und mir zu sagen, dass etwas schiefgelaufen war und Alder nicht nach Hause kommen würde. Ich hatte Angst davor.

Sekunden zogen sich hin, jedes Geräusch wurde lauter und ließ meinen Kopf pochen. Stimmen, mehr Schritte, und dann nichts mehr. Stille für mehrere lange Minuten. Schließlich stand ich auf und starrte immer noch auf diese verfluchte Holztür, die mich von der Außenwelt fernhielt. Ich wartete immer noch.

Doch dann öffnete Alder die Tür, kam hinein, und die Welt richtete sich wieder auf. Ich hatte einen kurzen Moment der Entspannung, bevor ich ihn eingehend betrachtete. Die Entspannung war weg. Mein süßer, liebevoller Alder war weg, ersetzt durch den kalten, harten Soldaten, an den ich mich von der Nacht in der Scheune erinnerte. Derjenige, der dem Soul Sucker die Pistole abgenommen und dem Mann den Griff ins Gesicht geschlagen hatte. Derjenige der nur aufs Geschäft aus war. Derjenige, der... für mich getötet hatte.

Und doch hatte ich ihn noch nie so böse gesehen, wie in diesem Moment an der Tür.

Ich konnte mich nicht bewegen, war wie erstarrt von der Härte, die er ausstrahlte, obwohl ich zu ihm laufen wollte. Ich hatte Angst, wie er reagieren würde. Er sah größer und härter aus als sonst, militärischer, als ich ihn je gesehen hatte. Ich hatte immer gewusst, dass er in der Army gewesen war, und er hatte sich definitiv manchmal wie ein Soldat verhalten, aber dies war anders. Der Mann vor mir war ganz bei der Sache, völlig konzentriert und bereit, alles zu zerstören, was sich ihm in den Weg stellte, um seine Mission zu erfüllen. Von seinen schweren braunen Stiefeln über seine Jeans bis hin zum Ausschnitt seines schwarzen T-Shirts sah er genau wie ein Mann aus, der eher dein Leben beenden würde, als dir beim Reden zuzuhören. Und er konnte seine Augen nicht von mir abwenden.

„Alles erledigt?", fragte ich schließlich, als die Stille zu schwer wurde.

Er nickte und starrte immer noch. Sein Körper war angespannt, und seine Augen verschlangen mich mit einer Heftigkeit, die mir eine Gänsehaut auf den Armen bescherte. Ich wusste nicht, ob ich erregt oder verängstigt sein sollte - vielleicht beides. Ich fuchtelte mit der Kaffeetasse, wippte leicht auf den Fußballen, bewegte mich aber nicht. Die Beute vor dem Raubtier, zu ängstlich, einen Fehler zu machen und in seinen Fängen zu landen. Zu ängstlich, es nicht zu tun.

Aber auch die Beute musste irgendwann ein Risiko eingehen.

„Alder", flüsterte ich, mein ganzer Körper zitterte vor dem Verlangen nach Sicherheit und Lust. Das eine sagte, ich solle weglaufen, der andere, ich solle auf ihn zulaufen. Ich konnte mich nicht entscheiden, welchem Instinkt ich folgen sollte, also wartete ich darauf, dass er es mir sagte. Um mir ein Zeichen zu geben, was er brauchte. Was er wollte. Ich stellte die Tasse ab.

Alder legte den Kopf schief, wahrscheinlich wegen des Flehens in meiner Stimme. Er beobachtete mich. Er wartete auf *etwas*. Ein Tier, das endlich von seiner Leine. Mein Drache an den Toren, frei und hungrig nach mir. Ich wimmerte bei dem Gedanken, und schließlich zerbrach er.

„Kommst du jetzt her und liebst mich, Liebes? Oder muss ich dich über den Tresen beugen und deine Muschi schön langsam lecken, um dich daran zu erinnern, dass du mir gehörst?

Und einfach so erschien meine Entscheidung. Die einzige, die Sinn machte. Ich war in Bewegung, bevor ich überhaupt daran denken konnte, mich zu bewegen. Ich rannte barfuß auf ihn zu, verkürzte den Raum zwischen uns und sprang in seine Arme. Er roch nach Wald und Rauch, eine harsche Erinnerung daran, wo er gewesen war und warum. Aber als er mich packte, als er mich aufhob und trug, als würde ich nichts wiegen, schmolz ich einfach in seinen starken Körper und ließ ihn gewähren.

„Ich habe mir solche Sorgen gemacht."

„Nicht nötig. Ich schaffe das - mein *Team* und ich schaffe das." Seine Augen brannten mit dem Feuer einer Zuversicht, das ich noch nie gesehen hatte, das er aber offensichtlich in höchstem Maße hatte. „Du wirst in Sicherheit sein. Bleib einfach bei mir, Shye, und wir werden es schaffen. Das verspreche ich dir, Shye. Wir *werden* diesen Club zerstören. Niemand wird dir je wieder wehtun."

Und so sehr ich auch wusste, dass es nur Worte waren, musste ich ihm glauben. Denn er hatte mir nie einen Grund gegeben, es nicht zu tun. Weil er immer noch der größte und stärkste Mann war, den ich je gesehen hatte. Und ich hatte Vertrauen in ihn.

„Ich liebe dich, Alder."

„Ich liebe dich auch, Liebes. So sehr. Und jetzt lass uns wieder darüber reden, wie ich deine Muschi lecken werde."

Mein Süßholzraspler, mein Beschützer, mein Drache vor den Toren. Es spielte keine Rolle, was ich von ihm hielt, solange er mir gehörte.

In der Sekunde, in der ich „das Ende" auf REVANCHE schrieb, wusste ich, dass ein weiteres Buch kommen würde. Wie könnte es auch nicht? Alder war ganz sicher nicht der Typ von Held, der eine Bedrohung seiner Frau auf sich sitzen lässt, und er wollte sich definitiv dafür rächen, was ihr angetan wurde. Jessica von OMG Reads hatte gerade ein Vorab-Exemplar von REVANCHE gelesen, als sie mir auf Facebook eine Nachricht über das Ende schickte. Darüber, dass es die Leser verwirren könnte. Ich hoffe, dass hat es nicht, aber diese Geschichte konnte nicht direkt nach REVANCHE geschrieben werden. Wir brauchten ein wenig Zeit und Action, und Alder musste einige Dinge in Ordnung bringen. Er ist nicht der Typ, der sich ohne Informationen über eine Situation auf den Weg macht.

Nach VERGELTUNG und RECHTFERTIGUNG schrieb ich also einen Roman mit dem Titel GENUGTUUNG. Welcher hier als nächstes enthalten ist, und ich bin sicher, dass er einige Fragen beantworten wird, die Sie vielleicht noch haben. Für diejenigen, die in der zeitlichen Reihenfolge lesen möchten, können ihn überspringen und nach VERGELTUNG und RECHTFERTIGUNG darauf zurückkommen. Für diejenigen, die einfach mehr von Alder und Shye wollen, viel Spaß!

Jeder hat in seinem Leben Fäden gelassen, die nicht geknüpft waren. Meiner war zufällig von der Sorte, die einen zum Stolpern bringen konnte, die einen auf die Nase fallen lassen konnte. Könnte einen Stolperdraht für die Feinde bereithalten, die ihn gegen dich verwenden würden.

Mein Mädchen brauchte Sicherheit und Geborgenheit, und die hatte ich ihr nicht gegeben. Nicht wirklich. Noch nicht, zumindest.

Um ihre Zukunft zu sichern, musste ich meine in Gefahr bringen.

Ich musste etwas töten.

GENUGTUUNG

kristin harte

Kapitel

1

Alder

Der Beweis für die Verkommenheit eines anderen war zum ultimativen Zeichen meines Versagens als Mann geworden.

Narben. Sie überzogen ihren Körper, bedeckten ihren Rücken mit einem Mischmasch aus erhabenem Fleisch, das mein Blut vor Wut glühen ließ. Jede Linie, jeder Peitschenhieb, war eine bittere Erinnerung daran, dass ich sie im Stich gelassen hatte. Auch wenn ich sie nicht gekannt hatte, als diese Spuren entstanden waren, sah ich sie als meine persönliche Niederlage an. Der Mann, der ihr wehgetan hatte, der ihre Haut verletzt und sie bluten ließ, der sie gebrandmarkt hatte, als wäre sie nichts weiter als Vieh, war noch am Leben. Er war immer noch eine Bedrohung für uns. Er zog immer noch die Fäden, die mein Mädchen, meine Stadt und meine Familie gefährdeten.

Er flößte der Frau, die ich mehr liebte als das Leben selbst, täglich Angst ein.

Ich wusste nie, in welcher Stimmung meine Shye sein würde, wenn ich von der Arbeit nach Hause kam. In ihrem Herzen war sie ein glücklicher Mensch - freundlich und liebevoll, fast schon fürsorglich. Normalerweise hatte sie ein Lächeln im Gesicht und ein paar Worte für mich darüber, wie sehr sie mich vermisst hatte. Sie fragte mich nach meinem Tag und gab mir eine kleine Umarmung und einen Kuss. Diese Tage waren mir am liebsten, weil ich ihr dann sagen konnte, wie sehr ich sie auch vermisste. Wie viel sie mir bedeutete. Ich konnte mit meinen Händen über ihre Kurven streicheln und ihren heißen kleinen Körper an meinem spüren.

Aber hin und wieder, vielleicht an einem von fünfzehn Tagen, wartete sie nicht in der Küche auf mich. Sie lächelte nicht, war nicht glücklich und nicht bereit, sich von mir anfassen zu lassen. Sie zog sich in eine dunkle Ecke zurück oder rollte sich unter einer Decke zusammen. Ihr Gesicht war leer oder tränenüberströmt, ihre Muskeln angespannt. Ich kam nach Hause und fand mein Mädchen gefangen in Erinnerungen, aus denen ich sie nicht retten konnte, und umgeben von Dämonen, die ich nicht für sie töten konnte.

Ich wusste, dass heute einer der schlechten Tage sein würde, als ich zum Haus fuhr.

„Sie war ruhig." Drei Worte. Mehr brauchte Finn nicht zu sagen, um mir klar zu machen, was ich vorfinden würde.

„Danke. Ich werde mich um sie kümmern." Ich eilte die Treppe hinauf und über die Veranda und ließ meinen Bruder ohne Abschied nach Hause gehen. Meine Gedanken waren bereits bei Shye, auf das, was sie brauchte, darauf, einen Weg zu finden, sie so schnell wie möglich aus ihrem Angstkreislauf herauszuholen. Ich öffnete langsam die Haustür und rief: „Shye?

Nichts. Keine Reaktion. Das sah ihr gar nicht ähnlich. Sie musste sich irgendwo im Haus versteckt haben. Nicht vor mir - niemals. Gott sei Dank hatte die Frau keine Angst vor *mir*, denn ich glaube, es hätte mir das Herz gebrochen, das mitansehen zu müssen. Nein, was Shye fürchtete, würde sie nicht in mir finden. Niemals.

Ich machte mich auf den Weg zu Shyes üblichem Versteck und überquerte den rauchgrauen Boden mit schnellen, aber leisen Schritten. Sie liebte meine Kiefernböden und die neutralen

Farben meines kleinen Hauses im Wald. Sie sagte, es habe sich von Anfang an wie ein Zuhause für sie angefühlt, was ich mir auch gewünscht hatte. Ich hätte alles verändert - das ganze verdammte Gebäude abgerissen und für sie neu begonnen - aber sie liebte mein Haus von dem Moment an, als sie eingezogen war. Es war jetzt also unsere Wohnung, aber sie hatte ihre Vorlieben, wo sie ihre Zeit verbrachte. Ihre Räume, die ihr angenehmer erschienen. Einer davon war das Unterhaltungszimmer - große, weiche Sofas mit passenden Sesseln möblierten den Raum, ein Fernseher von respektabler Größe hing an einer Wand, und meine Bücher standen in Regalen, die den Rest des Raumes umgaben und die großen Fenster mit Blick auf das Tal einrahmten. Das dunkle und gemütliche Zimmer war immer mein Lieblingszimmer im Haus gewesen. Shye muss dem zugestimmt haben.

Ich fand Shye zusammengerollt in einem der Ledersessel, eine weiche Decke über sie gelegt und ein Buch offen auf ihrem Schoß. Auf den ersten Blick sah sie völlig entspannt aus. Nur eine Frau, die aus dem Fenster auf den schönen Herbsttag draußen starrte. Doch dann drehte sie sich leicht um, gerade so weit, dass ich das Rot, das ich die rote Umrandung ihrer Augen und die Blässe ihres Gesichts sehen konnte. Die rosige Färbung entlang ihrer Wangen durch die Tränen. Sie hatte geweint. Schon wieder.

„Liebling? Geht es dir gut?"

Schließlich sah sie mir ins Gesicht und schenkte mir das wässrigste Lächeln, das die Menschheit kennt. „Ich habe dich nicht reinkommen hören."

Weil sie wahrscheinlich im Trott der wiederkehrenden Erinnerungen feststeckte. An die Jahre zwischen dem Tod ihres Vaters und dem Zeitpunkt, als ich sie ihrem einsamen Leben entrissen hatte. Daran, wie ihr Stiefbruder sie gequält, geschlagen und ihr Leben bedroht hatte.

Alles Dinge, mit denen ich mich irgendwann auseinandersetzen musste. Bald. Aber zuerst...

„Du siehst aus, als wäre dir kalt."

Sie zuckte die Achseln, ohne meinen Blick zu erwidern. „Vorhin war es etwas kühl."

„Warum lasse ich dir nicht ein Bad ein? Wir können eine Weile sitzen und plaudern, während du dich aufwärmst.

„Das musst du nicht tun."

„Ich möchte es aber. Außerdem genieße ich es immer, dich nackt zu sehen."

Sie lachte, es klang immer noch zu leise, um normal zu sein. Zu weit weg. Immer noch in ihren Gedanken verloren. Aber ich würde sie aus ihnen rausholen. Bald schon. Ich achtete auf sie - ich kannte ihre Zeichen des Kampfes und ihre Wünsche fast genauso gut wie sie selbst. Ich wusste auch, was sie am meisten brauchte, und das würde ich ihr geben. Das hatte ich noch nicht - nicht wirklich. Noch vollständig. Aber ich war entschlossen. Unerschütterlich und sicher. Ich würde es schaffen.

Ich folgte Shye nach oben, mein Kopf war überfüllt mit Plänen und Gedanken und Informationen über das anstehende Problem. Ich konnte ihr nicht sagen, was ich vorhatte - sie würde versuchen, mich aufzuhalten. Sie wäre so besorgt, dass etwas schiefgehen könnte, dass sie mich anflehen würde, es nicht zu tun. Und ich würde auf sie hören, denn alles was ich wollte, war sie glücklich zu machen. Ihr zu geben, was sie wollte. Aber das Bedürfnis musste schwerer wiegen als das Verlangen, und was sie *brauchte,* war Sicherheit und Geborgenheit. Stabilität. Das bedeutete, den metaphorischen Treibsand unter unseren Füßen loszuwerden.

Nachdem das Bad eingelaufen war, streifte ich meine Kleidung aus und zog langsam und liebevoll auch ihre aus. Sie nackt zu sehen, brachte meinen Motor immer in Schwung, aber der Ausdruck in ihren Augen, die Leere, hinderte mich daran, meinen Fuß von der Bremse zu nehmen. Sie brauchte mich, aber nicht auf diese Weise. Zumindest noch nicht. Später würde sie mein Gewicht auf ihrem Körper und meine Arme um sich haben wollen. Sie würde wollen, dass ich sie ausgiebig und langsam liebe, sie würde alles außer mir aus den Augen verlieren wollen. Sie würde einige Stunden damit verbringen wollen, wir zu sein.

In diesem Moment war noch jemand im Raum. Der Geist einer Erinnerung, der sie verfolgte und uns bedrängt. Also wartete ich, und ich tat mein Bestes, um den Einfluss dieser Energie zu brechen. Ich sorgte dafür, dass sie wusste, dass ich mich immer um sie kümmern würde, und ich würde ihr Zeit geben, um zu vergessen.

Anstatt sie also zu küssen, zu berühren und zu einem körperlichen Höhepunkt der Lust zu bringen, setzte ich sie zwischen meine Beine ins heiße Wasser und begann, sie zu waschen. Ich kümmerte mich um mein Mädchen, weil sie es brauchte. Sie brauchte es, dass ich ein bisschen sanft zu ihr war.

Ich wusch ihr gerade die Haare, als sie murmelte: „Du bist der süßeste Mann".

Nein, ich war ein Mann, der aufgepasste und so verdammt dankbar für die Geschenke war, die sie mir machte, aber ich würde ihr nicht wiedersprechen. Nicht dabei. „Du verdienst Süße. Also, was hat dich heute so durcheinandergebracht?"

„Ich bin nicht..."

„Shye."

Sie seufzte und lehnte sich mit dem Rücken an mich, als ich mit den Fingern durch ihr nasses Haar fuhr. „Colt hat heute Geburtstag."

Colt. Ihr Stiefbruder. Auch bekannt als der Vollstrecker der Soul Suckers mit dem Straßennamen Pistol. Auch bekannt als der Wichser, der versucht hatte, Shye dazu zu zwingen, dreißig Männer wegen beschissener Schulden zu ficken, nachdem ihr Vater bei einem Autounfall gestorben war. Und als sie sich geweigert hatte, verpasste er ihr stattdessen die Narben auf ihrem Rücken. Dreißig Männer oder dreißig Peitschenhiebe.

Colt hat es nicht verdient, einen weiteren Geburtstag zu feiern.

Ich spülte ihr das Shampoo aus den Haaren und lehnte sie schweigend nach vorne. Ich gab ihr die Gelegenheit, mir mehr zu erzählen. Zumindest bis sie zusammenzuckte, als ich ihren Rücken berührte.

„Alder“

„Ich liebe dich, Liebes.“ Ich küsste entlang ihrer Schulter und zeichnete mit meinen Lippen die Linien der Brutalität nach. Ich zeigte ihr Liebe, wo man ihr einst Hass gezeigt hatte. Ich hörte nicht auf, bis sie sich wieder entspannt hatte.

Schließlich seufzte sie. „Ich weiß, dass du das tust.“

Es war unmöglich, dass sie verstand, wie sehr, also küsste ich ihre Narben noch einmal. „Jeden Zentimeter von dir.“

„Das sind ein paar hässliche Zentimeter.“

„Du bist wunderschön. Überall.“

„Und du bist ein Charmeur.“

„Ich versuche es immer noch.“

„Du schaffst es immer noch.“ Sie drehte sich um, setzte sich rittlings auf mich. Mit dem Gesicht zu mir in der Wanne, während das Wasser über die Seiten schwappte. Sie sah mehr wie ihr normales Ich aus. „Es tut mir leid, dass ich mich so durcheinander bin.“

„Wage es nicht, dich bei mir zu entschuldigen.“

„Du solltest nicht meine Scherben aufheben müssen, wenn ich zusammenbreche.“

Ach, Scheiße, nein. „Shye, du machst mich glücklicher, als ich es je für möglich gehalten hätte. Also, ja, ich *sollte* es tun. Ich sollte mich sorgen und mich um dich kümmern und alles tun, was ich kann, um dich glücklich zu machen, denn es gibt nichts, was ich mehr liebe, als dich lächeln zu sehen.“

Und da war es - ihr echtes Lächeln. Das sie nur für mich aufgehoben hatte. Dasjenige, das mir sagte, ich hätte diesen Geist fest eingeschlossen. Fürs Erste.

„Ich weiß, dass ich das bereits gesagt habe, aber ich hoffe, du weißt, dass ich es ernst meine, wenn ich dir sage, dass du der *süßeste* Mann bist, den es gibt.

Nicht einmal annähernd. „Ich gebe nur zurück, was du mir gibst. Jetzt komm schon, lass uns aus der Wanne steigen und uns etwas anziehen. Ich habe Lust, mit dir auszugehen.“

Das aufgeregte Lächeln auf ihrem Gesicht fühlte sich wie ein

Schlag in die Magengrube an. Ich war in letzter Zeit so sehr mit Arbeit und der Versorgung der Stadt beschäftigt, dass ich nicht so viel Zeit damit verbracht hatte, sie so zu verwöhnen, wie sie es verdient hätte. Das würde ich heute Abend ändern.

Shye stieg aus der Wanne, griff sich zwei Handtücher und reichte mir eines, während sie fragte: „Wohin gehen wir?

Als ob wir eine Menge Optionen hätten. „Ich dachte, wir könnten zum Abendessen ins Bakers Cottage gehen und danach vielleicht in die Country-Bar in Crystal Falls, um ein bisschen zu tanzen.

„Du hast mich noch nie zum Tanzen ausgeführt."

Das hatte ich nicht, aber ich wollte plötzlich ein paar Stunden mit ihr in meinen Armen verbringen. Ich wollte sie hin und her wiegen, während wir uns über den Hartholzboden bewegten. Ich wollte vergessen, dass Camden das Werk und die Stadt verlassen hatte, dass Bishop im Grunde das Gleiche getan hatte, so viel Zeit wie er mit Anabeth in Vegas verbracht hatte, und dass Gage und Katie letzte Woche den County-Sheriff getötet hatten, was dazu geführt hatte, dass Deacon und ich gezwungen waren, in letzter Minute einige Entscheidungen über die Entsorgung der Leiche einer relativ öffentlichen Person zu treffen. Sie musste sich von ihrer Vergangenheit ablenken, und ich musste mich von meiner Gegenwart ablenken.

„Vielleicht nicht, aber das bedeutet nicht, dass ich es heute Abend nicht tun kann. Komm schon, Liebes. Zieh dir ein hübsches Kleid an. Ich will ein bisschen mit dir angeben. Sorg dafür, dass jeder Mann im Bezirk weiß, dass du mir gehörst."

Ihr Lachen erwärmte mein Herz, aber mein eigenes Grinsen erlosch in der Sekunde, als sie aus dem Badezimmer kam. Wir würden heute Abend ausgehen. Ich würde sie zum Essen einladen, sie zum Tanzen ausführen. Ihr das Höschen direkt vom Leib reißen und dafür sorgen, dass sie lachte und ein paar Mal errötete. Und wenn ich sie nach Hause bringe, würde sie meinen Namen rufen und auf meinem Schwanz kommen.

Aber morgen…

Morgen würde ich damit beginnen, Dinge in Bewegung zu setzen.

Mein Mädchen brauchte Sicherheit und Geborgenheit.

Was bedeutete, dass ich ein paar Morde begehen musste.

Kapitel

2

Mitten in der Nacht aus dem Schlaf gerissen zu werden, war noch nie meine Lieblingsbeschäftigung gewesen. Als Kind war es meistens dann gewesen, wenn eines meiner Geschwister einen Albtraum hatte. Als ich alt genug war, um meinem Vater zu helfen, sich um die Stadt zu kümmern, wie es alle Kennard-Männer tun mussten, neigte er dazu, mich aufzuwecken, wenn es ein Problem gab, das behoben werden musste. Eine Art Notfall, der nicht bis zum Morgen warten konnte.

Als ich zum Militär gegangen war, gab es Weckrufe wegen ankommender Feinde oder Missionen, die sofort in ausgeführt werden mussten. Oder einfach, weil der verantwortliche Offizier sich wie ein Arschloch aufgeführt hatte. Das war auch in meinen früheren Jahren passiert, obwohl ich später das Arschloch geworden war.

Wenn ich nach meiner Rückkehr nach Hause mitten in der Nacht geweckt wurde, lag das meistens an einem Problem in der Stadt, das meine Aufmerksamkeit erforderte. Es war wie in meiner Teenagerzeit, nur, dass ich jetzt die volle Verantwortung trug. Voll und ganz verantwortlich für das Leben der Menschen, die Justice ihr Zuhause nannten.

Also, ja, alles schlechte Gründe, um aus dem Schlaf gerissen zu werden. Aufgrund meiner Vergangenheit neigte ich dazu, es nicht zu mögen geweckt zu werden. Zumindest nicht, bis mein Mädchen in mein Haus und in mein Bett gezogen ist. Drei Jahre lang wollte ich sie, fragte mich, wie es wäre, sie zu lieben, und ich hatte meine Antwort gefunden. Ich hatte auch gelernt, es zu genießen, von ihr geweckt zu werden. Die Frau neigte dazu, mich mit ihren Händen auf meinem Fleisch, ihren schmutzigen Worten, die sie mir leise ins Ohr flüsterte, und ihren Körper für mich bereit war, aus dem Schlaf zu reißen. Tolle Nächte, aber nicht die besten. Am liebsten mochte ich es, wenn sie mich mit ihren Lippen um meinen Schwanz herum aufweckte. Genau wie heute Nacht.

„Verdammt, Liebes." Ich stöhnte und wölbte mich heftig und glitt in den süßen, heißen Himmel ihres Mundes, als ich vollständig wach wurde. Sie summte um mich herum, saugte fester und nahm mich tief mit. Verdammt, ich würde kommen. Wahrscheinlich nur zwei Minuten vergangen, und ich hätte genauso gut ein geiler Teenager sein können, so viel Kontrolle hatte ich. Oder nicht hatte.

Aber Herrgott, ich wollte, dass es so bleibt. Wollte ein paar zusätzliche Minuten genießen, in denen sie mich auf diese Weise liebte. Ich wollte mir das Bild und die Gefühle in mein Gedächtnis einbrennen - wie ihr Haar mit jedem Kopfstoß über meine Bauchmuskeln kitzelte, wie sie ihre Hände gegen meine Hüften stemmte, um sich abzustützen. Die feuchte Hitze ihres Mundes, die mich umgab. So gut. Zu gut, als dass ein Mann widerstehen könnte. Dieses Mädchen war zu viel und nicht genug auf einmal, und ich war genau dort mit ihr. Sie genoss jede Sekunde des Himmels und der Hölle, die sie mir bescherte.

Und als sie mit diesen Lippen an mir saugte, die dafür gemacht waren, genau das zu tun, was sie tat, verlor ich schließlich meinen verdammten Verstand. Mit der Lust, die durch meinen Bauch schoss und eine Eier anspannte, riss meine Leine. Aber ich wollte nicht in ihrem Mund kommen.

„Komm hier hoch." Ich packte sie unter den Armen und zog sie der Länge nach zu mir hoch, um ihren Mund zu erobern, sobald ich sie dort hatte, wo ich sie haben wollte. Sie fuhr mit ihren sündigen Hüften über meine, bis ich genau in der richtigen Position war, dann sank sie zurück und nahm mich in sich auf. Aber sie konnte mich allerdings nicht schnell nehmen. Mein Mädchen war noch Jungfrau gewesen, als ich sie kennenlernte, und sie war viel kleiner als ich. Jedes Mal, wenn wir Sex hatten, musste ich vorsichtig sein und mich langsam in sie hineinschieben. Um ihr Zeit zu geben, sich um mich herum zu dehnen, damit sie nicht vor Schmerzen zischte. Diese erste Minute oder so, wenn wir zusammenkamen, war immer ein Test meiner Kontrolle - die Hitze, die Enge, die Art, wie sie keuchte und den Atem anhielt, während ich mich tiefer hineinarbeitete. Alles Herausforderungen, die ich überwinden musste, damit ich nicht auf der Stelle kam.

Aber das Beste, mein absoluter Favorit und das Umwerfenste, was mein Mädchen tat, war, die Augen zu schließen und zu schnurren, als ich mich schließlich tief hineinarbeitete. Sie *schnurrte* verdammt noch mal wie eine Katze. Dieses Geräusch kam immer genau dann, wenn ich mich ganz hineinschob. Gerade als ich komplett von ihrer Hitze umgeben war. Dieses Geräusch brachte mich dazu, jedes Mal so hart kommen zu wollen. Ich war der Mann gewesen, der sie in den Sex eingeführt hatte, und zu wissen, dass sie es genoss - dass sie sich ihrem Vergnügen mit mir hingeben konnte - war alles für mich. Ich würde sie nie verdienen, aber ich würde mich bis zu den Knochen abrackern, um sie glücklich zu machen. Und in diesem Moment bedeutete, mein Mädchen glücklich zu machen, sie kommen zu lassen.

„Alder, bitte." Shye saß aufrecht, ihr Haar fiel ihr in goldenen Wellen über die Schultern, mein T-Shirt bedeckte die Teile von ihr, die sie nicht sehen wollte. Ich wusste, was sie wollte - was sie liebte. Meinen Mund. Oder, genauer gesagt, meine Worte. So sehr sie es wahrscheinlich auch nie zugeben würde, liebte sie es, wenn ich schmutzig mit ihr sprach. Und ich liebte es, ihr zuzusehen, wie sie ganz wild auf meinen Schwanz wurde, wenn ich die richtigen Dinge sagte.

„Das ist es, Liebes. Reite mich hart. Lass mich zusehen, wie deine kleine Muschi meinen Schwanz tief aufnimmt."

Sie wippte härter auf und stöhnte laut. Ich schob eine Hand zwischen uns und drückte mit meinem Daumen auf ihre Klitoris, während sie hart auf mir ritt. Als sie uns beide bis an den Rand der Erlösung brachte und sich dann gehen ließ. Das Gefühl ihres Kommens, wie sich ihre Muschi um mich presste und meinen Schwanz praktisch molk, war zu gut, um zu widerstehen. Es war zu viel. Ich hatte lange genug mit dem Wunsch zu kommen gekämpft. Ich stieß hart zu und stöhnte, während ich sie ausfüllte. Als ich in ihrer Hitze kam.

„Scheiße." Ich holte tief Luft und zog sie an meinen Körper, küsste sie innig, als ich sie in meinen Armen hatte. „Ich liebe es, wenn du mich mit deinem Mund aufweckst."

„Ich weiß." Sie kicherte und schmiegte sich an mich, klammerte sich an meine Arme, als sie zu Atem kam. „Das sagst du mir jedes Mal, wenn ich es tue."

Das tat ich. „Ich wollte nur sichergehen, dass du weißt, wie glücklich du mich machst."

Sie hob ihren Kopf und brachte ihren Mund zu meinem und gab mir einen dieser süßen, süßen Küsse, die mein Herz fast zum Stillstand brachten. Aber ihr Lächeln, als sie sich zurückzog, setzte es wieder in Gang. „Ich bin froh, dass ich das tue, denn ich empfinde dasselbe für dich."

„Gut. Dann sind wir ein passendes Set." Ich tätschelte ihr auf den Hintern und half ihr beim Aufstehen, weil ich wusste, dass sie sich noch etwas saubermachen wollte, bevor wir wieder schlafen gingen. Nachdem wir beide das Nötigste erledigt hatten, zog ich ihren kleinen Hintern zurück unter die Decke und drückte sie an meine Brust. „Bist du jetzt zufrieden, Liebes?"

Sie summte ihre Zustimmung. „Abendessen, Tanzen und nächtliches Liebesspiel. Das war die beste Nacht aller Zeiten."

Mein Glucksen ließ die Matratze beben. „Ich bin froh, dass es dir gefallen hat."

Sie stieß einen großen Seufzer aus und kuschelte sich enger an mich. „Ich hätte nie gedacht, dass ich so glücklich sein werde."

Diese Bemerkung raubte mir die ganze Luft aus der Lunge. „Du dachtest, ich würde dich nicht glücklich machen?"

„Ich dachte nicht, dass du irgendetwas mit mir machen würdest. Nach dem Tod meines Vaters, nach dem Unfall, hätte ich nie erwartet..." Sie seufzte und rieb ihr Gesicht an meiner Brust. Sie versteckte sich. „Du warst eine Überraschung für mich, das ist alles, was ich meinte."

Aber das war es nicht, und wir wussten es beide. Sie hatte nicht erwartet, glücklich zu sein, denn ihr Stiefbruder hatte ihr das Leben zur Hölle gemacht und sie auf Schritt und Tritt bedroht. Er hatte sie wie ein Objekt behandelt, wie etwas, das ihm gehörte. Etwas, das er ohne Konsequenzen missbrauchen konnte. Und tief in ihrem Inneren wusste ich, dass sie immer noch Angst hatte, er würde wegen ihr zurückkommen. Das tat ich auch - und deshalb ließ ich sie nie allein. Wenn sie nicht bei mir war, war einer meiner Männer bei ihr. Ich habe sie beschützt.

Aber es lauerte Gefahr, und es gab Dinge, die ich nicht kontrollieren oder kommen sehen konnte. Ein Gedanke, der sich in mir aufbaute, seit der Motorradclub, dem ihr Stiefbruder angehörte, ihren Wohnwagen bis auf den Grund niedergebrannt hatte. Sie hatten einen Krieg mit Justice begonnen und mir direkt eine Schlacht vor die Haustür gebracht, und ich musste ihn beenden. Vor allem, wenn ich sie so weit wie möglich von Shye fernhalten wollte, was ich auch tat. Ich wollte sichergehen, dass die Männer der Soul Suckers ihr nie wieder über den Weg liefen.

Und dann? Wenn ich endlich dafür gesorgt hatte, dass nichts mehr über Shye schwebte, was ihr Angst machte? Wenn ich ihr den Weg für ein möglichst glückliches Leben ohne Angst ebnete? Dann würde ich sie heiraten. Ich wollte es schon lange, sehnte mich danach wie nach nichts Anderem, egal wie wenig Zeit wir tatsächlich zusammen gewesen waren. Ich hatte sie drei Jahre lang begehrt, bevor sie mir überhaupt eine Chance gegeben hatte. Ich hatte nicht vor, noch mehr Zeit mit Warten zu verschwenden. Aber zuerst musste ich die Bedrohung für sie auslöschen.

Das bedeutete, dass ich die Verbindung zwischen Shye und den Soul Suckers zerstören musste.

Kapitel

3

Am Morgen waren die Gedanken, die in meinem Kopf verweilten, keine guten. Es waren keine Erinnerungen an eine lustige Nacht mit meinem Mädchen oder das Gefühl, wie ihrer Lippen auf mir. Ich wachte nicht auf, um mich in den restlichen glücklichen Schwingungen zu sonnen, die mich in der Nacht zuvor umgeben hatten. Es blieb keine Freude zurück, kein Gefühl der Sättigung. Meine Gedanken an diesem Morgen waren dunkel.

Sie waren tödlich.

Mörderisch sogar.

Shye hatte nicht gut geschlafen, nachdem sie mich aufgeweckt hatte. Tatsächlich schien sie für den Rest der Nacht Alpträume zu haben und wimmerte im Schlaf, bis ich sie fest an mich drückte und ihr ins Ohr flüsterte, um sie daran zu erinnern, dass ich bei ihr war. Dass nichts sie mir wegnehmen würde. Sie beruhigte sich für eine Weile und fiel wieder in einen unruhigen Schlaf, bis der Zyklus wieder von vorne begann.

Ich war erschöpft, aber noch mehr als das, ich war sauer. Mein Mädchen hatte es verdient, in Ruhe zu schlafen. Sie verdiente die Gewissheit, dass man sich um sie kümmerte, dass nichts hinter ihr her war. Keine Dämonen, die darauf warteten, sie aus dem Leben zu reißen, das sie liebte. Sie verdiente es, sich sicher zu fühlen, und die Tatsache, dass sie es nicht war, lag allein auf meinen Schultern. Was bedeutete, dass ich einen Job zu erledigen hatte. Einen, auf den ich mich schon seit Monaten vorbereitet hatte. Ich hatte fleißig gelernt, aber die Abschlussprüfung stand bevor. Und zwar bald.

Ich folgte Shye zum Bakers Cottage, dem Restaurant, in dem sie ein paar Tage in der Woche als Kellnerin arbeitete. Nicht, dass sie es nötig gehabt hätte - ich hatte versprochen, ihr alles, was sie brauchte, zur Verfügung zu stellen. Aber Shye zog es vor, ihren eigenen Beitrag zu leisten, und ich respektierte das. Ich hatte mich jedoch geweigert, sie weiterhin in der Raststätte an der County Line arbeiten zu lassen. Ich konnte sie dort nicht im Auge behalten, also sorgte ich dafür, dass Katie - ein Mädchen aus der Gegend, das erst kürzlich aus Denver nach Hause gezogen war - alles hatte, was sie brauchte, um in der Stadt ein Restaurant zu eröffnen. Dann hatte ich sie davon überzeugt, dass Shye die perfekte Kellnerin für ihr neues Geschäft wäre. Mein Mädchen war eine erstklassige Arbeitskraft - das hatte ich bereits gesehen. Sie war auch freundlich und hübsch, die perfekte Person, um mürrische alte Holzfäller zu bedienen, die jeden Abend von den Bergen herunterkamen. Und diese Männer arbeiteten alle für mich - ich brauchte mir keine Sorgen über wandernde Hände oder Angebote zu machen.

Glücklicherweise verstanden sich die Frauen gut und entwickelten sogar eine Freundschaft. Ich betrachtete das als einen großen Sieg. Justice bekam ein Restaurant, Shye einen Job, und mein Team bekam eine Gruppe von Frauen und ein Kind, die alle in derselben Gegend Schutz brauchten - Katie, meine Shye, Mercy, welcher der Eisenwarenladen in der Stadt gehörte, und ihr kleiner Sohn. Und als die Beziehung zwischen Katie und dem besten Freund meines Bruders, Gage - einem ehemaligen Navy SEAL mit einer Einstellung, die fast so breit wie seine Schultern - aufblühte, wusste ich, dass diese Frauen gut beschützt werden würden. Besonders, wenn ich nicht da sein konnte ... wie heute.

Gage saß an der Bar im Restaurant, als ich mit Shye hereinkam. Allerdings ohne Rex. Sein stets präsenter Hundegefährte war so regelmäßig zu sehen, dass es mir ungewöhnlich erschien, ihn nicht an der Seite seines Herrchens zu sehen.

Diese Tatsache machte mich stutzig. „Was gibt's, Mann?"

Gage nickte mir zu, erhob sich aber nicht, sagte auch kein Wort. Er saß einfach nur da und sah aus, als könnte er Nägel spucken. Es dauerte nicht lange, um herauszufinden, warum.

Ein Mann kam aus der Toilette - ich habe ihn nicht im Geringsten kannte. Einer, dessen steife Jeans, dunkles Hemd mit Kragen und eine dicke, schwarze Brille etwas... deplatziert erscheinen ließen. Wie ein Kostüm. Clark Kent anstelle von Superman oder so ein Scheiß.

„Sie müssen Alder Kennard sein", sagte der Fremde, während er auf mich zukam. „Zane Grogan. Ich bin der Stellvertretende Sheriff von Sheriff Baker, aber ich schätze, ich bin im Moment eine Art amtierender Sheriff, da er vermisst wird". Sein Lächeln erinnerte mich an das von Bishop, wenn er sich darauf vorbereitete, einem in die Eier zu treten - wie eine Klapperschlange, die bereit ist, zuzuschlagen. Glücklicherweise hatte ich die meiste Zeit meines Lebens mit meinem Bruder und seinen Eskapaden zu tun gehabt. Ich wusste, wie ich mit dem Hilfssheriff umzugehen hatte. Aber zuerst musste ich mich vergewissern, dass mein Mädchen aus dem Weg war.

Ich tätschelte Shye auf den Hintern und beugte mich hinunter, um ihr einen kurzen Kuss auf die Wange zu geben, wobei ich meinen Körper zwischen ihrem und dem des Eindringlings hielt. „Geh schon mal zurück, Liebes. Ich hole dich später ab."

„Hab einen schönen Tag. Komm zum Mittagessen zu mir, wenn du kannst."

„Versprochen." Ich warf Gage einen Blick zu, der ihn von seinem Hocker holte. Er schlenderte näher heran und lenkte Shye in die Küche. Er flüsterte ihr etwas zu und brachte sie zum Lächeln. Shye eilte mit Gage durch das Restaurant, huschte am Hilfssheriff vorbei, sah klein aus und fast ängstlich, als er ihr mit den Augen folgte. Inakzeptabel – dass er sie ansah und sie sich fürchtete.

„Gefällt Ihnen, was Sie da sehen, Grogan?"

Zane drehte seinen eisblauen Blick in meine Richtung zurück, der Ausdruck in seinem Gesicht scharfsinnig. Kalkulierend. „Ja, eigentlich schon. Nettes Plätzchen, das Justice mit diesem Bakers Cottage hat. Ich kann nicht behaupten, dass ich schon einmal die Gelegenheit hatte, hierher zu kommen, also hatte ich keine Ahnung, was mich erwartete, als Mark - Verzeihung, Sheriff Baker, mir erzählte, dass seine Nichte hier ein Restaurant eröffnet hat. Es ist besser, als ich dachte."

Ja. Bakers Nichte war die Besitzerin des Restaurants. Sie hatte auch geholfen, ihren Onkel zu töten, nachdem er erfolglos versucht hatte, sie für die Soul Suckers zu entführen. Ich hatte so eine Ahnung, dass Gage - der an der Bar wie ein Felsbrocken aussah und darauf wartete, alles zu zermalmen, was sich in seinem Weg befand - tatsächlich den Abzug betätigt hatte. Nicht, dass es eine Rolle spielen würde, wenn Hilfssheriff Grogan zu tief graben würde. Ich wollte nicht, dass einer von ihnen für diese Art von Verbrechen untergeht.

„Kann ich etwas für Sie tun, Sheriff?"

„Hilfssheriff, noch. Zumindest bis Bakers Leiche gefunden wird."

„Ich wusste nicht, dass die Untersuchung seines Verschwindens zu einem Mordfall hochgestuft wurde."

„Das hat es nicht. Zumindest noch nicht." Er grinste und zeigte viel zu viele Zähne. Keine Klapperschlange, die zuschlagen will. Eher jemand, der sich viel zu sehr bemüht, freundlich zu wirken. „Aber Mark war ein guter Mann - solide und sicher. Ich kann mir keinen anderen Grund vorstellen, warum er plötzlich verschwunden sein sollte, es sei denn, es war ein Verbrechen im Spiel.

Ich könnte mir viele Gründe vorstellen, die meisten davon, weil gut, solide und sicher die am wenigsten zutreffenden Worte waren, um Mark Baker zu beschreiben, die jemals gesprochen wurden. „Ich verstehe. Also, was führt Sie nach Justice?"

„Ich bin nur auf der Durchreise, wirklich. Ich hatte gehofft, Marks Nichte zu sehen, um vielleicht mit ihr über ihren Onkel zu sprechen, aber Ihr bärtiger Wachhund da drüben behauptet, sie sei nicht da.

Auf jeden Fall war Katie hinten, wahrscheinlich mit Rex an ihrer Seite, was bedeutete, dass Gage sich einmischte. Kluger Mann. „Sieht aus, als müssten Sie Ihr Gespräch auf einen anderen Tag verschieben. Tut mir leid, dass Sie Ihre Zeit verschwendet haben."

„Keine Verschwendung." Er schnappte sich eine Tasche von der Theke - eine von Katies Lunchpaketen - und eine Tasse Kaffee zum Mitnehmen. „Ihr Freund hat mir das Essen besorgt, und ich habe Sie kennengelernt."

Etwas daran klang bedrohlicher, als die Worte selbst schienen. „Gibt es einen Grund, warum Sie mich gesucht haben?"

„Nicht wirklich. Ich frage mich nur, was in letzter Zeit hier vor sich geht. Ich habe ein paar Gerüchte gehört."

„Was für Gerüchten?"

Er zuckte die Achseln, als ob dies eine Art beiläufiges Gespräch wäre. „Dinge darüber, dass die Stadt gefährlich ist. Über einige vermisste Männer. Gute Männer. Wie der Sheriff."

Gut? Die einzigen Männer, die vermisst wurden, waren Fahrer des Soul Suckers Motorradclubs, die mir Shye wegnehmen wollten. Und diejenigen, die versucht hatten, die Freundin meines Bruders, Anabeth, zu entführen. Und ein paar, die Katie auf Befehl ihres Onkels angegriffen hatten. Meiner Meinung nach waren die nicht so gut. „Ich kann Ihnen nichts über vermisste Männer sagen. Diese Soul Suckers-Motorradgang ist viel unterwegs, vielleicht sollten Sie sich die mal ansehen."

Sein Lächeln hätte genauso gut eine Drohung sein können, die über sein Gesicht zog. „Oh, die habe ich mir schon angesehen. Ich hatte ein nettes, langes Gespräch mit einem Mann namens Pistol. Er hatte mir eine Menge Geschichten über Sie und Ihr Mädchen zu erzählen. Ihr Name ist Shye, richtig?"

Wäre Gage nicht eingesprungen und hätte seine Hand gegen meine Brust gepresst, wäre ich wahrscheinlich auf der Stelle wegen Mordes am Hilfssheriff im Gefängnis gelandet.

„Alder." Gage stieß mich zurück. „Tu das nicht."

Aber meine Aufmerksamkeit galt nicht ihm. „Wenn Sie diesen Namen noch einmal in diese Stadt bringen, mache ich Sie fertig.

Grogan sah von meinem Ärger nicht überrascht aus. „Ist das eine Drohung, Alder Kennard?"

„Es ist ein verdammtes Versprechen." Ich schob Gage von mir weg und ging in die Küche, um mich zu vergewissern, dass es meinem Mädchen gut ging, um zu wissen, dass dieses Arschloch Pistol nicht irgendwie an mir vorbeigekommen war. Plötzlich wünschte ich mir, ich könnte Shye mit nach Hause nehmen und unsere Sachen packen. Ich war noch nie in meinem Leben vor etwas weggelaufen, aber ich hatte auch noch nie so viel zu verlieren. Wenn es nur um mich ginge, würde ich bis zum Umfallen kämpfen. Aber mit Shye an meiner Seite? Das änderte alles. Ich wollte sie in Sicherheit wissen, und Sicherheit bedeutet vielleicht nicht in Justice zu sein.

„Warten Sie", rief Grogan und hielt die Hände hoch. „Ich wollte nur mit Ihnen reden, Kennard."

„Ja, nun, Gerede ist überflüssig." Ich blieb an der Küchentür stehen und hielt den Blick des Arschlochs fest, als ich sagte: „Verschwinden Sie aus meiner Stadt, Hilfssheriff Grogan.

„Sie sind hier nicht das Gesetz."

Ich habe gelacht. Laut und lange. Ich habe mich praktisch quer durch das Restaurant gegrölt. „Wissen Sie, das habe ich erst vor ein paar Monaten von Sheriff Baker gehört. Genau dieselben Worte." Mein Lachen verstummte. „Er hat sich damals geirrt, und Sie irren sich jetzt. Ich bin das einzige Gesetz in dieser verdammten Stadt."

Grogan gab nicht nach. „Ich möchte mit Ihnen über die Soul Suckers sprechen."

„Solange dieses Gespräch keine Einzelheiten darüber enthält, wie Sie diese mordenden Arschlöcher festnehmen, habe ich nichts zu sagen.

Seine Lippen wurden dünn, seine Augen hart. „Ich kann sie nicht verhaften. Nicht ohne irgendeinen Fall, den ich dem Staatsanwalt vorlegen kann."

„Wie ich schon sagte…" Ich streckte meine Arme aus und wich zurück. „Ich wünsche Ihnen eine gute Fahrt aus der Stadt, Hilfssheriff Grogan. Rufen Sie das nächste Mal an, bevor Sie nach Justice kommen. Wir sind hier sehr beschäftigt."

Bevor ich nach hinten verschwinden konnte, versuchte es der verdammte Grogan ein letztes Mal. „Mark Baker war ein Freund von mir, wissen Sie."

„Sie sollten vorsichtiger sein, wen Sie Freund nennen, denn ich kann Ihnen eines garantieren, dieser Mann hätte Sie im Handumdrehen verraten. Genauso wie er alle anderen um sich herum verraten hatte."

Und damit stürmte ich durch die Schwingtür in die Küche und ließ den Hilfssheriff mit Gage zurück.

Shye stand da und wartete auf mich. „Geht es dir gut?"

Ich antwortete nicht, hob sie einfach hoch und trug sie in den hinteren Flur, wo ich mit ihr allein sein konnte. Wo ich, zusammenbrechen konnte, wenn auch nur für eine Sekunde, ohne dass es jemand anderes sah.

„Alder, Baby. Du machst mir Angst."

Noch eine weitere Sache, die ich zu meinem Stapel, wie ich sie im Stich gelassen habe, hinzufügen konnte. Ich blieb stehen, lehnte sie gegen eine Wand und ließ meine Hände an ihren Beinen heruntergleiten. Ich drückte sie mit meinem Körper gegen die Betonwand, während ich versuchte, zu Atem zu kommen. „Das wollte ich nicht."

„Ich weiß." Sie zerrte an meinen Haaren, was mich zum Grummeln brachte. Sie wusste, wie sehr ich es liebte, wenn sie das tat. „Was ist passiert?"

„Nichts, Liebes."

„Alder." Mein Name war eine Zurechtweisung auf ihren Lippen. Eine, die ich nicht völlig ignorieren konnte.

„Es ist nichts passiert. Noch nicht."

Sie warf mir einen harten, besorgten Blick zu. „Ich weiß *noch* nicht, ob mir das gefällt."

Wenn sie wüsste, was damit zu tun hatte, würde es das bestimmt nicht. „Es wird schon gut gehen, okay? Ich verspreche es."

Sie starrte mich an, so wunderschön und zerbrechlich. Sie segnete mich mit ihrem Lächeln, ihren fürsorglichen Augen und ihrem Körper, der sich um meinen geschlungen hatte. Sie war alles, worum ich Gott hätte bitten können, aber die Grausamkeiten des Lebens machte es mir schwer, an seine Existenz zu glauben. Shye ließ mich wieder glauben - ihre Güte, ihr Vertrauen. Ihr einfacher Glaube, den sie ohne Frage in mich setzte. Die Frau liebte mich, daran hatte ich keinen Zweifel. Sie liebte mich auf eine Weise, die ich niemals verdienen würde. Aber ich würde es auf jeden Fall versuchen.

„Ich liebe dich, Shye", flüsterte ich, unfähig, mich zurückzuhalten.

Ihr Lächeln wurde breiter und erhellte den ganzen verdammten Flur. „Ich weiß, dass du das tust."

„Ich glaube nicht, dass du weißt, wie sehr."

„Das tue ich, Alder. Das tue ich wirklich."

Worte, die ich so gerne hören wollte, nur an einem anderen Ort. Oder zum Teufel, an diesem Ort. Wenn sie diese Worte zu mir sagen würde und ein Priester neben uns stünde, könnten wir die Tat vollbringen, die ich schon so lange wollte. Solange sie am Ende in Großbuchstaben mir gehörte. Rechtlich.

Ich war das Gesetz in Justice, aber nicht für das hier. Nicht für Bezirksakten und Papierkram. Für sie wollte ich offiziell sein. Ich wollte alles.

Ich wollte sie für immer an mich binden. Aber um das zu bekommen, musste ich erst ein paar Dinge aus dem Weg räumen.

Kapitel

4

Es dauerte fast eine Stunde, bis ich Shye mit Gage und Katie alleine lassen konnte. Ich brauchte dreißig Minuten, um zum Sägewerk zu gelangen, während ich zurückfuhr und eine Runde durch die Straßen von Justice drehte, um sicherzugehen, dass der Hilfssheriff nicht irgendwo auf der Lauer lag. Zum Glück war ich so geistesgegenwärtig gewesen, Deacon eine SMS zu schicken, sobald ich das Restaurant verlassen hatte. Keine blumigen Worte oder guten Morgen. Nur ein einfaches *„Beweg deinen Arsch zum Sägewerk.“*

Er würde die Botschaft verstehen.

Deacon brauchte viel weniger Zeit, um dorthin zu gelangen, als ich erwartet hätte, denn es war noch früh am Morgen, und er neigte dazu, die Nacht durchzumachen. Sogar so wenig Zeit, dass er bereits in meinem Büro auf mich wartete, als ich endlich eintraf.

„Ich bin überrascht, dass du schon wach bist.“

Er warf mir einen Blick zu, der mir sagte, er sei nicht in der Stimmung für Scherze, und schob mir eine Tasse Kaffee über den Schreibtisch. „Irgendein Trottel schickte mir eine SMS, meinen Hintern hierher zu bewegen, gerade als ich schlafen gehen wollte, aber da mein Arsch mit dem Rest von mir verbunden ist, bekommst du das ganze Paket.“

Ich ließ mich auf meinen Platz hinter dem Schreibtisch fallen und griff nach dem Kaffee. Ich hatte eine volle Thermoskanne, die Shye heute Morgen für mich gemacht hatte, aber ich war kein Mann, der eine Tasse ablehnen würde. „Danke."

„Gern geschehen, Idiot." Er nahm einen Schluck von seinem Kaffee und beobachtete mich mit diesen fast Nerv tötenden grünen Augen über den Rand seiner Tasse hinweg. Ich wusste, worauf er wartete - eine Erklärung dafür, warum ich ihn hierher gerufen hatte. Er konnte sich beschweren, so viel er wollte, aber er war mein bester Freund. Ich wusste, dass er auftauchen würde, wenn ich ihn darum bat... oder forderte, sozusagen. Ich wusste auch, dass es niemanden sonst gab, den ich an meiner Seite haben wollte, während ich mich um das kümmerte, was ich tun musste. Ich kannte den Mann als Soldat und als Freund. Ich wusste, dass er dafür sorgen würde, dass wir bei jeder Mission das tun, was wir tun müssen - ohne Fragen zu stellen - und sauber wieder rauskommen. Deshalb hatte ich ihn angerufen und nicht einen meiner Brüder.

„Es ist Zeit."

Er reagierte kaum auf meine Worte, nur ein leichtes Kopfnicken, bevor er die Kaffeetasse von seinem Gesicht wegzog. „Hast du einen Plan?"

„Ich denke schon."

Das brachte mir eine Reaktion ein. Eine einzelne hochgezogene Augenbraue, die wie ein Fragezeichen in seinem Gesicht aussah. „Denkst du, oder weißt du es?"

Ich gab dem Ganzen die Zeit, die es verdiente, ließ alle Daten, die die Gage für uns über Pistols Leben ausgegraben hatte, durch meinen Kopf gehen, ließ die Informationen, die wir von dem Biker namens Parris erhalten hatten, die Lücken füllen. Ich ließ alle Teile des Puzzles in meinem Kopf an ihren Platz gleiten und ein solides Bild entstehen. Eines, mit dem ich mich direkt in das Leben von Pistol manövrieren konnte.

„Ich weiß es", sagte ich und beugte mich vor. „Ich habe genug

Zeit damit verbracht, Details durchzusehen und Dinge zu lernen, über die ich nie nachdenken wollte. Manche Dinge mögen spontan sein, aber die Basis meines Plans ist solide. Wir können das Problem in den Griff bekommen.“

„Bist du sicher, dass es nicht irgendwie auf Shye zurückfallen wird?“

Ich liebte es, dass er an mein Mädchen dachte, und das bewies, dass ihm mein Wohl am Herzen lag. Denn wenn es einen Rückschlag auf Shyes Weg gäbe, würde ich nie darüber hinwegkommen. „Ich werde dafür sorgen, dass das nicht passiert.“

Die Augenbrauen mit dem Fragezeichen wanderte an ihren Platz, und Deacon nahm noch einen Schluck von seinem Kaffee, bevor er sagte: „Dann bin ich dabei. Wann legen wir los?“

„Heute Abend.“

Wir verbrachten die nächsten Stunden damit, die Informationen durchzugehen, die wir über Pistol gesammelt hatten. Deacon überprüfte meinen Basisplan und erweiterte ihn, wobei er bestimmte Informationen berücksichtigte, die ich für unwichtig hielt, die er aber für wichtig hielt. Als wir fertig waren, hatten wir es geschafft, eine ganze Kanne Kaffee, eine Schachtel Kekse von der Frau eines meiner Mitarbeiter, drei Stifte und einen Marker, der während einer besonders stressigen Diskussion über die Aufräumarbeiten nach der Mission an die Wand geworfen wurde. Aber am Ende hatten wir einen klaren und präzisen Angriffsplan. Einen, dessen Umsetzung wahrscheinlich einige Tage dauern würde.

Was bedeutete, dass ich die Stadt für eine Weile verlassen musste. Und Shye.

Ich stapfte am Ende des Tages nach Hause und fürchtete mich vor dem Gespräch, das ich mit Shye führen musste. Ich wusste, dass sie mir sagen würde, dass es in Ordnung - dass sie ein paar

Tage ohne mich zurechtkommen würde. Aber ich wusste auch, dass sie lügen würde.

„Alder", sagte sie, sobald ich durch die Haustür kam, wandte sich vom Herd ab und eilte auf mich zu. Aber mein Mädchen war klug und verdammt aufmerksam, vor allem, wenn es um mich ging. Dieses Lächeln verblasste, je näher sie kam. „Was ist los?"

Genau wie gedacht. Klug. „Ich liebe dich, Liebes. Egal, was passiert."

Sie fühlte sich steif an, als ich meine Arme um sie schlang. Ich konnte es ihr nicht verübeln. Diese Antwort war Scheiße gewesen, aber ich war noch nicht bereit, ihr alles zu erklären. Noch nicht. Ich musste sie festhalten, sie in Sicherheit wissen. Dann konnte ich einen großen alten Schraubenschlüssel in das Getriebe unseres gemeinsamen Lebens werfen.

„Sag es mir." Sie zerrte an meinem Haar, küsste meinen Nacken und flüsterte wieder: „Sag es mir."

Ich hatte nicht genug Atem in den Lungen. „Ich muss für ein paar Tage wegfahren."

„Warum?"

Ich schüttelte den Kopf und weigerte mich, sie anzulügen. Aber ich war auch nicht bereit, es ihr zu sagen. „Ich habe Finn eingeladen, hier im Haus bei dir zu wohnen."

„Alder." Eine Ermahnung auf ihren Lippen. Eine, die mehr wehtat, als ich dachte.

Ich packte ihr Gesicht, zog sie näher heran und drückte meine Lippen an ihr Ohr. „Du weißt, ich kann es dir nicht sagen. Ich kann dich da nicht mit reinziehen."

Sie packte meine Handgelenke und zitterte. „Wann?", sagte sie.

„Heute Abend. Bald."

„Okay."

Und das war alles - ein Wort, und ich hatte ihre Zustimmung. Ihr Vertrauen. Ihr... alles. Ich hatte es nicht verdient. Aber sie wusste, was für ein Mann ich war - sie wusste, dass ich ein Soldat war, als wir zusammenkamen. Ein Beschützer. Sie hatte mich fast so sehr beobachtet wie ich sie in den drei Jahren, in denen wir uns gegenseitig umkreisten. Sie kam in diese Beziehung, weil sie wusste, dass ich alles tun würde, um sie zu beschützen.

Und das würde ich.

Alles.

„Komm schon", sagte sie mit einem Seufzer, als ich nicht mehr Informationen anbot. „Ich habe Abendessen gemacht. Lass uns etwas essen, bevor du... was auch immer tun musst."

Ich schnappte ihr Handgelenk, bevor sie gehen konnte. „Alles in Ordnung, Liebes?"

„Ich werde es sein. Sobald du wieder zu Hause bei mir bist. In Sicherheit."

Ja, das habe ich verstanden.

Das Abendessen war eine ruhige Angelegenheit, nur wir beide, gaben uns Mühe, nicht an das zu denken, was auf uns zukommt. Danach räumte ich den Geschirrspüler ein und schrubbte die Pfannen. Normal- nichts Ungewöhnliches, außer der erstickenden Spannung, die uns umgab. Als Finn ankam, warf er einen Blick auf Shye und verschwand im Unterhaltungsraum mit der Behauptung, er müsse bei irgendeinem Spiel den Spielstand überprüfen. Ich hatte das Gefühl, dass er uns nur Freiraum geben wollte, also ließ ich ihn ohne ein weiteres Wort gehen und ging nach oben, um zu packen. Shye folgte mir schweigend. Wachsam. Besorgt.

Ich überprüfte meine Tasche auf alles, was fehlen könnte, und warf sie auf das Bett. Dann holte ich meine Waffen. Zum Glück hatte ich die meisten davon so organisiert, dass ich mir eine Tasche oder einen Koffer schnappen und das ganze verdammte Ding mitnehmen konnte. Aber es gab einige wenige, eine Handvoll Gegenstände, die separat aufbewahrt wurden, da sie so wenig benutzt wurden. Ein paar Sprengsätze, einige Nachtsichtgeräte und Schutzwesten wurden dem Haufen hinzugefügt. Meine *„Nur für den Fall, dass etwas schiefgeht"*-Abteilung, sozusagen.

Shye muss wohl das gleiche gedacht haben. Plötzlich tauchte sie hinter mir auf, ihr kleiner Körper schlang sich um meinen. Ihre

Arme wanderten sich über meine Brust und ihr Kopf schmiegte sich an meine Wirbelsäule.

„Ich liebe dich, Alder.“

Mein Herz zerbrach fast unter der Süße dieser Worte, und ich ergriff eine ihrer Hände, um sie an meine Lippen zu ziehen. Ein Kuss, zwei. Ich klammerte mich an sie, so gut ich konnte. „Ich liebe dich auch, Liebes. Mehr als alles auf der Welt.“

„Du musst das nicht zu tun.“

Ich drehte mich um, ich wollte ihr Gesicht sehen. Ihren Augen begegnen. Egal, wie sehr mich die Tränen in ihnen quälten. „Ich will aber. Es ist Zeit, das letzte Stück zu bereinigen, und ich bin der einzige Mann, der das tun kann. Okay?“

Ihre gottverdammte Lippe zitterte und zerschmetterte etwas in mir. „Ich will dich nicht verlieren.“

„Das wirst du nicht.“

„Was ist, wenn du es nicht nach Hause schaffst?“

„Das werde ich. Egal was passiert, ich werde zu dir nach Hause zurückkommen. Immer.“ Ich zog sie in meine Arme und drückte ihren kleinen Körper an meine Brust. und meinte jedes Wort meines Versprechens ihr gegenüber ernst. „Ich tue das für uns, Shye. Und wenn es einmal vorbei ist, weiß ich, dass du in Sicherheit bist - ich werde dich heiraten, und wir werden den Rest unseres Lebens genauso verbringen, in einander verschlungen. Du und ich. Und vielleicht ein Hund.“

Sie schnaubte eine Art von Lachen. „Das denkst du, ja?“

„Das weiß ich, obwohl der Hund nur eine Möglichkeit ist. Es hat mir nicht gefallen, dass Rex so viel von deiner Zeit in Anspruch genommen hat, als wir ihn ein paar Tagen bei uns hatten.“ Ich gab ihr einen zärtlichen Kuss, wollte den Geschmack von ihr, hielt mich aber zurück. Ich wusste, dass sie in diesem Moment mehr Worte brauchte. Ernsthafte Worte - keine Scherze mehr. „Ich werde mich um die Bedrohungen gegen dich kümmern, dann können wir unser gemeinsames Leben beginnen. Sobald ich meinen Job als dein Mann erledigt habe.“

„Oh, Alder." Sie erhob sich, um mich noch einmal zu küssen, um ihre Lippen sanft auf meine zu pressen, bevor sie sich wieder fallen ließ. „Ich würde dich heute heiraten, wenn du mich darum bitten würdest."

Das war zumindest ein Lichtblick für meinen Tag. „Ich würde dich sofort fragen, wenn ich diese Scheiße geregelt hätte. Also, sei bereit, meine Schöne. Ich werde eine Frage an dich haben, wenn ich nach Hause komme."

Ich schnappte mir meine Taschen und wusste, dass es Zeit war, loszulegen. Deacon würde im Jury Room auf mich warten. Je eher ich ging, desto schneller war ich mit der Sache fertig. Und desto eher konnte ich nach Hause zu meinem Mädchen und dem Leben kommen, das ich immer gewollt hatte.

Shye folgte mir zur Haustür und auf die Veranda. Sie sah zu, wie ich meinen Truck belud. Sie sah aus wie ein gottverdammter Engel, der sich am Pfosten am oberen Ende der Treppe anlehnte, als die letzten Sonnenstrahlen, die über die Berge und Bäume fielen, sie in einen goldenen Schein tauchte.

Wie hätte ich mich von ihr verabschieden sollen?

Wie könnte ich das nicht, wenn ich wusste, was in den Schatten lauerte?

Als ich meinen Truck startklar hatte, eilte ich zurück zur Veranda. Zurück zu ihr. Ich gab ihr einen letzten innigen Kuss, und fuhr mit meinen Händen über ihren Hintern, bevor ich mich zurückzog. Bevor ich die Treppe hinunterging. Bevor ich sie verließ. Aber ich würde zurückkommen, und dann...

„Sei bereit, Liebes."

„Wofür?"

Ich schenkte ihr ein Grinsen. „Damit ich bitten kann, mich zu heiraten, sobald ich nach Hause komme."

„Oh, das werde ich, aber du solltest besser auch bereit sein."

„Wofür?"

Sie drehte sich auf dem Absatz um und hüpfte zurück zur Tür und antwortete mir erst, als sie praktisch wieder drinnen war. „Damit ich ja sagen kann."

Ich konnte mir ein Grinsen nicht verkneifen. Ja, dazu würde ich bereit sein. Es gab nur ein Hindernis, das mir im Weg stand, und ich würde mich darum kümmern. Es war an der Zeit.

Zeit, ihren Stiefbruder zu töten.

Kapitel

5

„Na, ist das nicht das perfekte kleine Versteck?" Deacon schaute aus dem Seitenfenster, sein Gesicht im Schatten. „Dieser Typ hat uns gut reingelegt, nicht wahr?"

„Und ob der das hat." Ich bog ein letztes Mal um die Ecke, bevor ich am Bordstein in einer ruhigen Wohnstraße einen Block von unserem Ziel entfernt parkte. „Lass uns erst einmal zu Fuß gehen. Wir kommen zurück und holen das Zeug."

Es hat keinen Sinn, unsere Feinde zu warnen, dass etwas im Gange ist, denn Rücklichter waren verdammt schwer zu verstecken.

„Klingt nach einem Plan." Deacon sprang aus dem Truck und schloss leise die Tür, während er sich in der dunklen und fast menschenleeren Nachbarschaft umsah. Ja. Unser Mann hatte seinen eigenen Mord gut eingefädelt, auch wenn er es noch nicht wusste.

Pistol, alias Colt, alias Dead Man Walking, lebte in einem einstöckigen Ranchhaus etwas außerhalb der Stadtgrenze von Boulder. Sein Haus lag zurückgesetzt von der Straße, mit großen, überwucherten Büschen rundherum und riesigen Bäumen, die den größten Teil des Grundstücks beschatteten. Schäbig wäre eine gute Beschreibung für das Grundstück gewesen. Aber er passte genau hierher. Die Nachbarschaft selbst hatte sich im Laufe der Jahre offensichtlich verschlechtert, denn in seiner Straße standen viele Häuser leer, und es gab solche, die eine dringende Sanierung zu benötigen schienen.

Zum Glück hatten wir bei unseren Nachforschungen herausgefunden, dass direkt gegenüber von ihm ein leerer Platz war. Wie die meisten Häuser in der Straße lag auch unser vorübergehendes Zuhause von der Straße zurück und stand im Schatten großer, alter Bäume und überwucherten Büschen. Ich bezweifelte, dass jemand das Haus von der Straße aus überhaupt sehen konnte. Die Situation war so, wie wir sie uns für unsere Spezialeinheiten gewünscht hätten - einfacher Einzug, leichter Zugang zum Ziel für die Überwachung, einfache Extraktion. Der einzige schwierige Teil wäre, die Geduld zu haben, auf den richtigen Zeitpunkt für einen Angriff zu warten. Das war keine Standardmission der Regierung - es ging um meine Frau, und die Kontrolle zu finden, nicht über die Straße zu laufen, um dem Arschloch, das ihr Angst einflößte, das Genick zu brechen, war wahrscheinlich das Schwierigste, was ich je tun musste.

Deacon kümmerte sich um den eigentlichen Einbruch - er war in dieser Hinsicht immer sehr geschickt -, also kümmerte ich mich darum, die Ausrüstung hineinzuschleusen, durch die Höfe zu fahren und mich von den Gehwegen fernzuhalten, nur für alle Fälle. Sobald wir uns relativ gut eingelebt hatten, stellten wir unsere Ausrüstung für die Aufnahme von Bildern, Video und Ton von Pistols Haus auf. Legal? Auf keinen Fall. Das war auch nicht das, was ich mit ihm vorhatte, sobald wir genug Informationen hatten, um unseren Zug zu machen.

Am nächsten Morgen, als Pistol zu seinem wöchentlichen Lunch-Meeting mit seinem Clubpräsidenten aufbrach - vielen Dank, Gage, für all deine Nachforschungen - schlich ich mich in seine Wohnung, um ein paar Wanzen zu installieren. Ich dachte nicht, dass sie uns etwas Nützliches bringen würden, aber die Überprüfung von Zielen und Informationen war für Deacon und mich ein alter Hut. Fast schon Gewohnheit. Wir hörten und beobachteten ein oder zwei Tage lang, bevor wir etwas unternahmen.

Das bedeutete Zeit ohne mein Mädchen, und das brachte mich nicht gerade in die beste Stimmung. Etwas, das mein Partner bei diesem Unterfangen nicht zu schätzen wusste.

Dieser erste volle Tag war ein langer Tag.

„Hier", sagte Deacon an diesem ersten Morgen im Haus, als er mir eine Tasse Kaffee und einen Donut von einem dieser Kettenläden vors Gesicht schob. „Ich habe Frühstück geholt, während ich die Umgebung bewachte."

Der Kaffee war auf keinen Fall so gut wie der von Shye. „Ich bin nicht hungrig."

„Nein, aber du bist ein Arschloch. Nimm etwas Zucker - vielleicht bessert sich dann deine Laune."

Das Einzige, was meine Stimmung verbessern würde, war, diese Mission zu beenden und zu meinem Mädchen nach Hause zurückzukehren. Im Moment ein Ding der Unmöglichkeit. Ich konnte ihr nicht einmal eine SMS schreiben, ohne mir Sorgen zu machen, dass sie irgendwie mit der Sache in Verbindung gebracht werden könnte. Niemand durfte wissen, dass wir in Boulder waren - laut unseren Freunden und Shye waren wir für ein Männerwochenende in Vegas. Wir hatten sogar Bishop, der unterwegs ein paar Einkäufe mit ein paar Kreditkarten tätigte, die wir ihm geschickt hatten, nur um uns abzusichern. Falls fragen sollte, gab es Papierbeweise, dass Alder Kennard und Deacon Manns auf dem Strip herumhingen. Solange niemand nach Kameraaufnahmen suchte, würde das, was in Vegas passierte, in Vegas bleiben.

Also, ja. Ich war launisch. Deacon war es wahrscheinlich schon leid, sich mit mir abzugeben.

Ich nahm den verdammten Kaffee und den Donut. „Danke."

„So ist es besser." Er nahm einen Schluck von seinem Kaffee, bevor er sich auf seinem Platz vor dem Fenster niederließ. Er wäre gerne noch weiter oben gewesen - am Fenster im zweiten Stock oder sogar auf dem Dach - aber diese Möglichkeit hatten wir bei dem Haus, in dem wir wohnten, nicht. Das macht nichts. Wenn die Zeit gekommen wäre, würde er zu einem Schuss kommen. Das war nicht das, was wir wollten - ich zog es vor, mit dem Bastard von Angesicht zu Angesicht zu verhandeln. Ihn sehen lassen, was auf ihn zukommt, anstatt ihm das Geschenk eines schnellen Todes zu machen. Außerdem könnte ein Schuss über die Straße Aufmerksamkeit erregen, egal welche Art von Geräuschminderung Deacon an seinem Langstreckengewehr hatte. Das wollten wir definitiv nicht, aber ich würde Pistol auf jede erdenkliche Art und Weise ausschalten. Solange weder Deacon noch ich mit seiner Ermordung in Verbindung gebracht werden konnten, wäre es ein guter Mord. Ich würde es aber lieber perfekt machen.

„Glaubst du, Camden kommt zurück?", fragte Deacon aus heiterem Himmel und riss meine Aufmerksamkeit vom Haus auf der anderen Straßenseite weg.

„Ja", sagte ich, nachdem ich über die Frage nachgedacht hatte. „Eines Tages."

„Was mit ihm passiert ist... es verändert einen Mann. Es macht ihn vielleicht zu einem anderen Menschen, als man ihn kennt."

Richtig. Die Soul Suckers hatten Camdens Haus niedergebrannt, während er weg war, und dabei seine Frau eingeschlossen und getötet. Wir hatten einen der Scheißkerle, die das getan hatten, ausgeschaltet, aber der andere - ein Soul Sucker mit dem Straßennamen Coyote - war immer noch da draußen. Camden wusste es, wusste, dass einer der Männer, die für Leahs Tod verantwortlich waren, noch atmete, und diese Tatsache hatte an ihm genagt, bis er durchgedreht war. Die Narbe von Leahs Mord war immer noch tief in mir. Ich konnte mir nicht einmal vorstellen, wie tief sie bei ihm war. Wenn diese Arschlöcher Shye erwischt hätten...

„Scheiße." Ich schüttelte den Kopf, als Deacon aufsah. „Ich mache mir nur... Sorgen um Shye."

„Finn ist bei ihr."

Mein jüngster Bruder - einer von zwei Zwillingen - und ein ehemaliger Drogensüchtiger. „Ja."

Und doch nagten Zweifel an mir - habe ich das Richtige getan? War Shye in Sicherheit? Hatte ich gute Entscheidungen für sie getroffen, für die Stadt, für alle? Der Tod von Camdens Frau hatte mich aus der Bahn geworfen, und dass Camden mir die Schuld an diesem Tod in die Schuhe schob, bevor er die Stadt verließ, hatte einen tiefen Riss in mein Selbstvertrauen gerissen. Was, wenn alle meine Entscheidungen falsch waren? Was, wenn...

„Hör auf damit." Deacon zeigte mit dem Finger auf mich, als ich in seine Richtung schaute. „Ich kenne dich verdammt gut und kann fast riechen, wie deine Gedanken in deinem Kopf aufflammen. Hör auf, an dir selbst zu zweifeln. Niemand hätte vorhersehen können, was mit Shyes Wohnwagen oder Camdens Haus passiert ist. Niemand konnte es vorhersehen. Nicht einmal der große und mächtige Alder Kennard."

Arschloch. „Ich hätte dich bei Shye lassen und Finn mitbringen sollen. Wenigstens redet er nicht so viel."

„Ja, aber dann wäre ich mit deiner Frau allein."

„Du meinst, du würdest versuchen, sie mir zu stehlen?"

„Ein Mann kann nicht stehlen, was nicht gestohlen werden will. Aber ich bin ein charmantes Arschloch. Sogar Felicia sagt das."

Eine Frau aus Rock Falls, mit der Deacon ein wenig Zeit verbracht hatte. „Du hattest was... drei Dates? Ich würde mich mit der Annahme zurückhalten, dass dein Charme funktioniert."

„Ich sage dir, dass es Übernachtungen gibt. Ich habe das in der Tasche."

„Ja, nun...Taschen reißen, Arschloch. Du solltest das Ding besser verstärken."

„Ist es das, was du mit Shye machst? Verstärken?"

Mein Mädchen schien es nicht nötig zu haben, daran erinnert zu werden, wie viel sie mir bedeutete, aber ich habe es trotzdem getan. Und das jeden Tag. „Verdammt richtig, das ist es."

„Du stehst unter dem Pantoffel."

„So soll es sein. Ich bin glücklich."

„Siehst du? Ich habe dir doch gesagt, dass der Zucker dich in eine bessere Stimmung versetzt. Er grinste mich an, bevor er noch einen Schluck seines Kaffees nahm und sein Gewehr so einstellte, dass er das Zielfernrohr sehen konnte. Mein Gott, der Mann hatte eine tolle Einstellung. Und ich war der größte Glückspilz der Welt, ihn an meiner Seite zu haben.

„Glaubst du, Finn bleibt nüchtern?", fragte ich und brach das Schweigen, als die Sonne begann, hinter die Baumkronen zu versinken. Wir hatten den ganzen Tag zugesehen, gewartet und dem Nichts im Leben eines anderen Mannes zugehört. Wir hatten nichts Neues gelernt, außer dass Pistol Zitronen in seinem Wasser und Erdnüsse in seinem Bier mochte. Dieser Scheiß ist lebenswichtig. Völlig lebenswichtig.

Deacon, der halb unter dem vorderen Fenster lag, zuckte die Achseln und ließ das Haus auf der anderen Straßenseite nicht aus den Augen. „Kommt darauf an, wie sehr er es will."

„Scheint es ziemlich dringend zu wollen."

„Scheint so. Vorläufig." Er setzte sich ein wenig auf und knackte mit dem Nacken. „Machst du dir über etwas Bestimmtes Sorgen?"

„Anabeth." Das Mädchen unseres anderen Bruders. Bishop und Anabeth waren in der Schule zusammen gewesen, aber dann verschwand sie. Ich wusste, wie sehr ihn das mitgenommen hatte, weil ich ihn aus der Gosse von Las Vegas geholt hatte, nachdem er versucht hatte, sie aufzuspüren. Sie war vor kurzem zurückgekommen, und wir wussten endlich, dass sie wegen ihres und Finns Drogenkonsums gegangen war. Bishop machte sich Sorgen, dass Finn sie wieder in dieses Leben zurückziehen könnte - meine Sorgen gingen in die andere Richtung.

„Sie nimmt nichts."

„Das weiß ich." Ich wusste es. Und doch... „Aber da ist eine Erinnerung, mit der jede Peron zu kämpfen hat, und es gibt noch Bishops Wut. Ich habe ihn noch nie so wütend gesehen wie an dem Tag, als er Finn schlug."

„Ich will Gewalt nicht gutheißen." Deacon schenkte mir ein

sarkastisches Lächeln, „Aber Finn hat den Schlag verdient. Wenn auch nur, weil er ihren Drogenkonsum vor B. geheim gehalten hat. Finn wusste, dass Bishop dieses Mädchen heiraten wollte - das geht über Freundschaft hinaus. Der Kodex zwischen verheirateten Menschen übertrifft alles.“

„Auch zwischen Brüdern?“

„Ja.“

„Zwischen Waffenbrüdern?“

Sein Gesicht wurde ernst. „Ja, das tut es. Ich weiß, wo ich stehe, wenn es um Shye geht. Sie wird mir bei dir immer den Rang ablaufen. Ich weiß es, ich akzeptiere es, und ich freue mich, dass du sie gefunden hast. Sie ist ein Teil von dir, und ich werde alles tun, um sie für dich zu beschützen.“ Er stand auf und streckte sich. „Außer noch eine gottverdammte Sekunde auf diesem harten Boden zu sitzen. Mein Arsch wird mir das nie verzeihen.“

Der Mann war der König des Themenwechsels, aber seine Worte trafen trotzdem ins Schwarze. „Du weißt, dass es mir genauso gehen würde, wenn es andersherum wäre.“

„Das tue ich. Deshalb bin ich froh, dass ich noch niemanden habe – du wärst ein ganz schön nerviger Beschützer. Das würde mich verrückt machen.“ Er klopfte mir auf die Schulter, als er vorbeiging. „Ich hole mir ein Kissen, um mich darauf zu setzen. Mein Arsch hat es verdient.“

Ja. Das hat er. So wie der Rest von ihm - er verdiente das Beste, weil er der beste Freund war, den man sich wünschen konnte. Und das würde er immer sein.

Ich wollte Deacon umbringen.

„Aber im Ernst. Shye ist einfach so klein.“

„Deacon.“

„Ich verstehe es einfach nicht. Du bist so viel größer als sie. Wie funktioniert das?“

„Herrgott. Ich rede nicht davon."

Deacon stand auf und eilte aus dem Raum und ließ mich zum ersten Mal seit einigen Stunden allein. Er kam viel zu früh zurück und ließ mir einen Block Papier und einen Marker in den Schoß fallen. „Was zum Teufel ist das?"

„Du hast gesagt, du willst nicht darüber reden."

Mein Sexleben mit Shye? Kein bisschen. „Ja. Und?"

„Also rede nicht. Zeichne. Strichmännchen genügen. Ich muss die Logistik verstehen wie... Au, scheiße, Mann, das tat weh."

Ich schlug den Papierblock von meinem Schoß und grinste und war verdammt stolz darauf, mein Ziel genau getroffen zu haben. „Du bist nicht der Einzige, der gut zielen kann."

Deacon rieb sich die Stirn, bevor er seine Hand herabließ, um sie zu betrachten. „Den hast du ohne Kappe geworfen."

„Allerdings."

„Das ist ein Permanentmarker."

Nicht wirklich. Irgendwann würde er den schwarzen Schrägstrich schon abbekommen. „Frag nicht nach meinem Sexleben."

Tag zwei verging ähnlich wie Tag eins, aber mit einer massiven Veränderung. Pistol hatte Gesellschaft.

„Was glaubst du, was hier vor sich geht?" fragte Deacon, nachdem das dritte Auto gekommen und gegangen war.

„Ich weiß, was du machst." Und das war nichts. Nada. Null. Die Wanzen fingen immer noch Gespräche auf, aber es war, als ob die Wichser in einem Code sprachen. Alles, was ich verstehen konnte, war, dass in ein paar Stunden eine Art Lieferung eintreffen würde, auf die Pistol sich freute. „Könnten Drogen sein."

„Ich setze auf Waffen."

„Scheint nicht sein Ding zu sein."

„Vielleicht nicht, aber Drogen auch nicht."

„Beides bringt Geld."

„Das scheint definitiv mehr sein Ding zu sein. Er ist ein opportunistisches Arschloch."

Deacon hatte nicht unrecht. Pistol machte sich mehr Sorgen darüber, wie viel Geld der Club einnahm, als ich für jemanden in seiner Position erwartet hätte. Er war kein Kassierer - er war ein Vollstrecker. Das Rückgrat seiner Crew. Die Sache mit dem Geld musste etwas Internes mit seinem Club zu tun haben. Ein Ereignis oder eine Bestrafung oder Verantwortung, zu der wir nie Zugang hätten, es sei denn, er würde es zu Hause ausplaudern, was ich stark bezweifelte. Typen in Motorradclubs - vor allem solche, die wie Pistol in ihnen aufgewachsen waren - waren notorisch wortkarg.

Trotzdem hat mir etwas an den Plänen für heute Abend nicht gefallen. Nicht nur der Geldaspekt. Ich brauchte allerdings eine Weile, um herauszufinden, was.

„Das scheint etwas Persönliches zu sein", sagte ich schließlich. „Wie etwas, das *er* will, nicht etwas für den Club."

„Aber der Club steht hinter ihm, mit was auch immer es ist."

Ein Geschenk. Ein Zeichen für einen gut gemachten Job... das war es. So wie Pistol darüber sprach, so wie die anderen Männer gekommen waren. Pistol wurde für etwas belohnt.

„Er hat etwas getan, worüber der Club erfreut ist. Genau das ist es. Sie werden..."

In diesem Moment fuhr ein Auto vor Pistols Haus vor. Deacon und ich atmeten kaum, als wir aus dem vorderen Fenster starrten. Die Sonne war fast schon untergegangen, die Schatten um unser und Pistols Grundstück wurden immer tiefer. Aber es gab genug Licht, um zu sehen. Genug, um die vier Männer zu erkennen, die aus dem Fahrzeug stiegen. Große Kerle - Kämpfer. Wahrscheinlich Club-Schläger.

Aber was mir das Blut in den Adern gefrieren ließ, war, als sie eine fünfte Person vom Rücksitz zerrten. Schleiften. Denn diese Person passte nicht zu den anderen. ganz und gar nicht.

Klein von Statur und Körperbau.

Eindeutig weiblich.

Gefesselt.

Sie hatten jemanden entführt.

Und dieser Jemand sah meiner Frau so ähnlich, dass mir das Blut in den Adern gefror.

Dreißig Männer oder dreißig Peitschenhiebe.

„Scheiße", sagte Deacon, bevor er sich das Wegwerf-Handy schnappte, das er neben sich aufbewahrt hatte.

„Was machst du da?"

Er hielt seinen Blick auf den Bildschirm gerichtet, während seine Daumen über die Tasten flogen. „Sicherstellen, dass es Finn und deinem Mädchen gut geht."

„Das ist nicht Shye." Ich begegnete seinem Blick direkt, als seine Augen zu meinen huschten. „Ich kenne mein Mädchen - das ist sie nicht. Sie ist größer als Shye."

Deacon legte den Hörer auf und schaute wieder aus dem Fenster. Ich konnte die Angst in seinem Gesicht sehen, die Sorge um das Mädchen. Sie machte uns einen Strich durch die Rechnung. Einen großen. Einen, mit dem ich fertig werden müsste, bevor wir beenden könnten, weswegen wir hierhergekommen sind.

Ich erhob mich auf und ging zu meiner Waffentasche, wobei sich meine Gedanken auf die anstehende Aufgabe konzentrierten. Auf die Mission, die gerade in den Vordergrund unserer Ziele gerückt worden war. Die erste Regel der Planung war, dass sich Prioritäten ändern, und man musste in der Lage sein, sich ihnen anzupassen.

Zeit zum Ändern.

„Was machst du da?", Deacon blieb auf dem Boden vor dem Haus und schaute immer noch aus dem Fenster. Aber er hörte mir zu. Er war bereit, mich zu unterstützen. Gut so.

Ich schlüpfte in meine Lederhandschuhe und schnappte mir dann das eingepackte Nachtsichtgerät und ein paar kleine Handgranaten. Nicht genug Knall, um das Haus von Pistol vollständig in die Luft zu jagen, aber genug, um ihn zu aufzuschrecken, wenn es nötig war. Ich hatte das Gefühl, dass ich das brauchen würde.

„Alder?"

Ich lud meine Ersatzwaffe und stellte sicher, dass ich zusätzliche Munition bei mir hatte. Das Jagdmesser steckte ich in den Gurt an meinem Oberschenkel. Ich steckte eine Schachtel Streichhölzer in eine andere Tasche - Streichhölzer waren bei solchen Jobs immer sehr nützlich. Als ich fertig war und mich bereit fühlte, es mit dem Feind aufzunehmen, schenkte ich Deacon noch einmal meine Aufmerksamkeit. „Du dachtest, das sei Shye."

„Das habe ich."

„Es hätte sein können. Die Wahrscheinlichkeit wäre groß gewesen."

Deacon runzelte die Stirn. „Aber nicht heute."

Nein. Aber es Möglichkeit ließ mich nicht los. Die Erinnerung an Shye, die vor meiner Berührung zurückschreckte und sich selbst - ihre Narben - vor mir verbarg, wollte meine Gedanken nicht verlassen. Ich hatte das Gefühl, dass ich wusste, was in diesem Haus, mit dieser Blondine, geschehen würde, und es gab keine verdammte Möglichkeit, mich zurückzulehnen und nichts zu tun.

Es war also Zeit, etwas zu unternehmen. „Ich möchte nicht, dass jemand anders so endet wie mein Mädchen - mit Narben am Körper und mit Angst, die so tief im Inneren sitzt, dass sie das Gefühl hat, sich vor der Welt verstecken zu müssen. Ich werde mich nicht zurücklehnen und nichts tun. Ich kann das nicht zulassen."

Deacon schwieg einen Moment lang, bevor er aufstand. Er setzte sein Langstreckengewehr ab und holte sich eine Handfeuerwaffe aus seinem Vorrat, wobei er denselben Vorbereitungsprozess durchlief, den ich gerade hatte. Er sichtete seine Waffen, schob zusätzliche Munition in strategische Taschen und griff nach den Werkzeugen, die er für den bevorstehenden Kampf zu brauchen glaubte.

Derjenige, der nicht wirklich sein Kampf war. „Was machst du da?"

Er zuckte die Achseln. „Was auch immer du mir verdammt noch mal sagst."

„Wir sagten, keine Zeugen, womit ich bis jetzt einverstanden war. Das Mädchen stand nicht im Plan, aber ich lasse nicht zu, dass sie ein Kollateralschaden wird.“

„Dann wird sie es nicht sein, und wir werden uns darum kümmern, wie wir die Dinge ruhig halten können, sobald wir sie da rausgeholt haben.“ Er schnappte sich einen Apfel aus seiner Tasche und nahm einen riesigen Bissen. „Aufsatteln, Cowboy. Es ist Zeit, eine Jungfrau in Not zu retten.“

Zu einer solchen Aussage gab es nur eines zu sagen.

„Hooah.“

Kapitel

6

Zwei der Männer, die bei Pistol aufgetaucht waren, verschwanden, kurz nachdem sie das Mädchen im Haus abgesetzt hatten, und ließen sie und drei Zielpersonen zurück. Solange sie nicht über eine mehr Feuerkraft verfügten als Deacon und ich - oder uns kommen sahen, bevor wir an ihnen dran waren - würde diese Mission als Erfolg verbucht werden. Das war nicht eingebildet, arrogant oder überheblich - wir hatten mit diesen Arschlöchern genug zu tun, um ihre Fähigkeiten zu kennen - oder deren Mangel. Wir hatten bereits einige von ihnen unter die Erde gebracht. Wir hatten das hier im Griff.

Und als ich an Shye und die Narben auf ihrem Rücken dachte, wusste ich, dass wir das haben *mussten*. Es durfte kein Versagen geben.

Deacon und ich schlichen uns durch die Hintertür hinaus und schlüpften um die Seite unseres geliehenen Hauses herum. Die Sonne war schon etwas mehr untergegangen, und die Schatten hatten sich vertieft. Die einzigen Straßenlaternen in diesem Teil der Stadt befanden sich an den Kreuzungen, so dass es an unserem Ende des Blocks schön dunkel werden würde, sobald die Nacht ganz hereingebrochen war. Genau das, was wir brauchen würden, wenn wir mit dem, was uns bevorsteht, fertig werden wollten.

Das Aufräumen der Leichen war im Dunkeln am einfachsten. Da gab es keinen Zweifel.

Die beiden verbliebenen Soul Suckers saßen auf der hinteren Veranda, rauchten Zigaretten und unterhielten sich leise miteinander. Als ob dies ein normaler Abend wäre, ein ganz typischer Abend für sie. Eine Frau entführen, sie Pistol überlassen, damit er mit ihr machen kann, was er will... und was dann? Würden sie sie töten? Sie zurück in ihr Clubhaus bringen, um sie unter Drogen zu setzen und als Club-Muschi zu benutzen? Oder noch schlimmer? Denn so schlimm dies auch war, in der Welt der sexuellen Sklaverei gab es immer Schlimmeres.

Deacon und ich standen an der Ecke von Pistols Haus und hörten zu. Wir warteten auf unsere Chance, diese beiden Arschlöcher auszuschalten und den Weg nach drinnen freizumachen. Es geschah schneller, als einer von uns erwartet hatte.

„Ich muss mal pissen", sagte Soul Sucker Eins, als er aufstand. Das Geräusch seiner Schritte bewegte sich jedoch in Richtung des Hofes. Nicht ins Haus. Etwas, das sein Partner für uns zu bestätigen schien.

„Da ist ein Klo im Haus."

„Nein. Ich will Pistol nicht stören. Der Mann geht mir seit Wochen verdammt auf die Nerven - lass ihn etwas von seinem Frust abarbeiten."

Nummer Zwei lachte in sich hinein als Nummer Eins über den Hof in Richtung der freistehenden Garage ging. Deacon gab mir die Handzeichen, um seinen Plan zu erläutern - er würde Nummer Eins folgen, und ich müsste Nummer Zwei ausschalten, bevor er entlang der Zaunlinie zur gegenüberliegenden Seite der Garage schlich, wohin Nummer Eins gegangen war. Wenn Zwei aufpasste, hatte ich etwa drei Sekunden Zeit, um ihn auszuschalten, bevor er Eins und Pistol alarmierte, dass wir da waren. Wenn er aufpassen würde...

Das hatte er nicht.

Deacon schaffte es bis zur Ecke der Garage und verschwand um sie herum, so dass ich Zeit hatte, mich vorsichtig der Veranda zu nähern. Zwei sah mich nicht kommen – nicht bis zur letztmöglichen Sekunde, was genau das war, was ich wollte. Ich wollte, dass seine Augen auf mich gerichtet waren, ich wollte mein Ziel genau sehen, bevor ich schoss. Ein Schuss. Ein kleiner Knall, der durch die Luft prallte, während mein Schalldämpfer seine Arbeit tat. Ein leises Ächzen war das letzte Geräusch von Zwei.

Einer ist tot, einer muss entsorgt werden.

Normalerweise würde ich niemanden an einem, wie ich finde, öffentlichen Ort erschießen. Zu unschön. Aber die Kugeln, die ich in meiner Waffe hatte, waren für diese Art von Job gedacht. Sie durchschlugen das Fleisch wie eine normale Kugel, aber das war auch schon alles, was normal war. Mit diesen Kugeln gab es keine Durchschüsse, keine zweite Wunde, da die Kugel den Körper nicht verließ. Sie drangen ein und explodierten dann wie eine winzige Bombe, die das Fleisch durchschlug und Splitter durch die unmittelbare Umgebung schickte. Effektiv zum Töten und viel weniger zum Aufräumen. Etwas, das mir bei der Planung im Hinterkopf behalten musste und auf das Deacon sichergestellt hatte, dass ich darauf vorbereitet war. Ich musste meinen Arsch zurück zu Shye bewegen und ihn dort halten, was bedeutete, dass schlampige Fehler, welche die Behörden zu meiner Tür führen könnten, nicht erlaubt waren.

Ich schleppte Zwei nach hinten in die Garage, weil ich dachte, Deacon hätte sein Ziel bereits erledigt. Damit lag ich nicht falsch. Ich fand meinen Partner in der Tür zu dem bröckelnden alten Gebäude stehen, er sah viel entspannter aus, als es ein Mann auf einer Mission tun sollte.

„Hat ja lange genug gedauert", sagte er und grinste mich dabei an. „Brauchst du Hilfe dabei, alter Mann?"

Wenn Blicke töten könnten, wäre er wahrscheinlich tot. „Geh einfach von der Tür weg, Idiot."

Er trat zurück, immer noch grinsend, und schwang seinen Arm einladend zur Seite. Ich hievte meine Ladung hinein und ließ sie auf den anderen Körper fallen, der bereits auf dem Boden lag.

„Wie werden wir mit ihnen fertig?"

Deacon kam näher und starrte auf die beiden Leichen, die wir auf jeden Fall loswerden müssten. „Ich sage, wir verbrennen den Ort. Einfach, effektiv, aber es lenkt die Aufmerksamkeit sofort auf den Angriff."

Stimmt. Und wir wollten nicht in der Nähe sein, wenn diese Art von Information herauskam. „Kümmern wir uns zuerst um Pistol, dann treffen wir die endgültige Entscheidung über die Säuberung. Ich will mich nicht auf eine Sache festlegen, fall die Situation unordentlich wird."

„Da ist ein Mädchen drin. Höchstwahrscheinlich eine Unschuldige. Es ist bereits unordentlich."

Die war Wahr. Aber daran konnte ich nicht viel ändern. „Bereit?"

„Immer. Lass uns die Verbindung zwischen den Soul Suckers und deiner Frau unterbrechen."

Genau meine Gedanken.

Wir schafften es nicht einmal bis zur Hintertür des Hauses, bevor wir es hörten. Laute, dröhnende Musik, eine Art rhythmisches Knacken, das nicht ganz in den Takt passte, und das Mädchen. Sie schrie. Weinte.

Verdammtes Anflehen.

Alles, woran ich denken konnte, war Shye; alles, was ich mir vorstellen konnte, war sie in diesem Haus. Tränen befleckten ihr hübsches Gesicht. Verzweifelte Bitten an Pistol - ihren eigenen Stiefbruder - ihr nicht länger weh zu tun.

Die Wut in mir hätte die ganze Stadt Justice ein Jahr lang beheizen können, so hell und heiß brannte sie. Sie brachte mich in Bewegung, machte meine Schritte stark und sicher, ließ mich das Haus betreten, ohne einen Gedanken daran zu verschwenden, still zu sein. Scheiß drauf. Lass Pistol wissen, dass wir ihn holen wollten. Wenn er das täte, würde er vielleicht aufhören, was auch immer er da drinnen tat, und das Mädchen könnte Chance bekommen. Ich hatte das Gefühl, dass niemand Shye eine Chance gegeben hatte.

„Alder, warte." Deacon griff nach meinem Arm und fuhr mir direkt ins Gesicht, als ich ihn von mir stieß. „Das ist nicht dein Mädchen da drin."

„Das weiß ich."

„Dann mach verdammt noch mal langsamer."

Das Mädchen schrie wieder, und ich hörte Shye in ihrer Stimme. Ich hörte, wie die Frau, die ich liebte, um Gnade flehte. Ich konnte nicht langsam machen. Es war einfach keine Option.

Ich rannte den Flur hinunter, Deacon murmelte ein leises *Fuck,* bevor er mir folgte. Die Tür am Ende war geschlossen, die Musik und andere Geräusche kamen von dahinter. Ich kannte die Einrichtung des Hauses - das war das Gästezimmer von Pistol. Ein Raum, der mit seinem Spielzeug und seinen Waffen gefüllt war. Kein idealer Ort, um zu versuchen, ihn auszuschalten, aber ich hatte keine andere Wahl. Ich war schon einmal in einer Löwenhöhle gewesen. Ich hatte es geschafft, meinen Arsch da wieder rauszukriegen. Ich würde es wieder tun - und dieses Mal hatte ich eine verdammt gute Motivation.

Shye.

Die Tür schwang auf, sobald ich dagegentrat, und das Holz, das den Griff hielt, zersprang in Tausende von Splittern und Brocken. Es hätte genauso gut in Zeitlupe sein können, wie mein Gehirn das verarbeitete, denn sobald ich einen Blick in den Raum werfen konnte, geriet meine Welt aus den Fugen.

Das Mädchen stand nackt vor etwas, das wie ein Andreaskreuz aussah. Sie stand mit dem Rücken zu mir. Pistol zwischen uns mit einer Peitsche in der Hand. Aber ich sah ihn kaum, blickte kaum in seine Richtung, weil meine Augen auf sie gerichtet waren.

Blond, wie Shye.

Zierlich, wie Shye.

Verängstigt und zitternd, wie Shye.

Weinend, wie Shye.

Blutend, wie Shye.

Jeder Plan, den ich mir je ausgedacht hatte, jeder Moment der militärischen Ausbildung, den ich durchlaufen hatte, schoss mir im Bruchteil einer Sekunde durch den Kopf. Hier gab es nur eine Möglichkeit. Eine Chance. Wenn ich diese Chance verpasste, wenn ich das nicht durchzog, wenn mir Pistol irgendwie entkommen würde – dann wäre das hier die Zukunft von Shye. Ihre Vergangenheit kehrte zurück. Es würden noch mehr Narben an ihrem Körper zurückbleiben, noch mehr Tränen würden ihr hübsches Gesicht beflecken. Es würde noch mehr Blut vergossen werden, weil ich nicht in der Lage war, sie zu beschützen.

„Auf keinen verdammten Fall." Ich stürzte mich auf Pistol, die Welt war plötzlich nicht mehr in Zeitlupe, sondern raste an mir vorbei. Ich packte den Bastard an der Kehle, zog ihn zurück und hielt ihn fest, als Deacon hinter mir hereinstürmte. Noch bevor er auch nur einen Schritt in meine Richtung machen konnte, nickte ich dem Kreuz entgegen. „Kümmere dich um sie."

Deacon reagierte ohne zu zögern, es war keine Erklärung nötig. Er eilte zum Kreuz und begann, die Riemen, die das Mädchen festhielten, zu bearbeiten. Er flüsterte ihr etwas zu. Wahrscheinlich versuchte er, sie zu beruhigen. Nicht, dass sie nach dem, was sie durchgemacht hatte, jemals wieder ruhig sein würde. Ich hatte diese Art von Narben aus erster Hand gesehen - sowohl innere als auch äußere. Meine Shye war eine starke Frau, aber das, was ihr Stiefbruder ihr angetan hatte, hatte etwas zerbrochen, das niemals wirklich repariert werden konnte. Er ließ sie in zerbrochenen Teilen zurück. Er ließ sie mit Erinnerungen zurück, die ihr Glück in Schatten hüllten.

Ruhe würde für eine Weile nicht in ihrem Lexikon stehen.

Sobald Deacon das Mädchen aus ihren Fesseln befreite, führte er sie aus dem Raum und ließ mich mit Pistol allein. Er blieb wahrscheinlich nahe genug, um einzugreifen, wenn ich ihn brauchte. Nicht, dass ich das tun würde. Das war meine Zeit - mein Töten.

Mein Moment, Pistol dazu zu bringen, das wiedergutzumachen, was er getan hatte.

„Sieht so aus, als hättest du mich nicht erwartet", sagte ich, während er versuchte, sich aus dem Griff zu befreien. „Das war nicht sehr klug."

Die Pistole würgte ein Lachen hervor und kämpfte immer noch stark gegen meinen Griff. „Du bist derjenige, der nicht klug ist. Denkst du, ich bin allein hier?"

„Nein, du hast zwei Typen draußen bei dir." Ich lehnte mich näher zu ihm hin und vergewisserte mich, dass meine Lippen sein Ohr berührten, als ich flüsterte: „Oder zumindest *hattest* du zwei Typen draußen, mein Partner und ich habe sie erwischt.

Pistol verstummte für eine Sekunde. Wahrscheinlich setzten sich diese Worte in seinem Kopf fest und weckten die ursprüngliche Bestie, die Abschaum wie ihn am Leben hielt. Diejenige, die kämpfte und zerrte und sich weigerte, kampflos unterzugehen. Diejenige, die das Ende kommen sehen musste und wahrscheinlich bald alles tun würde, um von mir wegzukommen.

Das wird nicht passieren.

Ich stützte mich mit den Füßen ab und packte Pistol fester an der Kehle, wobei ich ihm den größten Teil der Luftzufuhr abschnitt. Das meiste, aber nicht alles. Ich hatte Dinge zu sagen, Dinge, die eine Antwort erfordern würden. Nur zum Spaß. Trotzdem zog ich ihn fest an mich und hielt meinen Würgegriff fest, ohne ihm auch nur eine einzige Sekunde der Gnade zu gewähren. Er hatte sowieso nur noch so wenige übrig.

Trotzdem versuchte es Pistol. Seine Füße rutschten sogar unter ihm weg, als er versuchte, sich aus meinem Griff zu befreien. Versuchte... und scheiterte. Er hatte nichts als den Willen zu leben. Ich hatte jahrelanges Training hinter mir, das Wissen, dass, obwohl die Tat, ihn zu töten, falsch war, die Motivation richtig war, und die Liebe einer guten Frau, die mich führte. Er hatte keine Chance.

Und er wusste es. Oder er würde es wissen. Ich hatte nicht

das Bedürfnis, bei diesem speziellen Aspekt meines Plans um den heißen Brei herumzureden.

Ich gab ihm etwas mehr Raum zum Atmen - der Wichser wusste nicht einmal, dass er sein Kinn zum Luftholen senken konnte „Du bist ein toter Mann, Pistol".

Und genau wie ich es erwartet hatte, sprudelte er los, als hätte er eine Chance, diesen Raum lebend zu verlassen. „Glaubst du, du kommst damit durch? Meine Brüder werden wissen, wer du bist. Sie werden kommen und dich holen."

„Ich glaube nicht, dass sie das tun werden. Ich glaube nicht, dass du für sie so wertvoll bist, wie du denkst. Ihr habt wie viele... zehn Männer nach Justice geschickt? Einige auf deinen Befehl, richtig? Du befahlst Männern, mich auszuschalten, Shye zu entführen, Katie zu schnappen. Du schickst ständig Männer hin. Wie viele sind zurückgekommen?"

„Fick dich." Pistol zuckte wieder, seine Fingernägel gruben sich in meinen Arm. „Was zum Teufel willst du?"

Als ob er etwas zu handeln hätte. „Nichts. Ich will nichts von dir. Schau, hier geht es nicht um die Soul Suckers oder die Brände oder die Männer, die immer wieder kommen und Ärger machen. Hier geht es um Shye und darum, was du ihr schuldest. Du hast es versaut, als du Hand an sie gelegt hast. Oder sollte ich sagen, mit der Peitsche?"

Er lachte, ein trauriger kleiner würgender Laut. „Du machst das alles für eine Muschi? Mann, und ich dachte, du wärst schlau. Obwohl ich es vermisse, dass sie hier rumhängt. Sie war eine gute kleine Bluterin – du hast keine Ahnung, wie oft ich mir schon Gedanken darübergemacht habe, wie ihr Blut auf meinen Boden tropfte. Genau hier."

Auf der Suche nach einer Möglichkeit, ohne großes Aufsehen zu töten, war ein Würgegriff, der sich darauf konzentrierte, den Blutfluss zu behindern, statt die Atemwege zu verengen, eine gute Entscheidung, die meine Kameraden und ich „Rear Naked" nannten. Schnell, einfach, wirklich verdammt schwer zu verteidigen, ohne dafür trainiert zu haben - dieser Würgegriff war ein Allround-Gewinner für leise Morde. Aber man musste nah dran sein. Man musste etwas Kraft in den Armen haben und seinen Körper genau in die richtige Position bringen. Man musste genau wissen, wie man das Ziel um die Kehle herum packen musste, um den Blutfluss zum Gehirn zu blockieren und den Rücken genauso zu wölben.

Glücklicherweise hatte ich eine umfassende Ausbildung in so etwas.

Das Muskelgedächtnis übernahm die Führung, jahrelange Wiederholungen brachten meine Arme in Position. Ich fixierte meinen Griff an der Kehle des Bastards - die linke Hand griff meinen rechten Bizeps, die rechte Hand den Hinterkopf des Bastards - bevor ich meinen Körper wölbte. Und dann zählte ich.

Fünf Sekunden, bis der mangelnde Blutfluss zum Gehirn dazu führte, dass Pistols Bewegungen langsamer und unbeholfener wurden.

Zehn Sekunden, bis er das Bewusstsein verlor und schwer in meinen Armen hing.

Wenn ich ein guter Mann gewesen wäre, hätte ich aufgehört. Wenn ich ein guter Mann gewesen wäre, hätte ich die Behörden angerufen, um ihn wegen Entführung des Mädchens ins Gefängnis zu bringen. Wäre ich ein guter Mann gewesen, hätte ich meinen Griff nicht verschärft und weiter heruntergezählt, während sein Gehirn einen schnellen Tod starb.

Aber ich hatte schon lange aufgehört, mich als guten Mann zu betrachten.

Ein letzter Ruck bei der Minutenmarke, und ich ließ ihn schließlich los. Pistol fiel wie ein Lappen auf den Boden. Er atmete nicht mehr. Er war tot.

Und ich würde mich deswegen niemals schuldig fühlen.

Ich ging hinaus und fand Deacon im Wohnzimmer stehen, mit blutverschmierten Handtüchern zu seinen Füßen und das Mädchen in eine Decke gewickelt auf der Couch. Er muss sich um den Schaden gekümmert haben, den Pistol an ihrem Rücken angerichtet hatte, während ich mich um Pistol gekümmert hatte. Gut.

Sie warf mir einen angsterfüllten Blick zu, der weniger wie Shye aussah, nachdem die Bestie in mir zur Ruhe gekommen war. Aber sie war Zeugin dessen, was wir getan hatten. Etwas, um das wir uns kümmern mussten. Aber zuerst...

„Wir sperren ihn mit den anderen beiden in die Garage, und dann verbrennen wir sie. Wir brennen alles nieder. Wir sind hier fertig."

Kapitel 7

Das Mädchen erwies sich als größeres Problem, als wir erwartet hatten.

„Aber ich kann nirgendwo hingehen."

Ich stürmte an ihr vorbei und warf eine weitere Tasche hinten in den Truck. Wir luden gerade ein, um loszufahren - nur Deacon und ich. „Wir bringen dich nach Hause. Dorthin wirst du hingehen."

„Sie hat keins", sagte Deacon und stand mir plötzlich im Weg. Er hatte mehr Zeit mit ihr verbracht als ich, daher sollte die Ernsthaftigkeit seines Ausdrucks nicht unerwartet gewesen sein. „Sie hat kein Zuhause und keine Familie. Sie ist in einem anderen Club aufgewachsen, einem wie die Soul Suckers. Du weißt, was das bedeutet."

Das habe ich getan. Sie hatten sie wahrscheinlich wie ein Dienstmädchen behandelt - sie musste für sie kochen, für sie putzen und, mehr als wahrscheinlich, für sie die Beine spreizen. Nicht die Art von Leben, in das jemand gezwungen werden sollte. „Woher kommst du, Mädchen?"

Die Nacht war tief hereingebrochen, aber selbst in der Dunkelheit konnte ich sie sehen. Mit ihrer blassen Haut und ihren hellen Haaren leuchtete sie praktisch. Sie sah so klein und verängstigt aus, als sie barfuß auf dem rissigen Beton stand, aber sie antwortete:

„Nirgendwo. Ich komme aus dem Nirgendwo. Die Typen, die mich mitnahmen, ließen mich in einem Zimmer über ihrem Clubhaus wohnen, bevor sie mich hierherbrachten."

Ach, Scheiße. „Wir werden sie ganz sicher nicht in ihrem Clubhaus absetzen."

Deacon kam näher und senkte seine Stimme fast zu einem Flüstern. „Die Soul Suckers haben sie bei einem Kartenspiel mit einem anderen Club gewonnen, Mann. So ist sie hier gelandet und deshalb haben sie sie Pistol gegeben. Sie ist entbehrlich für sie. Und wenn der Club merkt, dass Pistol und seine zwei Wachen tot sind? Sie werden es ihr anhängen. Sie ist kein Soul Sucker, also werden sie es als ihren Fehler bezeichnen – kommt dir das bekannt vor?"

„Sie sagten, der Tod von Shyes Vater sei ihre Schuld gewesen."

„Genau, und sie war diesen Männern bekannt. Die haben keinen Respekt vor jemandem außerhalb des Clubs. Und wenn wir das Mädchen hierlassen? Sie ist tot. Sie werden sie umbringen für das, was wir getan haben."

Ja, das würden sie. Den Soul Suckers schien es scheißegal zu sein, wen sie verletzen. Das Mädchen war das perfekte Beispiel dafür. Sie haben sie in einem Kartenspiel gewonnen. Dieser Grad an Abscheulichkeit würde mich nie nicht überraschen. Ich schaute mir das Mädchen genau an, die Art, wie sie sich hielt, wie sie ihre Schultern hängen ließ und wie ihre Augen ständig umhersprangen, als ob sie darauf wartet, dass jemand über sie herfiel. Auf die Angst, die praktisch von ihren schlanken Schultern ausging.

Die Haare, die Statur, die trüben Augen... sie sah meiner Shye so ähnlich. Wir konnten sie nicht allein lassen.

„Wie heißt du?"

Die Hände ineinander verschränkt und mit zittriger Stimme murmelte sie: „Jinx. Jinx Reid, Sir."

Deacons Grinsen darüber, dass mich dieses winzige Mädchen „Sir" nannte, hätte ihm eine Tracht Prügel einbringen müssen. Ich zeigte mit dem Finger auf ihn. „Sag bloß nichts."

Er hob die Hände und schüttelte langsam den Kopf. „Das hatte ich nicht vor. *Sir.* "

„Scheiße." Ich hatte nicht vorgehabt, eine Ausreißerin aufzunehmen, das hatte ich überhaupt nicht kommen sehen. Aber Deacon hatte Recht - die Soul Suckers würden ihr wahrscheinlich den Tod von Pistol anhängen. Sie musste sich so lange verstecken, bis sich die Scheiße gelegt hatte, aber ohne ein Zuhause, war das ziemlich unmöglich. Es gab im Moment keinen Ort, der vor ihnen sicher war, vielleicht nicht einmal Justice. Aber bei uns hätte sie wenigstens jemanden, der auf sie aufpassen würde. Sie hätte eine Stadt haben, die ihr Rückendeckung gibt.

Deacon muss dasselbe gedacht haben. „Wir bringen sie in meinem Motel unter. Wir geben ihr die Chance auf ein Leben fernab von diesen Wichsern. Sie haben sie seit ihrer Kindheit als Küchenmädchen benutzt - sie hat keine Chance auf irgendeine Art von Leben. Genau wie dein Mädchen."

Ich hasste es, dass er meinen Shye als Beispiel nahm, obwohl er nicht falsch lag. „Und wenn sie bei all dem auf deren Seite steht?"

„Das wird sie nicht." Er erbleichte, als ich ihn anschaute. „Sie ist es nicht, aber wenn sie es ist - wenn ich falsch liege - werde ich mich selbst darum kümmern."

Eine Lüge. Deacon wäre nie in der Lage, sich *darum zu kümmern*. Er hatte ein Herz, das größer war als der Horizont und eine Schwäche für Jungfrauen in Not. Solange sich diese Jinx nicht als Gefahr für Justice herausstellte, würde er sich um nichts *kümmern können*. „Du bist für sie verantwortlich."

„Geht klar." Er grinste und schaute an mir vorbei. „Spring rein, Jinx. Du kommst mit uns."

Das Gesicht von Jinx erhellte sich mit einem Lächeln, das so hell war, dass es mir das Herz wehtat. „Ich danke euch. Oh, ich danke euch so sehr. Hey... weißt, dass du etwas auf der Stirn hast?"

Deacon sah aus, als wolle er mich umbringen, als ich grinste. „Ja. Ich weiß. danke."

„Ja, klar. Ich will nur... ich will helfen. Ich werde alles tun, um von hier wegzukommen. Und ich bin nicht faul - ich weiß, wie ich meinen Unterhalt verdienen kann."

Dieser Satz traf mich mitten in die Brust und hallte durch meinen Verstand. Shye hatte ihn ein oder zwei Mal gesagt - nachdem sie bei mir eingezogen war, wenn ich nach Hause kam, nachdem sie den ganzen Tag hinter mir her geputzt hatte. Sie sagte immer, dass sie sich, *ihren Lebensunterhalt verdienen muss.*

Weil sie es immer musste.

Sie hatte kochen gelernt und sich um die Männer in ihrer Familie gekümmert, bevor ihre Mutter starb, als sie erst neun Jahre alt war. Sie hatte sich ihren Lebensunterhalt so lange verdient, bis die Soul Suckers ihren Wohnwagen niedergebrannt und ihr Leben bedroht hatten. Dieser Jinx sah meiner Shye mehr als nur ähnlich.

Und ach herrje, ich wollte unbedingt nach Hause fahren.

„Sorg dafür, dass wir alles haben und das Haus sauber ist", sagte ich zu Deacon. „Sobald wir alles gesichert haben und beladen sind, zünden wir die Garage an. Ich will verdammt noch mal aus der Stadt raus sein, bevor es richtig anfängt zu brennen."

„Geht klar." Er grinste, und ich wusste, was kommen würde, noch bevor er das Wort überhaupt gesagt hatte. „Sir."

Brände waren relativ leicht zu legen. Häuser und Garagen waren eher trocken und mit Dingen gefüllt, welche die Flammen mögen. Holz, Papier, Bücher, Stoffe, erdölbasierte Produkte auf Öl Basis - alles Nahrung für die Bestie. Man musste allerdings Geduld haben. Bei der Entsorgung von Beweismaterial wollte man, dass das Feuer lange und heiß brannte, was bedeutete, dass es sich langsam aufbaute, bis es sich tief genug in die Struktur hinein und weit genug entlang des Umfangs ausbreitete, um fast unaufhaltbar zu sein. Ein wenig Brandbeschleuniger, ein Funke und eine langsame Verbrennung durch all den Brennstoff. Und das Feuer hat die Arbeit für dich erledigt.

Wie vor einigen Monaten im Haus von Camden. Der Kreis hatte sich fast geschlossen.

Deacon kümmerte sich um das Legen der Brände. Ja, in der Mehrzahl. Er legte zwei Feuer - eines in der Garage und eines im Haus - und sorgte dafür, dass die Leichen mit Benzin übergossen wurden, damit sie schön heiß brannten. Die Hitze und die Flammen würden so viele Beweise wie möglich zerstören. Und als wir sicher waren, dass die Feuer fest an Ort und Stelle waren und ungehindert brennen würden, sind wir aus Dodge verschwunden.

„Schläft sie?", fragte Deacon vom Fahrersitz aus. Ich warf einen Blick nach hinten, wo Jinx tatsächlich schlief.

„Sieht so aus."

„Hast du die Narben auf ihren Armen gesehen?"

Ihre Arme, ihre Handgelenke, ihr Rücken, ihre Hüften, ihre Knöchel. Das Mädchen war eine wandelnde Reklametafel für Misshandlungen, die ihr und *von* ihr zugefügt wurden. „Ja."

Deacon fuhr weiter, schwieg lange und starrte auf die Straße, als sie vorbeifuhr. Schließlich fragte er: „Hat Shye auch solche Narben?

Jeder Muskel in meinem Körper verkrampfte sich bei dem bloßen Gedanken.

„Nicht wie die, nein." Ähnlich genug... zumindest einige von ihnen. Aber der Rest? Ich konnte es ich mir nicht einmal vorstellen. Ich hatte jeden Zentimeter des Körpers meines Mädchens abgetastet, jeden Teil von ihr berührt und geschmeckt. Ich hatte mit meinen eigenen Augen gesehen, was Pistol mit ihr gemacht hatte. Aber sie war nicht wie Jinx. „Keine Fesselungsspuren. Und, äh... sie hat keine..." Ich schluckte heftig, meine Kehle wurde eng bei der Vorstellung, dass meine Mädchen, sich selbst verletzte. „Sie ritzt nicht."

„Gut. Das ist gut."

War es das? Denn Shyes Rücken war mit Narben übersäht - dieselben Narben, die Pistol auf Jinx Haut hinterlassen hatte - und sie trug die Spuren davon bis zum heutigen Tag. Das würde sie immer tun. Ich hatte dieses gesprenkelte Fleisch schon tausendmal geküsst, und trotzdem zog sie sich immer wieder von mir zurück, wenn ich versuchte, ihren Rücken zu berühren. Sie versteckte sich unter Hemden und hinter Handtüchern, wenn ich sie vielleicht sehen konnte. Diese Male schmerzen vielleicht nicht mehr auf ihrer Haut, aber das Brennen davon - der brennende Schmerz - war in ihrem Kopf verankert.

Jinx würde es wahrscheinlich genauso gehen, aber sie ging mit ihren Schmerzen äußerlich um, während Shye sie in ihrem Kopf verarbeitete. So verdammt ähnlich, und doch so gegensätzlich. Aber Shye hatte mich, und ich wollte sie nicht zu tief sinken lassen. Jinx? Sie schien niemanden zu haben.

Außer uns. „Was sollen wir mit ihr machen?"

Deacon zuckte die Achseln und konzentrierte sich auf die Straße vor uns. „Gib ihr eine Bleibe und etwas Arbeit. Mal sehen, ob sie sich an das Leben außerhalb des Clubs gewöhnen kann."

„Und wenn sie es nicht kann?"

„Das werden wir sehen, wenn es soweit ist."

Ja, das dachte ich mir schon. Und es gab wirklich keine andere Antwort. Wir hätten sie nicht ihrem Schicksal mit den Soul Suckers überlassen können, und sie irgendwo auf der Straße zurückzulassen, wäre auch nicht viel besser gewesen. Deacon und ich waren vielleicht die Bösen in der Geschichte von Pistol gewesen, aber wir waren keine Schurken. Wir haben nur aus guten Gründen Böses getan. Shye zu beschützen war ein guter Grund, wenn auch ein egoistischer. Jinx zu helfen schien wirklich uneigennützig zu sein.

Deacon fuhr uns den ganzen Weg zurück nach Justice und hielt nur einmal für Benzin und Kaffee an. Jinx wachte auf, als wir in die Stadt fuhren, und sah plötzlich nervös aus. Ich konnte das verstehen - neue Stadt, neue Leute, neues Leben. Das musste überwältigend sein. Leider hatte ich nicht die Kraft, sie zu beruhigen. Ich wollte nach Hause gehen - zu meiner Shye, um mich zu vergewissern, dass sie in Sicherheit war. Ich wollte sie in die Arme schlingen und all die schlimmen Dinge vergessen, die ich getan hatte, und gleichzeitig einfach dankbar sein, eine so wunderbare Frau in meinem Leben zu haben. Um mich für ein paar Stunden in ihr zu verlieren.

Deacon hatte andere Pläne. „Ich brauche dich für einen schnellen Job", sagte er, sobald er meinen Truck geparkt hatte. „Das Zimmer für Jinx ist noch nicht eingerichtet, und ich kann ein wenig Hilfe beim Verschieben der Möbel gebrauchen.

„Du hast mich für fünf Minuten." Ich stieg aus dem Wagen und schaute über den Parkplatz des Jury Rooms. Mein Blut wurde kalt, als ich an der Eingangstür ein Motorrad sah. „Deac."

Er folgte meinem Blick und starrte auf das Motorrad, genau wie ich. Aber er schien nicht so wütend oder besorgt zu sein wie ich.

„Das ist das Motorrad von unserem Freund. Der Wichser muss drinnen sein." Der Blick, den er mir zuwarf, hatte Gewicht, und es dauerte nicht lange, bis ich begriff, was er meinte. Das Motorrad konnte nur einer Person gehören. Parris, der ehemalige Marine, der uns in den letzten Monaten geholfen hatte, Informationen über die Soul Suckers zu sammeln. Der keinen Grund hatte, in Justice zu sein. Und obwohl ich ihm als Informant und Aktivposten vertraut hatte, trug er immer noch die Clubfarben. Nicht die Farben der „Soul Suckers", aber trotzdem Motorradclub-Farben. Deshalb konnte ich ihm nicht mein volles Vertrauen schenken.

„Sehen wir nach, was er will." Ich steckte eine Pistole in den Halter unter meinem Arm und zog meine Lederjacke darüber. Es macht keinen Sinn, jemanden zu verärgern, der vorbeikam. Jedenfalls noch nicht. „Und schmeiße seinen Arsch aus der Stadt, wenn es sein muss."

„Was ist mit mir?" Jinx stand neben dem Truck und sah so klein und verängstigt aus. „Ich will hier draußen nicht allein gelassen werden."

Deacon zuckte die Achseln. „Na, dann komm. Ich zeige dir die Bar."

„Deac"

„Es wird schon gut gehen." Er warf mir ein Grinsen zu. „Und wenn nicht, bin ich mir ziemlich sicher, dass sie schon Schlimmeres gesehen hat."

„Wahrscheinlich", sagte Jinx, ihr Ton völlig lässig. Als ob Drohungen und Männer mit Waffen völlig normal wären.

Zum Teufel, wahrscheinlich *waren* sie für sie völlig normal.

„Du wirst Ärger machen, nicht wahr?" fragte ich.

Jinx zuckte die Achseln. „Nicht absichtlich, aber ich neige dazu, meinem Namen gerecht zu werden."

Wunderbar.

Wir drei gingen hinein, eine traurige, zerlumpte kleine Truppe, die in eine Situation geriet, die gefährlich oder sogar tödlich werden konnte. Deacon ging voran, und ich folgte Jinx. Ich stellte sicher, dass sie an beiden Enden Schutz hatte, für den Fall, dass dies eine Art Falle war.

Der fragliche Mann saß an der Bar, trug Clubfarben und trank ein Bier. Als würde ihm der verdammte Laden gehören. Er drehte sich um, als wir hereinkamen, seine Augen verweilten eine Sekunde zu lange auf Jinx. „Ich habe auf euch beide gewartet."

Sein Blick auf das Mädchen bei uns, blieb weder von mir noch von ihr unbemerkt. Mit steifen Schultern und hochgezogenem Kopf kroch Jinx näher an Deacon heran und sah gleichzeitig grimmig und verängstigt aus. Unser schwächstes Glied strahlte Tapferkeit aus. Kluges Mädchen.

„Ich werde mich nicht die Mühe machen zu fragen, wie du hier reingekommen bist. Es ist nicht wirklich wichtig." Ich öffnete meine Jacke und vergewisserte mich, dass unser angeblicher Freund einen guten, langen Blick auf die Tatsache werfen konnte, die ich bei mir trug. „Brauchst du irgendetwas?"

„Nicht mehr, aber vielleicht habe ich etwas, das *du* brauchst."

„Und was ist das?"

Er lehnte sich zurück an die Bar und breitete seine Arme aus. „Mich."

„Und warum zum Teufel sollte ich dich brauchen?"

Parris grinste. „Weil ich weiß, dass du den County-Sheriff ausgeschaltet hast."

Technisch gesehen hat Gage Sheriff Baker ausgeschaltet. Nicht, dass ich ihm das hätte sagen müssen. „Ich habe keine Ahnung, wovon du redest."

„Ja, ich dachte mir, dass du das sagen würdest. Aber schau, ein Mann in meiner Position hört Dinge. Er bekommt auch zufällige Textnachrichten von deinen Männern. Oder, besser gesagt, von deren Frauen."

Ich warf einen Blick auf Deacon, der genauso überrascht zu sein schien wie ich. „Ich kann dir nicht folgen."

Parris holte sein Telefon heraus und wischte ein paar Mal, bevor er las: „Gage hat geschossen, und es gab eine Explosion. Beeile dich. Der letzte Teil war in Großbuchstaben. Sie meinte es wirklich ernst."

Scheißkerl. Katie hatte das in der Nacht geschickt, als Sheriff Baker Gages Wohnung überfallen hatte. In der Nacht, in der Gage den verlogenen Bastard getötet hatte. Der Text war nicht detailliert, aber er konnte sicherlich zu Fragen über Dinge führen, die wir nicht zur Sprache bringen wollten.

Zeit zum Bluffen. „Erinnerst du dich an Explosionen, Deacon?"

Mein Waffenbruder schnaubte. „Ja. Im Restaurant. Eine Art Schnellkochtopf explodierte."

„Und was?", sagte Parris, der sich zurücklehnte und viel zu selbstgefällig aussah. „Gage wurde mit Besteck beschossen?"

Ich zuckte die Achseln. „Ich kann es dir nicht sagen. War nicht da."

„Vielleicht nicht." Parris schnippte mit dem Daumen gegen den Bildschirm seines Telefons, bevor er wieder laut vorlas. „Baker ist weg. Justice ist schuld. Zeit, sie auszuschalten. Bringt den großen Prez rein..."

„Der große Prez? Wie Brezel?", Deacon stieß Jinx mit dem Ellbogen an, wobei er das Mädchen fast umstieß. „Ich könnte jetzt gleich eine vertragen. Hast du Hunger, Kleines?"

„Präsident", sagte Parris und blickte Deacon an. „So wie der Präsident des örtlichen Soul Suckers Club, der auf dem Weg hierher ist. Und er wird seine gesamte Crew mitbringen. Wir reden hier nicht von vier oder fünf Typen, sondern von hundert Bikern, die gleichzeitig in die Stadt fahren werden."

Das klang für mich nach einer wirklich schlechten Nachricht. „Warum erzählst du uns das?"

„Ich wollte euch eigentlich nur Informationen geben, aber ich habe es mir anders überlegt." Er sah Jinx direkt an und schlug mit dem Kopf gegen ihn. „Ich habe ein Geschäft für euch."

Etwas in der Art, wie er das Mädchen anstarrte, der Ausdruck auf seinem Gesicht, brachte meine beschützende Seite zum Vorschein. Ich trat vor sie und wusste, dass ich die richtige Entscheidung getroffen hatte, als Deacon sich mir anschloss und Jinx von ihm fernhielt. „Ich gehe nicht auf einen Deal von einem Biker ein. Lass sie kommen."

„Gegen sie kann man nicht gewinnen."

„Bist du hergekommen, um mir zu drohen?"

„Nein, ich bin hergekommen, um deinen Arsch zu retten. Gegen sie *kannst* du nicht gewinnen. Aber ich kann es." Er stand auf und warf einen Geldschein, den er aus der Tasche gezogen hatte, auf die Theke. „Bleibst du wegen dieser Scheiße hier, Jinx?"

Die Welt verlangsamte sich, und ich drehte mich um, um auf die mögliche Schlange in unserer Mitte zu blicken. „Kennst du ihn?"

Sie sah nicht gerade begeistert aus. „Leider".

„Gibt es etwas, das wir wissen sollten?"

Jinx hob eine Schulter und warf einen fast besorgten Blick auf Parris. „Er war früher mein Gefängniswärter."

„Ich war dein Leibwächter."

„Das hast du nicht besonders gut gemacht, was?"

Parris zuckte zusammen, ihre Worte verursachten eine unübersehbare körperliche Reaktion. „Ja, nun… jetzt bin ich hier. Und ich bleibe."

„Bleiben?" fragte ich. „Du ziehst also nach Justice?"

„Sieht so aus. Wechsle besser diese Willkommen-in-Justice-Schilder, Junge. Die Bevölkerung nimmt um eins zu."

„Zwei", sagte Jinx, die Arme über der Brust verschränkt und

hartem Blick. „Und im Gegensatz zu diesen Typen weiß ich genau, welche Art von Männern aus den Clubs kommen. Wagen Sie es nicht, daran zu denken, sie zu hintergehen."

„Würde mir nicht im Traum einfallen." Er schlenderte durch den Raum, wobei er seinen Blick auf ihren Augen gerichtet hielt, während er seinen Tonfall milderte. „Ich war auf dem Weg nach Boulder."

Ich fing Deacon Blick auf und sah darin denselben Schock, den ich empfand, bevor ich mir Jinx Reaktion ansah. Sie sah... sauer aus.

„Ja, nun... du warst spät dran." Sie nickte Deacon zu und dann mir. „Enttäusche sie nicht."

„Wie du wünschst." Parris nickte einmal, bevor er Deacon stirnrunzelnd ansah. „Du hast da etwas auf der Stirn."

Deacon konnte doof dreinschauen, während ich lachte. „Ja, ich weiß."

Parris zuckte die Achseln, begegnete meinen Blick und bot mir seine Hand an. „Ich schulde dir was."

Ich war mir nicht sicher, wofür, aber ich hatte eine gute Ahnung, dass es etwas mit der Frau an meiner Seite zu tun hatte. Und obwohl ich Parris nicht so viel Vertrauen entgegenbrachte wie meinen Männern, brauchte ich die Hilfe. Camden war fortgegangen, Bishop lebte so gut wie in Vegas, und wir hatten es immer noch mit den Soul Suckers zu tun. Dass Parris in der Stadt auftauchte, war vielleicht ein Glücksfall. Vielleicht würde Jinx ihrem Namen ja doch nicht gerecht werden.

„Willkommen in Justice", sagte ich und schüttelte die Hand, die er mir reichte. „Versuche, nichts zu versauen."

Er hustete ein Lachen. „Ich werde mein Bestes tun. Deacon, ich werde ein Zimmer brauchen."

„Damit kann ich arrangieren." Deacon zog die Augenbrauen hoch und hob sein Kinn an. „Jetzt habe ich Hilfe. Du kannst nach Hause zu deiner Frau gehen."

Meine Shye. „Bist du sicher?" fragte ich, obwohl ich schon auf dem Weg zur Tür war.

„Seit wir weg sind, bist du ein launischer Bastard. Ich bin froh, dich los zu sein."

Ich warf einen letzten Blick zurück, bevor ich ging. Deacon, Parris und Jinx standen zusammen und sahen wie ein zusammengewürfeltes Schutzkommando aus. Oder eine wirklich schäbige kriminelle Organisation. Vielleicht beides.

„Ich habe das Gefühl, dass wir im Jury-Raum noch viel mehr Ärger haben werden", sagte ich.

Deacon grinste. „Darauf kannst du deinen Arsch verwetten, das werden wir."

Wunderbar.

Aber darum konnte ich mich später kümmern. In diesem Moment gab es nur eine Sache, die ich wollte.

Und sie wartete wahrscheinlich auf mich.

Geschwindigkeitsbegrenzungen konnten mich mal am Arsch lecken - ich musste zu einer Frau nach Hause fahren.

Und ein Versprechen einzuhalten.

Kapitel

8

Selbst nach drei Tagen Abwesenheit, drei Morden, zwei Bränden, einem Biker, der in die Stadt zog, und einer Art Flüchtling unter der Aufsicht von Deacon schien das letzte Stück des Weges nach Hause ewig zu dauern. Ich wollte nur mein Mädchen. Ich wollte ihr Gesicht sehen, ihr Haar riechen und ihre Arme um mich spüren.

Außerdem hatte auch ein Versprechen einzuhalten, eines, bei dem ich endlich die Ringe, die mein Vater mir hinterlassen hatte, hervorholen konnte.

Ich hatte meinem Bruder eine SMS geschrieben, dass ich auf dem Weg sei, und so war es keine Überraschung, dass Finn auf der Veranda stand, als ich ankam. Er sah aus, als wollte er gehen, mit seinem Rucksack über den Schultern, bereit, mir Platz zu machen, damit ich mit Shye allein sein konnte. Kluger Mann.

Als ich aus dem Truck stieg, lächelte ich ihn an, zumindest so gut ich konnte. „Wie läuft's, Bruder?"

„Gut. Hattest du Spaß in Vegas?"

Die Lüge musste tief sitzen, um geglaubt zu werden. „Der Strip war überfüllt, aber wir hatten eine gute Zeit."

Er starrte mich an, wohl wissend, dass diese Worte Blödsinn waren. Er wusste auch, dass ich ihm das nie zugestehen würde.

Angesichts der potentiellen Auswirkungen der Mission, die wir gerade abgeschlossen hatten, und der möglichen rechtlichen Konsequenzen, wenn jemand davon wüsste und die Behörden nicht alarmiert, war jeder in meinem Umfeld auf einer Need-to-Know-Basis. Und Finn brauchte einen Scheiß zu wissen.

Mein Bruder gab schließlich nach. „Sie hat dich vermisst."

Diese Worte hätten genauso gut ein Stich ins Herz sein können, aber sie beruhigten auch etwas in mir. Shye und ich waren wie füreinander geschaffen und wollten nicht getrennt werden. Wir waren zu verliebt, um lange mit Trennungen umgehen zu können. Ich wusste, dass sie mich vermisste, weil ich mich ohne sie neben mir leer gefühlt hatte. „Ich habe sie mehr vermisst."

„Gut." Er half mir, meine Taschen aus dem Kofferraum zu tragen und auf der Veranda abzustellen, wobei wir beide im Tandem arbeiteten, bis alles ausgeladen war. Als wir fertig waren, gab er mir einen Faustschlag. „Schön, dass du wieder da bist. Wenn du mich nicht mehr brauchst, werde ich mich auf den Weg machen. Ich möchte noch zu Deacon rüberfahren, um zu sehen, ob er etwas braucht, bevor ich nach Hause gehe."

„Klingt gut." Ich brauchte eine Sekunde, um mich daran zu erinnern, dass Deacon jetzt Parris und Jinx bedeutet. Ich war mir nicht sicher, was der Typ meines Bruders war, wenn es um Frauen ging, aber Jinx war süß... und Ärger pur. „Hey, Finn."

Er drehte sich um, die Augenbrauen hochgezogen. Und er sagte: „Ja?"

„Es sind ein paar neue Leute in der Stadt. Deacon kann dir sagen, was los ist, aber nur damit du es weißt. Eine ist eine Frau. Ihr Name ist Jinx."

„Jinx? Wie Fluch?"

„Ja. Ich denke schon. Sie sagte, sie macht ihrem Namen alle Ehre."

Er grinste. „Wenn ich sie sehe, werde ich sie begrüßen und ihr einen gerechten Empfang bereiten."

„Tu das, und dann halte dich von ihr fern."

Stille. Seine Brauen senkten sich, die Stirn tief gerunzelt, und er neigte den Kopf ein wenig zur Seite. In diesem Moment erinnerte er mich mit diesem Gesichtsausdruck so sehr an einen jüngeren Finn. An ein Kind.

Er war allerdings kein Kind mehr. „Warum muss ich mich fernhalten?"

Weil du zerbrechlich bist. Weil deine Nüchternheit für uns alle wichtig ist. Weil eine Frau deine größte Stärke oder deine größte Schwäche sein kann. Weil ich nicht mit noch mehr Ärger umgehen kann.

Alles Dinge, die ich nie sagen konnte. „Sie war in irgendeine Scheiße verwickelt, die eines Tages zurückkommen könnte. Am besten du hältst Abstand."

„Abstand. Verstanden." Er lächelte langsam, als sich die Haustür öffnete und Shye auf die Veranda trat. „Sieht aus, als wäre unsere Zeit abgelaufen. Ich wünsche euch beiden eine gute Nacht."

Aber ich konnte ihm nicht antworten, konnte nicht einmal seinen Worten einen Sinn geben. Mein Mädchen war da, stand in einem Lichtstrahl, der sie in eine Art ätherisches Glanz tauchte. Mein Engel sah absolut bezaubernd aus. Und so verdammt glücklich, mich zu sehen.

„Du bist zu Hause."

Zwei Worte. Das war alles, was es brauchte, um mein Herz weit zu aufzubrechen. Die Leere in mir verschwand und füllte sich mit der Wärme, die mir die Liebe dieser Frau immer gab. Das Haus, das Land, die ganze verdammte Stadt - nichts davon verankerte mich so, wie sie es tat. Ich war nicht zu Hause, bis ich bei ihr war. Also, ja, ich kam nach Hause.

„Du hast mir gefehlt, Liebes."

Ihre Lippen verzogen sich zu einem Lächeln, das mir den Atem raubte. „Du hast mir auch gefehlt, mein Drache."

Ihr Drache vor den Toren. Sie hatte mir erzählt, dass ich wie ihr Beschützer war. Kein Prinz, sondern ein Drache, der bereit war, die Welt für sie niederzubrennen. Passend dazu hatte ich gerade die Welt von Pistol für sie niedergebrannt. Für uns. Für unsere Ewigkeit.

Und ich wollte keine weitere mehr Sekunde verschwenden, bevor wir damit anfingen.

Ich sprang die Treppe hinauf und blieb erst stehen, als ich direkt vor ihr stand. Ich zitterte förmlich vor dem Bedürfnis zu berühren, zu schmecken und zu fühlen. Zu haben. Aber nach den letzten drei Tagen - nachdem ich aus erster Hand gesehen hatte, welchen Schaden dieses Arschloch Jinx zugefügt hatte - konnte ich das nicht einfach *hinnehmen*. Shye hatte etwas Besseres verdient, als dass ich sie überwältige, selbst wenn sie es wollte. Genau dann, in diesem Moment, musste ich mich hingeben. Sich wirklich und vollkommen zu ergeben, ohne jeglichen Zwang von meiner Seite. Ich brauchte ihre Zustimmung, und ich würde darauf warten. Wenn es sein musste, würde ich ewig warten. Solange sie glücklich und sicher war und noch immer mir gehörte.

Diese pralle Unterlippe, auf die ich so gerne biss, rief mir praktisch zu, als ich fragte: „Geht es dir gut?

„Ja, jetzt, wo du zu Hause bist." Sie schlang ihre Arme um meine Taille und zog mich eng an sich. Sie nahm von mir Besitz. Sie vergrub ihren Kopf an meine Brust, während ich vor Verlangen nach ihr zitterte. „Ich habe dich wirklich vermisst."

„So sehr." Ihr Körper fühlte sich so klein an meinem an, so zerbrechlich, obwohl ich wusste, dass sie einer der stärksten Menschen war, die ich je kennen gelernt hatte.

Und plötzlich wollte ich sie nicht mehr loslassen. Nicht zu diesem Zeitpunkt, niemals. Ich hatte sie genau dort, wo sie hingehörte, ich hatte sie, wie ich es mir gewünscht hatte, mit ihrer Berührung und ihrem Herzen, und ich musste sie dortbehalten. Sie in meinen Armen halten, sicher und beschützt, aber auch geliebt. Unterstützt. Glücklich.

Ich wollte, dass sie mir gehört, wie ich nie etwas Anderes gewollt hatte.

„Weißt du noch, was ich sagte, bevor ich wegfuhr? Darüber, was ich tun werde, sobald ich nach Hause komme?"

„Sie bist schon länger als eine Sekunde zu Hause."

Schlagkräftig, mein Mädchen. „Heirate mich, Shye."

Sie wurde steif in meinen Armen, so dass ich einen Zentimeter zurückwich und ihr Raum zu geben. Bereit, ihr mein Herz zu schenken. Sie hatte es bereits, aber damit wäre es offiziell. Ich musste nur die Frage richtigstellen, denn zu verlangen, dass sie mich heiratet, war nicht der Weg, den ich hätte gehen sollen.

„Es tut mir leid - das war ganz falsch. Nicht die Frage, sondern die Überbringung, denn dich zu heiraten, ist alles, was ich im Moment tun möchte. Ich dachte wirklich, ich würde diesen Moment planen und mir alle Worte zurechtlegen, um dich so zu fragen, wie du es verdienst, aber stattdessen bin ich einfach damit herausgeplatzt. Du sahst einfach so hübsch aus, und ich wollte dich schon so lange fragen, und der Moment schien perfekt zu sein, also habe ich die Worte gesagt, anstatt sie schön zu verpacken.

„Ich brauche keine schön verpackten Worte", sagte sie und klang dabei atemlos. Sie sah aus, als würde sie gleich weinen. „Ich brauche nur dich."

„Ich gehöre dir. Herr Gott, Frau, hast du mich. Nur... Warte eine Sekunde."

Ich rannte ins Haus und stapfte über den Holzboden in den Unterhaltungsraum. Auf dem Bücherregal, in dem ich Dinge wie die Bibel der Familie Kennard und die Geschichtsbücher der Region aufbewahrte, stand eine kleine Holzschachtel mit Deckel, die mein Vater angefertigt hatte. Er hatte sie meiner Mutter geschenkt, damit sie ihren Schmuck darin aufbewahren konnte, und nach seinem Tod hatte ich sie bekommen. Er hatte mir damals gesagt, ich solle die Ringe benutzen, wenn ich jemals jemanden finden würde, den ich so sehr liebte wie er seine Frau geliebt hatte. Nun, das hatte ich. Und ich war bereit, dafür zu sorgen, dass die ganze verdammte Welt es wusste.

Nachdem ich den Ring geholt hatte, eilte ich wieder nach draußen zu meinem Shye. Bevor sie auch nur fragen konnte, was ich tat, ließ ich mich auf ein Knie fallen, wobei meine Hand zitterte, als ich den Ring so hielt, dass sie ihn sehen konnte. Um das goldene Band und den Diamanten zu sehen. Damit sie wusste, was auf sie zukam.

„Ich habe wochenlang darüber nachgedacht, dir das zu geben, habe versucht herauszufinden, wie ich dich fragen kann, damit du mich nicht auslachst. Ich weiß, es ist schnell - es ist so schnell - aber du bist es für mich. Du warst es für mich drei Jahre lang, Liebes. Seit ich dich das erste Mal sah. Und dich hier zu haben, dich lieben zu dürfen - das ist so ein Geschenk. Eines, das ich nicht als selbstverständlich ansehe. Und ich will nur..."

„Alder."

„Warten mal. Ich muss dich etwas fragen, aber ich muss die Worte finden, denn es gibt so viele, und du bist einfach... du bist mein. Ich möchte, dass du mir gehörst. Für immer, Shye. Ich will das so sehr."

„Frag mich", flüsterte sie und starrte mich mit Tränen in den Augen und dem größten Lächeln, das ich je auf ihrem Gesicht gesehen hatte, an. „Frag mich einfach, du Dummkopf."

Fragen sie. Ja, das könnte ich tun. Das könnte ich den ganzen verdammten Tag tun. „Willst du mich heiraten, Shye Anderson?"

„Ja", sagte sie und nickte. So sicher und stark und wahrhaftig in ihrer Erklärung. Sie stahl mein Herz und meinen Atem in einem Zug. Und dann war sie da, ließ sich auf die Knie fallen, um sich um mich zu schlingen. Um sich mir hinzugeben. Sie küsste mich innig, als ich sie an mich zog. Als ich meine zukünftige Frau - meine verdammte Verlobte – an mich drückte.

„Mein Gott, fühlst du dich gut an." Ich steckte ihr den Ring an den Finger, etwas Gewichtiges und Schweres zwischen uns. Ein einzigartiger Moment, als ich den ersten Blick auf meinen körperlichen Anspruch warf. Meins. Alles meins. Bald würde es offiziell sein, und zu diesem Ring würde ein weiterer hinzukommen. Alle sollten wissen, dass jemand sie liebte, dass sie zu Hause jemanden hatte, der sich um sie kümmerte. Dass sie zu jemandem gehörte und derjenige zu ihr, denn diese Ehe wäre eine Zweibahnstraße. Ich legte meinen Anspruch auf ihren Finger, und irgendwann in naher Zukunft würde sie ihren auf meinen legen. Und dieser Gedanke? Er zerstörte mich und baute mich wieder als jemanden auf, der sich ausschließlich der Frau in meinen Armen widmete. Scheiße, ich bräuchte etwas Dauerhafteres als ein einfaches Band. Ich bräuchte etwas, das man nicht abnehmen, nicht beschädigen oder verlieren konnte. Ich bräuchte eine wahre Aussage für die Ewigkeit.

Aber zuerst brauchte ich sie.

Ich neigte ihren Kopf zur Seite und startete einen Angriff auf ihren Hals, ich wollte jeden Zentimeter schmecken. Sie auskosten. Ihren Körper nochmal ganz neu kennenlernen. Um mich ihr hinzugeben und dankbar anzunehmen, was sie mir gab. Um sie zu verehren. Sie gehörte jetzt auf eine altmodische Art mir. Auf moderne Weise würde sie bald offiziell mir gehören.

Zumindest musste es bald sein. „Ich will nicht warten."

Sie seufzte und umklammerte meine Schultern und hielt sich an mir fest, als ich mich bewegte, um mit meinen Lippen an ihrem Schlüsselbein entlang zu fahren. „Worauf warten?"

„Darauf. Auf uns." Ich zog mich zurück, musste in diese dunklen Augen schauen, die ich so sehr liebte. Ich musste sichergehen, dass sie mich verstand. „Ich bin sicher, du hast Ideen und Pläne für deine Hochzeit, aber ich möchte nicht zu lange warten. Ich möchte..."

„Ich möchte die Zeremonie hier in Justice abhalten", sagte sie und unterbrach mich dabei auf die beste Weise. „Das ist es. Heirate mich an dem Ort, der uns beiden so viel bedeutet. Gib mir das, und ich werde das glücklichste Mädchen auf Erden sein."

„Das werde ich dir geben. Ich werde dir alles geben."

„Oktober", sagte sie. „Lass uns im Oktober vor deinem Geburtstag heiraten."

„Bist du sicher? Das wäre in weniger als einem Monat." Was sich für mich zu lang anhörte, aber ich konnte geduldig sein, wenn es sein musste. Ich konnte warten, um ihr den perfekten Tag zu ermöglichen.

„Ein Monat klingt so weit weg", jammerte sie und verbalisierte meine Gedanken. „Aber es wird uns Zeit geben, uns etwas zu überlegen. Etwas Kleines und Intimes. Etwas für uns."

Das hörte sich gut an, aber trotzdem. „Ich kann dir eine große Hochzeit bieten, wenn du willst. Ich würde dir alles geben."

„Ich sagte es dir doch. Ich brauche keine große Hochzeit. Ich würde dich heute heiraten, aber ich hätte deine Familie wirklich gern dabei. Und ich möchte, dass Katie das Essen zubereitet, aber ihre Hände machen ihr immer noch zu schaffen, deshalb braucht sie wenig Heilungszeit. Und alle anderen - das wird genug Zeit sein, um alles vorzubereiten und sicherzustellen, dass wir die Menschen um uns herumhaben, die wir uns wünschen.

Ja, das wäre es. „Du bist unglaublich. Und so verdammt mein."

Ihr süßes Grinsen erhellte ihr Gesicht, bevor sie sich vorbeugte, um sich einen Kuss zu stehlen. „Und du gehörst mir."

„Das tue ich auf jeden Fall. tat ich schon immer."

Dieses Grinsen wurde ein wenig teuflischer, und sie ließ eine Hand über meinen Bauch gleiten, um am Bund meiner Jeans zu zerren. Um mich steinhart zu machen, flüsterte sie: „Wie wäre es, wenn du mich mit reinnimmst, damit ich dir zeigen kann, wie sehr ich dir gehöre?

Einverständnis...wahrhaftig, rein und kompromisslos erteilt. Mehr konnte mir nichts mehr wünschen.

Ich hob sie hoch und trug sie über die Schwelle, als hätten wir bereits die Worte gesagt, die uns ein Leben lang aneinanderbinden würden. Als hätten wir die Zeremonie bereits hinter uns, welche alles offiziell machen würde. Noch nicht. Oktober, hatte sie gesagt. Irgendwann in den nächsten vier Wochen, im Grunde genommen.

Ich hatte das Gefühl, dass dies die längsten vier Wochen meines Lebens werden würden.

Epilog

„Bist du bereit dafür?" Deacon klopfte mir auf den Rücken, ein Bier in der Hand und ein sarkastisches Grinsen im Gesicht.

„Du trinkst schon? Die Zeremonie hat noch nicht mal begonnen."

Er sah auf das Bier herab und zuckte die Achseln. „Ich brauchte es, um meine Nerven zu beruhigen."

„Warum bist du nervös? Es ist mein Hochzeitstag." Gott sei Dank. Vier Wochen waren vergangen, seit ich Shye gebeten hatte, meine Frau zu werden, gefordert, besser gesagt. Ich hatte mich an diesem Tag nicht geirrt. Es waren die längsten vier Wochen meines Lebens gewesen.

Sie waren auch einige der glücklichsten. Jedes Mal, wenn ich einen Blick auf den Ring an ihrem Finger geworfen hatte, jedes Mal, wenn sie jemandem erzählt hatte, dass ich ihr Verlobter bin oder, dass wir heiraten würden, war mein Herz angeschwollen, und ich fühlte mich wie ein verdammter König.

Aber Gott sei Dank wäre das Warten in ein paar Stunden vorbei.

Deacon nahm einen Schluck von seinem Bier, bevor er auf die Menge blickte. „Ich weiß verdammt gut, dass es dein Hochzeitstag ist, und du wirkst solide wie ein Fels in der Brandung. Aber ich wäre nicht dein bester Freund, wenn ich die Frage nicht stellen würde. Also, ja, ich bin nervös, weil es hier nur eine richtige Antwort gibt."

Ach du Scheiße. Was zum Teufel könnte er in so einem Moment wollen? „Frag schon.“

„Bist du bereit dafür?“

Ich schaute ihm direkt in die Augen und sah dort, dass mein Freund versuchte, sich zurückzuhalten. Ich wusste, dass er mir einen Ausweg anbot, falls ich einen brauchte. Ich brauchte keinen.

„Ich bin dazu bereit, mehr als alles, was ich je in meinem Leben getan habe“.

Die Anspannung ließ von seinen Schultern ab, und sein Lächeln wurde breiter. „Gut. Denn wenn du einen Rückzieher machen würdest, würde ich auf jeden Fall deinen Platz einnehmen.“

„Du würdest mir mein Mädchen stehlen?“

„Es wäre kein Diebstahl, wenn du sie aufgibst.“

„Ich würde sie niemals aufgeben.“

„Aber ich bin bereit. Ich bin der Trauzeuge - ich denke, es ist wie bei diesen Miss Amerika-Wettbewerben. Wenn der Gewinner seine Pflichten nicht erfüllen kann, muss der Trauzeuge einspringen. Ich bin sozusagen... Shyes Ersatzmann.“

Mein Gott, dieser Typ. „Ich will die Worte, Ersatzmann und Shye nie wieder im selben Satz hören. Nie wieder.“

„Nimm es als Inspiration, immer das Richtige für sie zu tun. Wenn du einen Fehler machst...“ er grinste und gab mir einen Klaps auf den Arm - „...dann bekommt sie mich.“

„Das würde ich ihr nie antun.“

Meine todernste Antwort brachte mir ein Lachen und einen Fausthieb ein. Ich überließ Deacon seinen Ersatzmann-Plänen, begrüßte unsere Gäste und sorgte dafür, dass alles so aussah, wie ich es mir vorstellte. Shye hatte die Veranstaltung mit Mercy Bell und Katie Baker geplant, die drei Frauen beschlagnahmten unser Esszimmer, um alles zu planen, von den Kleidern über das Essen bis hin zu den Worten. Ich war nicht allzu sehr involviert, so dass ich mir nicht sicher war, was mich erwartete, aber Mercy lief mit einem Klemmbrett in der Hand und einem Selbstvertrauen in ihrem Gang herum, das mir sagte, dass alles in Ordnung war.

Was bedeutete, dass ich mich für ein paar Minuten wegschleichen konnte, um mein Mädchen zu sehen.

„Alles gut?"

Parris - der wie eine Art Türsteher aussah, als er die Tür zur Rückseite des Baummarktes versperrte - nickte. „Gibt es ein Problem?"

„Nein. Ich musste nur mein Mädchen sehen."

„Ich dachte, es bringt Unglück, die Braut am Hochzeitstag zu sehen."

„Ich glaube nicht an Glück."

Sein Lachen folgte mir nach drinnen und die Hintertreppe hinauf, bis es schließlich verstummte, als die Tür zwischen uns zuschlug. Das Glück konnte mich mal - ich hatte nach meinem Junggesellenabschied im Deacons Motel übernachtet, während Shye mit Katie, Anabeth und Mercy bei uns zu Hause war. Ich hatte sie vermisst. Ich wollte nicht bis zur eigentlichen Zeremonie warten, bis ich sie zu Gesicht bekam.

„Shye", rief ich, als ich die Tür öffnete.

Sie erschien am Ende des Ganges und lächelte strahlend, als sie den Gürtel ihres Bademantels um ihre Taille festzog. „Was machst du denn hier?"

„Ich musste mein Mädchen sehen." Ich nickte, als Jinx die stark, gesund und ganz anders aussah als die, die wir vor all den Wochen nach Justice gebracht hatten, hinter Shye um die Ecke kam. „Könntest du uns ein paar Minuten geben?"

Jinx sah aus, als wüsste sie genau, warum ich aufgetaucht war. „Sicher. Ich bin unten. Ruf einfach, wenn du bereit bist."

Shye nickte dem Mädchen zu - mit dem sie sich gut angefreundet hatte - und sah zu, wie sie wegging. Die Wangen meines Mädchens verdunkelten sich mit der Röte, das ich so sehr liebte, als ihre Hand zu ihrem Haar wanderte. „Ich bin im Moment ein Wrack."

Lügen. „Du bist wunderschön."

„Ich bin nicht einmal angezogen."

Sobald ich hörte, wie sich die Haustür hinter Jinx schloss, verringerte ich den Abstand zwischen uns, indem ich meine Hände über die Kurve ihrer Taille gleiten ließ und sie fest an mich zog. „Das sehe ich als etwas Positives, Liebes."

Ihre Lippen verzogen sich zu einem schüchternen Lächeln. „Charmeur."

„Ich versuche es."

„Du hast Erfolg." Sie erhob sich auf ihre Füße und streckte sich, um ihre Lippen auf meine zu legen. „Es gelingt dir immer."

Mein Gott, war sie warm. Warm und weich und um mich herumgeschlungen, und sie roch so verdammt gut. Ich konnte nicht widerstehen. Warum zum Teufel sollte ich das auch wollen?

Ich ging mit ihr rückwärts, brachte uns in das, was wahrscheinlich das Schlafzimmer war, und schloss die Tür hinter mir.

„Was machst du da?", fragte sie lachend und mit einem Gesichtsausdruck, der mir sagte, dass sie genau wusste, was ich tat.

„Ich bin letzte Nacht nicht dazu gekommen, dich zu berühren."

„Nein, bist du nicht."

„Ich kam auch nicht dazu, dich zu schmecken." Ich drückte sie mit dem Rücken gegen die Wand und ließ mich dann auf die Knie fallen. Sie war schon dabei, ihren Bademantel hochzuziehen, als ich ihr Bein auf meine Schulter hob. „Ängstlich, meine Schöne?"

Sie griff nach meinen Haaren, zerrte an mir und zwang mich, ganz nach oben in ihr hübsches Gesicht zu schauen. „Ich habe dich gestern Abend vermisst."

„Ich habe dich auch vermisst." Ich glitt mit den Händen über ihre Hüften und hob sie so weit an, dass meine Lippen an ihren Oberschenkeln entlangfahren konnten. „Ich habe dich so verdammt vermisst."

Hatte ich, viel zu sehr. Aber ich bin nicht in ihre Muschi eingetaucht. Dieser Moment, dieser Tag, bedeutete mir etwas. Ich wollte ihn genießen, auskosten, also fing ich langsam an. Sie leckten, küssten und neckten, während sie seufzte und ihre Hüften bewegte. Als sie sich an meinem Haar festhielt und meinen Namen stöhnte. Als sie meine Lippen und Zunge mit ihrer Nässe bedeckte und auf meinen Mund kam.

Als sie mich von ihrer Muschi weggezerrt hat.

„Jetzt. Ich brauche dich."

Wie könnte ich zu der Frau, die ich mehr als alles andere liebte, nein sagen? Ich stand auf und öffnete meine Hose und ließ sie bis zu den Knöcheln gleiten, als ich Shye direkt vom Boden aufhob. Ein Kuss, zwei Züge an meinen Schultern und ein wenig Manövrieren genügten, um mich in ihre süße Hitze zu stoßen. Schnell konnte ich allerdings nicht machen. Noch nicht. Ihre Muschi umfasste mich wie ein Schraubstock, so dass es ein wenig dauerte, um tief einzudringen. Um mich in ihr zu vergraben. Zeit, in der ich darum kämpfte, nicht zu kommen.

„Scheiße, Liebes. Du fühlst dich so gut an."

Sie stöhnte und zog sich näher heran, ihre Lippen berührten mein Ohr, als sie flüsterte: „Ja, so gut. Und ganz mein. Für immer. Du wirst heute mein Ehemann werden, Alder Kennard. Und ich werde deine Frau sein."

Kontrolle... weg.

Ich stieß hart zu, pumpte sie mit mir voll und stoß hart, während ich sie gegen die Wand fickte. Der Gedanke an sie als meine Frau ließ meine Eier hart werden und mein Herz pochen. Und als ich kam, als ich durch den größten, stärksten Orgasmus meines Lebens knurrte, kicherte mich meine zukünftige Frau an.

„Das hast du mit Absicht gemacht."

„Das habe ich." Sie küsste mich auf die Stirn. „Ich mag es zu wissen, dass ich dich die Kontrolle verlieren lassen kann."

Ich musste diesen Mund noch einmal schmecken, musste diese Sekunden noch in ihrer Wärme eingehüllt genießen, wobei ihr Körper an meinem geschmeidig war. Also tat ich es - ich küsste mein Mädchen mit langen, weichen Zungenschlägen. Ich fickte ihren Mund so, wie ich ihre Muschi ficken wollte. So wie ich es tun wollte, wenn die Zeremonie vorbei wäre und der Priester uns als Mann und Frau verkündete.

„Du bist meine Welt", flüsterte ich, als ich den Kuss schließlich abbrach. „Ich werde alles tun, was ich kann, um dich glücklich zu machen."

„Das tust du bereits."

Das zu hören, die Freude in ihrem Gesicht zu sehen und zu wissen, dass ich die größte Bedrohung für sie zerstört habe - es gab nichts Besseres. Nun, es gab eine Sache, die besser war.

„Sobald dieser Priester Ehemann und Ehefrau sagt, bringe ich dich hierher zurück, um unter dein Hochzeitskleid zu kommen".

„Wir werden Gäste begrüßen müssen."

„Und ich werde eine Frau haben, die ich befriedigen muss. Außerdem habe ich seit drei langen Jahren von diesem Tag geträumt. Ich möchte unsere Ehe richtig beginnen - mit meinem Gesicht zwischen diesen Schenkeln und deinen Händen in meinen Haaren.

„Klingt perfekt", sagte sie lachend. Und das wäre es auch. Dafür würde ich sorgen.

Jeden Tag für den Rest meines Lebens.

öber die

AUTORIN

Kristin Harte begann als Chemiestudentin auf dem College, landete aber irgendwie beim Schreiben von Liebesromanen, in denen es um Ex-Militärhelden und die Frauen geht, die sie in die Knie zwingen … buchstäblich und im übertragenen Sinne. Sie trinkt gerne im Schatten, kuschelt sich an kalten Abenden unter eine warme Decke und recherchiert, wie man Dinge in die Luft jagen kann. Ihre Kinder wissen nichts von dem, was sie schreibt, und ihr Mann hofft nur, dass er nicht an dem Tag in ihrem Haus in Chicago ist, an dem die Regierung auftaucht, um Kristin mit ihrem Google-Suchverlauf zu konfrontieren.

www.kristinharte.com